《夷坚志》是洪迈用三十多年时光，耗费他后半生大部分精力所录写编纂的一部民间传说故事集，其卷帙之浩繁，作品之丰富，讲述人之众多，影响之深远，在中国民间文学发展史上可谓前无古人，后无来者。

　　洪迈是中国古代的一位最为杰出的民间传说故事采录家，他的卓越贡献已彪炳史册，会永远被后人铭记。

中国社会科学院
老年科研基金资助

祁连休◎著

《夷坚志》谫论

河北出版传媒集团

花山文艺出版社

花山文艺出版社

河北出版传媒集团

河北·石家庄

图书在版编目（CIP）数据

《夷坚志》谫论 / 祁连休著. -- 石家庄：花山文
艺出版社，2022.5
ISBN 978-7-5511-6116-9

Ⅰ．①夷… Ⅱ．①祁… Ⅲ．①笔记小说－小说研究－
中国－南宋 Ⅳ．①I207.419

中国版本图书馆CIP数据核字（2022）第050785号

书　　名：《夷坚志》谫论
　　　　　Yi Jian Zhi Jianlun
著　　者：祁连休
统筹策划：郝建国
责任编辑：于怀新　郝卫国
责任校对：李　伟
封面设计：王爱芹
美术编辑：胡彤亮
出版发行：花山文艺出版社（邮政编码：050061）
　　　　　（河北省石家庄市友谊北大街330号）
销售热线：0311-88643221/48
传　　真：0311-88643234
印　　刷：石家庄继文印刷有限公司
经　　销：新华书店
开　　本：700毫米×1000毫米　1/16
印　　张：21.5
字　　数：330千字
版　　次：2022年5月第1版
　　　　　2022年5月第1次印刷
书　　号：ISBN 978-7-5511-6116-9
定　　价：98.00元

目　　录

故 事 编

传 承 编

附 录

绪　　论

一　洪迈的生平与著述

洪迈（1123—1202），字景庐，号容斋，又号野处老人，南宋乐平（今属江西）人，经历了孝宗、光宗、宁宗三朝。绍兴十五年（1145）进士。曾任吏部员外郎、吉州知州、赣州知州、婺州知州、绍兴知府、中书舍人兼侍读、敷文阁直学士、翰林学士、焕章阁学士、龙图阁学士等职，并兼修国史，后以端明殿学士致仕。曾出使金国，几被拘留。卒赠光禄大夫，谥文敏。《宋史》卷三七三有传。

洪迈出生在一个官宦家庭。他的父亲洪皓，字光弼，宋徽宗政和五年（1115）进士，官至礼部尚书。有《鄱阳集》《松漠纪闻》等。洪迈是洪皓的三子，自幼受家庭熏陶，一生博览群书，自经史百家，佛乘道典，医卜星算，乃至稗官小说，无不涉猎，尤其熟悉宋代掌故。他学识渊博，著作颇为丰富，除《夷坚志》外，尚有《史记法语》《南朝史精语》《经子法语》《容斋随笔》《容斋诗话》《野处类稿》等。编有《万首唐人绝句》。

《夷坚志》原有四百二十卷，分为初志、支志、三志、四志，每志分为十集，按甲乙丙丁等顺序编次。甲至癸二百卷，支甲至支癸一百卷，三甲至三癸一百卷，四甲四乙各十卷。洪迈在世时，《夷坚》初志已有多种刻本，并且广为流布。但全书何时刻成，已无从查考。《夷坚志》大约元代已开始散佚。清代涵芬楼编印的《新校辑补夷坚志》收有初志、支志、三志加上补遗共有二百零六卷，约为原书的一半。20世纪80年代初中华书局刊印的何卓点校本《夷坚志》，以涵芬楼印本为底本，还从《永乐大

典》等书中辑出二十八则佚文作为"三补"。这是目前我们能够见到的相
当完备的本子。

二 《夷坚志》的序言

《夷坚志》是洪迈由青壮年至晚年撰写的一部时间跨度很长的著作①，
原有四百二十卷的全部《序言》已无法见到。中华书局 1981 年刊印的何
卓点校本《夷坚志》前后共有十三篇序②，即撰写于乾道二年（1166）十
二月的《夷坚乙志序》、撰写于乾道七年（1171）五月的《夷坚丙志序》、
不知撰写于何年的《夷坚丁志序》、撰写于绍熙五年（1194）六月的《夷
坚支甲序》、撰写于庆元元年（1195）二月的《夷坚支乙序》、撰写于庆元
元年（1195）十月的《夷坚支景序》、撰写于庆元二年（1196）三月的
《夷坚支丁序》、撰写于庆元二年（1196）七月的《夷坚支戊序》、撰写于
庆元二年（1196）十二月的《夷坚支庚序》、撰写于庆元三年（1197）五
月的《夷坚支癸序》、撰写于庆元四年（1198）四月的《夷坚三志己序》、
撰写于庆元四年（1198）六月的《夷坚三志辛序》、撰写于庆元四年
（1198）九月的《夷坚三志壬序》。

洪迈撰写的这十三篇序，提供了许多很有价值的信息，值得我们认真
研读。

1. 《夷坚志》是洪迈很重要、很有价值的一部著作。洪迈采录、编纂这
一部多达四百二十卷的巨著，前后共用时五十多年，耗费了他一生的大部分
精力。洪迈活到八十岁，《夷坚志三志壬序》写于他七十五岁之时。此后大
约过了两年时间，也就是他去世前两年，才最后完成这部《夷坚志》。

2. 《夷坚志》的书名，取《列子·汤问》"夷坚闻而志之"语意。

---

① 《夷坚甲志》动笔于绍兴十三年（1143），其时洪迈二十一岁；编成于绍兴三十年
（1160），其时洪迈三十八岁。《夷坚四志乙》编成于嘉泰二年（1202），其时洪迈八十岁。全书时
间跨度达五十二年。

② 据宋·赵与时《宾退录》卷八称："洪文敏著《夷坚志》，积三十二编、凡三十一序。"
如今仅存的十三篇序，参见本书附录。

"夷坚"乃是民间传说、故事编讲者和传承人的代表。正如洪迈所说："《夷坚》诸志皆得之传闻"，"盖每闻客语，登辄纪录，或在酒间不暇，则以翼旦追书之，仍亟示其人，必使始末无差戾乃止。既所闻不失亡，而信可传"。即是说，它们都是听人讲的。其中，有的立刻记录，有的随后追记，有的追记出来后甚至要拿去请讲述人过目，以求准确，态度非常严肃、认真。

3.《夷坚志》里面的传说、故事，还有一部分是讲述人主动告诉洪迈的，或者是从外地寄给洪迈的。诚如序中所说："群从姻党，宦游岷、蜀、湘、桂，得一异闻，辄相告语"，"人以予奇尚异也，每得一说，或千里寄声"。

4.《夷坚志》的讲述人涉及社会各个阶层，既有上层人士，又有下层民众，十分广泛。诚如序中所说："非必出于当世贤卿大夫，盖寒人、野僧、山客、道士、瞽巫、俚妇、下隶、走卒，凡以异闻至，亦欣欣然受之，不致诘。"

5.《夷坚志》的采录地区非常广泛，涉及浙江、江西、江苏、四川、福建、广西、湖南、湖北、山东、山西等地。

6.《夷坚志》在洪迈生前已经有福建、四川、江西、婺州（治所在今浙江省金华市）、临安、会稽、建安等地的刻本，亦即是说，在洪迈在世时《夷坚志》已开始在许多地方传播。

7.《夷坚志》里面的传说、故事，既有富有幻想色彩的作品，又有写实性的作品。正如洪迈在《夷坚丙志序》中所说："始予萃《夷坚》一书，颛以鸠异崇怪，本无意于纂述人事及称人之恶也。"然而后来采录的范围又不断扩大，逐渐涉及各种写实性的传说、故事，日益丰富多彩。

8.《夷坚志》在中国民间故事发展史上，具有承上启下的地位。它继承和发扬了先秦以来我国采录民间传说、故事的优良传统。洪迈在《夷坚志》多篇序中，不断提及《吕氏春秋》《搜神记》《幽明录》《玄怪录》《博异志》《酉阳杂俎》《逸史》《谈宾录》《乾䑞子》《异闻录》《河东记》《宣室志》《稽神录》诸书，足见他在继承传统方面具有较高的自觉性，并且下了许多功夫。

三 《夷坚志》是一部卷帙浩繁的民间传说故事集

《夷坚志》是一部由洪迈个人采录编纂的大型民间传说故事集。其规模之大，可谓空前绝后。清·陆心源读《夷坚志》时，曾经赞叹："自来志怪之书，莫古于《山海经》……王嘉之《拾遗》，干宝之《搜神》，敬叔之《异苑》，徐铉之《稽神》，成式之《杂俎》，最行于时。然多者不过数百事，少者或仅十余事，未有卷帙浩汗如此书之多者也。"（《〈夷坚志〉序》）

以往的研究者都将《夷坚志》定性为志怪小说集。笔者以为，这种提法是值得商榷的。《夷坚志》中百分之九十以上的作品是洪迈采录的民间传说和民间故事。①这些作品符合民间传说和民间故事的基本特征，包括思想内容、艺术风格、叙事特点、结构模式，以及其流传变异的属性、故事类型的属性等；②这些作品绝大多数流传于民间，是洪迈听人讲述后记录下的。"群从姻党，宦游岘、蜀、湘、桂，得一异闻，辄相告语。"（《夷坚支乙序》）"一话一言，入耳辄录，当如捧漏瓮以沃焦釜，则缵词记事，无所遗忘，此手之志然也。"（《夷坚三志己序》）；③而且这些作品大多数都有具体的讲述人，其中甚至有一批能够讲述数十则、上百则传说故事的讲述家，如吕德卿、朱从龙、黄日新、吴秦、邓直清、徐谦。

在《夷坚志》中，还有一小部分传说、故事是洪迈从别人的著作里面抄录的，但是这些作品，大多符合民间传说、故事的特征，因此并不影响《夷坚志》的属性。

当然，在《夷坚志》里面，也夹杂着极少数非民间传说、故事的篇什。譬如，《夷坚丙志》卷四《庐州诗》、《夷坚三志己》卷七《善谑诗词》、《夷坚三志壬》卷七《清平乐六词》与《莫少虚词》，引用的几乎都是诗词作品，并没有故事情节。这一类篇什，数量非常少，不足以影响全书的民间传说故事集属性。

《夷坚志》容量极大，其中的传说、故事，广泛涉及宋代社会生活的许多方面，褒扬正义，赞美忠良，揭露黑暗，鞭挞邪恶，表现了中华民族的传统美德，反映出世人积极健康的思想情感和美好的理想追求。当然，《夷坚志》中，也包含一些宣扬封建伦理观念的内容，宣扬因果报应一类思想比较陈旧的内容以及其他一些荒诞不经的内容，等等。在今天看来，这方面的内容显然是不足取的。但就总体而言，《夷坚志》的思想内容是积极的、健康的。不仅如此，该书对于后世的民间传说、故事发展，对于后世的文艺创作的发展影响相当大。总之，洪迈是中国古代的一位杰出的民间传说故事采录家。他的卓越贡献已彪炳史册，永远被后人铭记。《夷坚志》这部洪迈用五十多年时光采录编纂的民间传说故事集，其卷帙之浩繁，作品之丰富，讲述人之众多，影响之深远，在中国民间文学发展史上可谓前无古人，后无来者。它的历史地位、艺术价值和研究价值，应当得到充分的肯定。

传　说　编

《夷坚志》是洪迈从中年至晚年用了五十多年时间采录、撰写而成的。从甲志开始，洪迈把自己各个方面听来的故事记录下来，编辑成册，数十年间，居然成为四百二十卷的巨著。他在采录并撰写成册的时候，并没有进行分类，而是逐年积攒，至一定数量后汇编成书。因此，其中的各个门类的作品，总是混杂在一起。我们按照现代民间文艺学的分类，可以将《夷坚志》里面采录的民间文学作品分为民间传说和民间故事两个大类，各自又可以分成若干门类，依次进行论析。

　　《夷坚志》中的民间传说门类较为齐全，内容丰富，主要包含人物传说、宗教信仰传说以及动植物传说几个部分，以人物传说和宗教信仰传说数量最多。人物传说有帝王传说、文臣武将传说、文人传说、医生传说等，宗教信仰传说有佛教传说、道教传说、民间信仰传说等。

第一章　帝王的传说

《夷坚志》中的帝王传说，数量不太大。其中，宋徽宗、宋高宗两个皇帝的传说比较多，比较引人注目。

第一节　宋徽宗的传说

宋徽宗（1082—1135），即赵佶，是北宋末年的一个皇帝，在位二十六年（1100—1126）。他治理国家无方，任用蔡京等人主持国政，排除异己，贪污横暴，滥增捐税，并且尊信道教，大建宫观，从而激化了社会矛盾，致使许多地方爆发了农民起义，进而导致金兵南下，造成他和继位不久的钦宗双双被俘的悲剧，宣告北宋灭亡。有关宋徽宗的传说涉及两个方面的内容：其一为揭露宋代朝政腐败，反映宫廷内部争斗的传说；其一为展示宋徽宗酷爱书画，喜好奇珍异宝、奇花异木的传说。

一、揭露宋徽宗在位时朝政腐败，反映宫廷内部争斗的传说。譬如：

黄琼，字子方，莆田人。宣和初，为福州闽清令。平日多蔬食，但日市肉四两供母。为人方严，不畏强御。时方兴道藏，郡守黄冕仲尚书使十二县持疏敛之民，琼独不应命。既闻他县皆数百万，乃自诣郡，以己俸四月输之。冕仲虽不平，然以直在彼，莫敢诘。内臣为廉访使者，数干以私，皆拒不答，常切齿思报。会奏事京师，每见朝士，必以溢恶之言诋琼。尝入侍，徽庙问："汝在闽时知属县有贤令否？"其人出不意，错愕失对，唯忆琼一人姓名，极口称赞之。即日有旨，改京官通判漳州。使者既出，始大愧悔，乃知吉人之报，转祸

为福如此。（刘图南说）

《夷坚甲志》卷六《黄子方》

这一篇传说通过福建闽清县令的遭遇，从一个侧面揭示出宣和初年，宋徽宗崇奉道教，收敛民财，以及太监假公济私、打击报复等状况，描写具体生动，颇为真实。又如：

> 宣和中，艮岳之观游极其伟丽，既有绛霄楼、华胥殿诸离宫矣。其东偏接景龙门，巨竹千个，蔽亏翠密，京师他苑囿亦罕比。宫嫔出入其间如仙宸帝所。徽宗命建楼以临之，既成而未有名，梦金紫人言曰："艮岳新楼，宜名为'倚翠'，取唐杜甫诗所谓'天寒翠袖薄，日暮倚修竹'之句也。"梦中问："汝何人？"对曰："臣乃太平宰相。"寤而异之。明旦，翰林学士李邦彦入对，奏事毕，偶问曰："近于苑中立小楼，下有修竹，当以何为名？"邦彦了不经思，即以"倚翠"对。上惊喜，谓与梦协。时邦彦眷注已深，有意大用，自是数日间拜尚书右丞，遂为次相。

《夷坚丙志》卷十三《太平宰相》

这一篇传说具体描述宋徽宗在艮岳苑已有一些极其伟丽的离宫，如同天帝的宫苑，但是他仍然不满足，又大兴土木建新楼以观修竹之妙，可谓穷奢极欲。再如：

> 政和间，诏于禁中之西南营一凉殿，为雄屋四重数十楹。既成，将涓日游幸，扃钥甚严。每夕命小黄门两人守直其处，时已炎暑，但对寝于扑水下。夜未半，闻内外喑呜叱咄，声殊猛厉，竹夫人相逐跃舞，不容交睫，颤悸彻晓。以告知省卢太尉，卢别易两辈往，说其怪亦然。犹未深信，亲往验之。才至殿外，正门轧然自启；卢遽入，即有人锁其扉。以至第二、第三重皆然。望其中灯烛辉赫，寒风肃然。哲宗南面坐，嫔御列侍，巨珰郝随、刘友端辈十数人拱立。见卢至，喝曰："卢某何不起居？"卢流汗再拜。继呼使前，宣问曰："汝来何

为也?"对曰:"被旨洒扫新官,不知圣灵在此,触突天威,死有余罪。"帝意怒不释,曰:"汝归去说与官家,这些个屋也让不得与我。"卢曰:"恭领圣旨。"又拜而退。每出一门,随即施锁。明日白奏,不敢尽言,唯云:"车驾乞未须往。"遂虚而不居。卢之孙居于豫章东湖上,为客话此。(张才南说)

《夷坚支丁》卷一《禁中凉殿》

这一篇传说,描写政和年间,宋徽宗下令在禁中新建一座凉殿。凉殿建成后闹鬼,卢太尉进去查看,发现里面灯火辉煌,已经亡故的先皇宋哲宗(1086—1100年在位,宋徽宗之兄)南面坐,生气说:"你回去告诉今上,这一些屋也让不得与我!"卢明日白奏,不敢直言,只是请求圣驾不要游幸凉殿。它通过新殿闹鬼的奇幻情节,曲折而生动地揭示出北宋宫廷内部的矛盾与斗争。

此外,尚有从一个侧面反映宋徽宗尊信道教,镇压元祐党人的《夷坚甲志》卷二十《木先生》;写宋徽宗躲在幕后听道士林灵素讲法的《夷坚丙志》卷十五《种茴香道人》;通过官员王某的曲折荣辱,反映宋徽宗在位时蔡京当权与失宠以及靖康之变状况的《夷坚支丁》卷十《王左丞进用》;反映宋徽宗纵容蔡京镇压元祐党人的《夷坚志补》卷二十三《奎宿奏事》;等等。

二、展现宋徽宗重视艺术,重视文物,酷爱奇珍异宝和奇花异木的传说,描绘出宋徽宗这位在书法绘画上颇有造诣的帝王的另一个侧面。譬如:

成都郫县人王道亨,七岁知丹青,用笔命意已有过人处。政和中,肇置画学,用太学法补试四方画工。道亨首入试,试唐人诗两句为题曰:"胡蝶梦中家万里,子规枝上月三更。"余人大率浅下,独道亨作苏属国(苏武)牧羊北海上,被毡杖节而卧,双蝶飞舞其上,沙漠风雪羁栖愁苦之容,种种相称。别画林木扶疏,上有子规,月正当午,木影在地,亭榭楼观,皆隐隐可辨,曲尽一联之景。遂中魁选。明日进呈,徽宗奇之,擢为画学录。

《夷坚乙志》卷五《画学生》

这一篇传说，写政和年间朝廷创建画学，仿照太学方法通过考试录取画工，王某被宋徽宗提升为画学录（总领），展现出宋徽宗重视绘画艺术，重视人才的可贵精神。又如：

> 政和间，朝廷访求三代彝器，陕西转运使李朝孺、提点茶马程唐使人于凤翔发商比干墓，得大铜盘镜二尺，及白玉四十三片，其长三寸，厚一半指，上圆而锐，下方而阔，玉色明莹。程、李留玉于秦州军资库，而以其盘献。徽宗曰："前代忠贤之墓，安得发掘？"罢朝孺而反其盘。
>
> 《夷坚志补》卷二十三《比干墓玉》

这一篇传说，描写政和年间朝廷访寻夏、商、周三代宗庙常用的礼器，陕西转运使李某等人将从比干墓里面挖出来的一个大铜盘献给朝廷。宋徽宗见了，立即指出："前代忠贤之墓，安得发掘？"于是断然罢免了李某，而命人将大铜盘送回比干墓中。商代的忠贤比干，乃是商纣王的叔父，相传因屡次规劝纣王而被挖心身亡，历来受到敬仰。作为皇上，宋徽宗此举既有尊重忠贤的意义，又有保护文物的作用，值得充分肯定和赞扬。

此外，尚有写一个技艺极为精湛之民间锡工在琉璃瓶里托金，受到宋徽宗的厚赏的《夷坚丁志》卷十七《琉璃瓶》；写一个玉工向宋徽宗献宝得到厚赏、有关官员亦得到提升的《夷坚志补》卷二十一《凤翔道上石》；写宋徽宗十分欣赏贮酒玉骆驼和吐香紫石龟等玩物的《夷坚甲志》卷一《酒驼香龟》以及写得知蜀州某地乡民坟山上经常有火光紫气，宋徽宗立即下诏让其迁坟，并且将墓穴处挖成池塘的《夷坚丙志》卷四《蜀州紫气》；写侯郎中想尽办法找到在逃荒中失散的老父，宋徽宗给侯父加官赐服的《夷坚志补》卷十八《侯郎中》；写宋徽宗从某玉工处得到一块精美玉屏风，极为欣喜，于是让凤翔通判赵颂之献出同一块玉石雕琢之屏风，并且奖赏那个玉工的《夷坚志补》卷二十一《凤翔道上石》；等等。

第二节　宋高宗的传说和宋代其他帝王的传说

宋高宗（1107—1187），即赵构，是南宋的第一位皇帝，在位三十五年（1127—1162）。他南迁在临安建都后，迫于形势，任用岳飞、韩世忠等名将抗金。最终宠信投降派秦桧，杀害岳飞，尽弃秦岭、淮河以北土地，向金称臣纳贡。他1162年传位于宋孝宗后，称为"光尧太上皇帝"。有关他的传说，只涉及某一些生活片段，譬如：

> 淳熙中，明州士人往临安赴省试。舟过曹娥江，渔叟持巨鲤，重七八斤来售。买以钱五百，鱼拨剌不止。士人爱其腴鲜，拟明日斫脍延客。适天色微暖，虑其馁腐，使仆作鲊。既剖腹，于中得小玉印，温润洁白，刻两篆字，不能识。士人朴野，元不料为奇物，漫收藏于笥。至都城旅舍，留颇久，资用不继。值常买小商过门，出以夸示，然但须价五千。商酬五之三，士喜所获数倍，即付与。此商亦非博雅者，只挂于担上。经德寿宫门，提举张去为下直，车中觇望，取而玩视，命随诣其宅，问所得处，且扣其价，亦仅求五千。如数与之，而佩于腰间。它日，光尧太上（宋高宗）见之曰："汝何处得此？"具以奏。圣情怃然曰："此我故物，京师玉册官镌德基字甚工。建炎己酉，避狄于海上，误坠水中，今四五十年矣，不谓复落吾目。"诏赐去为钱二千贯。而别以千贯，令访授士人云。（李大东说）
>
> 《夷坚支癸》卷九《鲤鱼玉印》

这一篇传说，描写淳熙中宋高宗得到一块从鲤鱼腹中取出的玉印，乃是四五十年前他在海上躲避金军时不慎坠入水中的，无比感慨。从中不难看出，宋高宗在金军进犯时的狼狈遭遇，令人感到愤怒。又如：

> 张邦昌既坐窃位死，其族弟尝为郡，居会稽。府捕其家良贱六十口置于狱，具奏待报。张自料身为逆人亲族，当死不疑，与其明正刑

书，不若预为之所。乃嘱推吏姚时可曰："吾自分必死，敢有请于君。"姚问其故，曰："吾藏金百两在某室箧中，君往取之。烦为密营毒药十数服。俟诛命下，即与子弟辈共引决，以后事累君。"姚曰："事未可知，朝廷仁政尚宽，何必至是？当为公出探消耗。果不可免，用此计未晚。"张再三沥恳，讫不可。及奏上，高宗谕辅臣曰："邦昌之逆，出于迫胁，正已可哀。其弟相去三千里，本非同谋，岂宜加罪！"即命尽释之，一家按堵如故。张诣姚舍，谢其全护之恩，以所说百金为饷，拒不肯受。至损十之九，亦然。是时姚未有子，后连生八男。迨长立，皆好学驰誉。廷衮登绍兴三十年进士第一，谦者淳熙十一年继之，廷昂一夔及其他子悉为名士。越人以为阴德之报云。（顺伯说）

《夷坚支庚》卷十《姚时可》

这一篇传说，描写宋高宗赦免了被金军册立"楚帝"的张邦昌族弟及其家人。姚时可帮助张邦昌的族弟而不要酬谢，后得善于报。宋高宗此举，是实行仁政，还是出于其他动机，或许见仁见智，会做出不同的评价。

此外，尚有写提举德寿宫的得宠内侍陈源被抄没后，宋高宗见了他家钿榻水晶盘谓宫禁所无有的《夷坚支景》卷四《琴台棋卓》；写得知有官员不慎失足滑倒坐下地，宋高宗便下诏说阶道高峻，令重新更换前后殿诸阶所的《夷坚三志辛》卷七《三衙坠马》；等等。

《夷坚志》中的宋代其他帝王的传说，涉及宋太宗、宋真宗、宋神宗、宋哲宗、宋孝宗等。譬如：写宋真宗考察官员的《夷坚三志己》卷六《上请尧舜》；写宋神宗任命官员的《夷坚甲志》卷四《孙巨源官职》；写宋孝宗在王宫中创建佑圣观，以了却他称帝之前所许心愿的《夷坚三志辛》卷二《佑圣观梦》；写宋孝宗任命胡原仲为大理寺官员的《夷坚三志壬》卷二《胡原仲白鹇诗》；写宋孝宗以偏方示人，治好了其人痰喘病的《夷坚志再补》之《治痰喘方》；等等。

第三节　金代帝王的传说

《夷坚志》中的金代帝王传说，最集中的是有关完颜亮的传说。完颜亮（1122—1162），即金废帝，1149—1161 年在位。他即位后，迁都燕京，改名中都。1161 年他大举南下攻宋。其时完颜雍乘机在辽阳自立，成为金世宗，随即占据中都，因此完颜亮便成为"废帝"。完颜亮在采石矶为宋军打败，后来被部将杀死。有关他的传说，内容比较分散，往往带有一定的揭露性和积极意义。譬如：

> 虏天德二年五月，以燕山城隘而人众，欲广之。其东南隅曰通州门，西南曰西京门，各有高丘，俗呼为燕王冢，不能知其为何代何王也。及其立标埒，定基址，东墓正妨碍，议欲削其北面，以增雉堞。工役未施之数日，都民于中夜时闻人声云："燕王迁都。"皆出而观之，见銮辂仪卫，前后杂遝，灯烛荧煌，香风袭人，罗列十里，从东丘至西冢遂灭。明夕复然。民以白府留守张君，为请于朝廷，乃迁枉其垒以避之。
>
> 《夷坚支甲》卷一《燕王迁都》

这一篇传说，描写完颜亮兴师动众，准备扩大中都，由于燕王两次显灵而受到惊吓，竟不敢动燕王墓，只好迁回避开。所谓燕王显灵，实际上显示出人心向背。又如：

> 刘通判云：曩在江陵，见淮甸一客，因话世间异物。言绍兴辛巳之冬，虏亮戕灭，随行帑藏舟车多为王师所掠。吾亦从而奋获一生首，将挥之以剑，其人哀鸣乞命曰："舟中有宝，当取献以自赎。"乃释其缚，遣二卒随之以往。少顷，携一匣来。启视，又一匣，两重皆金玉装饰。第三匣内一石，三棱，上尖而下大。色微黄，石之腰有玉龙旋绕，仰首，左爪扑一玉珠，爪牙鳞鬣狞雄，熟视如生，不与世间

绘画者类。其人云："虏主以此宝为镇国。寻常欲观其变化，则用净盆贮水，候夜半置于水中。须臾间，黑云蒙覆其上，必急收之。稍缓，恐或升去。"某如所言试之，果然尔，遂珍藏到今。刘曰："物今在此否？"曰："常以随行。"因从借观。明日出示，留之至夜，亦一试之，悉然。又明日，复归之，不知其后存与亡也。（右二事常德刘通判说）

《夷坚三志己》卷五《北虏镇国物》

这一篇传说，通过展示完颜亮的"镇国之宝"，来充分揭露完颜亮及其率领的金军南侵时掠夺大量宝物的丑恶行径。

此外，尚有写完颜亮下令惩办盗窃寺庙金银器皿的首犯——一个残暴女真千户的《夷坚支甲》卷一《淑明殿马》、展示完颜亮所填两首小词的《夷坚支景》卷四《完颜亮词》、以完颜亮入侵江南和死去为背景展开故事的《夷坚支丁》卷九《淮阴张生妻》、写故事发生后传来完颜亮自焚消息的《夷坚三志己》卷八《任天用梦》等。

第二章　文臣的传说

第一节　宰相、尚书的传说

　　《夷坚志》中的文臣传说，首先要提北宋末南宋初一些丞相的传说。此类传说的内容比较分散，既有写他们任宰相之前为官的政绩，譬如《夷坚支戊》卷一《杉洋龙潭》写南宋宰相赵子直，在主管福建时遇旱灾，命令各县求雨，收到奇效，皇帝下诏书加封立庙。《夷坚志三补》之《梦五色胡芦》写宰相赵子直在当吏部尚书时，任命詹某的官职。又有写他们任宰相之前的生活经历，譬如，写邵武农家子弟宗本遇异人后出家为僧人，预言李纲日后要拜相的《夷坚甲志》卷九《宗本遇异人》；写张浚入京省试时，大散关老人为其看相，讲他日后将成为宰相的《夷坚乙志》卷十二《大散关老人》；写南宋宰相赵清宪早年多病，先后治疗各种疾病有奇效的《夷坚乙志》卷十四《赵清宪》；写北宋宰相何文缜，年轻时与一个贵人家的侍儿惠柔有一段恋情的《夷坚三志壬》卷七《惠柔侍儿》；写北宋吕大防、吕颐浩两位宰相去世后，为他们寻找棺木的奇事的《夷坚志补》卷十《二吕丞相》；写福州余丞相鼎盛时在家中窖藏许多银子，他死后儿子去挖，金银竟化为乌有的《夷坚志补》卷十《二吕丞相》。还有不少作品，包括有关北宋宰相何文缜的《夷坚乙志》卷七《何丞相》与《夷坚丙志》卷三《唐八郎》、有关南宋宰相赵子直的《夷坚支景》卷一《余干县楼牌》、有关南宋宰相史浩的《夷坚甲志》卷六《史丞相梦赐器》等，描写相师告诉他们，或者神人托梦给他们，讲他们"命极贵，位极人臣"。譬如：

缙云何丞相在布衣时贫甚，预乡贡，将入京师，无以为资，往谒大姓假贷，阍人不为通，捧刺危坐俟命。主人昼寝，梦黑龙蟠户外，惊寤出视，则何公在焉。问之曰："五秀何为至此？"以所欲告，主人举万钱赠之，且曰："君异日言归，无问得失，必过我。"何试竟，复造其家，馆于外庑。迨日暮，执卷徙倚楹间，主人仿佛又见黑龙蜿蜒而下，攀绕庭柱。就视之，则又何公也。心异之，密造何曰："君且大贵，毋相忘。"已而何擢第，调台州判官。有术者能听物声知吉凶，闻谯门鼓角声曰："是中有贵人，谁其当之！"或意郡守贰，视之不然。凡阅数日，不可意。一日，何乘轿出，术者见之曰："此真贵人。角声之祥，不吾欺也。"何后以徽宗皇帝藩邸恩至宰相，终于太傅，赠清源郡王。

《夷坚甲志》卷十一《何丞相》

余干县治之南有二楼，前曰鼓楼，后曰敕书楼。后楼牌县宰杜师旦所书。乾道初，"敕"字左畔有黄蜂结窠颇高，邑人言："此吉兆也，吾邑当出贵人，或士子巍掇科第者。"是时赵子直家居县市，赴省试，已而大廷唱名为第一。后三十年，绍熙甲寅，复见一窠缀于"力"字之上，人又益喜，赵公遂拜相。次年春，窠忽为人触堕，不逾月，赵罢归。是三者岂皆偶然耶？其异如此。

《夷坚支景》卷一《余干县楼牌》

前一篇传说，通过描写北宋徽宗时宰相何执中，当年入京科考时去大姓借贷，主人先后梦见黑龙蟠户外和看见黑龙攀绕庭柱等，竭力宣扬其人有贵人之命。在同类传说中，它颇有代表性。后一篇传说，通过南宋宰相赵子直家乡余干县楼牌上面黄蜂结窠的三次变化，与赵子直中状元、拜相和罢归联系起来，同样宣扬其人有贵人之命和不可抗拒的神力。

《夷坚志》中也有一些传说运用写实手法，揭露宰相的劣迹，批判性比较强，颇为引人注目。譬如：

韩庄敏丞相嗜食驴肠，每宴客必用之，或至于再三，欲其脆美，而肠入鼎过熟则靡烂，稍失节则坚韧。庖人畏刑责，但生缚驴于柱，才报酹酒，辄旋刺其腹，抽肠出洗治，略置汤中，便取之，调剂五味以进。而持纸钱伺于门隙，俟食毕放箸无语，乃向空焚献焉。在秦州日，一客中席起更衣，自公厨傍过。正见数驴咆顿柱下，皆已刳肠而未即死，为之悚然。客生于关中，常食此肉，自此遂不复挂口。

《夷坚支丁》卷一《韩庄敏食驴》

　　韩缜，字玉汝，卒谥庄敏。宋哲宗时宰相。他知秦州时，以铁裹杖棰杀人，秦州人语曰："宁逢乳虎，莫逢玉汝。"其暴酷如此。韩缜非常喜欢吃驴肠。这一篇传说，具体描写他为了满足口腹之欲，竟让厨师采用极其残忍的方法来取驴肠，令见者胆寒。

　　尚书乃是六部长官。《夷坚志》中有关尚书的传说，譬如：

　　　　张彦文尚书大经，长者也。布衣时与建昌景德寺僧绍光厚善，后为谏议大夫，绍光死于乡，张公盖未知也，梦其荷械立庭下，泣诉曰："绍光以某月某日死，缘生前罪业深重，沉沦地狱，无从脱免，愿公不忘平生，时为救释，倩作佛事，以济冥涂。忆有金一两，在弟子姚和尚处，并有钱二十千，在市上某家，觅索而用之，庶可获助。"张许之。他日，遣仆归，询其事皆合。乃命其子元晋取金与钱，为诵经转轮，仍塑观音像一躯于太平兴国寺，燃长明灯以供，且刻石纪以示人。当淳熙初，张提举湖南常平，巡历属城至道州北境三十里，宿于杏园寺，夜梦妇人求葬己，言甚恳切。旦以告主僧，得其柩，以属营道宰瘗诸原。盖其恻隐之心类如是也。

《夷坚支甲》卷六《张尚书》

　　这一篇传说，描写尚书张彦文当年为谏议大夫时，替一位僧人老友诵经，又安埋一托梦妇人，表现了他的恻隐之心。一个正直的官员，必须有这一种同情心、怜悯心，才能够成为一个好官。又如：

　　　　綦叔厚尚书登第后，儌马出谒，道过一坊曲，适与卖药翁相值。

药架甚华楚，上列白陶缶数十，陈熟药其中，盖新洁饰而出者。马惊触之，翁仆地，缶碎者几半。綦下马愧谢。翁，市井人也，轻而倨，不问所从来，捽其裾，数而责之曰："君在此尝见太师出入乎？从者唱呼以百数，街卒持杖前诃，两岸坐者皆起立，行人望尘敛避。亦尝见大尹出乎？武士狱卒，传呼相衔，吾曹见其节，奔走不暇。今君独跨敝马，孑孑而来，使我何由相避？"凡侮诮数百言，恶少观者如堵。綦素有谐辨，不为动色，徐徐对之曰："翁翁责我甚当，我罪多矣。为马所累，顾无可奈何。然人生富贵自有时，我岂不愿为宰相？岂不愿为大尹？但方得一官，何敢觊望？翁不见井子刘家药肆乎？高门赫然，正面大屋七间，吾虽不善骑，必不至单马撞入，误触器物也。"恶少皆大笑称善，翁亦羞沮，以俚语谓綦曰："也得，也得。"遂释之。井子者，刘氏所居，京师大药肆也，故綦用以为答。（赵恬季和说）

《夷坚丙志》卷十四《綦叔厚》

这一篇传说，描写綦叔厚尚书骑马撞倒老人，在当场道歉后，仍然受到辱骂。他并不动怒，回答的话语比较幽默，但是软中带硬，也有一定的分量，让对方不得不善罢甘休。以对话来刻画人物，颇见功力。又如：

南康船师陈太，庆元二年从建康来，云近者知府张尚书处置一公事，极为奇异。初，本府丝帛主人周翁，长子不孝，常常酗酒凶悖，每操刀宣言，会须杀死老畜生，父不胜忧惧。邻里虑事或成，不惟玷辱乡风，且将贻累，相结约共诉于府。张引问甚悉，遣唤周，初不告以何事。周至叩之，对曰："诚然。"即使偕诸邻诣案供状，末乃呼悖子，子至，先以好言问其居家委曲，对曰："父年老，身供子职。"张以状示之，惧而丞拜曰："实为狂药所使，不觉忘形，恶言遽发耳。"张释它人，独下子于狱，而敕推吏勿猛施桎梏。自命驾谒城隍祠，焚香曰："部内百姓，至于子谋杀父，非天理所容，郡守固不逃失教之愆，神亦何颜安享庙食，坐视弗闻乎！"祷毕还府。是夕梦神至，曰："尚书责诮如此，吾岂不知？彼家父子，原非天性骨肉，盖宿冤取债尔！其子本外州商贾，三十年前挟赍到周家，周见少年独行，心利其财，因与泛江出郭，阳为舟覆，溺杀之，而隐没所赍。故生计日进，更无人知。少年前诣冥司，乞注生为子，见世索报，尚书宜鉴此因缘也。"遂退。明日，张呼周至，语之曰："汝自揣一生曾做何等不义事？"始拒言："虽为细民，粗守行止，未尝与人有一词案烦官府，初不省作小恶。"张曰："记得三十年前杀某客于江中乎！今已经大赦，无人作对，无尸可验，言之何伤？"周流汗至足，叩头谢过。张曰："我不复推究前事，汝之子，乃客后身也。"周计其生年正合，愈益骇怖。张曰："我欲为汝究竟此段恶事，汝能捐钱千贯，买度牒一道，使之出家为僧，永绝冤业，汝意如何？"又谢曰："民尚有二子，正所愿，但恐渠不从尔！"张曰："汝且去，我自谕晓之。"旋谓子曰："据汝所犯，便当伏刑市曹，缘不是一府美事，已与汝父约，使汝为僧，汝意云何？"子欣然曰："某幸未娶，得栖身空门，亦所幸愿！"乃命周即日持钱，买官库祠部牒，当厅削子发，别给道费，使出游四方。张子温为南康户曹，识陈船师，闻其说。

《夷坚志补》卷六《周翁父子》

这是一篇带有幻想色彩的传说。它描写知府张尚书审理在当地颇有影响的一桩父子官司时，手法极其奇特，效果非常好。我们透过奇幻的迷雾不难看到，这个知府是一位善于审案、手段高明的清官。他在审理案件时沉稳多智，仔细地查明家庭纠纷的前因后果，从实际情况出发，区别对待，分头处理，最终化解矛盾，得到圆满的结局。

《夷坚志》中有关尚书的传说，尚有写吕安尚书年轻时在蔡州府学学习，同室七八人在大雨中撑床单夜归，被巡逻人误以为巨怪，人们连忙做道场禳灾的《夷坚丙志》卷十三《蔡州禳灾》；写姚祜尚书年轻时选择墓地埋葬父亲的《夷坚支景》卷十《姚尚书》；写刑部尚书罗春伯老母梦见儿子入枢密府，家里人半信半疑，不久果然应验的《夷坚支丁》卷四《缪夫人》；等等。

第二节　知府、知州、通判的传说

宋代以后习称知府为太守。《夷坚志》中有关太守的传说，譬如：

　　费枢，字道枢，广都人。宣和庚子岁入京师，将至长安，舍于燕脂坡下旅馆，解担时日已衔山。主家妇嫣然倚户，顾客微笑，发劳苦之语。中夜，独身来前曰："窃慕上客风致，愿奉顷刻之欢，可乎？"费愕然曰："汝何为者？何以得至此？"曰："我父京师贩缯主人也。家在某里，以我嫁此店子。夫今亡，贫无以归，不能忍独宿，冒耻就子。"费曰："吾不欲犯非礼，汝之情吾实知之，当往访汝父，令遣人迎汝，汝勿怨。"妇人羞愧，不乐去。费至京，他日，过某里，得所谓贩缯者家，通名欲相见。主人曰："客何人？安得与我有故？"答曰："吾蜀人费枢也。比经长安，邂逅翁女，有所托，是以来。"翁蹑履出迎曰："畴昔之夜，梦神告，吾女将失身于人，非遇费秀才，殆矣。君姓字真是也，愿闻其说。"具以告。翁流涕拱谢曰："神言君且为贵人，当不妄。"退而计其梦，果所见女之时。即日遣长子取女归而更嫁之。明年，费登科，官至大夫，为巴东守。

《夷坚丙志》卷三《费道枢》

　　这一篇传说，写蜀人费枢作风正派，乐于助人，办事极其认真负责，在处理贩缯家女这件事上，周全得体，让民众信服。他后来登科做了巴东守，想必会成为一个得民心的良吏。又如：

　　蜀人冯子春，为资州守，其婿从之官。尝须公使银盆，老兵持以入，婿匿之，而称失去，且语冯云未尝用。冯以为兵所窃，置诸狱。兵衰老，不能堪讯鞫，遂自诬伏。索其物，则云久已转鬻了。既论罪决杖，且责偿元直。兵不胜冤愤，具状诉于东岳行宫，泣拜而焚之。仍录一纸系腰间，乃自经于庙门之外。冯受代，复知果州。忽见此兵正昼在侧，愕然曰："汝死已一年，如何得以到此？"对曰："银盆事，某陈诉于岳帝，令来追知府女婿对理。"冯惊惬之次，俄失所在。其婿即苦中恶，当日死。冯后七日亦卒。凤州通判郭公遂以庆元乙卯部潼川绢纲过鄂州，与侄孙伋相遇，说此。

《夷坚支丁》卷七《冯资州婿》

这一篇传说，写资州守冯子春的女婿藏匿公使银盆，而诬告一个老兵，使其含冤自经。老兵告到东岳大帝那里后，随即追拿冯子春的女婿去对理。冯子春的女婿很快得报死去，冯子春本人七天后也亡故。它让世人看到，品质恶劣之徒可以得逞于一时，但总有一天会受到惩罚。就连包庇他的岳父，也不能够例外。再如：

> 乾道辛卯岁，江浙大旱，豫章尤甚。龚实之作牧，命诸县籍富民藏谷者责认粜数，令自津般随远近赴于某所，每乡择一解事者为隅官，主其给纳。靖安县羡门乡范生者在此选，其邻张氏当粜二千斛，以情语范曰："以官价较市值，不及三之二。计吾所失，盖不胜多矣。吾与君相从久，宜蒙庇护，盍为我具虚数以告官司。他日自有以相报。"范喜其言甘，且冀后谢，诺其请，为之委曲，张遂不复捐斗升。阛里皆知之，而畏二家力势，弗敢宣泄。壬辰秋大稔，前事顿息，范、张由此愈益交欢。癸巳之春，范以微疾卒，将殓复苏，呼谓其弟曰："我适到一公府，殿宇严峻，官吏森列，使我供责减寿二纪状。我念平生无过恶，拒而不从，吏云：'前年汝为隅官，虚申张家赈粜米二千石，至饿死者若干人，非过恶而何？'我记得向时张家认只一千石，今所言乃倍之，哀祈此吏放回取干照，遂得暂归。当来应干文书，尽置箧中，汝为检索，恐可藉手。"弟亟往取视，果二千石，范即瞑目，是时年三十有八。逾岁，张亦死。（李仁诗说）

《夷坚支景》卷七《范隅官》

这一篇传说，写龚实之为豫章州牧时，在大旱之年发生的一桩隅官范某包庇富人张某，让其人免去全部捐米，因而饿死不少灾民。范某与张某罪恶昭彰，最终无法逃脱严厉惩罚。传说末尾带有一抹色彩，表现了民众强烈的愿望。

《夷坚志》中有关太守的传说，尚有写乾道年间，谢巽被解除澧州太守职务，乘船过洞庭湖时遇到一只巨鼋，谢巽一家人及时逃上岸，才幸免于难的《夷坚丁志》卷十二《洞庭走沙》；写薛锐做贺州太守时，梦见有人来劝他辞官以保住阳寿，薛锐原本不留恋官位，于是立即请辞回到越州的《夷坚丁志》卷十七《薛贺州》；写淳熙年间余某去江陵任通判，正要办理交接时，朝廷又让他去补巴东太守空缺，还没有到任便双目失明，随即亡故的《夷坚支甲》卷六《巴东太守》；写赵善宰被任命为岳州太守，还没有上任便死去，他到阴司为官，权力不小，他的同乡周、童二位相继接替了赵善宰在阴司为官，三人均被乡亲父老称颂的《夷坚支甲》卷六《赵岳州》；写绍兴年间，临川太守叶伯益疾恶如仇，他惩罚罪恶累累之哀某后，州里百姓无比称快的《夷坚支甲》卷十《艾大中公案》；等等。

知州乃是州之地方行政长官。有关知州的传说，譬如：

> 张子智知常州。庆元乙卯春夏间，疫气大作，民病者十室而九。张多治善药，分诸坊曲散给，而求者绝少，颇以为疑。询于郡士，皆云："此邦东岳行宫后有一殿，士人奉祀瘟神，四巫执其柄。凡有疾者，必使来致祷，戒令不得服药，故虽府中给施而不敢请。"张心殊不平。他日，至岳祠奠谒，户庭悄悄，香火寥落。问瘟庙所在，从吏谓必加瞻敬，命炷香设褥。张悉撤去。时老弱妇女，祈赛阗咽，见使君来，争丛绕环视。张指其中像衮冕者，问为何神，巫对曰："太岁灵君也。"又指左右数躯，或擎足，或怒目，或戟手，曰："此何佛？"曰："瘟司神也。"张曰："人神一也，贵贱高卑，当有礼度。今既以太岁为尊，冠冕正坐，而侍其侧者，顾失礼如此，于义安在？"即拘四巫还府，而选二十健卒，饮以酒，使往击碎诸像，以供器分诸刹。时荐福寺被焚之后，未有佛殿，乃拆屋付僧，使营之。扫空其处，杖巫而出诸境。蚩蚩之民，意张且贻奇谴，然民病益瘳，习俗稍革。未终更，召入为吏部郎中。
>
> 《夷坚支戊》卷三《张子智毁庙》

这一篇传说，描述庆元年间常州流行瘟疫，百姓遭殃而不敢去领取政府分发的药品。知州张子智发现是当地巫士在作祟，便很机智地捣毁瘟神庙，将巫士们驱逐出境，让生病的百姓渐渐好起来，使祀奉瘟神的习俗有了改变。令人感到遗憾的是，这种移风易俗的举措并不彻底，因为张子智不久便被召入京城做吏部郎中了。

《夷坚志》中有关知州的传说，尚有写和州知州刘子昂与女鬼交往，竟被害死的《夷坚乙志》卷五《刘子昂》；写处州代理知州受到审判的《夷坚乙志》卷二十《龙世清梦》；写信州郡守王道夫安排的鹿鸣燕因为大火而被迫取消的《夷坚支丁》卷七《信州鹿鸣燕》；写黄民瞻知州多有不祥之兆，两个月后竟死的《夷坚支戊》卷二《黄惠州》；写张子正知泰州的《夷坚支戊》卷四《善鉴为僧》；写黄继道知潭州遇到精怪的《夷坚支庚》卷一《潭州府治》；等等。

通判乃是与州、郡长官共同处理政务之官吏，又称"监州"。《夷坚志》中有关通判的传说，譬如：

> 乐平向仲堪，字元仲，绍兴十一年通判洪州。府帅梁扬祖侍郎峻于治盗，尝有杀人盗委向审问，吏以成牍来，问盗所在，对曰："彼已伏罪，例不亲引，恐开其反覆之端，但占位书名足矣。"向曰："人命至重，安得不见而询之？"干官赵不系谮于梁，梁召向责其生事，向曰："如帅司即日径诛之，何必审实？既付之狱，则当准式引问，若无罪而就死地，想仁人不忍为也。"梁感悟，遂竟其问，果平人耳，遂得释。后自池州赴调，宿留旅邸，一疾濒于危殆，梦至殿宇间，闻王者云："向仲堪有治狱阴德，特延半纪。"既觉，浸以安愈，诣天庆观启醮筵以谢再生，其青词自述云："顷既罹于重患，忽得梦于良宵。觇玉岭之无涯，恍身历真都之邃。续龟年而有永，觉亲闻帝语之祥。"旋复贰处州，终于官，距梦时正六年数也。
>
> 《夷坚支景》卷十《向仲堪》

这一篇传说，写洪州通判向仲堪审案认真负责，一丝不苟，能够顶住上司的压力，将一桩杀人盗案审问得清清楚楚、明明白白，最终从刀下救人，把那个被诬告者无罪释放。至于其人到阴曹地府获得"延半纪"的描写，只不过是民众爱戴这位善良的官吏的一种特殊表达方式。又如：

绍兴九年，邕州通判朱履秩满，携孥还家，装赍甚富，又部官银纲直可二十万缗。舟行出广西，朱有棋癖，每与客对局，寝食皆废。尝愿得高僧逸士能此艺者，与之终身焉。及中涂，典谒吏通某道士求见，自言棋品甚高。朱大喜，亟延入。其人长身美须，谈词如云，命席置局，薄暮不少倦。遂下榻留宿，从容言欲与同行之意。道士曰："某客游于此，常扣人门而乞食，得许陪后乘，平生幸愿也。"朱益喜。及解维，置诸船尾，无日不同食。别一秀才作伴，皆能痛饮高歌，颇出小戏术娱其子弟，上下皆悦之。相从两旬，行至重湖，会大风雨，不能进，泊于别浦，饮弈如初。二鼓后，船忽欹侧，壮夫十余辈突门入，举白刃啸呼。朱氏小儿争抱道士衣求救，道士拱手曰："荷公家顾遇之极，不得已至此，岂宜以刃相向？"命以次收缚，投诸湖，明旦分掣财货以去。县闻之，遣官验视，但浮尸狼藉，莫知主名。而于岸侧得小历一卷，乃群盗常日所用口食历，姓第具在，凡十有七人，以告于郡。事至朝廷，有旨令诸路迹捕，得一贼者，白身为承信郎，赏钱二百万。建昌县弓手数辈善捕寇，因踪迹盗。海客任齐乳香者，请于尉李镛，愿应募。西至长沙，见人卖广药于肆，试以姓第呼之，辄回首，走报戍逻执之，与俱诣旅邸。一室施青纱厨，列器皿甚济，访其人，则从后户遁矣，盖伪道士者也。狱鞫于临江，囚自通为王小哥，乃同杀朱通判者。其徒就获他处者十人，道士曰裴三，秀才曰汪先，皆亡命为可恨。镛用赏升从事郎，调饶州司法，与予言。

《夷坚丙志》卷十九《朱通判》

这一篇传说，写邕州朱通判是一个有棋癖的昏庸官吏，任满还乡时，被自称棋艺高手的强盗打劫，不但一家人命丧黄泉，二十万官银纲也被夺走。后来这一伙强盗虽然大部分落网了，坏人得到惩罚，但这件事造成的恶劣社会影响却难以消除。

《夷坚志》中有关通判的传说，尚有写横州知州赵某诬陷通判贾成之没有得逞，便用毒酒将其毒死，后来赵某及其帮凶——得报的《夷坚乙志》卷十九《贾成之》；写蔡通判清正廉明，淳熙元年他一家泛舟大江时遇险，因为得到神灵保护而平安无事的《夷坚支戊》卷四《蔡通判》；写睦州通判刘士彦遇到一个异人，吃下异人所给两粒黑豆即面色如丹的《夷坚丁志》卷四《刘士彦》；写经叶通判录问后，将衡州三公吏坐枉法罪至死，随即得心疾，并被棰击索命，后三囚找到原勘官，叶才豁然无恙的《夷坚三志己》卷四《叶通判录囚》；写广州府通判杨立之回楚州时，喉痛肿溃，脓血留注，幸得杨吉老用奇方给治好的《夷坚三志己》卷八《杨立之喉痛》；等等。

第三节　知县的传说

知县，又称县宰，乃是县府长官。《夷坚志》中有关知县的传说数量较大，而且不乏精彩的作品。譬如：

李弼违者，东州人，建炎间入蜀，后为蜀州江原宰。与邑人胡生游。胡生妻，四川都转运使之女，女尝陷虏，后乃嫁胡。弼违每戏侮之，至作小诗以资嘲诮。胡积不能堪，采摭其公过，肆溢恶之言售于都漕。所善张君适为干官，证以为然，下其事于眉州。州令录事参军阎忿典治，逮捕邑胥十余人下狱，必欲求其入己赃。弼违当官清白，无过可指，但得尝买铁汤瓶，为价钱七百五十，指为亏直。忿以为非辜，难即追摄。郡守畏使者，不从忿言，立遣吏逮之。弼违不胜忿，自刭死。死财一月，眉之狱吏与郡守相继亡，都漕与胡生亦卒。忿官罢，赴调成都，过双流县，就郭外民家宿。夜且半，闻扣寝门者，问为谁，曰："弼违也。"又问之，答曰："弼违姓李，君岂不忆乎？君虽不开关，吾自能穿隙以过。"语毕，已在床前立。忿甚惧，回面向壁卧。弼违曰："君不欲见我，当以项下不洁之故，吾今自掩之。"即解腰间帛，匝其颈。忿不获已起坐。弼违曰："吾前冤已白，无所憾。

然连坐者众，非君来证之不可。君固知我者，今禄命垂尽，故敢奉烦一行。尚有未到人甚多，天符在是，可一阅也。"取手中文书示忞，如黄纸微浅碧，其上皆人姓名，而墨色浓淡不齐。弼违指曰："此卷中皆将死，墨极浓者期甚近，最淡者亦不出十年。所以泄天机者，欲君传于人间，知幽有鬼神，可信不疑如此。"揖别而去。故略能记所书，它日，其人病，豫告其家，此必不起，已而果然。盖以所见验之也。忞少时亦卒。

《夷坚丙志》卷三《李弼违》

这一篇传说，写的是四川官场制造的一桩冤案。蜀州江源宰李弼违被诬告下狱，自刭身亡，相继死了许多人。后来李弼违冤魂找到审判官阎某，为自己和被株连者报仇！通篇描写比较细致，事件的来龙去脉，交代得清清楚楚。对于阎忞回成都，路过双流县时，李弼违的鬼魂夜晚来见的一段描述，尤为生动，富有感染力。又如：

绍兴十五年，陈祖安为吴县宰，甥女陆氏病困，为鬼物所凭。陈欲邀道士禁治，鬼云："无用治我，愿抱冤恨于幽冥间，几二十年不获伸，是以欲展诉。"问其故，云："我姓名曰吴旺，南京人，遭兵火南渡，家于府子城下，以货缲自给。尝与乡人蔡生饮，沿河夜归，蔡醉甚，误溺水死。逻卒适见之，疑我挤之于河，执送府。下狱讯治，不胜痛，自引伏，有司处法，杖死于雍熙寺前石塔下。衔冤久矣，今日聊为公言之。"陈曰："当时之事，谁主此？"答曰："狱官亦无心，其事尽出狱吏。盖吏惮于推鞫，姑欲速成，不容辩析，而狱官不明，便以为是，竟抵极法。"因历道推吏、狱卒及行刑人姓名。陈曰："审如是，何为独诉于我？"曰："寺与县为邻，乃本府祷祈之所，平时公入寺我必见之，故熟识公。今事已久，不能复直，弟欲世人一知之耳。"陈曰："汝骨安在？吾为汝寻瘗，使安于土，可乎？"曰："遗骸零落，所存仅十一二，葬之亦无益。公幸哀我，愿丐水陆一会，以资受生。"陈曰："此费侈，吾贫不能办。"曰："然则但于水陆会中入一名，使人至石塔前密呼吴旺；俾知之，亦沾功德，可以托生矣。"陈曰："何处最佳?"曰："皆有功德,而枫桥者尤为殊胜,幸就彼为之。"陈许诺,鬼巽谢。陈问："病者可痊否?"曰："陆氏数尽,恐不能逃,医药祈禳皆无所用也。"后数日,女果死。明年,王葆彦光往枫桥作斋,陈以俸钱为旺设位。

《夷坚丙志》卷十二《吴旺诉冤》

这一篇传说,写蒙冤而死的平民吴旺向吴县宰陈祖安诉冤,深得陈祖安的怜悯。然而陈祖安为官廉洁,无力为其举办水陆会,他只好用自己的俸钱替其人在水陆道场入一个名,借以超度亡灵。这样富有同情心的县宰,实在令人感佩。再如:

绍兴八年,丹阳苏文瓘为福州长乐令,获海寇二十六人。先是,广州估客及部官纲者凡二十有八人,共僦一舟,舟中篙工、柂师人数略相敌,然皆劲悍不逞,见诸客所赍物厚,阴作意图之。行七八日,相与饮酒,大醉,悉害客,反缚投海中,独留两仆使执爨。至长乐境上,双橹折,盗魁使二人往南台市之,因泊浦中以待,时时登岸为盗,且掠居人妇女入船,无日不醉。两仆逸其一,径诣县告焉。尉入村未返,文瓘发巡检兵,自将以往。行九十里与盗遇,会其醉,尽缚之。还至半道,逢小舟双橹横前,叱问之,不敢对,又执以行,无一人漏网者。时张子戬给事为帅,命取舟检索,觉柂尾百物萦绕,或入水视之,所杀群尸并萃其下,僵而不腐,亦不为鱼鳖所伤。张公叹异,亟为殡葬。盗所得物才三日,元未之用也。(张庭实德辉说)

《夷坚丙志》卷十三《长乐海寇》

这一篇传说,写船上的篙工、柂师一伙强悍的海盗,杀人越货,奸淫妇女,无恶不作。长乐县令苏文瓘接到报案后,立即带人前去捉拿,将其一网打尽,为当地百姓除去一害。通篇描述有条有理,绘声绘色,颇为引人入胜。再如:

陈茂英,福州长乐人,为泰宁知县。前政在任日,有民邓关五殴杀一桶匠，投尸于大江中。事觉，受捕而入狱，以尸不存之故，不肯承伏，遂经年未竟。陈视事三日，穷治此凶，并证佐株连者，分处鞫问。既得要领，方议具案牍。次日晡后，将退厅，闻狱中喊噪声甚厉，即往视之。邓囚已脱锁械，但带枷在颈，连声苦苦，狱卒莫能制。陈知必有物凭附者，叱曰："汝是何神道？我自有官法。"良久乃定，云："各请方便。"陈又曰："我自有官法，我先出去，汝是何神道，亦宜出去。"囚遂熟睡。陈戒狱卒严守护，候其醒则问之。迫夜半始苏，一身自背及胫，皆青黑色。扣所见，云："初时一大人着紫衫者，随从兵卫数十辈，用棒打我，我忍痛不得，叫唤跳出。又一紫衫官人来，喝云：'汝是何神道？我自有官法。'大人者回顾吏卒言：'也是也是，各请方便。'后来官人先出，于是尽退。"陈徐究所以，乃桶匠之家父母兄弟痛冤恨又不得伸，专诣光泽，致祷于广佑王故也。邓因是方伏辜。

《夷坚三志己》卷五《泰宁狱囚》

这一篇传说，写县令陈茂英审理命案，终于让杀人凶手伏法。其中又穿插受害人家属有冤不得申，不得不去求助于神灵的情节。它让人们看到，在当时，下层民众身家性命难以得到保障，常常有冤无处申，非常无助。像陈茂英这样的县令也不可多得。

《夷坚志》中有关知县的传说，尚有写婺源知县方朝散的《夷坚乙志》卷十一《玉华侍郎》；写忠州临江县令刘子文因怀疑而驱逐其子乳娘，随后得报的《夷坚乙志》卷十三《刘子文》；写嘉兴县令陶象治疗儿子病症的《夷坚丙志》卷十六《陶象子》；写高县令欠钱不还，后来变为毛驴的《夷坚丁志》卷十三《高县君》；写吴智甫为崇仁县知县时，打雷电使富人饶某仓库着火，谷物被烧成佛像、谷粒被烧成治病雷丹的《夷坚丁志》卷十六《雷丹》；写巩廷筠为钱塘江宰时，陈老头夫妇死后变泥鳅还债的《夷坚支甲》卷四《九里松鳅鱼》；写薛季益为浮梁县令，安埋为剿匪牺牲的邑宰郭节士，后来当了吏部尚书的《夷坚支丁》卷七《郭节士》；写县令泰宁做牛梦后便严禁杀牛，以后便成为社会风气的《夷坚三志己》卷五《泰宁牛梦》；写陈茂英为长兴县尉，梦见太学同学往王东卿家求助，陈茂英烧牒祭奠后，让他的魂魄回到福州老家的《夷坚三志己》卷五《王东卿鬼》；写张允蹈为永丰县县令，审理乡官逃跑的命案，两次相似，结果大相径庭，深知断案一点儿不能马虎的《夷坚志补》卷五《张允蹈二狱》；写吴约去广东赴任知县，半路上中了美人计，赔光所有钱财，病倒不久而卒的《夷坚志补》卷八《吴约知县》；等等。

第四节　奸佞的传说

《夷坚志》中有关奸佞的传说，涉及蔡京、秦桧二人，作品颇为丰富。

蔡京（1047—1126），字元长，北宋兴化仙游（今属福建）人。熙宁进士。宋哲宗时任开封知府、户部尚书。宋徽宗即位后被罢免，乃勾结童贯以谋起用，崇宁元年任右仆射，后任太师。以恢复新法为名，排除异己，大兴土木，劳民伤财，殃及全国，为"六贼"之首。金兵攻宋，举家南逃。被钦宗放逐赴岭南，死于潭州。有关蔡京的传说，作品比较多，涉及许多方面的内容，譬如：

政和初，宗室郇王仲御判宗正，其第四女嫁杨侍郎之孙。杨早失父，其母张氏性暴猛，数与妇争詈。杨故元祐党籍中人，门户不得志，妇尤郁郁。张尝曰："汝以吾为元祐家，故相陵若此。时节会须改变，吾家岂应终困？"妇以其语告郇王。王次子士骊妻吴氏，王荆公妻族也，每出入宰相蔡京家，遂展转达于京。京以为奇货，即捕张置开封狱。府尹劾以诽谤乘舆，言语切害，罪至陵迟处斩。二法吏得其事，曰："妇人尚无故杀，法安得有大逆罪？"尹怒，并杖之，二人皆以疮溃死。张竟抵法。行刑之日，郇王矍然，不谓至此。骊与两弟入市观，未几辄相继死。骊见妇人被血蹲屏帐间，又作鬼语曰："我本不欲校，无奈二法吏不肯。"蔡京后感疾，命道士奏章。道士神游天门，见一物如堆肉而血满其上。旁人言："上帝正临轩决公事。"顷之，一人出，问道士何以来，告之故。其人指堆肉曰："蔡京致是妇人于极典，来诉于天。方此震怒，汝安得为上章？"对曰："身为道士，而奉宰相之命，岂敢拒之？"曰："后不得复尔。"又曰："适已有符遣京送潭州安置矣，汝可亟还。"道士寤，密以告所善者。又十年，京乃死于长沙，然郇王女及吴氏俱至八十。

《夷坚丁志》卷七《张氏狱》

这一篇传说，写蔡京迫害元祐党籍中人的后代，与开封府尹勾结起来，将张氏凌迟处斩，而且将讲公道话的两个法吏也置于死地，足见"六贼"之首的蔡京凶狠歹毒。当然，这样的奸佞可以得逞于一时，不可能得逞于一世。道士神游天门的故事情节，虽然出于人们的虚构，却真真切切地揭示出蔡京日后的下场。又如：

国朝故事，翰林学士草宰相制，或次补执政，谓之"带入"。大观三年六月八日，何清源登庸①，四年六月八日，张无尽登庸，皆张台卿草麻，竟无迁宠。时蔡京责太子少保，张当制，诋之甚切，为搢绅所传诵。京衔之，会复相，即出张知杭州。明年六月八日，宴客中和堂，忽思前两岁宿直命相，正与是日同，乃作长短句纪其事曰："长天霞散，远浦潮平，危栏驻目江皋。长记年年荣遇，同是今朝。金鸾两回命相，对清光、频许挥毫。雍容久，正茶杯初赐，香袖时飘。归去玉堂深夜，泥封罢，金莲一寸才烧。帝语丁宁，曾被华衮亲褒。如今漫劳梦想，叹尘踪、杳隔仙鳌。无聊意，强当歌对酒怎消。"观者美其词而讶其卒章失意。未几，以故物召还，遽卒于官，寿止四十。台卿，河阳人。（吴傅朋说）

《夷坚丁志》卷十《张台卿词》

这是一篇揭露蔡京打击报复罪行的传说，写蔡京想受封太子少保，但职掌诏令文书的张台卿，对蔡京多有指斥，未能让他得逞。蔡京怀恨在心，当他再次当宰相时，便将张台卿贬到杭州为知州。第二年六月八日，张台卿宴客时想到自己在朝廷值班起草任命诏令文书之事，感慨良多，便

---

① 登庸：选拔重用。这里指被选拔为宰相。

填一首词来表达心中的愤懑。后来虽然被朝廷召回恢复原职，却很快死去，年仅四十岁。再如：

> 崇宁初，斥远元祐忠贤，禁锢学术，凡偶涉其时所为所行，无论大小，一切不得志。伶者对御为戏，推一参军作宰相据坐，宣扬朝政之美。一僧乞给公凭游方，视其戒牒，则元祐三年者，立涂毁之，而加以冠巾。一道士失亡度牒，问其披戴时，亦元祐也，剥其羽衣，使为民。一士人以元祐五年获荐，当免举，礼部不为引用，来自言，即押送所属屏斥，已而主管宅库者附耳语曰："今日于左藏库请得相公料钱一千贯，尽是元祐钱，合取钧旨。"其人俯首久之，曰："从后门搬入去。"副者举所持挺扶其背曰："你做到宰相，元来也只好钱。"是时至尊亦解颜。
>
> 《夷坚支乙》卷四《优伶箴戏》

这一篇传说，描述优伶在皇帝面前演戏，揭露并嘲讽崇宁初年蔡京当权，排斥元祐年间主持新政的忠贤、禁锢学术的局面。通过诙谐有趣的表演，传达出严肃的题旨。再如：

> 宣和二年，太师蔡京府有奇祟染著。其孙妇每以黄昏时艳妆盛服，端坐户外，若有所待；已则入房昵昵与人语，欢笑彻旦；然后昏困熟睡，视骨肉如胡越然，饮食尽废。蔡甚忧患，招宝箓宫道士治之，及京城名术道流，前后数十辈，皆痛遭折辱，狼狈乞命而退。时张虚靖在京师，密奏召之。才入堂上，鬼啸于梁。张曰："此妖怪力绝大，盖生于混沌初分之际，恐未易遽除。容以两日密行法，若不能去，决非同辈所能施功，吾亦未如之何矣。"蔡问所欲何物，但令办香花茶果，他一切弗用。三日后，诣蔡府，坐未定，有大飞石自梁而坠，几败张面。俄梁上一物如猿狨，笑谓张曰："都下法师无数，并出手不得。汝何等小鬼，敢来相抗？"张弗顾，但焚香作法。狨忽自左手第一指出火下烧灼之，张凝然不动，就火中加持良久而灭之。自第二指出火如初；五指既遍，复用右手暨两眼；最后举体发烈焰，满

堂炽然，不可响迩。张略无所伤，喜曰："祟技止此尔。"叱之使下，缩栗震慑，张纳诸袖中。将起，蔡曰："可使见形大乎？"曰："大则首在空中，虑不无惊怖。"蔡固欲验之，乃出而再叱，声未绝口，已高数十丈。蔡惧，请救收之，遂复故形。蔡谕使诛之，不可，曰："此妖上通于天，杀之将有大祸。今窜之海外，如人间之沙门岛，永无还期，谴罚如是足矣。"遂舍去。孙妇即日平愈。时此老七十四岁。稔恶误国家，祸将及，以故变异如是。

《夷坚支戊》卷九《蔡京孙妇》

这一篇传说，讲述蔡京孙妇遇到妖怪作祟，蔡京感到非常忧患，他招许多京城名术道流来都束手无策，最后请了张虚靖才将妖怪制服。值得注意的是，这篇传说不但描写蔡京在妖怪面前感到畏惧，颇为狼狈，而且在结尾处指出蔡京"稔恶误国家，祸将及，以故变异如是"。大意说蔡京作恶多端，祸国殃民，遇到这样的怪事不足为奇。

《夷坚志》中有关蔡京的传说，尚有写蔡京方盛时，廖用中作诗嘲讽他的《夷坚甲志》卷十《廖用中诗戏》；写蔡京帮助车四道人躲过一劫，又多活六十年的《夷坚甲志》卷十六《车四道人》；写杨靖攀附蔡京，后遭到报应的《夷坚甲志》卷十八《杨靖偿冤》；写齐先生为蔡京算命，蔡京后来果然衰败的《夷坚乙志》卷六《齐先生》；写方士向蔡京献丹的《夷坚支癸》卷三《方士阴阳丹》；写蔡京任左仆射丢官后的《夷坚三志己》卷六《司空见惯》；写一个道人劝蔡京不要贪，做太师十五年就离去，靖康间金兵来犯，蔡京被贬官南下，吃尽苦头，乃是天意的《夷坚志补》卷十三《蔡司空遇道人》；等等。

秦桧（1090—1155），字会之，江宁（今江苏南京）人。政和进士。北宋末年历任左司谏、御史中丞。靖康二年被俘，成为金太宗弟挞懒的亲信。靖康四年随金兵至楚州被遣归，谎称夺船逃回。绍兴年间两任宰相。前后执政十九年，主张投降，受到宋高宗宠幸。打击韩世忠等抗金名将，害死岳飞，主持议和，向金称臣纳币，订立《绍兴和议》，为国人所切齿。秦桧病重时，加紧扶持养子秦熺继位，但宋高宗并不认可，随后便罢免了秦桧、秦熺等人的官位。秦桧得到圣旨的当天晚上就死去了。有关秦桧的传说，作品不少，涉及面较广，从不同的视角来揭露和谴责这个奸佞。譬如：

　　胡汝明待制帅广西，与转运使吕源以职事相失。府吏徐笭者，获罪于胡，杖而逐之，阴求胡过失以啖源，得其邕州买马折阅事，劾奏于朝。故相秦桧入其言，绍兴十三年，遣大理丞袁楠、燕仰之为制使鞫治。是岁六月，捕胡下吏，凡一时左证皆就逮，笭亦对狱。才旬日，胡死狱中，二丞惧，秘不使言，阳令府中召医入，谕医者王敦仁，使证为病笃，舁出外。笭亦得归家，行未至，忽敛衣襟，曲躬向空而揖曰：“待制在此。”即时病，及家而死。后三年六月，敦仁以疽发背死，凭其家人言曰：“我顷入狱视胡待制，时实已死，我畏寺丞之责，妄言疾势八分，合服钟乳。药至已无所付，自饮之而出，致其冤不得直，今须我对于地下。”吕源受代，居衡州，且死，戒子弟治身后事，指其棺曰：“入此见胡待制时，大费分说在。”竟亦不起。又胡公在狱时，得以一婢自随，后嫁桂林，众人白昼见胡从外入，曰：“急须汝证吾冤，勉为吾行。”婢曰：“待制有命，敢不从。”胡喜而出。婢具告其夫，将更衣索浴，未及而逝。

　　　　　　　　　　　　　　　　　《夷坚乙志》卷九《王敦仁》

　　这一篇传说，描写秦桧为丞相时制造的一桩大冤案，受害人胡汝明待制告到阴曹地府，让医者王敦仁、转运使吕源、府吏徐笭等涉案的许多人相继死去。它用具体事实揭露和抨击秦桧当权时朝政的黑暗，并且反映了民众希望惩罚邪恶势力，追求清正廉明的强烈愿望。又如：

　　绍兴二十五年春，秦丞相在位。其子熺谒告来建康焚黄，因游茅山华阳观，题诗曰：“家山福地古云魁，一日三峰秀气回。会散宝珠何处去，碧岩南洞白云堆。”时宋为建康守，即日镌诸板，揭于梁间。到晚，秦往观之，见牌侧隐约有白字，命举梯就视，则和章也。曰：“富贵而骄是罪魁，宋颜绿鬓几时回？荣华富贵三春梦，颜色馨香一土堆。”读之大不怿。方秦氏权震天下，是行也，郡县迎候趋走唯恐不至，无由有人敢讥切之如此者。穷诘其所自，了不可得，宋与道流皆惧，不知所为。是岁冬，秦亡。

《夷坚丙志》卷十六《华阳观诗》

这一篇传说，写在秦桧当权炙手可热之时，秦桧养子秦熺游茅山华阳观，扬扬得意地题诗，不可一世。有人竟斗胆写诗嘲讽秦熺，表现出蔑视秦桧一家的大无畏的气概。建康守宋某一伙人，赶紧去追查，却一点儿线索也没有查到，只好不了了之。值得庆幸的是，当年冬天，秦桧病重，竟一命呜呼了。再如：

秦氏建康永宁庄有牧童桀横，常骑巨牛纵食人禾麦。民泣请不悛，但时举手扣额，诉于天地。绍兴二十四年三月中，正食麦苗，风雨雷电总至，牛及童俱震死。同牧儿望见空中七八长人，通身着青布衣，于烈焰中提童去。又一人挈牛升虚，凿其脑后，一窍阔寸许，舌出一尺，火燎其毛无遗。监庄刘稳命舁牛弃诸江，民窃揽取剥食之。刘诣尉诉，尉谕劝之，乃止。

《夷坚丁志》卷六《永宁庄牛》

这一篇传说，写秦氏在建康的永宁庄有一个牧童桀横，经常骑巨牛吃村民禾麦。乡民哭求不予理睬，后来牧童与牛遭到报应，均被雷劈死。作品以幻想性手法的情节来写蛮横霸道的秦家牧童得报，从而真切地表达出世人对于秦桧的强烈不满和愤怒。

《夷坚志》中有关秦桧的传说，尚有写秦桧录用同乡人的《夷坚乙志》卷四《张聿梦》；写秦桧从子秦昌时作恶的《夷坚乙志》卷十二《秦昌时》；写某人为了巴结秦桧，将汉代二十四斤金瓮献给秦桧的《夷坚丁志》卷五《荆山庄瓮》；写政和初一个头陀说书院里面秦桧日后要当大官，四十年后果然如此的《夷坚丁志》卷十《建康头陀》；写张浚谪居和州，受到秦桧猜忌，必欲置于死地的《夷坚支景》卷二《蜀中道人》；写陈元承曾经当韩世忠幕僚，为秦桧所恶，去大茅峰修道，秦桧死后复出的《夷坚支景》卷九《陈待制》；写宋某与秦桧有牵连的《夷坚志补》卷十四《梅州异僧》；写桂林府中的周生依仗秦桧的权势为非作歹，向秦桧诬告他人，多亏一桂林走卒相救，那人才幸免的《夷坚志补》卷二十五《桂林走卒》；等等。

第五节　宦官的传说

皇帝的内侍（皇帝左右的侍臣），宋朝以后统称宦官。《夷坚志》中有关宦官的传说，主要涉及童贯、杨戬、宋用臣等人。

童贯（1054—1126），字道辅，开封（今属河南）人。北宋宦官。少出内侍李宪之门。初为供奉官，在杭州替宋徽宗搜刮书画奇珍。后与蔡京勾结，在西北监军，掌握兵权约二十年。为"六贼"之一，时人称蔡京为"公相"，童贯为"媪相"。政和元年，他使辽时邀马植归宋，出联金灭辽之谋。政和四年，攻辽失败，请求金兵代取燕京。他又贿金换取一些空城，谎称收复有功，被封为广阳郡王。政和七年金将粘罕进犯，童贯为河北宣抚，逃回汴梁，跟随宋徽宗南走。宋钦宗即位后诏数十大罪，被诛死。童贯的传说数量并不多，但比较精彩，譬如：

> 临安人杨靖者，始以衙校部花石至京师，得事童贯，积官武功大夫，为州都监。将满秩，造螺钿火镯三合，穷极精巧。买土人陈六舟，令其子十一郎赍入京，以一供禁中，一献老蔡，一与贯，以营再任。子但以一进御，而货其二于相国寺，得钱数百千，为游冶费，愆期不归。靖望之久，乃解官北上，遇诸宿泗间。子畏父责己，乃曰："所献物皆为陈六所卖，儿几不得免。"靖信之。至京，呼陈六诘问。陈答语不逊，靖杖之。方三下，陈呼万岁，得释。还至舟，谓其妻曰："杨大夫不能训厥子，翻以其言罪我。我不能堪。"遂赴汴水死。靖得州钤辖以归，都转运使王复领应奉局，辟靖兼干官，常留使院中，时宣和七年也。是岁四月某日，靖在签厅，有纲船挽卒醉相殴，破鼻出血，突入漕台。纷纷间，靖矍然如有所睹，急趋入屏后，遂仆地。舁归家，即卧病，语言无绪，不食。时临平镇有僧，能以秽迹法

治鬼，与靖善，遣招之。至则见鬼曰："我梢工陈六也。顷年以非罪为杨大夫所杀，赴诉于东岳，岳帝命自持牒追逮，经年不得近，复还白，帝怒，立遣再来，云：'杨靖不至，汝无庸归。'今又岁余矣。公门多神明，久见壅遏，前日数人被血入，土地辈皆惊避，乘间而进，乃得至此。"僧谕之曰："汝他生与是人有冤，今世故杀汝。汝又复取偿，翻覆无穷，何时可已？吾令杨氏饭万僧，营大水陆斋荐谢汝，汝舍之何如？"鬼拜而对曰："畴昔之来，苟闻和尚此语，欣然去矣。今已贻怒主者，惧不反命，则冥冥之中，长无脱期，非得杨公不可也。"僧无策可出，视靖项下有锁，曰："事已尔，姑为启钥，使之饱食，且理家事，可乎？"许诺。前拔锁，靖即起，如平常。然与僧才异处，则复昏困，数日死。富阳人吴兴举旧为吾家仆，亲见靖病及其死云。

　　　　　　　　　　　　　《夷坚甲志》卷十八《杨靖偿冤》

　　这一篇传说，写杨靖以解押花石纲至京师讨好童贯，升官为武功大夫，当了州都监。任期将满时，他制造三盒极其精巧的螺钿火柜让儿子去献给皇宫、蔡京、童贯，谁知道他儿子送一盒进宫，而把另两盒卖钱拿去挥霍，引出杨靖逼死梢工陈六的一桩命案。冤鬼到东岳大帝那里，最后让童贯提拔的这位武功大夫抵命。从中不难看到"六贼"横行霸道之时，社会环境如何恶劣，老百姓如何不堪其苦。

　　《夷坚志》中有关童贯的传说，尚有写马简因打死人坐牢，不久被童贯选入胜捷军，兵罢后有次从梯子时摔下，竟当场毙命的《夷坚甲志》卷十三《马简冤报》；写童贯将败时，他家厨师突然听到鼎釜中有怪声音，烹肉皆化为蝴蝶飞至堂中，两犬举木棒击蝴蝶尽成鲜血，童贯很快就被诛的《夷坚志补》卷二十一《童贯咎证》；等等。

　　杨戬（？—1121），北宋末宦官。宋徽宗即位后受到宠信，官彰化军节度使，随后一迁至太傅。他在京东西路、淮西北路一带没收良田，增收租赋，农民大受其害。有关杨戬的传说，揭露性较强，譬如：

　　杨戬贵盛时，尝往郑州上冢，挈家而西，其姬妾留京师者犹数十辈，中门大门，悉加扃锁，但壁隙装轮盘传致食物，监护牢甚。有馆客在外舍，一妾慕其风标，置梯逾屋取以入，恣其欢昵。将晓，送之去。次夕，复施前计。同列浸闻之，遂展转延纳，逮七八昼夜，赂监院奴，使勿言。客不胜困惫，而报戬且致，亟升至屋，两股无力，不能复下。戬还宅望见，讶其非所处，殆为物所凭祟，遣扶以下招道士噀治。因妄云："为鬼迷惑，了不自觉。"经旬良愈。戬固深照其奸，故置酒叙庆，极口慰抚，客谓已秘其事弗泄矣。一日，召与共食竟，令憩密室，则有数壮士挽执缚于卧榻上，持刃剖其阴，剥出双肾，痛极晕绝。戬命以常法灌傅药，此数士者，盖素所用阉工也。后十余日，仅能起坐，唤汤沃面，但见堕须在盆无数，日以益多，已而俨然成一宦者。自是主人待之益厚，常延入内阁，与妻女同宴饮，盖知其不必防闲，且以为玩具也。客素与方务德相善，每休沐，辄出访寻。是时半岁无声迹，皆传已死。偶出游相国寺，遇之于大悲阁下，视形模容色，疑为鬼。客呼曰："务德，何恝然①无故人意？"乃前揖之。客握手流涕，道遭变本末，深自咎悔，云："何颜复与士友接，特贪恋余生，未忍死耳。"后不知所终。

《夷坚支乙》卷五《杨戬馆客》

这一篇传说，具有很强的揭露性。它写宋徽宗内侍杨戬炙手可热时，有一次外出上坟几天才返回。他的馆客与他的姬妾便在家中淫乱。杨戬知情后，不动声色，立即进行报复，采取极为残忍的办法，将他们阉割，并且把他们当成玩物对待，让其苟且偷生。这些馆客胡搞，自然丝毫也不值得同情。但作为宋徽宗的内侍的杨戬如此骄奢淫逸，胡作非为，行事十分残酷、凶狠，无疑应当受到严厉的谴责。又如：

　　宣和中，内侍杨戬方贵幸。其妻夜睡觉，见红光自牖入，彻帐灿烂夺目，一道人长尺许，绕帐乘空而行，徐于腰间取一盂，髻中取小瓢，倾酒满之，其香裂鼻。笑顾戬妻曰："能饮此否？"妻疑惧，不敢应。道人旋绕数匝，再三问之，终不应。道人曰："然则吾当自饮。"

---

①　恝（jiá）然：无动于衷貌。

一引而尽，倏然乘红光复出，遂不见。其家闻酒香，经数日乃歇。戬新作书室，壮丽特甚，设一榻其中，外施缄锁，他人皆不得至。尝上直，小童入报有女子往来室中，妻遽出视之，韶颜丽态，目所未睹，回眸微笑，举止自若。需戬归，责之曰："买妾屏处，顾不使我知。"戬自辩数，且相与至室外，望之，信然。及启钥，女巫登榻，引被蒙首坐。戬夫妇率妾侍并力掣之，牢不可取。良久，回面向壁，身稍偃，意其已困，复揭之。但见巨蟒正白，蟠屈十数重，其大如臂，僵伏不动，家人皆骇走。戬遣悍卒十辈，连榻舁出，弃诸城外草中，不敢回顾。未几时，戬死。（吴元美仲实说）

《夷坚乙志》卷十九《杨戬二怪》

这一篇传说，前后描述了受到宋徽宗宠信的内侍杨戬家中先后发生的两件怪事，一件比一件离奇，一件比一件让人感到恐怖。而这两件怪事最终成为杨家的一个凶兆——恶贯满盈的杨戬不久便命丧黄泉了。

《夷坚志》中有关杨戬的传说，尚有写宋徽宗热衷道教，北城佛寺大多被废毁，内侍杨戬准备将太平兴国寺改为旅馆民居以敛财，竟胸腹溃烂而死的《夷坚支丁》卷一《杨戬毁寺》；写宋哲宗元祐年间大太监宋用臣被贬到舒州郡，一面华丽大鼓的鼓环突然断掉，他巧妙构思得以重安好的《夷坚丁志》卷十七《琉璃瓶》；写大太监宋用臣监修皇城时，杀戮违反命令的役卒，一会儿旗杆柄便出现揭露性的四十个字，让宋用臣后悔莫及，只得厚葬役卒的《夷坚志补》卷十三《皇城役卒》；等等。

第三章　武将的传说

《夷坚志》里面的武将传说数量不少，其中最为突出的当数韩世忠的传说与岳飞的传说。

第一节　韩世忠的传说

韩世忠（1089—1151），又称韩郡王、韩蕲王等。字良臣，绥德（今属陕西）人。抵御西夏有功。宋金战争起，在河北力抗金军，旋随高宗南下，升至浙西制置使。建炎三年（1129）冬，金兀术渡江，次年他带兵乘海船至镇江断绝其归路，转战至黄天荡，相持48天。绍兴四年（1134）在大仪（今江苏仪征北）大破金军与伪齐的联军。两年后任京东淮东路宣抚处置使，开府楚州（今江苏淮安），力谋恢复。秦桧主和，他多次上疏反对。绍兴十一年（1141），授枢密使，被解除兵权。他抗疏反对议和，又以岳飞冤狱面诘秦桧。所言不被采纳，乃自请解职，闭门谢客。死后追封蕲王。《夷坚志》中有关他的传说，主要描述他的英勇善战，敢于抗击金人入侵，反对屈膝投降，同时也描述他关心战将、除暴安民等事迹。譬如：

> 绍兴中，韩郡王既解枢柄，逍遥家居，常顶一字巾，跨骏骡，周游湖山之间，才以私童史四五人自随。时李如晦晦叔自楚州幕官来改秩，而失一举将，忧挠无计。当春日，同邸诸人相率往天竺，李辞以意绪无聊赖，皆曰："正宜适野散闷可也。"强挽之行。各假僦鞍马。过九里松，值暴雨，众悉迸避。李奔至冷泉亭，衣袂沾湿，

愁坐良叹。遇韩王亦来,相顾揖。矜其憔悴可怜之状,作秦音发问曰:"官人有何事萦心,而悒怏若此?"李虽不识韩,但见姿貌魁异,颇起敬,乃告以实。韩曰:"所欠文字,不是职司否?"答曰:"常员也。""韩世忠却有得一纸,明日当相赠。"命小史详问姓名、阶位,仍询居止处。李巽谢感泣。明日,一吏持举牍授之曰:"郡王送来,仍助以钱三百千。"李遂升京秩。修笺诣韩府,欲展门生之礼,不复见。

《夷坚甲志》卷一《韩郡王荐士》

这一篇传说,又见《夷坚三志己》卷一。写绍兴中韩世忠被解除兵权后,带小童外出周游。雨中遇到因调职无人举荐正在发愁的李如晦,随后便派人送去一封举牍,让他得以在京城谋得官职。后来李如晦去韩府,打算以门生的身份拜见韩世忠,韩世忠却没有见他。这一篇传说真切地表现了爱国将领韩世忠在自己已经被解除兵权的情况下,仍然非常关心他人,爱惜人才,尽力帮助部将,这种大将风度和坦荡襟怀,令人感佩。又如:

韩蕲王宣抚淮东,获凶盗数十辈,引至金山,陈刀剑于廷下,以次斩之,皆股战就诛。独一盗跃而出揖,指一刀最大者曰:"愿从相公乞此刀吃。"韩笑曰:"甚好。"时有中使来宣旨者在坐,为言此人临死不怯,似亦可用。韩曰:"彼用计欲脱耳。"竟杀之。

《夷坚乙志》卷三《韩蕲王诛盗》

这一篇传说,写韩世忠任淮东路宣抚处置使,斩首数十位凶盗时,一盗请求吃最大之刀,欲用计脱身,被韩识破,未能得逞,足以展现出韩世忠的果敢和睿智。再如:

建炎末,建贼范汝为、叶铁、叶亮作乱。建阳士人陈才辅,集乡兵杀叶铁父母妻子,贼猖獗益甚。绍兴元年,遂据郡城。朝廷命提举詹时升、奉使谢响同招安。群盗皆听命,独叶铁不肯,曰:"必报陈才辅,乃可出。"詹为立重赏擒获以畀之。铁选二十辈监守,人与钱一千，戒之甚至，曰："失去则皆斩。"欲明日邀使者及诸酋高会而甘心焉。监者以巨索缚陈脚，倒垂梁间，大竹篾拲①其手，剑戟成林，相近尺许，舂一刀甚利。至二更，众皆醉，陈默祷曰："才辅本心忠孝，为国为民，老母在堂，岂当身受屠害？若神明有知，愿使此曹熟睡，刀自近前，为破索出手，使得脱去。"良久，刀果自前，如神物推拥。陈以掌就断其篾，两手既释，稍扳援割截，系缚尽断，遂握刀趋门。一人睡中问："谁开门？"应曰："我。"其人不知为陈也，曰："不要失却贼。"陈曰："如此执缚，何足虑！"及出门，已三鼓，行穿后巷，约一里，闻彼处喧呼曰："走了贼！"陈益窘，顾路旁坎下篁竹蒙翳，急藏其间。而千炬齐发，搜寻殆遍，坎中亦下枪刃百十，偶无所伤。诸人言："必归建阳，或向剑浦，宜分诣两道把截。"陈不敢择径路，但屈曲穿林莽中。明日，抵福州古田境，卖所持刀，得钱买饭，直趋泉州，就其姊婿黄秀才。逾八日而十卒持詹君帖至，复成擒。陈知不免，亟自碎鼻，以血污身，佯若且死。十卒自相尤曰："奈何使至此？"扛置邸中，真以为困悴，不复防闲。又三日，黄生来视，适茶商置酒招黄及十人者，商家相去稍远，唯七人往赴，留三人护守。陈又默祷如曩时，三人皆饮所饷酒，亦醉。买菜作羹，一坐房前，一吹火灶间，一洗菜水畔。陈乘间携棍棒挥击，即死。南走漳州，竟得脱。明年，韩蕲王平贼，陈用前功得官。

《夷坚丁志》卷五《陈才辅》

　　这一篇传说，故事性强，情节相当生动，注重细节刻画，历历如在目前。描写建阳士人陈才辅因剿贼而为其记恨，贼必欲置之死地而后快。后被捉，两次死里逃生，侥幸得脱。第二年韩世忠平贼，陈才辅因为有功而得到任用，在韩世忠部下为官。由此也不难看出韩世忠用人的眼光和魄力。

　　有关韩世忠的传说，尚有写绍兴初，王权跟随韩世忠到建州征讨范汝为，曾经射中一只鹊眼，又惊又悔，便拔刀砍碎弓箭，后与贼战，流箭射在王权鼻眼间，离眼睛不到一寸的《夷坚甲志》卷十九《王权射鹊》；写

---

①　拲（gǒng）：古代一种刑法，两手同械。

韩世忠住在旧府时，其十二岁儿子一日追赶一女鬼，到了庭下即化形如匹练，迸为火光，入沟中而灭的《夷坚乙志》卷十七《鬼化火光》；写韩蕲王军中大将吴超死后为昆山县令土地神的《夷坚支乙》卷一《吴太尉》；写韩世忠兄长韩世旺，常被临安幕官王椿所轻侮，吕丞相都督江淮时，韩世旺与王椿射箭较技，让王椿大失颜面的《夷坚支庚》卷十《韩世旺弓矢》；写韩蕲王督兵淮楚时猎于郊外，遇群虎下山，一共射死三十多只，大将呼延通驰马发羽箭射死那只最为凶悍之猛虎，一军皆壮其勇的《夷坚三志己》卷八《呼延射虎》；写绍兴二十五年韩世忠病笃身亡，晚上复苏，说他至地府遇升殿者为晏景初尚书，便讲出自己三件心事，建黄篆大斋醮超度枉死者，安排好诸多侍妾和全部焚毁外间举债负钱契券，于是放他还阳逐一了结心愿，完毕后便死去的《夷坚志补》卷二十五《韩蕲王》；等等。

第二节 岳飞的传说

岳飞（1103—1142），字鹏举，相州汤阴（今属河南）人。北宋末年投军，任秉义郎。高宗即位，因反对南迁被革职。不久随宗泽守卫开封，任统制。建炎三年（1129）冬金兀术渡江南进，他移师广德县、宜兴，坚持抵抗。次年金军北撤，他攻击金军后队，收复建康（今江苏南京）。绍兴四年（1134）在他大破金傀偏伪齐军，收复襄阳、信阳等六郡，任清代远军节度使。后驻军鄂州（今湖北武汉），派人渡河联络太行义军，屡次建议大举北进。绍兴九年（1139），高宗、秦桧与金人议和，他上表反对。次年金兀术进兵河南，他进行反击，收复郑州、洛阳等地，在郾城大败金军。两河义军纷起响应。当时高宗、秦桧一意求和，用十二道金牌下令退兵，将其召回临安解除兵权，任枢密副使。不久诬其谋反，以"莫须有"的罪名，将他与儿子岳云及部将张宪一同杀害。孝宗时追谥"武穆"，宁宗时追封"鄂王"。有关岳飞的传说，譬如：

辛企李绍兴八年，自右正言出为湖南提刑。舟到武昌，大将岳飞来江亭通谒，辛以道上不见宾客为解，岳不肯去。良久，不获已，见之。即欲以明日具食，意殊恳切，不得辞。既宴，酒三行，延辛入小阁，尽出平生所被宸翰，凡数百纸，具言眷遇之渥。执辛手曰："前夕梦为棘寺逮对狱，狱吏曰：'辛中丞被旨推勘。'惊寤，遍体流汗。方疑惧不敢以告人，而津吏报公至。公自谏官补外，他日必为独坐，飞或不幸下狱，愿公救护之。"辛悚然不知所对。才罢酒，即解维。后数年，飞罢副枢奉朝请，故部将王贵迎时相意，告其谋叛，系大理狱，命新除御史中丞何伯寿治其事。方悟昨梦，乃新中丞也。何公后辞避不就，乃以付万俟丞相云。

《夷坚甲志》卷十五《辛中丞》

这一篇传说颇为精彩，通篇虽然描述的是梦中情景，却具有很强的真实感，颇为动人。又如：

绍兴初，岳少保制阃于荆襄。是时墟落尤萧条，虎狼肆暴，虽军行结队伍，亦为所虐。有士人言猛兽畏乐声，若箫鼓振作，当自退避，由是颇采其说。乾道中，王宣子为副都统制，自襄阳往鄂渚，途次荆郢间，从马直以百数。日犹衔山，众乐竞奏，候吏报一筚篥部为虎于众中马上忽衔去，正惊怖未已，又报笛部头一人亦然。其处距宿驿幸不远，争策马赴之。解鞍良久，筚篥者奔喘而至，颜无人色，少定始能言："初为虎所搏，置之穴中，复往取笛工，至则啖食，度已饱，故未见伤害，但与二雏绕弄作戏。忽忆得腰间有所执器，急取出大声喷吹之，巨虎骇震，不暇挟其子，踉跄遽走，不反顾。望之极目，乃敢归，几不免虎口也。"

《夷坚支景》卷一《王宣乐工》

这一篇传说，写绍兴初岳飞在荆襄一带驻军时，村落萧条，虎狼横行。后来，王宣子的军队在行进中某个乐工遇到的一次死里逃生的奇特遭遇。它在描绘这次历险的恐怖场景时，又带出一点儿诙谐趣味和喜剧色彩。不难看出，这篇传说不但再现了当时荆襄一带生存环境的恶劣和岳飞在此统军的艰辛，而且显示出民众的乐观情绪和无畏精神。

有关岳飞的传说，尚有写岳飞赞赏张二铲除恶徒而不肯牵连他人之志义，将其收入军中，后来张二以功补官的《夷坚支甲》卷八《哮张二》；写鄂州三公庙神显灵，告岳家军有人盗窃庙中黄帏幔，岳飞立即查办此人，并且赔了新幔的《夷坚支戊》卷六《三公神》；写秦桧死后，朝廷为岳飞申冤，岳飞的几个孩子都有了差遣的《夷坚丙志》卷十五《岳侍郎换骨》；等等。

第三节　其他将领的传说

《夷坚志》中有关其他将领的传说，涉及张俊、李元佐以及另外一些武将。

张俊（1086—1154），字伯英，宋成纪（今甘肃天水）人。行伍出身。宋高宗时任御营司前营统制，江淮路招讨使。抗金屡立功，与韩世忠、岳飞并称三大将。后向秦桧屈服，助其制造伪证陷害岳飞，排挤刘锜，为世人所不取。晚年封清河郡王，拜太师，居西湖，聚敛财货。张俊的传说，大多与他领军、杀盗匪有关，譬如：

> 王德少保葬于建康数十里间，绍兴三十一年，其妻李夫人以寒食上冢。先一夕宿城外，五鼓而行，至村民家少憩，天尚未明。民知为少保家，言曰："少保夜来方过此，今尚未远。"夫人惊问其故，答曰："昨夜过半，有马军数十过门，三贵人下马叩户，以钱五千买谷秣马，良久乃去，意貌殊不款曲。密询后骑曰：'何处官人？欲往何地？'骑曰：'韩郡王、张郡王、王少保。以番贼欲作过，急领兵过淮北扞御也。'"夫人命取所留钱，乃楮镪耳，伤感不胜情。祀毕还家，得疾而卒。是年四月，予在临安，闻之于媒妪刘氏，不敢与人言，但密为韩子温道之。及秋来，虏果入寇。
>
> 《夷坚丙志》卷十六《王少保》

这一篇传说，写通过绍兴三十一年（1161）寒食节，王夫人为亡夫王德扫墓时，得知一户村民头晚的一段奇异见闻——已经亡故的韩世忠、张俊、王德三位抗金将领带领兵马前去御敌。这一年秋天，金军果然来犯。这一篇带有浓郁幻想色彩的传说，充分表现了南宋百姓对于已故抗金将领的深情怀念，同时展示出他们对于来犯之敌的高度警惕。

有关张俊的传说，尚有写绍兴初张俊驻军建康，副将苗团练去蒋山下踏营地，被黑蛇害死的《夷坚乙志》卷十三《蒋山蛇》；写巨盗张花项破池州，大肆杀戮，对不能够行走的妇女极其残忍，张俊擒获张花项后，立刻将其斩首的《夷坚支乙》卷五《张花项》；写江陵首富张拱之将一千两银子熔为巨球，当中穿窍用铁索系于床下，据说张俊家多银，常以千两熔为一球的《夷坚支戊》卷四《张拱之银》；等等。

李元佐总领的传说，既涉及他做总领时的内容，又涉及他做总领前的内容，譬如：

> 秦蜀买马入东方，率以五十四为一纲，遣兵校部押。马多道亡，于是置监汉阳，憩泊五日，以俟三卫江山诸军取发。先赴湖广总领所，对验毛色齿数，与四川马司者无异，然后即路。乾道九年，殿前程副当此役。至汉阳，卜日将济江，卒长云："旧例必具牲酒诣城隍庙谒赛乃行，则长涂无他虑。"程不答，再言之，忽怒诟曰："我取官马，何预于神！"叱使去。是日晚绝江宿城下驿，才五鼓，悉控马往总司，须启关而入，忽闻马蹄声从西来，诸卒谓他纲至，起立相戒，各谨持控，以防相遇斗触之害。俄项间已至前，暗中不能测其多寡，即冲突踶①啮不可制。如是两刻许，天且明，视它马了无，而一行纲马死者几半，皆折胁流肠，若遭矛戟，众以为程将慢神之咎。时李元佐为总领。
>
> 《夷坚支景》卷七《鄂州纲马》

这一篇传说，写乾道年间，李元佐为总领时，秦蜀买马人在汉阳遇到

---

① 踶（dì）：踢。

的一桩马匹被突如其来的神马踢死的怪事。又如：

> 李元佐在鄂州得襄、汉间二犬，躯干狞猛，迥与它异，命畜于后圃。虑其或伤人，常加维絷。一日，守卒暂解纵之，使自如，犹束其颈。圃与禁卒营栅为邻，墙垣不固，营犬十数成群，竞至其傍，肆意侮啮，襄犬以颈索拘縻之故，不能敌，俱遭搏噬。守卒击逐群犬去而曳以归，复系诸故处，遂数日不食，若忿恨然。众卒或相与言："此二犬非侪辈可比，反遭伤害，今而弗食，岂亦怀报复之志乎？盍为去其缚，使得逞威，以决胜负。"佥以为然，乃纵之。营犬望见，谓如前可欺，群吠而至。二犬奋迎之，势若猛虎之视羊豕，或绝其咽，或破其胁，皆立死。凡杀四五犬，余悉奔遁。众卒烹食死者肉，厌饫之外，复以归遗妻子。经旬日，顾念得肉之利，又解纵如初，徘徊抵暮，略无一来者。俄有两龙类犬，出不意而至，虽持梃殴逐，不肯退。少焉客主各陨其一，存者流血呻呼而散，不越夕并死。盖四犬竞斗，皆不获免，畜产衔怒不可解如此。
>
> 《夷坚支景》卷七《鄂总二犬》

这一篇传说，采取的是以物写人的手法，通过描写李元佐喂养的两只襄犬势若猛虎、不畏强敌，来烘托李元佐威猛不屈的精神面貌。

有关李元佐的传说，尚有写宜黄县府后经常闹鬼，接连十任县令都不敢住正厅，南昌李元佐上任后才住在正厅，三年后李元佐离开时，鬼怪又出来制造麻烦，新县令只好又去住西偏房的《夷坚支乙》卷九《宜黄县治》；写宜黄县有座庙，相传神多化为青蛤蟆而出，以小为贵，绍兴年间庙中出现无数小青蛤蟆，本地人一致认为是吉兆，民众都劝县令李元佐准备祭礼，李并不相信，次日青蛤蟆全部消失，三年间宜黄境内平安无事，李也被提拔，官至侍从的《夷坚支乙》卷九《宜黄青蟆》；写绍兴二十九年，宜黄县令李元佐派王宣前往讨捕巨盗，他与两个士兵一起牺牲，二犬一直守护主人尸体，待主人下葬后二犬亦死去，李元佐为王宣立庙，二犬亦塑于庙内的《夷坚支景》卷七《王宣二犬》；写李元佐绍兴年间任建州丰国监时，为所生女儿顾民妻陈氏为女儿乳母，李元佐任户部侍郎时陈氏在临安去世，火化后骨灰中有许多舍利的《夷坚支景》卷七《李氏乳媪》；写李元佐为南城县令时出游，两个童仆追逐蝴蝶进入深山老林，遇到紫阳山邓真人，三年后李元佐便辞官带着全家人逸去的《夷坚支景》卷十《李氏二童》；等等。

《夷坚志》中另外一些武将的传说，提及的人物众多，内容比较分散，譬如：

　　马识远，字彦达，东州人，宣和六年武举进士第一。建炎三年为寿春守，虏骑南侵，过城下。识远以靖康时尝奉使至虏，虏将知之，扣城呼曰："马提刑与我相识，何不开门？"寿春人籍籍言，郡守与虏通者。识远惧，不敢出，以印授通判。通判本有异志，即自为降书，启城迎拜。虏亦不入城，但邀识远至军，与俱行。通判又欲以虏退为己功，乃上章言郡守降虏，己独保全一城。奏方去而识远得回，才留北军三日。通判窘惧，即为恶言动众，亡赖少年相与取识远杀之，家人子亦多死。朝廷嘉通判之功，擢为本郡守。大喜过望，受命之日，合乐享吏士，酒才三行，于坐上得疾，如有所见，叩头雪泣，引罪自责曰："某实以城降，乃冒以为功，而使公罹非命，某悔无及矣。"即仆地死。至绍兴十年，复河南地，观文殿学士孟富文为西京留守，辟掾属十人，每日会食。承议郎王尚功者，忽以病不至，公遣掌客邀之，良久不反命。复遣一人焉，至于四五，皆不来，满坐怪之。既而数辈同至，面无人色，言曰："王制干瞪坐于地，头如栲栳，形容绝可怖，见之皆惊躩，气绝移时乃苏，是以后期至。"孟公率莫府步往视之，王犹能言，曰："乞与召嵩山道士。"时道士适在府，即结坛召呼鬼神。俄有暴风肃然起于庭，风止，一人长可尺余，紫袍金带，眉目皆可睹，冉冉空际，诘道士曰："吾以冤诉与上帝，得请而来，非祟也。师安得以法绳我？"道士不敢对。孟公亲焚香问之，始自言为马识远，曰："方守寿春时，王生为法曹，尝夜相过，说以迎虏，识远拒不可，遂与通判谋翻城，又矫为降文，宣言于下，以致杀身破家之祸。通判既攘郡印有之，王生亦用保境受赏，嗟乎冤哉！"言讫泣下，歔欷曰："帝许我报有罪矣。"瞥然而逝。王生明日死。

《夷坚乙志》卷十九《马识远》

这一篇传说，写建炎三年虏骑南侵时，寿春守马识远拒敌人，而通判本有异志，即自为降书。这个家伙随后又见风使舵，谎报军情，害死马识远一家人，并且提拔为本郡守。后得神助，这个家伙很快得到恶报，马识远的冤情也大白于世。又如：

> 杨政在绍兴间为秦中名将，威声与二吴埒①，官至太尉，然资性惨忍，嗜杀人。帅兴元日，招幕僚宴会，李叔永中席起更衣，虞兵持烛，导往溷所，经历曲折，殆如永巷，望两壁间隐隐若人形影，谓为绘画，近视之，不见笔踪，又无面目相貌，凡二三十躯。疑不晓，扣虞兵，兵旁睨前后，知无来者，低语曰："相公姬妾数十人，皆有乐艺，但少不称意，必杖杀之，面剥其皮，自手至足，钉于此壁上，直俟干硬，方举而掷诸水，此其皮迹也。"叔永悚然而出。杨最宠一姬，蒙专房之爱，晚年抱病，困卧不能兴，于人事一切弗问，独拳拳此姬，常使侍于侧，忽语之曰："吾病势洸瀁如此，决不复全生。我倾心吐胆只在汝身上，今将奈何？"是时气息仅属，语言大半不可晓。姬泣曰："相公且强进药饵，脱若不起，愿相从往黄泉下。"杨大喜，索酒与姬，各饮一杯。姬反室沈吟，深悔前言之失，阴谋伏窜。杨奄奄且绝，瞑目，所亲大将诮之曰："相公平生杀人如搯蚁虱，真大丈夫汉。今日运命将终，乃流连顾恋，一何无刚肠胆决也！"杨称姬名曰："只候他先死，吾便去。"大将解其意，使绐语姬云："相公唤予。"呼一壮士持骨索伏于榻后，姬至，立套其颈，少时而殂。陈尸于地，杨即气绝。

《夷坚支乙》卷八《杨政姬妾》

这一篇传说，通过秦中名将杨政任意杖杀许多姬妾并且剥皮的行为，

---

① 埒（liè）：相等。

以及杀死其最为得宠姬妾的行为，来揭露杨政"资性惨忍，嗜杀人"的嘴脸，同时也揭露了杨政手下帮凶的卑鄙无耻。通篇描述十分具体、真切，一桩桩血淋淋的暴行，无不令人发指。再如：

> 江东兵马钤辖王瑜者，故清远军节度使威定公德之子也，天资峻刻，略不知义理所在。居于建康，尝延道人严真于家，使之烧金，怒真跌宕失礼，多所求索，讽亲校饮以酒，至极醉，挥铁椎击其脑杀之。婢妾少不承意，辄褫其衣，缚于树，削蝶梅枝条鞭之，从背至踵，动以百数；或施薄板，置两颊而加讯杖；或专捶足指皆滴血堕落，每坐之鸡笼中，压以重石，暑则炽炭其旁，寒则汲水淋灌，无有不死，前后甚众，悉埋之园中。妻郑氏亡，妾何燕燕济其恶，颛房擅爱，伪作正室受封。绍熙五年九月，妾李遭挞委顿，瑜捽付后院，自遍锁其门。李气息仅属，心念此家杀人多矣，何得全无影响，便恍恍若有值遇，门忽豁开，天未明，负痛径出。谓主人见之，均为一死，泊过堂门及外门三重，皆无人焉，遂奔归其家。瑜方觉，遣卒还追蹑。李父挟女诣府。时总领使者赵从善摄府事，听其讼，呼厢官往究质，得两夕前燕燕手杀一婢，犹未掩藏，乃令吏辈监守瑜，而执燕出，下狱鞫治，尽得众尸，械系两人而上其狱。庆元元年四月，诏削除籍，编置朱崖①。燕杖死于市，瑜至万安军死。
>
> 《夷坚支乙》卷九《王瑜杀妾》

这一篇传说，也具有很强的揭露性。它描述江东兵马钤辖王瑜击杀道人、虐杀婢妾等暴行，同样令人发指。所不同的是，王瑜的罪行被揭发出来，并且有赵从善这样的官吏主持正义，让王瑜及其帮凶伏法。再如：

> 隆兴元年，镇江军将吴超守楚州。魏胜在东海，方与虏抗，遣统领官盛彦来索资货。它将袁彦忠者，主押金帛，从丹阳来，盛谒之，见舟内白金盈载，语袁曰："银置篓中甚易负，吾今夕当携壮士共取

---

① 朱崖：汉置。唐代改为崖州，即今海南海口。

之，可乎？"袁笑曰："无伤也。"是夕有二十盗，挟刀登舟劫缚袁，掠银四百锭以去。明日，袁诣府泣告吴，备道盛语。吴捕盛及其亲校讯治，不胜惨酷，皆自诬。追赃无所有，妄云："即时付一姻旧，赍往湖湘贩鱼米矣。"吴不俟狱成，将先诛盛。前一日，市人王林者，素亡赖，其妻冶容年少，当垆于肆，与邻恶子通。适争言相詈，林妻持杖击其七岁儿，儿曰："尔家昨日拆灶修治，必是偷官银埋窖耳！"逻卒闻之，相议曰："小儿忽有此言，出于无意，而王生固穿窬之雄也，盍往察之！"乃率五六辈，往肆沽酒，且乞鱼肉，妻曰无有。群卒伴醉殴，突入厨，推灶砖落，妻大骂，卒谢曰："此细事，当为整之。"妻遽遮止，卒故毁之，见白铤满中，即执王及妻赴府，并俦党皆弃市。盛彦几死而得生矣！

《夷坚志补》卷五《楚将亡金》

这一篇传说，情节相当精彩。它描述丹阳发生一起劫掠白银四百锭大案，镇江军将吴超没有深入调查，便要诛杀一个嫌疑人，几乎酿成大错。所幸盗匪自我暴露，而逻卒又机警地抓住对方的破绽，巧妙出击，终于将盗匪一网打尽。

《夷坚志》中另一些武将的传说，尚有写大将王宣绍兴末年英勇抗金，屡立战功，乾道间死在襄阳，半年后部将蒋某梦见他仍然关心故旧、惦记其战马的《夷坚支甲》卷三《王宣太尉》；写陕西大将刘法之子，以叛逆被诛的《夷坚乙志》卷九《刘正彦》；写大将邢某以不仁起富，有一次他家中出现形形色色怪事，一年后他便死去，各种怪物随即消失的《夷坚乙志》卷十四《邢大将》；写大将程师回北还过大孤山时射中水怪一只眼睛，让其退去，保护了全船人性命的《夷坚乙志》卷十五《程师回》；写建康游弈军将李进健勇有力，染病后被军医张某乱用药害死，李进阴魂不散，前来向张某索命的《夷坚支甲》卷三《张文宝》；写镇江都统制戚方被贬谪后卜居湖州，疾病缠身，扈宣赞及其他冤鬼来索命，戚方被折磨致死的《夷坚支景》卷四《扈宣赞》；写成都路兵马总管赵某在成都横行霸道，害死四百多人，贪污财物不计其数，曹庭坚统领四川军政大权后，让其父子入狱，随即毙命的《夷坚支丁》卷六《成都赵郡王》；写建康武官马某大年初一被曾在军营中任职同事之鬼魂邀请去喝酒，昏睡于土堆上，竟安然无恙的《夷坚三志辛》卷八《马训练》；写临安有一个武将设骗局，假意远行不归，让妻子留在客栈里面与一个后生官人勾搭，将其所带钱财全部席卷而去的《夷坚志补》卷八《临安武将》；写靖康元年宣抚司统制王禀竭力守卫太原，当太原被敌军攻陷时，他们无法突围，王禀不肯投降，便背着原庙太宗御容赴汾水而死的《夷坚志三补》之《负御容赴水死》；等等。

第四章 文人的传说

《夷坚志》中文人的传说，主要涉及宋代的苏东坡、黄庭坚、王禹偁、晏殊、欧阳修、苏舜钦、王安石、苏辙、秦观、廉布、范元卿、邵博、刘过等人。其中，以苏东坡的传说、黄庭坚的传说较为突出。

第一节 苏东坡的传说

苏轼（1037—1101），字子瞻，又字和仲，号东坡居士等。眉州眉山人。北宋著名文学家、书画家。嘉祐进士。宋英宗时为直史馆。神宗时任祠部员外郎，因反对王安石新法自请外职，先后任杭州通判和知密州、徐州、湖州，后因"谤讪朝廷"罪贬谪黄州。哲宗时召还，任翰林学士、端明殿侍读学士，曾知登州、杭州、颖州，官至礼部尚书。绍圣中又贬谪惠州、儋州。北还次年去世于常州。孝宗时追谥文忠。

《夷坚志》中有关苏东坡的传说，一般都描写苏东坡去世以后的事件，主要围绕几个方面的内容来展开：苏东坡在文学艺术上的成就，苏东坡受到的打击、迫害，人民群众对苏东坡的崇敬和怀念。譬如：

> 东坡先生居黄州时，手抄《金刚经》，笔力最为得意，然止第十五分，遂移临汝。已而入玉堂，不能终卷，旋亦散逸。其后谪惠州，思前经不可复寻，即取十六分以后续书之，置于李氏潜珍阁。李少愚参政得其前经，惜不能全，所在辄访之，冀复合。绍兴初，避地罗浮，见李氏子辉，辉以家所有坡书悉示之，而秘金刚残帙，少愚不知也。异日，偶及之，遂两出相视，其字画大小高下，黑色深浅，不差

毫发，如成于一旦，相顾惊异。辉以归少愚，遂为全经云。

《夷坚甲志》卷十一《东坡书金刚经》

这一篇传说，描写苏东坡先生居黄州时手抄《金刚经》（全名《金刚般若波罗蜜经》），笔力最为得意。然而只抄到第十五分便去临安，不能终卷，随后就散逸了。后来他被贬到惠州，又取十六分以后继续书写，放到李氏潜珍阁。李少愚参政得到前半经，便去寻找后半经，希望把它们合起来。绍兴初年，李少愚终于在儿子李辉那里得到后半部分。一看两部分的字画大小高下，黑色深浅，不差毫发，好像成于一旦，彼此都感到惊奇。此则传说，真切地展示出做"宋四家"（苏、黄、米、蔡）之首的东坡先生书法的精妙，并且曲折反映出他所受的迫害，以及他受迫害时泰然处之的襟怀。又如：

崇宁大观间，蔡京当国，设元祐正人党籍之禁，苏文忠公文辞字画存者，悉毁之。王铭以重刻《醉翁亭记》，至于削籍，由是人莫敢读其文。政和中，令稍弛其禁，且阴访求墨迹，皆以为大珰梁师成自言为公出妾之子，故主张是，而实不然也。时方建上清宝箓宫，斋醮之仪备极诚敬，徽庙每躬造焉。一夕，命道士拜章伏地，逾数刻乃起，扣其故，对曰："适至帝所，值奎宿奏事，良久方毕，臣始能达章。"上颇叹异，问奎宿何如人，其所奏何事，曰："所奏不可得闻，然此星宿者，故端明殿学士苏轼也。"上为之改容，遂一变前事。时婺陈子象名省之，父为温州掾曹，传其说如此，子象说。

《夷坚志补》卷二十三《奎宿奏事》

这一篇传说，描写蔡京设立元祐正人党籍之禁，毁坏苏东坡字画，因此无人敢诵读元祐党人诗文。政和中稍有宽松，于是便有人悄悄去访求苏东坡的墨迹。随后，在上清宝箓宫斋醮时，又让一个道士对皇上谎称自己见到奎宿在玉帝面前奏事。而这个奎宿乃是已故的端明殿学士苏轼。宋徽宗听了一惊，因此对元祐党籍之禁就有所改变。作品具体揭露了元祐党人受到残酷打击、迫害的状况，以及世人喜爱苏东坡的墨宝，为改变元祐党籍之禁进行的努力。再如：

> 丰相之，崇宁中居建州，有道士来谒，熟视之，盖京师上清储祥宫主也。问何以至此，曰："我已非人，兹窃有所祷，明日将托身为犬，实在尚书宅，愿戒家人善视我。"丰公惊曰："君平生有道行，何为尔？"对曰："某初修道戒，本无隐恶，奈一事获罪于天何！"丰问其故，惨容而言："某以朝廷方黜苏氏学，因建请磨去储祥宫碑文，坐是受谴。"丰曰："上帝亦爱重苏公文乎？"曰："不专在是，正以迎合时相风指耳。"言讫，失所在。旦而犬生十子，其一首足黑而身黄，疑为黄冠云。
>
> 《夷坚志补》卷二十五《储祥知宫》

这一篇传说，写汴京储祥宫宫主因为朝廷禁止苏东坡诗文，便上书请求把苏东坡在元祐年间所写楷书《上清储祥宫碑》的碑文磨去，竟遭到天谴，让其变犬。这篇带有幻想色彩的作品，真切地揭示出人们对于苏东坡的热爱，对于镇压元祐党人的主谋及其追随者的厌恶。传说中提到的丰稷（1033—1107），字相之，宋徽宗时累官至御史中丞。他曾经奏劾蔡京，对于权贵多有触犯。蔡京当政后，便将他贬到建州，竟死在那里。再如：

> 黄人何琥，东坡门人何颉斯举之子也。兵革后寓居鄂渚，每岁寒食必一归。绍兴戊午，黄守韩之美重建雪堂，理坡公旧路。时当中春，琥适来游，梦坡公告之曰："雪堂基址比吾顷年差一百二十步，小桥细柳皆非元所，汝宜正之。"梦中历历忆所指，不少忘。明日，往白韩。韩如其言，悉改定。他日，有故老唐德明者，八十七岁矣，自黄陂来观，叹曰："此处真苏学士故基也。"（韩守说）
>
> 《夷坚丁志》卷十八《东坡雪堂》

这一篇传说，写绍兴年间黄州太守韩之美重建雪堂，苏东坡托梦给回乡扫墓的何琥（坡公门人何颉之子），指出雪堂基址、小桥、细柳皆有误，宜改正。何琥往告韩太守，立即一一改定。后来受前来观看的故老唐某的肯定。传说通过重建苏东坡故居雪堂这件事，非常真切地揭示出南宋初年人们对东坡先生的怀念和敬重。再如：

> 绍兴二年，虔寇谢达陷惠州，民居官舍，焚荡无遗。独留东坡白鹤故居，并率其徒，葺治六如亭，烹羊致奠而去。次年，海寇黎盛犯潮州，悉毁城堞，且纵火。至吴子野近居，盛登开元寺塔见之，问左右曰："是非苏内翰藏图书处否？"麾兵救之，复料理吴氏岁寒堂，民屋附近者赖以不爇甚众。两人皆剧贼，而知尊敬苏公如此。彼欲火其书者，可不有愧乎！

《夷坚甲志》卷十《盗敬东坡》

这一篇传说，写绍兴二年盗寇谢达陷惠民居官舍焚荡无遗，独留苏东坡白鹤故居，还率徒修葺六如亭，致奠而去。次年海寇黎盛犯潮州悉毁城堞且纵火，竟救下吴子野宅之苏学士藏书处，附近的民居赖以免灾。传说具体描述两个剧贼都异常尊敬苏东坡的事例，反映出苏东坡在南宋初年已经声名远播，具有巨大的社会影响。

《夷坚志》中有关苏东坡的传说，尚有写遇到崇宁党禁时，徐州人将苏东坡书黄楼碑藏在泗水浅处，政和末稍微松动，又将碑放回原处的《夷坚甲志》卷二《陈苗二守》；写巢先生年轻时与苏东坡兄弟有往来的《夷坚乙志》卷十《巢先生》；写郑介夫以直谏被贬英州，与被贬惠州之苏东坡一见如故，东坡去世十七年后，郑梦见东坡留诗给他，并说不久将见面，郑过几天即死去的《夷坚丙志》卷十三《铁冠道人》；写苏东坡为凤翔金判时，开元寺二僧传一化金奇方与他，东坡不慎将其告与凤翔太守陈希亮，陈失官居洛大肆化金，竟病指痈而殁的《夷坚志补》卷十三《凤翔开元寺僧》；等等。

第二节　黄庭坚及其他文人的传说

黄庭坚（1045—1105），字鲁直，号山谷道人，晚号涪翁。洪州分宁

（今江西修水）人。北宋文学家、书法家。治平进士。哲宗时以校书郎为《神宗实录》检讨官，迁著作佐郎，升起居舍人。绍圣初知鄂州，后贬为涪州别驾。徽宗初召还，后又以文字罪除名，贬宜州，卒于其地。出苏轼门下，而与苏轼齐名，世称呼"苏黄"。在《夷坚志》中，其传说的数量不及苏东坡的传说。譬如：

> 阆中人蒲大韶，得墨法于山谷，所制精甚，东南士大夫喜用之。尝有中贵人持以进御，上方留意翰墨，视题字曰"锦屏蒲舜美"，问何人，中贵人答曰："蜀墨工蒲大韶之字也。"即掷于地曰："一墨工而敢妄作名字，可罪也。"遂不复用。其薄命如此。自是印识只言姓名云。大韶死，子知微传其法，与同郡史威皆著名。夔帅韩球，令造数千斤，愆期不能就，遣人逮之。舟覆江中，二工皆死。今所售者皆其役所作，窃大韶名以自贵云。（杜起莘说）

《夷坚甲志》卷十六《蒲大韶墨》

这一篇传说，写阆中人蒲大韶得到黄山谷的墨法，所制作的墨甚为精妙，受到东南士大夫的喜爱。有一个太监将其制作的墨送到御前，皇上看见墨上题有蒲大韶的字，知道他是个墨工，很生气，立即将墨扔到地上，不再使用。蒲大韶死后，其子的命运不好，翻船死于江中。传说描写蜀中一个制墨工匠因为得到黄山谷墨法而出名，却仍然受到皇上蔑视，最终未能改变命运。

此外，尚有写陈述古用黄庭坚体小楷书写诗歌的《夷坚乙志》卷三《陈述古女诗》、写黄庭坚吟诗赞美一个民女的《夷坚丙志》卷十八《国香诗》、写世人误以为莫少虚词是黄庭坚作品的《夷坚三志壬》卷七《莫少虚词》等。

《夷坚志》中其他文人传说，每一位的数量都不太多，相对而言，王禹偁、范元卿、邵博等人的作品比较突出。

王禹偁（954—1001），字元之，济州巨野人。太平兴国进士。为右拾遗，以敢言著称。累官左司谏、知制诰。判大理寺，后知单州。真宗时与修太祖实录，直书史事，为宰相不喜，出知黄州，迁蕲州，病卒。诗文风格平易，扫宋初西昆浮艳文风。有《小畜集》等。其传说多与诗文有关，譬如：

> 黄州赤壁、竹楼、雪堂诸胜境，以周公瑾、王元之、苏公遗迹之故，名闻四海。绍兴戊午，郡守韩之美、通判时衍之，各赋齐安百咏，欲刊之郡斋。韩梦两君子，自言为杜牧之及元之，云："二君所赋多是苏子瞻故实，如吾昔临郡时，可纪固不少，何为不得预？幸取吾二集观之，采集中所传，广为篇咏，则尽善矣。"韩梦觉，且愧且恐，方欲取《樊川》《小畜》二集，益为二百咏，会将受代不暇作，遂并前百咏皆不敢刊。

> 《夷坚丁志》卷十八《齐安百咏》

这一篇传说，实际上属于宋代黄州文坛掌故。众所周知，历史上与黄州关系密切的文化名人不少，黄州的名胜古迹很多。绍兴年间，黄州郡守韩之美、通判时衍之准备刊刻自己所作《齐安百咏》。有一天，韩之美突然梦见曾经做过黄州刺史的杜牧和王禹偁前来抱怨他们吟唱的大多是苏东坡故迹，而置他们于不顾，希望他们读一读《樊川集》（杜牧）、《小畜集》（王禹偁），使之更为完美。他们正打算读此二集，将百咏增加为二百咏时，正好职务有变动，没有办成，就连先前的百咏也不刊刻了。

范端臣，字元卿，兰溪（今属浙江）人。绍兴进士，累官中书舍人。工诗，书法精妙。学者称"蒙斋先生"。其传说多与书法、诗歌有关，譬如：

> 魏南夫与范元卿充殿试官，同一幕。范好书大字，于是内诸司只应者，皆以扇乞题诗。范各为采杜公两句，或行或草，随其职分付之。仍为解释其旨，无不欢喜而退。仪鸾司云："晓随天仗入，暮惹御香归。"翰林司云："春酒杯浓琥珀薄，冰浆碗碧玛瑙寒。"御龙直云："竹批双耳骏，风入四蹄轻。"卫士云："雨抛金锁甲，苔卧绿沉枪。"钩容部云："银甲弹筝用，金鱼换酒来。"御厨云："紫驼之峰出翠釜，水晶之盘行素鳞。"惟司圊①者别日亦致，仍致请，魏公曰：

---

① 圊（qīng）：厕所。

"正恐杜诗无此句。"范执笔沉吟久之云:"端臣思得之矣。"遂书"雨洗娟娟净,风吹细细香。"相与一笑。内侍传观,亦皆启齿。

《夷坚三志己》卷七《范元卿题扇》

这是一篇既有文化内涵又十分风趣的传说,写范元卿书法精妙,为殿试官时,各种部门的官员纷纷以扇乞题诗。他为人谦和,无论是谁来有求必应,而且题诗的内容十分恰切,让大家都很满足。无不显现出这位诗人书法家的功力。唯独管理厕所的官吏来求他,一时间不知道写什么好。他突然想起杜甫的《严郑公宅同咏竹》一首五言律诗,便写下"雨洗娟娟净,风吹细细香",让大家发出会心的微笑。

邵博(?—1158),字公济,洛阳(今属河南)人。宋高宗绍兴八年(1138)赐同进士出身。次年除秘书监校书郎兼实录院检讨官,出知果州。绍兴二十二年(1152)知眉州。亦曾官于雅州。因事受诬,降三级,绍兴二十八年(1158),降授左朝散郎,是年卒于犍为。著有文集五十七卷,已佚,今存《邵氏闻见后录》。邵博的传说,譬如:

> 邵博,字公济,康节先生之孙,绍兴二十年为眉州守。郡有贵客,素以持郡县长短通赇谢①为业,二千石来者多委曲结奉。邵虽外尽礼,而凡以事来请,辄不答,客衔之。会转运副使吴君从襄阳来,多以襄人自随,分属州取俸给,邵独不与。客知吴已怒,乃诬邵过恶数十条以唆。吴大喜,立劾奏之。未得报,即逮邵系成都狱。司理参军韩抟懦不能事,吴择深刻吏金判杨均主鞫之。时二十二年,眉州都监邓安民以谨力得邵意,主仓庾之出入。首录置狱中,数日掠死,其家乞收葬,不许,裸其尸验之。邵惧,每问即承。如是十月许,凡眉之吏民,连系者数百,而死者且十余辈。提点刑狱缙云周彦约知其冤,亟自嘉州亲诣狱疏决,邵乃得出。阅实其罪无有也,但得其以酒馈游客,使用官纸札过数等事。方具狱,杨生即死,狱吏数人继亡。明年,命下,邵坐贬三官,归犍为之西山。其秋,眉山士人史君,正

---

① 赇(qiú)谢:贿赂。

燕处，人邀迎出门，从者百余，皆绣衫花帽，驭卒鞚大马甚神骏，上马绝驰，目不容启。到一甲第，朱门三重洞开，马从中道以入。史欲趋至客次，驭者不可，径造厅事。坐上绯绿人数十，皆揖史居东向，辞曰："身是布衣，安得对尊客如此?"其一人曰："今日之事公为政，何必辞之?"前白曰："帝召公治邓安民狱，今未也。俟公登科毕，即奉迎矣。"史不获已，就坐欠伸而寤。不为家人言，密书之。又明年，史赴廷试，过荆南，时吴君适帅荆，得疾，亲见鬼物往来其前，避正堂不敢居，无几而死。史调官还至夔峡，小疾，语同舟者曰："吾当死。君今报吾家，令取去秋所书者观之，可知也。"是夕，果卒。又二年，所谓贵客者，暴亡于成都驿舍。又明年十一月，邵见安民露首持文书来白曰："安民冤已得伸，阴狱已具，须公来证之，公无罪也。"指牍尾请书名。已而复进曰："有名无押字不可用。"邵又花书之，始去。邵知不免，盛具延亲宾乐饮，逾六日，正食间，觉肠中微痛，却去医药，具衣冠待尽，中夜卒。（成都人周时字行可说，邵守眉日行可为青神令）

《夷坚甲志》卷二十《邓安民狱》

这一篇传说，写的是制造冤案和平反冤案的故事，表现出善恶有报的题旨，情节曲折，人物众多，条理清晰，可读性比较强。它充分暴露了南宋时期四川各地官场腐败的状况，或许在当时也是一种普遍现象。宋代的文人，有相当一部分在中央与各地为官，文人的传说自然会涉及官场。

《夷坚志》中其他的文人传说，尚有写晏殊家老乳母燕氏去世后每逢年节都祭奠的《夷坚甲志》卷十六《晏氏媪》；写无锡县有个眉山巢谷道人，年一百十七，少时曾与苏东坡兄弟往来的《夷坚乙志》卷十《巢先生》；写元宵节深夜，廉布和太学同舍三人在京师酒肆与一个饮酒女子嬉戏，掀开女子面纱，竟是个大脸恶鬼的《夷坚乙志》卷十五《京师酒肆》；写姑苏城中沧浪亭本是苏舜钦宅，金人入城时，池中淹死许多百姓，经常闹鬼，后来安葬枯骨，并设水陆斋，宅乃安的《夷坚乙志》卷十七《沧浪亭》；写王安石曾经在书堂盛情接待薛昂，薛后来中进士做了门下侍郎，其言行均以王安石为榜样的《夷坚丙志》卷十九《薛秀才》；写永嘉知府援引王安石断斗鹌鹑事件而判打死强盗者无罪的《夷坚支景》卷十《陈长三》；写刘过去参加省试擢第，调金门教授以归，在途中与古琴有一段情缘的《夷坚支丁》卷六《刘改之教授》；写徐问真道人为欧阳公治疗足疾，不久即痊愈，后来苏东坡先生将徐问真道人治病人口诀教黄冈县令，也治好其脚肿病的《夷坚支庚》卷六《徐问真道人》；写苏辙病愈不久，梦中与神仙相会，畅饮叙谈，醒后乃作《梦仙记》的《夷坚支癸》卷七《苏文定梦游仙》；写范元卿与太学一同舍外出游玩时，与买卖人讨价还价，遭到对方讥笑的《夷坚三志己》卷五《卫灵公本》；写长沙有个义倡，不知其姓氏，善讴，尤喜秦少游乐府，秦少游被贬到南方路过长沙时与其相见，受到殷勤款待的《夷坚志补》卷二《义倡传》；写苏辙贬谪至筠州时遇到高安丐者赵生，大谈养性之道的《夷坚志补》卷十三《高安赵生》；等等。

第五章　医生的传说

第一节　赞美高尚医德和高超医术的传说

在《夷坚志》中，有关医生的传说相当多，最为突出的是赞美高尚医德和高超医术的作品。它们往往故事情节曲折，既有比较感人的思想内容，又有比较强的艺术表现力，能够给读者、听众带来启迪和愉悦。譬如：

　　李医者，忘其名，抚州人。医道大行，十年间，致家赀巨万。崇仁县富民病，邀李治之，约以钱五百万为谢。李拯疗旬日，不少差，乃求去，使别呼医，且曰："他医不宜用，独王生可耳。"时王李名相甲乙，皆良医也。病者家亦以李久留不效，许其辞。李留数药而去。归未半道，逢王医。王询李所往，告之故。王曰："兄犹不能治，吾伎出兄下远甚，今往无益，不如俱归。"李曰："不然。吾得其脉甚精，处药甚当，然不能成功者，自度运穷不当得谢钱耳，故告辞。君但一往，吾所用药悉与君，以此治之必愈。"王素敬李，如其戒。既见病者，尽用李药，微易汤，使次第以进。阅三日有瘳。富家大喜，如约谢遣之。王归郡，盛具享李生曰："崇仁之役，某略无功，皆兄之教。谢钱不敢独擅，今进其半为兄寿。"李力辞曰："吾不应得此，故主人病不愈。今之所以愈，君力也，吾何功？君治疾而吾受谢，必不可。"王不能强。他日，以饷遗为名，致物几千缗，李始受之。二医本出庸人，而服义重取予如此，士大夫或有所不若也。今相去数十年，临川人犹喜道其事。

《夷坚甲志》卷九《王李二医》

这一篇传说，写王李二医的医术出色，医德很高，在医治这位富家人和分享巨额报酬的过程中，不但显示出他们高超的医术，而且显示出他们超过常人的品德，更为难能可贵。又如：

> 朱新仲祖居桐城时，亲识间一妇人妊娠将产，七日而子不下，药饵符水，无所不用，待死而已。名医李几道偶在朱公舍，朱邀视之。李曰："此百药无可施，惟有针法，然吾艺未至此，不敢措手也。"遂还。而几道之师庞安常适过门，遂同谒朱。朱告之故，曰："其家不敢屈先生。然人命至重，能不惜一行救之否？"安常许诺，相与同往。才见孕者，即连呼曰："不死。"令家人以汤温其腰腹间。安常以手上下拊摩之。孕者觉肠胃微痛，呻吟间生一男子，母子皆无恙。其家惊喜拜谢，敬之如神，而不知其所以然。安常曰："儿已出胞，而一手误执母肠胃，不复能脱，故虽投药而无益。适吾隔腹扪儿手所在，针其虎口，儿既痛，即缩手，所以遽生，无他术也。"令取儿视之，右手虎口针痕存焉。其妙至此。（新仲说）

《夷坚甲志》卷十《庞安常针》

这一篇传说，写当一个产妇七日生不下孩子，危在旦夕时，名医李某无能为力，连忙找老师庞安常。庞医立即运用扎针与按摩的手段，将产妇从死亡线上救活，并且让她平平安安地生下男婴。一位医德高尚的医生，能够急人之所急，前往抢救产妇，收到奇效，足以显示出他的医德高尚和医术非凡。再如：

> 临州有人以弄蛇货药为业。一日，方作场，为蝮所啮，即时殒绝，一臂之大如股，少选，遍身皮胀作黄黑色，遂死。一道人方傍观，出言曰："此人死矣，我有药能疗，但恐毒气益深，或不可活，诸君能相与证明，方敢为出力。"众咸竦踊劝之，乃求钱二十文以往。

才食顷，奔而至，命汲新水，解裹中药，调一升，以杖抉伤者口，灌
入之。药尽，觉腹中撺撺然，黄水自其口出，腥秽逆人，四体应手消
缩，良久复故，已能起，与未伤时无异，遍拜观者，且郑重谢道人。
道人曰："此药不难得，亦甚易办，吾不惜传诸人，乃香白芷一物也。
法当以麦门冬汤调服，适事急不暇，姑以水代之。吾今活一人，可行
矣。"拂袖而去。郭邵州传得其方，鄱阳徽卒夜直更舍，为蛇啮腹，
明旦，赤肿欲裂，以此饮之，即愈。（郭絜己说）

《夷坚乙志》卷十九《疗蛇毒药》

这一篇传说，写一道人热忱用药把被蝮蛇咬伤的弄蛇货药者从死亡线
上救活，并且毫无保留地将此药传授于他人，以便救治更多的伤者。他的
所作所为，是那么平易近人，丝毫没有让人感到一点儿与众不同的样子，
而这正是他品德高尚的表现，正是他最令人佩服的地方。

《夷坚志》中赞美高尚医德和高超医术的传说，尚有写不但医术精良，
而且品德端正，坚拒美色引诱之华亭良医的《夷坚丙志》卷二《聂从志》；
写世代儒医，常给病人以各种忠告的《夷坚甲志》卷二《谢与权医》；写
名医李几道治疗风疾，并且开导病人如何保养的《夷坚甲志》卷十《桐城
何翁》；写成州团练使张锐以医知名，医术精妙，尤其擅长治疗妇人难产
的《夷坚乙志》卷十《张锐医》；写一僧、一道医术超群，为叶某治好瘤
病，使其无肠而活四十二载的《夷坚丁志》卷十三《叶克己》；写扬州名
医杨吉老见茅山观中一道士治好严重热症病人，立即焚香前往拜访，虚心
请教的《夷坚支景》卷八《茅山道士》；写赵进用孙思邈所传授治病秘诀，
为保义郎顿公孺疗病，收到奇效的《夷坚支丁》卷八《赵三翁》；写医官
滑某行医以救人为心，鄂州称其盛德，城中大火时由于得到神助，其家老
小皆躲过劫难的《夷坚支癸》卷二《滑世昌》；写杨某素善医，尤工针灸，
常为人治好各种疑难杂症的《夷坚支癸》卷八《杨道珍医》；写广府通判
杨某生喉痈寝食俱废，杨吉老医术通神，查明病因后很快便将其治愈的
《夷坚三志己》卷八《杨立之喉痈》；写席某医术不逊于其父，他双眼复明
后，即为里胥周某医好中风病的《夷坚三志辛》卷五《席天佑病目》；僧
人慧月用异人给的偏方治好医生熊某大小便不通痼疾（熊某当时已昏迷不

醒）的《夷坚三志辛》卷五《螺治闭结》；写外科医生刘某身怀绝技，用神奇火针为禁卫幕士盛皋治疗肺痈，令观看者瞠目结舌，却收到神奇疗效的《夷坚三志壬》卷九《刘经络神针》；写妇产医生赵十五嫂被请去为雌虎接生，使其顺利产下三仔的《夷坚志补》卷四《赵乳医》；写名医屠某晚年嗜酒，人称“醉屠”，其为难产妇治疗多有过人之处的《夷坚志补》卷十八《屠光远》；写名医张锐用非常特殊办法清除病人腹中繁殖之蚂蟥，使其康复的《夷坚志补》卷十八《吴少师》；写朱某精于医治伤寒，一太守得伤寒时，他用两帖药便使其痊愈的《夷坚志再补》之《朱肱治伤寒》；写一卖药媪用草药替某乳母治好二十年眼疾，后传与医者上官彦成功，屡试不爽的《夷坚志再补》之《卖药媪治眼虫》；写名医唐与正为一巡检确诊并治愈铅砂人膀胱病症的《夷坚志再补》之《治铅毒方》；在旁人医治无效时，唐与正替侄女医好了由于其奶娘嗜酒而引起风痺病的《夷坚志再补》之《治酒毒方》；写朱道人用简便易行之办法帮一个沦为乞丐的老兵治好脚挛痼疾的《夷坚志再补》之《朱道人治脚挛》；等等。这些故事，读来非常感人。

第二节　谴责医德败坏和坑害病患的传说

《夷坚志》中有关医生的传说，谴责医德败坏和坑害病患的作品数量也比较多。其中有不少作品具有较强的揭露性，充分表达出世人的不满和愤慨，能够引起读者、听众的共鸣。譬如：

> 当涂外科医徐楼台，累世能治痈疖，其门首画楼台标记，以故得名。传至孙大郎者，尝获乡贡，于祖业尤精。绍兴八年，溧水县蜡山富人江舜明背疽发，扣门求医。徐云：“可治。”与其家立约，俟病愈，入谢钱三百千。凡攻疗旬日，饮食悉如平常，笑语精神，殊不衰减，唯卧起略假人力。疮忽甚痛且痒，徐曰：“法当溃脓，脓出即愈。”是夜用药，众客环视，徐以针刺其疮，捻纸张五寸许，如钱缗大，点药插窍中。江随呼：“好痛！”连声渐高。徐曰：“别以银二十

五两赏我，便出纸，脓才溃，痛当立定。"江之子源怒，坚不肯与，曰："元约不为少，今夕无事，明日便奉偿。"徐必欲得之。江族人元绰亦在旁，谓源曰："病者痛已极，复何惜此？"遂与其半。时纸捻入已逾一更，及拔去，血液交涌如泉，呼声浸低。徐方诧为痛定，家人视之，盖已毙。脓出犹不止。不一年，徐病热疾，哀叫不绝声，但云："舜明莫打我，我固不是，汝儿子亦不是。"如是数日乃死。二子随母改嫁，其家医遂绝。

《夷坚丁志》卷十《徐楼台》

这一篇传说，写外科医徐某为病人治疗背疽时，不但事先索要高额报酬，而且在治疗过程中又要挟病人家属。病人家属不答应再加酬金，仅仅付给半数，他竟让病人血流如注，当即毙命。这个医生虽有医术，却贪婪成性，无比缺德，竟到了丧心病狂的地步。他遭到报应，数日而亡，与其说是天谴，不如说是世人对于没有人性的医生的一种惩罚。又如：

宣城符里镇人符助教，善治痈疽，而操心甚亡状，一意贪贿。病者疮不毒，亦先以药发之，前后隐恶不胜言。尝入郡为人疗疾，将辞归，自诣市买果实。正坐肆中，一黄衣卒忽至前，瞠曰："汝是符助教那？阴司唤汝。"示以手内片纸，皆两字或三字作行，市人尽见之，疑为所追人姓名也。符曰："使者肯见容到家否？"曰："当即取汝去，且急归以七日为期。"遂不见。满城相传，符助教被鬼取去。及还，至镇岸，临欲登，黄衣已立津步上，举所执藤棒点其背，符大叫："好痛！"黄衣曰："汝元来也知痛！"所点处随手成大疽如碗，凡呼謈七昼夜乃死。

《夷坚丁志》卷十《符助教》

这一篇传说，写的也是一个无比贪婪的外科医生。此人善治痈疽，但心术不正，一意贪贿，为了多得酬金，故意施药使人病情加重。传说不但揭露他如何坑害病人，而且具体描述这个恶人如何得报，被阴曹地府派人来捉拿，让其生痈疽七天喊叫而死，读来特别解气。

067

《夷坚志》中谴责医德败坏和坑害病人的传说，尚有写陆某故意医死朱、李二人，后得报而死前日夜呼喊"朱宜人，李六郎，休打我"的《夷坚丁志》卷十《水阳陆医》；写医官张文宝医死李某，时刻被冤魂纠缠，后得报而死的《夷坚支甲》卷三《张文宝》；写京城医家张二原为翰林，免官后在吉州开药店行医，牟利致富，后得报被墙压腕折骨破，呻吟半载而死的《夷坚支乙》卷七《张二大夫》；写刘某用药有误又不听劝告，竟将人治死，未几刘得报亦死的《夷坚支庚》卷十《刘职医药误》；写段某医术精妙，但常向病人索要高额酬金，后被天帝惩罚，杖脊二十，回家即死的《夷坚志补》卷十八《段承务》；等等。

第三节　有关医生的其他传说

《夷坚志》有关医生的其他传说数量不多，内容比较分散，其中有一些作品内容健康，特色鲜明，比较引人注目。譬如：

> 霍篯，字和卿，镇江人。五岁生恶疮遍体，遇苦痒时，尽力爬搔，或流血见骨，若大风病癞者，俗名为霸王疮，百药并用，才愈复作。其父绝以为忧。遇道人于门，入觇之，出谓父曰："吾能疗此。"解囊取药二十贴与之，曰："须得无灰酒调服。如稍有灰，则药力尽败。市中官酤，不堪用也。"父留之坐，即籴糯三斗蒸炊，拌曲入瓮。道人曰："俟明日将遣一个相识来治之，但其人颇怪，切勿生惊疑。若如是，当立愈矣。"明日，寂无它客，而酒室内有红光一道，穿窗隙直射于瓮中。逮酒熟，覆视之，糟滓皆突起盈溢，过倍其初，而香味郁烈。及摝取入醡，乃一大乌蛇蟠其下，已糜腐剖析。霍父曰："所谓怪者此邪？向之红光，定其物也。彼必不我欺。"但去蛇骨，以肉并投醡袋中，取其酒调药，药尽酒空，和卿不知其故。未几，积年所苦如洗，肌理雪白。是岁获乡举，登隆兴癸未科，后监左藏西库。吕德卿尝与同僚，闻其所亲说。
>
> 　　　　　　　　　　　　　　　　《夷坚支庚》卷四《霍和卿》

这一篇传说，写一个道人用大乌蛇酒调药治疗五岁小霍和卿的"霸王疮"，收到奇效。它既表现了道人的善心和功力，同时又显示出乌蛇酒调药的神奇功效。这一类药酒，在古代传说故事里面并不罕见。而这一篇传说中的药酒，因其具有神秘色彩，使其更具有独特的魅力。又如：

> 武唐公者，本阆州僧官，嗜酒亡赖。尝夜半出扣酒家求沽，怒酒仆启户迟，奋拳揕①其胸，立死。逾城亡命，迤逦至台州国清寺，自称武道人。素精医技，凡所拯疗用药皆非常法，又必痛饮斗余，大醉跌宕，方肯诊视，然疾者辄愈。后浪游衢州江山县，豪族颜忠训之妻毛氏，孕二十四月未育。武乘醉欲入视，颜曰："道人醉矣，须明旦可乎？"武曰："吾自醉尔，病人不醉也。"遂入，又呼酒数升，乃言曰："贤室非妊娠，所感甚异，幸其物未出，设更半月，殆矣。吾请言其证：平生好食鸡，每食必遣婢缚生鸡于前，徐观其死，天明一饱食，终日不复再饭。审如是乎？"颜生惊曰："诚然。"武与约，索钱至二十万，始留药一服，戒家人预备巨钵及利刃，曰："即饵药，中夕腹痛，当唤我。"如期，果大痛，急邀之入。入则毛氏正产一物，武持刃断为两，覆以钵，命婢扶孕者起，绕房行。明旦，启钵视之，盖大鳖也。首足皆成全形，目亦开，特为膜所络，动转未快，故不能杀人。颜生敬谢，欲偿元约，且以所主酒坊与之。皆笑不取，曰："吾特戏君耳。"建炎中卒于国清，年八十余岁。国清僧道益从其学医，话此事。
>
> 《夷坚丁志》卷十四《武唐公》

这一篇传说，具有明显的传奇性。写阆州僧官武某经历特殊，性格古怪。他医术超群，求治者总能痊愈。但每次都是大醉后方才为人治病。他在浙江江山县救了一个"怀孕"二十四月妇人的性命，更为奇特。再如：

> 禁卫幕士盛皋，乾道元年骤得疾，胸膈噎塞刺痛，饮食不向口，

---

① 揕（zhèn）：刺。

以六尺堂堂之躯，日渐瘦削。招医诊疗，皆不能辨其名状，多指为伤积。涉历二百许日，闻殿前司外科曰刘经络者，有奇技，亦出班直，乃邀之。刘一见即言："此病甚异，众人固不识，非我莫能治也。然病根深固，是为肺痈，艾炷汤剂，力所不及，须当施火针以攻之。"于是取两针，其长仅尺，尾如著表，煅火中，妻子争言不可，皋曰："我度日如年，受尽痛恼，苟生何益！宁决意一针，虽死无憾。"刘曰："然则吾当任此责。"把笔点左右臂上两穴，隔以当三大钱，先针其左，入数寸。傍观者缩头不忍视，皋元无所觉，后针其右。既毕，皋殊自如，全不见脓血。刘使略倒身，从背微揭之，俄血液倾出如涌泉。刘舍去，谓其妻曰："但一听其然，切勿遮遏，凡两日不止，唯时时灌喂清粥饮。"第三日，刘始至，喜曰："毒已去尽，行即平安矣！"敷大膏药两枚，贴于疮口而告退，曰："吾不复更来，三数日间，便当履地，无所患苦也。"果如其言。刘之术简妙如此。皋后十五年乃终，疾不复作，有女为大儿侍妾，能道其详。

《夷坚三志壬》卷九《刘经络神针》

这一篇传说，将外科医生刘经络施用神奇火针为盛皋治疗肺痈的过程具体展现出来，令人瞠目结舌，却收到神奇的疗效。通篇作品描写相当细致，人物栩栩如生，对于故事主人公刘经络的刻画尤为成功，其艺术水平显然在同类作品之上。

《夷坚志》中有关医生的其他传说，尚有写一病人不听世代儒医谢某忠告而服庸医之药，次日果亡的《夷坚甲志》卷二《谢与权医》；写医生李某治疗风疾，并且开导病人如何保养的《夷坚甲志》卷十《桐城何翁》；写张敦精于医术，侨居潮州时，梦见被请去为一个三者治疗耳病，醒来后发现南海神庙一神像左耳上有黄蜂巢，立即将其剔去的《夷坚丁志》卷二《张敦梦医》；写杜某经常虐待所乘之驴，一次他夜晚醉归时，此驴被他凶狠鞭笞，竟将其咬死的《夷坚支甲》卷二《杜郎中驴》；写杨某素善医，尤工针灸，曾为人治好各种疑难杂症的《夷坚支癸》卷八《杨道珍医》；写刘某世代为医，醇厚谨慎，一日傍晚看病归来，不料被一个狐狸精捉弄的《夷坚三志己》卷三《刘师道医》；写某医僧前世误灸损人目得报而少瞽，后日夜诵观世音得到梦示复明后，医道大行，衣钵甚富的《夷坚志补》卷十八《医僧瞽报》；等等。

第四节　药方的传说

《夷坚志》中有关药方的传说，是一个非常特殊的门类，在民间传说里面颇为罕见。此类传说，除了极个别作品没有故事情节（譬如《夷坚再补·人中白》）外，大多故事情节比较生动有趣。它们无论是带幻想色彩的作品，还是不带幻想色彩的作品，差不多都有一定的传奇性。它们不但反映了世人的生活状况和思想感情，而且还具有一定的医药价值。其中，有不少作品保存于明·江瓘编纂《名医类案》①，足见其有相当的可信程度。

其中带幻想色彩的药方的传说，数量比较大，往往有神灵、仙家出现。譬如：

> 建昌人黄袭云：有乡人为贾，泊舟浔阳，月下仿佛见二人对语曰："昨夕金山修供甚盛，吾往赴之，饮食皆血腥不可近。吾怒庖者不谨，溃其手鼎中，今已溃烂矣。"其一曰："彼固有罪，责之亦太过。"曰："吾比悔之，顾无所及。"其一曰："何难之有！吾有药可治，但捣生大黄，调以美醋，傅疮上，非唯愈痛，亦且灭瘢。兹方甚良，第无由使闻之耳。"贾人适欲之金山，闻其语，意冥冥之中，假手以告。后诣寺询之，乃是夜设水陆，庖人挥刀误伤指，血落食中，恍惚之际，手若为人所掣，入镬内，痛楚彻骨，号呼欲死。贾人依神言疗之，两日而愈。
>
> 　　　　　　　　　　　　　　　　《夷坚甲志》卷二《神告方》

这一篇传说故事构思巧妙，情节完整有趣。它在通过两位神灵的对

---

① 《名医类案》，上海浦江教育出版社 2013 年 3 月出版。

话，引出治疗疮伤的药方的时候，寥寥几笔便把两位有个性的神灵和那个乐于助人的商贾描绘出来，给人留下难忘的印象。又如：

> 袁州天庆观主首王自正，病伤寒旬余，四肢乍冷乍热，头重气塞，唇寒面青，累日不能食，势甚危。袁唯一医徐生，能治此疾，诊之曰："脉极虚，是为阴证，必服桂枝汤乃可。"徐留药而归，未及煮，若有语之曰："当服竹叶石膏汤。"王回顾不见，寮中但有一老道士，适入市，只小童在，呼问之曰："恰何人至此？"曰："无人。"自正惑之，急遣邀徐医还视，曰："或教我服此，如何？"徐曰："寒燠如冰炭，君之疾状已危，果饵前药，自见委顿，他日杀人之谤，非吾所能任也。"自为煮桂枝汤一碗曰："姑饮之，正使不对病，犹未至伤生，万一发躁狂眩，旋用师所言，未为晚。"方语次，复闻耳傍人云："何故不肯服竹叶石膏汤？"自正益悚，俟徐去，即买见成药两贴，付童使煎，又闻所告如初。于是断然曰："神明三告我，殆是赐以更生，安得不敬听！"即尽其半。先是头不得举，若载物千斤。倏尔轻清，唇亦渐暖，咽膈通畅无所碍，悉服之。少顷，汗出如洗，径就睡，及平旦，脱然如常。自正为人谨饬，常茹素，为人祈祷尽诚，故为神所祐如此。
>
> 《夷坚志再补·神告伤寒方》

这一篇传说，写袁州天庆观主首王自正，得伤寒病情已经十分严重。当地的徐医生让他服桂枝汤，但是神明却再三要他服竹叶石膏汤。王自正不敢违背神意，待徐医生离去后，断然服用竹叶石膏汤。他先服一半，发现疗效非常明显，随即全部服下，竟至痊愈。而神明三告王自正，一定要护佑他，是因为他为人谨慎，虔诚尽心。再如：

> 刘锡镇襄阳日，宠妾病伤寒暴亡。众医云："脉绝不可治。"或言市上卖药许道人有奇术，可用。召之。曰："是寒厥尔，不死也。"乃请健卒三十人，作速掘坑，炽炭百斤，杂薪烧之，俟极热，施荐覆坑，舁病人卧其上，盖以毡褥。少顷，气腾上如蒸炊，遍体流汗，衣

被透湿，已而顿苏如，取药数种调治，即日愈。

《夷坚志再补·许道人治伤寒》

　　这一篇传说同样具有传奇色彩，写许道人将已经认为无法医治的伤寒病人从死亡线上挽救过来。而他采用的办法也颇为奇特，让人大开眼界。再如：

　　　　时康祖为广德宰，事张王甚谨，后授温倅，左乳生痈，继又胸臆间结核，大如拳，坚如石，荏苒半载，百疗莫效，已而牵掣臂腋，彻于肩，痛楚特甚。亟祷王祠下，梦闻语曰："若要安，但用姜自然汁，制香附服之。"觉，呼其子，检《本草》视之，二物治证相符。访医者，亦云有理，遂用香附去毛，姜汁浸一宿为末，二钱米饮调。才数服，疮脓流出，肿硬渐消，自是获愈。

《夷坚志再补·姜附治痈》

　　这也是一篇有关用神告药方治病的传说。它描述时某在温州府任副职时，胸部的两处患病日益严重，无比痛苦，半年间不断求医却没有一点儿疗效。后来他到张王祠祷告，梦见神灵告诉一个药方。他让儿子去查看《本草》，果然对症。又去请教医生，也认为有道理。他服用以后，疗效的确非常明显，不久便治愈了。

　　除了带幻想色彩的药方的传说，在《夷坚志》中还有许多不带幻想色彩的药方的传说，亦不乏有价值、有趣味的作品。譬如：

　　　　杨立之自广府通判归楚州，喉间生痈，既肿溃而脓血流注，晓夕不止，寝食俱废，医者为之束手。适杨吉老来赴郡守招，立之两子走往邀之。至，熟视良久曰："不须看脉，已得之矣。此疾甚异，须先啖生姜片一斤，乃可投药。否则无法治也。"语毕即去。子有难色曰："喉中溃脓痛楚，岂宜食姜？"立之曰："吉老医术通神，其言必不妄。试以一二片啖我，如不能进，则屏去无害。"遂食之。初时殊为甘香，稍复加益。至半斤许，痛处已宽。满一斤，始觉味辛辣。脓血顿尽，

073

粥饵入口无滞碍。明日，招吉老谢而问之。对曰："君官南方，必多食鹧鸪。此禽好啖半夏，久而毒发，故以姜制之。今病源已清，无用服他药也。"予记唐小说载崔魏公暴亡，医梁新诊之曰："中食毒。"仆曰："常好食竹鸡。"梁曰："竹鸡多食半夏苗，盖其毒也。"命捩生姜汁折齿而灌之，遂复活。甚与此相类。

《夷坚三志己》卷八《杨立之喉痈》

这一篇传说，写医生杨吉老为杨立之治疗喉痈。在病情危急、众医已经束手无策之时，他对症下药，所用药方极其寻常而大胆，竟药到病除，收到了奇特的疗效。足见杨吉老医术高明，达到了出神入化的境地。又如：

信阳军罗山县，荒残小邑也。有沈媪者，启杂店于市，然亦甚微。三月三日，有道人扣门觅饭，媪曰："别无好蔬菜伴食，少俟碾面可乎？"即入就坐，面饭毕，驯进茶，道人谢曰："本非旧知闻，荷媪垂顾，无以为报，惟有治酒一方，当以相付，如媪家有识字者，可令随我寻药。"媪曰："女婿王甲舍居，却识几个字。"唤出相见，即偕适野，大抵所采如苍耳、马藜、青蒿之类，凡十二种，皆至贱易得。既还，使王生书其方，仍命缀一布囊贮之，戒曰："善藏此方，虽他的亲人亦不可传，传之则不灵矣！今年此日采药，可终岁供用。明年三月三日，再换新者，遇酒或酸涩欲败，以药投之，则无有不美。以此终沈婆一世，表吾所以报也。"其后皆验。武官刘舍人家春酿数十瓮，色味已坏，或言王甲善医酒，遣招致之，引入视，王暗糁刀圭于瓮中，刘不知也。复出坐，佯若料理作法，少顷云："请舍人看。"刘亟走其处，悉变为香清滑辣矣！刘大喜，以半直谢之。媪家常干储此药，遇乏酒之时，沽诸邻里，不校好恶，有最薄者，得药少许，皆化为醇醪。媪死，婿继亡，方书不传。

《夷坚三志壬》卷六《罗山道人》

这一篇传说，写一个道人为答谢老媪，而将神奇的治酒药方传给老媪。老媪与其女婿得到道人的药方后，数十年间热心替街坊四邻治酒，无不应验。他们造福一方，使许许多多乡亲受益，得到了实惠。老媪与其女婿相继去世，这个治酒药方于是失传。这篇传说的情节简单，描述平实，却充满爱心和善意，让人感到非常温馨。再如：

> 崇宁间，苏州天平山白云寺五僧行山间，得蕈一丛甚大，摘而煮食之，至夜发吐，三人急采鸳鸯草生啖，遂愈。二人不肯啖，吐至死。此草藤蔓而生，对开黄白花，傍水处多有之，治痈疽肿毒有奇功，或服或敷或洗，皆可。今人谓之金银花，又曰老翁须。
>
> 《夷坚志再补·金银花解蕈毒》

这一篇传说，写五位僧人食用野外蘑菇中毒，三人服金银花而生还，二人拒服竟身亡的事例，展现这种中草药的解毒奇效。作品颇为有趣，具有较强的可信度和说服力。

《夷坚志》中有关药方的传说，尚有写蔡康积为寸白虫所苦，后来他按照医生吩咐把槟榔碾成细末，取东向石榴根煎汤服用，于是打出许多条虫子，顿时痊愈的《夷坚甲志》卷十四《蔡主簿治寸白》；写虞并甫从渠州太守任上调回临安时，受暑热数月痢疾不愈，后梦至神仙居，看见壁上写着"暑毒在脾，湿气连脚，不泄则痢疾，不痢则疟，独炼雄黄，蒸饼和药，甘草作汤，服之安乐"，他用此药方治疗乃愈的《夷坚甲志》卷十七《梦药方》；写有个道士当着众人救活被蝮蛇咬死者，并将"麦门冬汤调服香白芷"药方公之于众的《夷坚乙志》卷十九《疗蛇毒药》；写京城中有人背部长了七十多处痈疮，胡某让他按照异人所给药方——人参、当归、黄芪各二两，芎䓖、防风、厚朴、桔梗、白芷、甘草各半两，均研为粉末，另加入桂末一两拌匀，每次以三五钱调以酒服下，过一个月便痊愈的《夷坚丙志》卷十六《异人痈疽方》；写公安县令向某胸间生毒疮十分疼痛，委顿而卧，蒙眬中见关公传授一药方——酒煎末药、瓜蒌、乳香，服后果然痊愈的《夷坚志支景》卷十《公安药方》；写饶州医生熊某病后大小便不通，腹胀如鼓，众医束手无策，一客以奇方——螺拌盐连壳捣碎敷病人脐下，竟将其治愈的《夷坚三志辛》卷五《螺治闭结》；写吴兴朱肱用小柴胡汤给南阳盛太守治疗伤寒，不但无效，而且胸闷发慌，他检查后发现盛太守误服为小柴胡散，于是亲自配药，两服而愈的《夷坚志再补·朱肱治伤寒》；写有个僧人二十年间饮食很少，每晚遍身大汗，形体消瘦，久治不愈，严州山寺住持让他乘露采摘桑叶，烘干后研末，每次用米汤调服二钱，三天便治好的《夷坚志再补·桑叶止汗》；写有位方巾布袍客提供一个秘方——生、熟地黄与花椒等分为末制成桐子大蜜丸，每次空腹以盐米饮五十丸，让江陵傅某治好了眼疾，至八九十岁仍然耳聪目明的《夷坚志再补·治目疾方》；写鄱阳汪某食肉时误吞一骨，哽于咽喉间数日，百计不下，昏睡中见一朱衣人告以南硼砂可脱骨哽，他随即口含一块南硼砂，不到一顿饭工夫骨头便无影无踪的《夷坚志再补·硼砂治骨哽》；写信州詹某入伍骑马摔断右小腿，医治后留下脚痉挛毛病，过三年遇到朱道人，教以将病腿放进竹筒内，来回滚动竹筒之法，两月竟恢复如初的《夷坚志再补·朱道人治脚挛》；等等。

第六章　道教的传说

第一节　道教神灵的传说

《夷坚志》里面的道教神灵的传说，涉及元始天尊、后土皇祇、九天玄女、真武帝君、东岳大帝、酆都大帝、龙王、城隍、灶神、雷神、土地诸神，而以龙王的传说和土地的传说较为丰富。

关于元始天尊的传说，有写陈某平生多梦怖，后每日晨起焚香诵元始天尊、灵宝护命天尊二号各三十遍，怖心乃止的《夷坚甲志》卷十二《诵天尊止怖》等。关于九天玄女的传说，有写相传金华赤松观为九天玄女炼丹所，丹始成三粒，一祭天一祭地，一埋藏备以自用。宣和间某道士发现一粒神丹，被一游士抢去吞服后飘然飞去，他饮用洗盛丹器之水竟面如儿颜，强健无恙的《夷坚志补》卷十二《赤松观丹》等。关于真武大帝的传说，有写某进士在海上拾到一张真武仗剑坐石画像，被他的侄子供于神堂，极为灵验的《夷坚支景》卷三《海中真武》；写王某宣抚四川，恰逢蜀中大旱，他中途去武当山给真武大帝敬香，到陕川即降甘雨的《夷坚支癸》卷二《武当真武祠》；写杨母替即将去闽西赴任的儿子向真武祷告，真武降临，儿子果然痊愈的《夷坚三志壬》卷九《杨母事真武》；等等。关于后土皇祇的传说，有写邹某参加乡试、省试之赋题，均与他在抚州后土祠求梦所见一首诗有关，感到无比惊奇的《夷坚丙志》卷九《后土祠梦》；写女真统军黑风大王在汾阴后土祠恣意胡作非为，亵渎神明，竟接二连三地遭到报应，士卒死亡十分之二三的《夷坚支甲》卷二《黑风大王》；等等。关于泰山神东岳大帝的传说，有写胡某酒后在东岳行宫轻慢一个判官的塑像，虽然念经悔过，仍然受到小惩的《夷坚甲志》卷六《胡子文》；写永康军通判蔡某妻子梦见有人送来尺书纸尾云"泰山府君雷度押"，畏其不祥，不旬日蔡某乃亡故的《夷坚丙志》卷九《泰山府君》；写峡州城东泰山庙颓敝已久，当地人打算改建，正为木材发愁时，五十里外深坞浮出大量巨材，顺流到庙门外，新庙很快建成的《夷坚支景》卷一《峡州泰山庙》；等等。关于酆都大帝的传说，有写嘉兴主簿林某为人刚直，死后成为酆都宫使的《夷坚丙志》卷九《酆都宫使》；写淳熙年间，忠州酆都县城外酆都观正在作道场，有数百只鹿从丹井里出来，祥云升天，观中白道士乃无疾而终的《夷坚支癸》卷五《酆都观事》；等等。关于城隍的传说，有建康士人陈尧道死后为城隍做门客，来告其友郭某明年进士及第，某贤士亡故后即推荐其为判官的《夷坚乙志》卷二十《城隍门客》；写饶州有三个小吏之子上城隍庙屋顶探雀，竟踩坏神像，至晚昏热如炙，其父亦相继病倒的《夷坚支癸》卷六《城隍庙探雀》；写城隍干预嵊县神强娶民女之事，让这个民女死而复生的《夷坚志补》卷十五《嵊县神》；写张五杀人被处死，其亡灵被城隍庙收管，城隍去永宁寺赴会时他趁机逃出，于是再将其收回的《夷坚志补》卷十六《城隍赴会》；等等。关于雷神的传说，有写一道士学会五雷法替人求雨治鬼怪，因为戏耍雷神而被砍死的《夷坚丙志》卷十四《郑道士》；写有一次大雨，雷媪突然坠落到南丰县黄家院中，良久云气斗暗，雷电闪烁，遂消失不见的《夷坚丁志》卷八《南丰雷媪》；写庆元年间湘潭米价猛涨，昌山雷祖庙雷祖显灵，让漫山遍野竹子开花结子，食之如米，老百姓赖以活命的《夷坚三志辛》卷八《湘潭雷祖》；等等。关于灶神的传说，有写灶神保护杨氏出外流浪的大儿子，使其免遭虎害，此后杨氏事灶神越发恭敬的《夷坚丁志》卷二十《杨氏灶神》等。

龙王是道教传说中司兴云降雨之神，有诸天龙王、四海龙王、五方龙王等。关于龙王和龙的传说，大多与遇到旱灾、火灾诵经请求龙王降雨，或者请求龙王惩恶救济百姓有关，真切反映了人民群众消灾除恶的善良愿望。譬如：

> 虏皇统中，河中府大旱，太守李金吾祈祷未效。闻岩西寺僧慈惠

戒律精高，为缁徒所仰，乃往请之。僧曰："老身无以动天地，但每日说法之时，必有一老叟来听讲，莫知所从来，疑为龙也，当试扣之。须金吾明旦至此，洁诚以待。"李曰："诺。"如期叟至，李正从僧语，望其入寺，既焚香设席，命左右掖之，再拜致词。叟惊，止之曰："使君屈膝于山翁，敢问何以？"李曰："亢阳为灾，五种不入。万民将无以生，愿龙君慈仁，亟下甘泽。当肇建祠宇，岁时奉祀，以彰显大神之威灵。唯神念之。"叟无言，顷辇蹙而叹曰："噫！泄吾天机者师也，吾死无日矣。"遂告李曰："使君勿忧，誓以死报。"又顾僧曰："吾今以师故获罪上穹，立降诛罚，吾即死，尸坠于地，然不出此境中，乞为作证明，使合郡民为行坛七昼夜，庶几借此功德可获超升。"僧许之而去。于是一雨三日。外邑虞乡报有死龙堕山下，李尽率士庶召浮屠千人诣其处，筑坛场，延慈惠演法。事毕，龙见于空，作人言谢曰："吾虽蒙天诛，而赖法力救助，乘无上妙因，得为菩萨龙矣。"李为建庙，请额于朝，且名其地为"苍龙谷"。

《夷坚支甲》卷一《河中西岩龙》

　　这一篇传说，描写金国皇统间河中府大旱，李太守祈祷未效，乃求助于西岩寺高僧，得知龙王化为一老叟常来听经，乃拜求之。老叟说已泄露天机，自己几天内会死去，然而会誓死以报。老叟又告诉僧人，他死后尸堕于此境中，希望为其行坛七昼夜，借此功德可获超升。于是降甘霖三日。神龙身亡后，李太守率众筑坛演法。事毕神龙前来致谢，讲自己已成为"菩萨龙"。李太守为神龙建庙，并命名其地为"苍龙谷"。作品具体展现了神龙为了降雨而牺牲自己的感人事迹，歌颂了这种搭救万民的奉献精神。又如：

　　余杭洞霄宫，昔有主首道士，诚敬感神，诵度人经，极著奇验。其侧则龙潭所在，每就彼持念，倏一老人从潭出，跪白曰："弟子即龙王也，每获听经文，无任瞻仰，但不敢辄前。今所以呈身，切有请尔。"道士曰："其说云何？"对曰："师才到潭上，则水府幽祇，皆当起敬，不退，殊不自安。兹愿只宴坐宫中，不妨日课，庶几百灵得以休息，若慈悲赐许，当日供鲜乳二斤，以充斋膳。"道士曰："吾意岂在斯，谨奉王戒。"老人喜谢而隐，潭上之役遂罢。翌日，厨仆报几案间得乳两斤，极新洁，莫测所从来，未审堪食否？道士云："非汝所知，宜以饷我。"小师秤之，果重二斤，其后日日皆然。数年后，忽失约，深讶焉，复诵经水次，前老人再至曰："乳乃世间物，弟子忝为龙神，何以得之？但尘凡中有欺瞒取赢余者，我则阴摄之。此去市户董七者，好舞秤权，用十四两作斤，故即而掠取。今其人出外，厥人自主铺业，淳朴有守，未曾罔利，故无从可致乳。"道士叹息不已，谓之曰："吾欲知其端倪，恐身有以贻谴尔，然则欺心事那可妄为！吾诵经以增之，亦亡益也。"遂周行郊关，一意道人于善。乡宿至今尚能言之，而忘其姓名及岁年矣。（前监镇江和旨务率生说）

《夷坚三志壬》卷三《洞霄龙供乳》

这一篇传说，实际上是由两个有关联的小故事构成。前一则讲余杭洞霄宫主首道士天天在龙潭旁边诵度人经，让水府中几百生灵不得休息。龙王便请求主首道士只在洞霄宫念经，从此以后每天供他鲜乳二斤。后一则讲几年后突然失约，道士又到水边念经，龙王才出来说明断乳的原因，使道士叹息不已。洞霄宫主首道士深受启发，于是便外出去四处劝善，让世人不要做亏心事。

《夷坚志》中的龙王和龙的传说，尚有写金国阿保机晨起见毡帐上有一条十余丈长黑龙，引弓射之乃腾空而逝，坠于黄龙府之西，其骸才数尺，后置于金国内库的《夷坚甲志》卷一《阿保机射龙》；写冷山离燕山三千里，离金国都城五百里，皆不毛之地，绍兴乙卯有两条龙死于此地，其发出的腥气足以伤人的《夷坚甲志》卷一《冷山龙》；写熙州野外添水三日现龙，见一帝者乘白马，红衫玉带，凡三时方没的《夷坚甲志》卷一《熙州龙》；写秀州郭三雅妻陆氏死而复苏，言其应上帝之命令去审龙王夫人妒忌案，后因行刑而引起平江大风驾潮数百里被淹的《夷坚甲志》卷二十《断妒龙狱》；写绍兴年间统制官赵某由池州带兵舟行去江西，泊顺济祠时侮慢神明，到湖口县遇见一座如山一样的大赤斑龙拥水而南乃发矢射之，竟覆舟沉士卒数十人，同行巨商亦多溺死的《夷坚乙志》卷十《湖口龙》；写福州黄檗寺山上龙潭中有一条福德龙，时常行雨归来，多闻音乐迎导之声，泉州僧人来潭边祷告，见龙现身两眼如日，辉彩照人的《夷坚乙志》卷十三《黄檗龙》；写江西转运使陈某巡外出察时，一路上登岸谒礼不敬，抵大孤山更出言不逊，竟有巨龙出水，口吐猛火，陈某拜伏请罪，龙遂隐没不见的《夷坚乙志》卷十五《大孤山龙》；写众百姓向龙女祷告后，在一个风雨夜山巅龙女庙竟迁移至黄河边上，使洪水再不泛滥的《夷坚支甲》卷一《七娘子》；写梁陶匠承头重建潼州（今四川绵阳一带）白龙谷白龙庙，远近民众前来顶礼，络绎不绝，此后天旱祈雨非常灵验，梁家生意更为兴旺的《夷坚支甲》卷二《九龙庙》；写淳熙十四年秋浙江苦旱，县令苏光庭率士民齐宿仙居县西南苍岭半山二潭边，并投刺于潭中，便有黑黄二龙游出，大雨滂沱三日，随后立庙与潭相向，让人永远敬事的《夷坚支戊》卷七《苍岭二龙》；写绍熙三年六月平江大旱，西馆桥卖生果者出面集资塑龙于桥上，民众不断前往焚香请祷，府守沈虞卿亦来敬香，大雨如期而至，全县沾足的《夷坚支庚》卷五《西馆桥塑龙》；写乾道初，雷雨暴震时饶州水宁寺污池中枯木突然跃起，变为龙腾云而去的《夷坚支癸》卷四《罗汉污池木》；等等。

土地是村社的守护神，古代称为"社神"。道教在斋醮诸神时，有太社神、太稷神、土翁神、土母神等名目。旧时各地多设小庙，内塑土地公公、土地婆婆，年节奉祀，以祈求四方平安、五谷丰登。《夷坚志》里面有关土地的传说，数量比较大，主要涉及为民众消灾免难，保护一方清吉平安的内容，以及选拔有才德者升任当地的土地神的过程等，大都具有一定的思想意义和社会影响。譬如：

　　庆元元年正月，平江市人周翁疟疾不止。尝闻人说疟有鬼，可以出他处闪避，乃以昏时潜入城隍庙中，伏卧神座下，祝史皆莫知也。夜且半，见灯烛陈列，兵卫拱侍，城隍王临轩坐，黄衣卒从外领七八人至廷下，衣冠拱侍。王问曰："吾被上帝敕令此邦行疫，尔辈各为一方土地神，那得稽缓。"皆顿首听命。其中一神独前白曰："某所主孝义坊，诚见本坊居民家家良善无过恶，恐难用病苦以困之。"王怒曰："此是天旨，汝小小职掌，只合奉行。"神复白曰："既不可免，欲以小儿充数如何？"王沉思良久曰："若此亦得。"遂各声喏而退。周翁明旦还舍，具以告人，皆哂以为狂谵，无一信者。至二月，城中疫疠大作，唯孝义一坊但童稚抱疾，始验周语不诬。迨病者安痊，坊众相率敛钱建大庙，以报土地之德。

《夷坚支景》卷六《孝义坊土地》

这一篇传说，写平江一县百姓面临瘟疫威胁的时刻，只有小小的孝义坊土地神敢于站出来同奉上帝之命行疫的城隍据理力争，并且采取以小儿充数的办法，尽可能保护了一方的平安。他的官职虽然非常之小，却敢于抗争，并且相当成功。他的勇气和智慧都源于保护民众的高尚品德。而人民群众是十分有情有义的。孝义坊百姓知恩图报，所以用最为隆重的方式建立大庙来报答土地神。又如：

> 侯官县市井小民杨文昌，以造扇为业，为人朴直安分。每售扇皆有定价，虽村人及过往收市，未尝妄有增加。稍积余钱，则专用养母，自奉甚薄，间井颇推重之。一日出街，欻闪仆于地，若气厥者。少顷复苏，语路人曰："适间逢黄衣人，持文牒在手。外题云：'拜呈交代。'接而启视之，云：'杨文昌可作画眉山土地，替郑大良。'我应之曰：'诺。'遂豁然而寤，此必不佳，吾甚以为忧。"有与之善者，掖以还家。明日，别母与妻子，沐浴而逝。时庆元元年春也。岁晚，客至闽，杨之子因其来买扇，从容话及前事。客言："画眉山者，正在西川嘉州。郡人尽谈今年二月内，多梦新土地上任。今比之昔时，顿觉灵显，一邦奉事甚谨。"杨子乃知父为神云。（福州医李翼说亲睹其事）

《夷坚支癸》卷四《画眉山土地》

这一篇传说，写以造扇为业的侯官县杨文昌，为人朴直，敬老母，受到乡里赞许。后来做了嘉州画眉山的土地神，颇为灵显，一邦奉事甚谨，在当地民众中很有威望。从中不难看出，人民群众对于一个人的人品非常重视——既看重其社会表现，又看重其家庭表现。同时也可以看出，就如同希望世间有好的地方官一样，人民群众也希望有好的土地神。他们对于为民造福的土地神是十分敬重的。

　　《夷坚志》中的土地神传说，尚有写李某进士登第后经人推荐为上元县令，回家待缺时，梦见上元县东桥土地神遣人请他去作交代，李不以为然，到官二年竟用赃罪流放岭南的《夷坚丙志》卷一《东桥土地》；写永州谯门对面的土地神，托梦向录事参军何生乞一帘以遮蔽，免得郡守每一次出入时打扰，何生照办后土地神便梦谢的《夷坚丙志》卷一《神乞帘》；写一个女鬼从井里出来迷惑赵知县的小儿，并把他捉走，幸被土地前来搭救，此子后来到南丰县为官的《夷坚丁志》卷一《南丰知县》；写建昌军孔目吏范某向资圣寺长老贷万钱为子纳妇，过许多年范某病危时说土地神派人同长老的亡灵来催讨，让其子买纸钱来烧后才瞑目的《夷坚支甲》卷六《资圣土地》；写都昌陈某豪爽仗义，乐于助人，去世后成为简寂观土地神的《夷坚支甲》卷八《简寂观土地》；写史某用廉价买了一座鬼宅，正修缮时，土地神来讲他为正人，必可高枕无忧，他入住后果然安然无事的《夷坚支甲》卷九《史省榦》；写辰州土地神托梦告诉王某日后当到此地为官，三十年后他果然做了辰阳太守的《夷坚支戊》卷四《辰州地主》；写鄱阳莲湖寺僧人外出归来，发现盗穴其室，囊钵一空，乃书"祸来患至不由人，土地伽蓝固弗灵"于土地堂外壁，当晚梦土地神前来谢罪的《夷坚支庚》卷七《莲湖土地》；写有一次鄱阳民黄某到景德镇贩陶器，过湖口往岳庙烧香时突遇故世老父，他在生时善缘甚多，已在该地做土地神的《夷坚三志辛》卷十《湖口庙土地》；写有一年镇江太守命人将久已崩圮之土地庙整治一新，酒库有三十缸酒忽然变臭，他祷告土地神后竟全部变好的《夷坚志补》卷十五《镇江都务土地》；等等。

第二节　道教神仙的传说

　　《夷坚志》中的道教神仙的传说，主要涉及八仙中的吕洞宾、钟离权、何仙姑、徐神翁等，而以吕洞宾的传说和钟离权的传说较为丰富。吕洞宾是八仙中名气最大、形象最突出的一位神仙。相传他是唐末道士，名喦，或岩，字洞宾，号纯阳子，自称回道人。他六十四岁才进士及第，后入终南山修炼，遇钟离权，经过"十试"乃得道成仙。《夷坚志》中有关吕洞宾的传说，描述他常常以各种道士的面目出现，行为异常，但乐于替世人消灾治病、排忧解难，使百姓过上舒心日子，或者让善良之人飞升成仙，受到民众称许和敬仰。譬如：

> 青城道会时，会者万计，县民往往旋结屋山下，以鬻茶果。有卖饼家得一店，初启肆之日，一客被酒，造其居，醉语无度，袒卧门左，饼师殊苦之。与之钱，不受；饲以饼，不纳。先是，有风折大木，居民析为二凳，正临门侧，以待过者。店去江颇远，方汲水，二器未及用，客忽起，缚茆为帚，蘸水洗木，揩揩①逾两时，又卧其上。往来望见者皆恶之，及门即返，饼终日不得泄。客亦舍去，谢主人曰："毋怒我，我明日携钱偿汝直，当倍售矣。"遂行。或诣凳旁欲坐，见光采烂然，乃浓墨大书"吕先生来"四字。取刀削之，愈削愈明，深透木底，上下若一，观者如堵。自此饼果大售。时绍兴三十二年二月。关寿卿亲见其洗木时，云："一清瘦道人也。"
>
> 《夷坚丙志》卷四《饼店道人》

这一篇传说，写青城道会时，一个道人醉卧饼店门外，给他钱、饼都不接受。望见者皆恶之，饼终日不得售。客向主人致歉离去后，有人发现此客坐过的凳子有"吕先生来"四个大字，光彩夺目，于是观者如堵。自此饼果大售。此篇在吕洞宾的传说里面是比较有代表性的。他以醉客的面貌出现，举止怪异，甚至让人厌恶。乍看起来给刚开业的饼店造成损失，却收到奇效，使得前来观看的人不计其数，饼店生意兴隆，大大出乎意料。又如：

> 平江常熟县僧慈悦，结庵于县北顶山绝巘白龙庙之傍，凡三十余年。以至诚事龙，得其欢心，有祷必应，邑人甚重之。绍兴三十二年，年七十八矣，忽得蛊病，水浮肤革间，累月不瘳，朝夕呻吟，殆

---

① 揩揩（kū）：用力貌。

无生意，棺衾皆治办，待尽而已。一客不知从何来，戴碧纱方顶巾，着白苎袍，眉宇轩昂，与常人异。自山下至龙祠礼谒，因历僧舍，见慈悦病，问之曰："病几何时矣？此乃水肿，吾有药能疗。"悦欣然请其术。命解衣正卧，以爪甲画其腹并脐下，应手水流，溢于榻下，宿肿即消。又探药一饼，如弹丸大，色正黑，戒曰："宜取商陆根与菉豆同水十碗，煮至沸，去其滓，任意饮之，药尽则病愈矣。兼师寿可至八十五岁。"悦愧谢数四，且询其姓氏乡里，曰："我回客也，临安人。"又曰："和尚，如今世上人，识假不识真。"语讫，揖而去。悦如言饮药，味殊甘美，越两日乃尽，病如失去，亦不复知客为何人。后两月，别一客言，来从都下，因观补陀山观音至此。出一卷画赠悦曰："此我所为者。"即去。既而展视之，乃画薜荔缠结，中覆吕真人象，始知所谓回客者，此云。县主簿赵彦清为作记。

《夷坚丙志》卷八《顶山回客》

这一篇传说，写常熟县僧慈悦七十八岁时得了蛊病，危在旦夕。忽有一客自山下来为他治病，先以爪甲画腹排水，又让其服丸药，喝药汤，药尽病除。后两月从一位客人的画卷中，方才知道替他治病的那位"回客"乃是吕真人。作品通过主动登门去抢救高龄危重病人的具体事例，展现吕洞宾的神仙风范，让世人对八仙有口皆碑，肃然起敬。再如：

峡州远安民家笃信仙佛，尝作吕公纯阳会，道众预者颇盛。斋供既罢，一老兵从外来，着敝青布袍，蹑破麻鞋，负两箸笼，弛担踞坐，呼叫索食。却之不可，其家尚有余馔，随与之。既又求酒，畀以小尊，一吸而尽，至于再三皆然。主人骇其量，语之曰："尚能饮乎？"曰："固所愿也，但为君家费已多，不敢请耳。"酒至，到手即空，不遗涓滴。徐问今日所作斋会云何，告以故，客曰："傥吕真人自来，必不能识。"主人指壁间画像示之，客注视微笑曰："我却曾识他，状貌结束，全然与此别。与我绢五尺，当为追写一本。"主人喜，即付之。客接绢不施粉墨，但置手中挼莏①，俄而大吐，就以拭残污。主始恶焉，度其已醉，无可奈何。旁观者至唾骂引去。良久，纳绢于空瓶，笑揖而出。一童探瓶中取视，则仙像已成，衣履穿束，宛与向客无小异。其家方悟真人下临，悔恨不遇，标饰置净室谨事之。时淳熙七年，筠州新昌人邹兼善为邑主簿，传其事。

《夷坚支甲》卷六《远安老兵》

这一篇传说，写远安县一民家做吕公纯阳会时，有一个老兵来乞食求酒，主人与之而尽其量。客称曾识吕，愿为其绘像一幅。客得主人绢五尺后大吐，就以拭残污，纳绢于空瓶，笑揖而去。一童取视，则仙像已成，宛与此客无一点点差异。这家才悟出是吕真人下临，悔恨不已。其中所描写的吕仙所变老兵与主人幽默的对话和荒诞的行为，极富有戏剧性和生活情趣。而这样的作品，在吕洞宾的传说中比比皆是，颇为常见。另如：

绍兴二十八年，华亭客商贩芦席万领往临安，巍然满船。晚出西栅，一道人呼于岸，欲附载。商曰："船已塞满，全无宿卧处，我自露立，岂能容尔！"道人曰："与汝千钱，但辍一席地足矣！"商曰："遇雨奈何！"道人曰："更与汝百钱，买芦席一领，遇雨自覆。"商利其钱，使登舟，坐于席上，仅容膝，不见其饮食便溺，在途亦无雨，到北关，乃辞去，曰："谢汝载我，使汝多得二十千以相报。"商殊不晓。适是年郊祀大礼，青城用芦席甚广，临安府惧乏，凡贩此物至者，每领额外增价钱二文，尽买之，遂赢二万。搬卸既毕，最下一领有墨书六大字，曰"吕洞宾曾附舟"，字画遒劲，好事者争来观视，知为仙翁。明日，商入城，过众安桥，逢此道人卖姜于市，揖之曰："你原来是吕先生，想能化黄金，可多与我。"道人笑曰："为我守姜，今还店取金来。"痴守至暮，不复来，乃尽辇姜归。商庸人也，不复懊恨，闻者为之太息。

《夷坚志补》卷十二《华亭道人》

---

① 挼（ruó）莏：用两手揉搓。

这一篇传说，描写华亭客商贩芦席去临安的一段特殊经历，通过拒载、搭乘、讨金、守姜等情节，将那个商人的贪财嘴脸描绘得活灵活现。吕洞宾采取捉弄的办法来开导其人，是否能够见效，就要看他的造化了。

《夷坚志》中的吕洞宾传说，尚有写开茶馆的小姑娘善待吕仙所变乞丐，喝了剩下的茶水，得长寿和富足的《夷坚甲志》卷一《石氏女》；写吕洞宾自称张八叔，登门医好白家一个久病的老祖母的《夷坚乙志》卷十七《张八叔》；写吕仙翁醉酒到老兵饶俊家求宿，临走以一诗为赠，随即腾至岩上含笑而坐，饶追赶投江，道人竟飞至波面将其携到岩畔的《夷坚乙志》卷十九《望仙岩》；写吕仙化为一个道人吹土成金，阳大明却不肯接受，道人在墙上题诗称赞阳大明的《夷坚丁志》卷八《乱汉道人》；写某士人与官妓张珍奴交往几月而终不及乱，后拜客为师学道，累月去后方悟其为吕洞宾的《夷坚丁志》卷十八《张珍奴》；写官员郑某、王某往观茅山大修醮事，请一风骨清峻的道人饮酒，并向其求药，二人随后将丸药戏纳于一昏睡老兵鼻中，老兵竟腾空而去，二人自恨无缘的《夷坚支庚》卷八《茅山道人》；写吕仙预言鲍家"兄弟三人同及第"，后来果然只有大儿子鲍同及第的《夷坚支庚》卷九《鲍同及第》；写一道人常向信州渔人杨六赊鱼，一夕道人从天际来，出两三千钱还所负鱼值，自称"洞口先生"，挽杨共载游仙境，五年后杨竟蹑空而升的《夷坚支癸》卷四《洞口先生》；写雷州天庆观一道士常年为心病所困，一夜忽有一客自外入而为其治奇疾，遂刮壁土置地上，擦身上垢腻捏为一小丸令道士吞服，明旦同侣讶其健强异常，但见壁上刮土处显出一吕真人像的《夷坚支癸》卷十《雷州病道士》；写吕洞宾自称知命先生为即将赴任之胡某算命，非常准确，胡乃画吕仙像事奉的《夷坚三志辛》卷三《知命先生》；写江陵商人傅某喜与道士交游，某日有方巾布袍客来与其共语同饮，客去后他将其所书"利市和合"四字贴于壁上，生意日丰，始悟客为吕翁的《夷坚志补》卷十二《傅道人》；写江州太平宫十余辈聚会时，一客自称"回道人"来共饮，胡某对其待遇加敬，众人去后，回道人刮土和酒，吹为墨锭，让胡稍服可去病强身，胡后始悟其为吕仙的《夷坚志补》卷十二《回道人》；写仙居县民王三供奉吕仙塑像甚谨，其十岁小儿牧牛时见一道人与家中塑像面目衣裳无异，道人乃笑置一钱于儿手，儿归家才用一钱，又有一钱在手，经月余共得十余千的《夷坚志补》卷十二《仙居牧儿》；写武陵某邀客到家中花圃聚饮赏花，一道人来共饮，酒尽时道人探袖取一锡瓶与众人敬酒，其后乃腾身跨一白鹤蹑云而去，众享仙醪皆高龄的《夷坚志补》卷十二《杜家园道人》；写贫娟曹三香开客店以自给，一投宿寒士自称"回心"者，为其治好恶疾，并使门外已枯死之皂荚树复生，三香悟其为吕真人，遂弃家寻师的《夷坚志补》卷十三《曹三香》；写吕仙着方巾布袍上门为穷人治目疾，不到一月即痊愈，从此耳聪目明、精力如壮的《夷坚志再补·治目疾方》；等等。《夷坚志》里面的吕洞宾的传说如此多彩多姿，标志着吕洞宾的形象在南宋时期已经相当成熟。

钟离权，字云房，道号正阳子，尝自称"天下都散汉钟离权"，故缩称"汉钟离"。唐末京兆咸阳（今属陕西）人。据旧籍记载，吕洞宾、铁拐李均由他点化成仙，足见他在八仙中的地位颇高。钟离权的传说，《夷坚志》中不太多，但是艺术质量较高，譬如：

> 政和初，成都有镊工，出行廛间，妻独居。一鬅鬙道人来，求摘髵毛①，先与钱二百。妻谢曰："工夫不多，只十金足矣。"曰："但取之，为我耐烦镊可也。"遂就坐。先剃其左，次及右，既毕，回面，则左方毛已苗然，又去之，右边复尔，如是至再三。日过午，妻不胜倦厌，还其钱，罢遣之。夫归，具以告，夫愠曰："此必钟离先生也，何为拒之！正使尽今日至，明日为摘髵②，亦何所惮！吾之不遇，命也。"即狂走于市，呼曰："先生舍我何处去？"夜以继日，饥渴寒暑皆不顾，如是三四年，遍历外邑，以至山间。逢樵人弛担，樵诘之曰："汝何为者？"告以故。樵者曰："此神仙中人，彼来寻君则可，君今仆仆一生，亦何益？吾虽至愚，然闻得道者，非积阴功至行，不可侥冀。吾有秘术授君，君假此辅道，摩以岁月，傥遂如愿。"戏拔茅一茎，嘘之，则成金钗，谓工曰："试用我法为之，当有济。"工曰："此皆幻术，不足学。我所愿，则见先生耳。"樵者曰："君未见

① 髵（ér）毛：面颊上的胡须。
② 髵（tì）：剃除。

其人，正遇之，何以识？"曰："询于吾妻，得其貌，已图而置诸袖中矣。"樵者曰："然则君三拜我，我能令君见。"工设拜。拜起，樵问曰："视吾面何如？"曰："犹适所睹耳。"再拜，又问，至于三，视之，无复樵容，俨然与所图无少异。曰："汝真至诚求道者。汝哀号数年，声彻云汉间，上帝亦深怜汝志，故令吾委曲唤汝，汝从我去。"遂与俱入山中。后二年还乡，别其所知而去，至今不再出。

《夷坚乙志》卷十二《成都镊工》

这是一篇颇为有趣的传说，写钟离先生先后以鬌髻道人和樵夫的面貌出现，反复考验成都某剃头匠，确认他确实是一个至诚求道者，才带他入山中修道。通篇故事富有喜剧色彩，无论是鬌髻道人请剃头匠妻子剃胡须、剃头匠狂奔呼号四处寻找钟离先生，还是钟离先生变为樵夫考察剃头匠，都描写得非常生动。而钟离先生喜欢调侃他人的幽默性格，剃头匠追逐神仙的执着精神，无不跃然纸上，给人留下鲜明的印象。又如：

邓州新乡县，宣和中，尝有一道人求买酒，监务赵某，每见辄喜之，必敕酒吏倍数给与，或唤入坐，命之饮，道人积感其意。赵夙苦羸疾，时证候方危，累日不食，道人入，语之曰："君病状殊不佳，远不过一年，近则半岁，恐无生理。"赵应曰："吾固甚苦此，自念无策，唯厌厌待尽而已。先生既言之，当有神术能生我！"曰："是事非吾所能办也，感君相爱，非不愿效力，知复奈何！"赵恳请再三，乃笑曰："姑为君谋之，后数日，试邀一髯道人同至此，君宜多设精果妙香，连沃以酒，以大醉为期，则吾计得施矣！"遂去。越五日，果与一客来，长六尺余，丫髻美髯，气貌伟甚，见酒席，俱有喜色。三人同坐，每一举杯，前道人必令多酌髯，曰："尔素善饮，今幸勿惜量。"度至斗许，觉跌宕不可支，道人曰："尔已醉，少憩可也。"令扫地铺簟，髯径就枕，鼻息如雷。道人密引赵卧于傍，令耸背紧相挨，且熟睡。少顷，来坐其前，俯身就髯项，吸其气满口，即嘘着赵顶上，又吸胸腹及臂股，亦如之，仆仆十余及，趋而出。髯忽寤，见人在侧，若有所失，大怒跃起，呼叫曰："畜生无状，敢误我。"持杖将击道人，道人迎笑曰："何用如是，只费得尔一年工夫，而救得一个性命，乃是好事。"髯怒稍息，但极口叱骂，良久，不揖主人而行。赵即时气宇油油然，明日即嗜食，甫十旬，肤革充盈，肌理如玉，略无病态。赵彦文子游与之有旧，常怜其疾，及是适见之，惊问所以。始尽道本末。二客皆不复再见，丫髻者，疑为钟离先生云。

《夷坚志补》卷十二《新乡酒务道人》

这一篇传说，写新乡县监务赵某为羸疾所苦，有生命之虞。与赵某交好的一道人打算搭救他，便邀丫髻美髯的钟离先生来共饮，让其醉卧，乃命赵某与其紧挨而睡。道人不断吸其气，吹到赵某顶上。刚刚十来天，赵某竟奇迹般痊愈了。故事讲得有声有色，很吸引人。有两点值得注意：其一，与一般八仙传说写仙家为人治病有所不同的是，这里面的钟离先生为赵某治病是被动的、不情愿的，甚至因为替人治病后还大发雷霆，因为耗费了他一年工夫。尽管如此，从客观效果来看，被救助的赵某却得到了实实在在的益处，仍然是值得称赞的。其二，这里面治病的方法，不是服用仙家身上污垢搓的药丸或者别的仙物，而是采用一种特殊的手段——让病人挨着昏睡的仙家熟睡，并且吸仙家髯项、胸腹、臂股之气嘘到病人的头顶上，具有神秘色彩，令人感到新奇。

《夷坚志》中的钟离权的传说，尚有写钟离翁题诗字画放逸，翔龙舞凤，飘然有神仙风度的《夷坚支丁》卷十《钟离翁诗》；写张某上山砍柴时遇到钟离子与另外一个神仙在磐石上面对弈，他吃下钟离子所给生笋后立即能讲他人祸福生死的《夷坚支丁》卷十《张圣者》；等等。

《夷坚志》中的其他八仙传说，数量很少，只有写邢舜举侍奉何仙姑，他服了何仙姑的丹药身体健壮而且长寿，命运如何仙姑所说出现波折的《夷坚丁志》卷十三《邢舜举》；写江西统帅派遣总管杨某讨伐贼寇，曾经跟随徐神翁之道士张彦泽为出师占卜的《夷坚甲志》卷二《张彦泽遁甲》；等等。

第三节 道教名人的传说

《夷坚志》里面的道教名人传说，涉及老子、张天师、许真君、孙思邈、林灵素、王侍晨等，而以张天师的传说和林灵素的传说作品较为丰富。

老子是春秋时期的思想家，道家的创始人。道教将其奉为教主，尊称太上老君。唐高宗乾封元年（666）封他为太上玄元皇帝。宋真宗大中祥符六年（1013）加号太上老君混元上德皇帝。关于太上老君的传说，有写一卖药道人在亳州太清宫口出狂言，称自己是老君老师，竟被火烧死的《夷坚丙志》卷十六《太清宫道人》等。

张天师是东汉张陵及其后代世袭嗣教者的通称。张陵（34—156），一名张道陵，五斗米道创立者。沛国丰邑（今江苏丰县）人。汉明帝时任巴郡江州（今重庆）令。汉顺帝时于鹤鸣山（亦称鹄鸣山，在今四川大邑县境内）修道，作道书二十四篇，创立五斗米道。后被尊为"天师"。其后裔承继道法，世居龙虎山，称"张天师"。《夷坚志》传说中的张天师，多为后者。试看：

> 婺州浦江方氏女，未适人，为魅所惑。每日过午，则盛饰插花就枕，移两时乃寤，必酒色着面，喜气津津然。女兄问其故，曰："不可言，人世无此乐也。"道士百法治之，反遭困辱，或发其隐慝曰："汝与某家妇人往来，道行如此，安得敢治我？"或为批颊抵冠，狼狈而出。近县巫术闻之，皆莫敢至。其家扫室焚香，具为诉牒，遣仆如贵溪，告于龙虎山张天师。仆至彼之日，女在堂上，见两黄衣卒来追己，初犹不肯行，卒曰："娘子无所苦，才对事毕即归矣。"遂随以去。凡所经途，皆平日所识，俄至东岳行祠，引入小殿下，殿正北向。主者命呼女升殿，女窃视其服，紫袍红鞓带佩鱼，全如今侍从之服。戒之曰："汝为山魈缴绕，曲折吾已尽知，但当直述，将释汝。"初，女被祟时，实其亡叔为媒妁，是日先在庭下，瞬目招女，使勿

言。女竟隐其事，但说魅情状及所与饮狎者。主者判云："元恶及其党十人皆杖脊远配，永不放还而不刺面。余五六十人亦杖臀编管。"传囚决遣，与世间不少异。又敕两卒送女还。时家人见女仆地，逾两时，目眼皆闭，抉齿灌药，施针灼艾，俱不省，但四体不冷，知其非死也。仆归云："既投状，天师判送东岳，限一时内结绝，故神速如此。"自是女平安如常。逾年而嫁，则犹处子云。

《夷坚丙志》卷十《方氏女》

这一篇传说，写鬼迷惑方氏女，使其行为异常，道士百治无效，后去龙虎山张天师处投牒，乃将此案判送东岳行祠审理，惩罚了鬼魅元凶和党羽，让方氏女平安如常。通篇叙事有条不紊，交代得十分清楚。从中不难看出龙虎山的张天师在惩妖除奸、保护民众方面如何发挥作用，因而受到世人的信赖和尊崇。

张天师的传说，尚有写董氏子不学龙虎山张天师正教，而学后山南法走上邪路，侮辱妇女，自取其辱的《夷坚志补》卷二十《董氏子学法》；写政和末张浚与人入京赴省试，到一庙求梦，梦一百丈长龙腾空，张天师奋蹬其背，当年擢第，后来位极宰相的《夷坚志三补·梦龙拿空》；等等。

许逊（239—374），东晋道士，世称许真君或许旌阳。宋代封为"神功妙济真君"。《夷坚志》中的许真君的传说数量很少，有写严家二子去西山玉隆宫拜谒许真君，沿途饮酒食肉获谴，竟被淹死的《夷坚支甲》卷六《丰城下渡》；写吴琦事许真君，许真君托梦告诉他的寿命和妻儿情况的《夷坚三志辛》卷一《吴琦事许真君》；等等。

孙思邈（581—682），唐代道士。通老庄百家之学，精医学及阴阳、推步。后人尊其为"药王"。宋徽宗追封为"妙应真人"。孙思邈的传说数量更少，仅有《夷坚支丁》卷八《赵三翁》等。

林灵素（1075—1119），本名灵噩，字通叟，温州（今属浙江）人，北宋末道士。少年为僧，因受师笞骂，后改从道教。善妖幻、祷雨之术。政和六年被荐入宫，称宋徽宗为上帝之长子，天上神霄玉清王，号长生大帝君，深得宋徽宗宠信，赐号通真达灵先生，建上清宝篆宫供其居住。宋徽宗自此更为崇信道教，令天下皆建神霄万寿宫，又于宫廷内设坛作会。

他与道士王允诚称霸京中，人称"道家两府"。《夷坚志》里面的林灵素传说，大多表现人们对其人的憎恨和厌恶。譬如：

> 林灵素既主张道教而废释氏。政和中，诏每州置神霄宫，就以道观为之。或改所在名刹，揭立扁榜。泗州用普照寺，正僧伽大圣道场也。黄冠环睨大像，雄丽严尊，虽已入据室宇，而未敢毁撤。乃出金帛，募人先登。有赵氏不肖子，本以宦族漂泊失图，来为宦众服役，利于激犒，奋臂挥斧，首击像身，余辈噪而从之。百尺华装，顷刻糜碎。观者嗟怆掩泣。不旬日，赵子两手溃烂，浸淫肩臂，迫于全体。肤肉解剥，若被刳剔者，呼叫不绝声，阅百日乃死。
>
> 《夷坚三志己》卷九《泗州普照像》

这一篇传说，写政和中，林灵素主张倡道废佛。皇帝下诏每州置神霄宫，或者改名刹为之。泗州普照寺，乃是佛教名刹。一伙人进去以后不敢动手，赵某贪图金帛厚赏，竟带头毁佛像，让观者感到无比痛心。他不旬日即两手溃烂，肤肉解剥，经过百日而亡。故事真切展现出政和年间各地毁坏佛寺，兴建神霄万寿宫的状况。它详细描述赵某遭到报应痛苦死去的过程，实际上是在愤怒谴责称霸京中的林灵素，表示出对于宋徽宗宠信林灵素的不满。又如：

> 林灵素于神霄宫夜醮，垂帘殿上，设神霄王青华帝君及九华安妃韩君丈人位。至三鼓，命幕士撤烛立帘外，初闻风雷绕檐，若有巡索，继见火光中数轮离地丈许翔走，空中仙灵跨蹑龙鸾。环佩之声铿然可听。俄闻云间传呼内侍姓名者，全类至尊玉音，掷下所书符箓，墨色犹湿，已而寂然如初。始复张烛，先列酒满大银碗，至是罄无余沥，果盘壳核满地。是时都人相传灵素神异，虽至尊亦敬叹，不知所以然。葛楚辅丞相云："绍兴末年，湖州旌村曹巡检，京师人，故隶名宿卫，能谈宣和旧事。尝言郑太师家命道士章醮，别有道人来，哂其无术，请郑扫洁廷宇，先期斋戒，盛具铺列。明日初夜，家人肃立廷下，内外謦欬不闻。忽仙乐玲玲，从空而来，乘彩云下至祠所，伶

官执笙箫合乐于前，女童七八人，履虚而行，歌舞自若，而神官仙众逍遥于后。顷之，云烟蔽覆，对面不相见。一大声如净鞭鸣踔，随即寂然，道人不复见，供器皆用金银，并无一存。郑氏知堕术士计中，又畏禁中传说，谓其夜祭神，不敢诵言。盖此夕为奸诈者，尽散乐也。烟云五色者，以焰硝硫黄所为，如戏场弄狮象口中所吐气。女童皆踏索踢弄小倡，先系索于屋角兽头上，践之以行，故望见者以为履空。其他神仙，悉老伶为之，巡检亦个中人也。然则神霄之事，疑若此云！"

《夷坚志补》卷二十《神霄宫醮》

这一篇传说，由两部分组成，前面一段写林灵素在神霄宫夜醮，做各种幻术表演，非常神秘，借以欺骗皇上和都人。后面一段写左丞相葛邲转述他人所讲的宣和旧事——当时京师妖道们搞夜祭神，玩弄一套迷惑世人的把戏，正好是对于林灵素的有力揭露。

《夷坚志》中林灵素的传说，尚有写林灵素向宋徽宗献饮酒玉骆驼和香龟以邀宠的《夷坚甲志》卷一《酒驼香龟》；写林灵素在宝箓宫讲法，使一能够"生养万物"之道人怒目而立其前的《夷坚丙志》卷十五《种茴香道人》；写京城苦旱，皇上命林灵素求雨，竟降黄浊之雨，既不可饮，又于庄稼无益的《夷坚丙志》卷十八《林灵素》；等等。

王侍晨，字文卿，建昌（今江西南城）人。宋徽宗时道士，与林灵素齐名。谓其人善符箓法术，能够呼雷唤雨，役使其鬼神，时人目为神仙。有关王侍晨的传说，大多与法术有关，譬如：

宣和中，京师士人元夕出游，至美美楼下，观者阗咽不可前。少驻步，见美妇人，举措张皇，若有所失。问之，曰："我逐队观灯，适遇人极隘，遂迷失侣，今无所归矣。"以言诱之，欣然曰："我在此稍久，必为他人掠卖，不若与子归。"士人喜，即携手还舍。如是半年，嬖宠殊甚，亦无有人踪迹之者。一日，召所善友与饮，命妇人侍酒，甚款。后数日，友复来曰："前夕所见之人，安从得之？"曰："吾以金买得之。"友曰："不然，子宜实告我。前夕饮酒时，见每过烛后，色必变，意非人类，不可不察。"士人曰："相处累月，焉有是事！"友不能强，乃曰："葆真宫王文卿法师善符箓，试与子谒之。若有祟，渠必能言。不然，亦无伤也。"遂往。王师一见，惊曰："妖气极浓，将不可治。此祟异绝，非寻常鬼魅比也。"历指坐上它客曰："异日皆当为左证。"坐者尽恐。士人已先闻友言，不敢复隐，备告之。王师曰："此物平时有何嗜好？"曰："一钱箧极精巧，常佩于腰间，不以示人。"王即朱书二符授之曰："公归，俟其寝，以一置其首，一置箧中。"士人归，妇人已大骂曰："托身于君许久，不能见信，乃令道士书符，以鬼待我，何故？"初尚设辞讳，妇人曰："某仆为我言，一符欲置吾首，一置箧中，何讳也？"士人不能辩，密访仆，仆初不言，始疑之。迫夜伺其睡，则张灯制衣，将旦不息。士人愈窘，复走谒王师，师喜曰："渠不过能忍一夕，今夕必寝，第从吾戒。"是夜，果熟睡，如教施符。天明，无所见，意谓已去。越二日，开封遣狱吏逮王师下狱曰："某家妇人瘵疾三年，临病革，忽大呼曰：'葆真宫王法师杀我。'遂死。家人为之沐浴，见首上及腰间箧中皆有符，乃诣府投牒，云王以妖术取其女。王具述所以，即追士人并向日坐上诸客，证之皆同，始得免。"王师，建昌人。（林亮功说，林与士人之友同斋）

《夷坚甲志》卷八《京师异妇人》

这一篇传说，描写王侍晨治鬼，故事性强，情节比较曲折。王与女鬼较量，险遭其诬陷。幸亏他事先有所防备，让座上客替其作证，才得以脱身。王法师有预见性，这正是他的过人之处。

《夷坚志》中的王侍晨传说，尚有写王侍晨之徒郑道士请雨治祟、呼召雷霆，非常灵验，他初到临川时有几人来想见雷神，他竟无故诵咒书符将雷神请来，雷神十分气愤，当场举斧把他劈死的《夷坚丙志》卷十四《郑道士》；写王侍晨被蔡京请去为其子孙看相，王侍晨认为日后依靠小儿陈桷之力能够复官，引起蔡京不快的《夷坚丁志》卷六《王文卿相》；写江西路副总管傅选因王侍晨不乐于教他法术而十分不满，便想招募刺客进行暗算，王侍晨立即飞传檄文，让傅选所学法术失灵的《夷坚支乙》卷五

《傅选学法》；写王侍晨初到福州，不为人知，庆成寺派人去投砖瓦吓唬他，他竟将人弄死，张和尚以道术出名，设坛祭神时，王侍晨去戏耍，随后他设坛求雨，大获成功，受到人们尊敬的《夷坚支丁》卷十《王侍晨》。

第四节　道士的传说

　　《夷坚志》里面的道士传说，包括道士善行的传说、道士作恶的传说以及其他内容的道士传说。

　　有关道士善行的传说，主要描述一些道士具有很好的品德和善心，常常采取各种方式来治疗疾病，帮助世人排忧解难，甚至为了救助他人而奉献出自己的生命，读来颇为感人。譬如：

　　　　叶道名法广，建宁人，不饮酒茹荤，专行三坛五部法驱邪治病。常往来乐平，庆元初，何冲程氏留使住坟庵。四年三月，万全乡民朱廿一家疫病，为行持七日不退，殊以为歉，益斋戒禳除，梦鸣山神来云："朱某家时疾，系吾奉天敕所行，固非妄生灾咎。"探怀出黄纸文书一幅示之曰："此可为证，若救了他家，必于君不利。"明日，以告弟子郑纯一，令写状奏天庭，郑以纸札不精，惧渎上苍，不奉命而去。叶年八十矣，不胜愤，对所事神发誓言："朱某平时奉香火甚谨，今其家十口困棘，法广安忍弃而不救！当尽力加持，愿上圣同赐临护，如朱氏痊安，法广以身代死，其甘如荠，实所不悔也。"不数日，朱室平复如初，法广遂死。

　　　　　　　　　　　　　　　《夷坚三志辛》卷七《叶道行法》

　　这一篇传说，写八十岁道士叶法广为救乡民朱家十口人，不顾个人的安危，与神灵据理力争。最后为了保全他人，竟以身代死，牺牲了自己的生命。他的高尚品质和牺牲精神，实在令人敬佩。又如：

　　　　江州天庆观道士杨德一，戒行端饬，持法精专。尝昼梦到一大官室，挂朱书巨牌曰"报应所"，寂无一人守门，遂入。见东廊揭榜云：
"江州太守来日诣本观烧香，被猖神迷祟。"次一牌云："德化知县以
明日遭邪祟，可付杨德一治之。"及寤，自以姓字通于神明为喜。是
夕江州守、德化宰皆同此梦。明日守以朝拜拈香归府，即得蹶疾。其
家人既闻所梦，立遣驶卒邀杨师至，则守已闷。杨书符三道，次第使
灌服，随手而苏。方出仪门，县宰之使亦至，挟车奔行，望见县宰罔
罔如狂痴。与一符吞之，亦愈。杨归观复梦抵昨处，又挂一牌云：
"知州知县两祟皆伏辜。"杨叹道术之感格，始为其徒言之。

《夷坚志三补·道术通神》

这一篇传说，写神明多次托梦给庆观道士杨某，让他给太守、县令驱
邪治病。他一次次都认真对待，于是制服了邪祟，使太守、县令及时得到
救治。它向世人表明，为人正派、持法精专的道士，足以感通神明，是可
以大有作为的。再如：

> 阆州故多蚊，廛市间寝者，终夜不交睫。某道人舍于客邸，主家
> 遇之颇厚，时时召与小饮，虽傝直或亏，弗校也。留数月而去，临
> 去，别主人，愧谢再三，揖起至井旁，言曰："吾在此久，君独能见
> 知，无以报德，当令君家永绝蚊蚋之患。"即取瓢中药一粒投井中，
> 戒曰："谨覆之，过三日乃可汲。"遂去。果如其言，每暑夕，蚊雷群
> 鸣于檐间而不能入室。

《夷坚丙志》卷十八《阆州道人》

这一篇传说，描写道人报恩，为客店主人消除蚊虫之患的事迹。作品
既赞扬店主待人诚恳、热情好客的性格，又褒奖道人知恩图报、为民造福
的情操，朴素平实地展现出人世间的一些值得称道的思想品德，让读者、
听众受到感染。

《夷坚志》中有道士善行的传说，尚有写一百多岁道士向世人传授长
寿心得的《夷坚乙志》卷十《巢先生》；写有一年京师太一宫举办灯会，
在宝箓宫主者都无能为力时，河北一道士居然制服两个恶鬼的《夷坚丙

志》卷十二《河北道士》；写徐道人嗜酒狂放，为欧阳修治病有奇效的《夷坚支庚》卷六《徐问真道人》；写一个行乞道人为临川某人治好多年不愈消渴病的《夷坚支庚》卷八《道人治消渴》；写黎道人喝过仙酒后四处为民消灾除怪，最后竟隐而不出的《夷坚支庚》卷八《黎道人》；写某斋生嗜酒，荒废学业，诸暨山道人向他传授几句隐诀后，从此不再接触酒馔的《夷坚三志辛》卷一《诸暨山道人》；写天庆观道士杨某戒行端饬，持法精专，神明多次托梦让他给太守、县令驱邪治病的《夷坚志三补·道术通神》；等等。

有关道士劣迹的传说，《夷坚志》中并不多，主要是揭露某一些道士欺骗世人、骗取钱财的行径。譬如：

> 福州紫极宫道士刘自虚，以正法为人治邪祟。虽颇有效验，然赋性诞妄，留意财贿，且好大言自炫鬻。每对客称："我前月中在西门某家考治，手斩三鬼，血满剑锷；数日前在东郭某家，亦斩其二，皆流血赫然。大率一月之内，无虑斩诛数十鬼也。"梁绳大仲凤能行法，深嫉其欺妄，欲摧沮之。因访所亲款曲，偶及刘驱制妖魅之妙，咨叹不已。梁笑曰："刘本无术，但架空吓人耳！君可诈云家有祟，召使来，我当暴其奸，以献一笑。"即遣邀之，刘至，梁告之曰："吾与是家雅故，目睹忧窘，合为致力。然度非一人所可了。我请先，不克，则子继之。"刘曰："诺。"梁曰："我本信步到此，不曾携剑来，幸见借。"刘取付之。又曰："吾法印却随行，只在小仆处，今出外取入。"良久而还，执印诵咒诀，禹步数匝，置剑袖中。俄叱曰"神将速掷之地"。流血津津，顾刘而笑曰："幸不辱命。"刘俯首羞怍，不敢答，密遁去。所亲之家，捧腹大噱。自是声光日削，浸革故态。梁告人云："此是戏术，须摘一草药淬剑，却顿鞘内，才见风则赤如血。复点滴沾洒，全如刃伤。渠所用以欺世者吾亦能之。聊发其宿愆，俾知省愧。

> 《夷坚支癸》卷十《刘自虚斩鬼》

这一篇传说，写通过梁绳大预先安排的一出借刘自虚的剑去"斩鬼"

好戏，非常具体生动地揭露道士刘自虚欺世盗名、骗取钱财的斩鬼骗局，让人们发出哂笑之后，有所思索，有所领悟。又如：

　　豫章杨秀才，家稍丰赡，有丹灶黄白之癖。凡以此术至，必行接纳，久而无所成，则听自去，由是方士辐凑。一日，小童报有客，称曰："烧金宋道人欲入谒。"杨喜，束带迎之。其人清瘦长黑，微有髭，两耳引前如帽，着黄练单袍，容仪洒落。即延款书室，朝夕共处，稍稍试小方辄验，然未尝暂出嬉游。杨乘间扣以要法，历旬始肯传，当用药三十余品，悉传疏所阙，买之于市。杨请与偕行，不可，曰："吾习静恶嚣，岂应却投闹处？君宜独往。"杨且行，又曰："君出后，小儿曹必来恼人，幸为扃户，使得憩息。"杨如其言。访数药肆买诸物，最后到一肆，望其中有默坐者，衣制颜状全与宋生等，颇惊。正拟问讯，坐者摇手止之。杨遽归，室户扃锁不动，启而视之，则宋瞑目燕坐，凝然如初。杨几欲下拜，以为虽蓟子训、左元放分身隐现，神游变幻，不能过也。自是益加礼遇，随所需即应。未几，不告而去。取所买药以治铅汞，不能就分铢，计供亿馈谢及药直不啻千缗，自谓亲逢神仙，不少悔。又徽州婺源武口王生者，富甲乡里，为人颉恨可憎，众目为王蜇齿，俗语指恼害邑落之称也。性吝啬，尤恶僧辈，行化至，必骂斥，不与一钱。有头陀茁发狞丑，伺其居内，直造门，鸣铙唱佛，厥声震响。王闻之怒，持杖击走之。甫自外还，前头陀又在廊下，鸣唱如昨。王愧怖，敬为罗汉圣僧，抟颊悔过，立取白金二十两与之，犹悚然尽日。两州人说，宋生与头陀皆兄弟双生相似，故各售其诈，从欺杨、王二人耳。

《夷坚支甲》卷九《宋道人》

　　这一篇传说，由两个诈骗钱财的故事组成，以前面的故事为主、后面的故事为辅，用后面的故事来印证和解释前面的故事，揭示出宋道人采用孪生兄弟的办法来伪装成有道行的人，让受骗者对其十分崇拜，礼遇有加，既不防备，又尽量满足要求，竟轻而易举地骗走一大笔钱财。足见披着宗教外衣的骗子不乏其人，一旦放松警惕就容易上当受骗，那些有各种癖好或者自以为是的富人尤其如此。

《夷坚志》中有关道士劣迹的传说，尚有写道士徐某不守教规，被罚哑十二年，改正过错后提前恢复说话能力的《夷坚支癸》卷二《徐希孟道士》等。

《夷坚志》中其他道士的传说，从行善、作恶以外的其他方面来描述道士的生活、好恶，内容各不相同。其中，有不少作品题材新颖，生动活泼，读来饶有兴味。譬如：

> 绍兴中，临安有老道人，年八十余岁，言旧为京城景灵宫道士。尝以冬日在三省门外空地聚众，用湿纸裹黄泥，向日少时即干，已成坚瓦。因白众曰："小术呈献诸君子为戏，却觅几文钱沽酒。"乃随地方所画金木水火土五字，各捻一丸泥，包以湿纸，置其上，就日色晒之，告观者请勿遮阳光。少顷去纸，东方者色青如靛；南者则赤如丹；西则白如珠；北则黑如墨；中央如黄蜡然。往来人以千百计，相顾叹异，各与之钱，而无取其泥者。天正寒，其人发黄面黧，只着单衣，必有道者也。

> 《夷坚支庚》卷八《景灵宫道士》

这一篇传说，写一个年过八旬的老道，冬天在阳光下当众演示其变化绝技，让千百位观众无不惊叹，于是纷纷解囊助兴。故事似乎没有太多的意涵，却富有趣味性，给欣赏者带来愉悦。又如：

> 蔡州有村童，能棋，里中无敌。父母将为娶妇，力辞曰："吾门户卑微，所取不过农家女，非所愿也。儿当挟艺出游，庶几有美遇，以偿平生之志。"遂着野人服，自称小道人，适汴京。过太原真定，每密行棋觇视，自知无出其右者，奋然至燕。燕为房都，而棋国手乃一女子妙观道人，童连日访其肆，见有误处，必指示。妙观惧为众晒，戒他少年遮阑于外，不使入视。童愤愤，即彼肆相对僦屋，标一牌曰"汝南小道人手谈，奉饶天下最高手一先"。妙观益不平，然揣其能出己上，未敢与校胜负。择弟子之最者张生往试之，张受童一

子，不可敌。连增至三，归语妙观曰："客艺甚高，恐师亦须避席。"未几，好事者闻之，欲斗两人，共率钱二百千，约某日会战于僧舍。妙观阴使人祷童曰："法当三局两胜，幸少下我，自约外奉五十千以酬。"童曰："吾行囊元不乏钱，非所望，然切慕其颜色，能容我通袵席之欢乃可。"女不得已许之。及对局，童果两败，妙观但酬钱而不从其请。适庑之宗王贵公子宴集，呼童弈戏，询其与妙观优劣。童曰："此女棋本劣，向者故下之耳。"于是亦呼至前，令赌百千。童探怀出金五两曰："可赌此。"妙观以无金辞。童拱白座上曰："如彼胜则得金，某胜乞得妻。"坐客皆大笑，同声赞之曰："好！"妙观惭窘失措，遂连败。既退，复背约。童以词诉于燕府，引诸王为证，卒得女为妻，竟如初志。

《夷坚志补》卷十九《蔡州小道人》

这一篇传说，写一自称"小道人"的农村少年棋艺精湛，连败庑都燕京国手妙观道人，娶其为妻，得偿平生之志。人们从中不但可以窥见当时的棋坛盛况，而且可以窥见当时的道观生活的某一些侧面。

《夷坚志》中其他道士的传说，尚有写钱家兄长得到三道士传授之仙方致富，贪得无厌，三年立即死去的《夷坚甲志》卷二《玉津三道士》；写有个能言善辩的道人受到太守的盛情款待，后来遇鬼竟自缢身亡的《夷坚乙志》卷十三《盱眙道人》；写衢州一道人行为怪异，酒量奇大，死后四十九天挖开墓穴，尸体竟不知去向的《夷坚乙志》卷十八《张淡道人》；写和州道士沈某与人谈未来休咎无不言中，被召入宫中却不合圣意，建炎初穿麻衣大哭，后庑寇进犯和州受祸最酷的《夷坚丙志》卷九《沈先生》；写蜀中道人为张浚以及他的两个儿子看相，非常应验的《夷坚支景》卷二《蜀中道人》；写天庆观道人陈某跟一位道人学会炼银术后，表现很差，师父便拂袖而去的《夷坚支庚》卷十《天庆观道人》；写张某酷爱丹灶，一个道给他教授炼银法，并且使枯木变活的《夷坚支庚》卷八《炼银道人》；写一个乞丐自称"硬脚道人"，行为极为怪异，颇受到士大夫和僧民关注的《夷坚支癸》卷十《硬脚道人》；写黄某遇到两个道人在黑暗中对弈，便去磕头求药，吞下所给棋子后即棋艺超群的《夷坚三志辛》卷四《观音寺道人》；写明道人为四位书生看相，所言一个不差的《夷坚三志壬》卷五《道人相施逵》；写当涂朱某遇一个异人而得道，离家去江汉浪游，二十多年后回乡闭目长逝的《夷坚三志壬》卷七《当涂朱道人》；写复州王道人以垂钓方式吸取碎金来饮酒，人们再去找他时已不知去向的《夷坚志补》卷十三《复州王道人》；写一道人行为怪异，游走在许多地方，后来竟尸解的《夷坚志补》卷十三《燕道人》；等等。

第七章　佛教的传说

第一节　菩萨、鬼神、诸天的传说

《夷坚志》中菩萨、鬼神、诸天的传说，以观音的传说数量最多。观音，为"观世音"的略称，是佛教的四大菩萨之一。佛教将其描写为大慈大悲的菩萨，称遇难众生只要诵念其名号，菩萨立刻前往拯救解脱，观音菩萨有六种形象。从南北朝开始，中国佛教寺院便将观音塑像作女身，唐代以后更盛。《夷坚志》中的观音传说，大多数作品宣扬信奉观世音，念诵观世音得以避免灾难，治愈病痛，绝处逢生，化险为夷。此类传说，说教的意味浓烈，艺术性不高。但也有一些作品比较有生活情趣，能给人留下较深的印象。譬如：

> 平江民徐叔文妻，遇金人破城，独脱身贼手。出郭，于水中行，惟诵观音佛名。首插金钗，恐为累，掷置水中。半途，迷所向，有白衣老媪在岸，呼之令上，指示其路曰："遇僧即止。"又云："恐汝无裹足，赠汝金钗。"视之，盖向所弃者。至一林中，见寺遂止，乃荐福也。次日，其婿蒋世永适相值，乃携以归。
>
> 《夷坚甲志》卷十《佛还钗》

这一篇传说，讲一个老妇人逢凶化吉的故事。写金人破城后，平江民徐叔文妻独脱身贼手。出郭行于水中，唯诵观音佛名。在迷途中有白衣老媪呼其上岸，而且为指路，得到所弃金钗。她至寺庙落脚后，又被女婿领回家。这一切无不显示出，每逢危难时刻，观音菩萨总是前来护佑虔诚的善男信女和一切善良的人们。又如：

> 湖州有村媪，患臂久不愈，夜梦白衣女子来谒曰："我亦苦此，尔能医我臂，我亦医尔臂。"媪曰："娘子居何地？"曰："我寄崇宁寺西廊。"媪既寤，即入城，至崇宁寺，以所梦白西舍僧忠道者。道者思之曰："必观音也。吾室有白衣像，因葺舍误伤其臂。"引至室中瞻礼，果一臂损。媪遂命工修之。佛臂既全，媪病随愈。（湖人吴价说）
>
> 《夷坚甲志》卷十《观音医臂》

这一篇传说，写观音菩萨变白衣女子托梦给湖州一患臂久治不愈的村媪，让其去见崇宁寺修舍时误伤的观音塑像。其实，这篇传说含有一定的寓意，它说明人世间救助往往是相互的，只有帮助了他人，才能够获得他人的帮助，对于菩萨也不例外。再如：

> 海州朐山贺氏，世画观音像，全家不茹荤。每一本之直率五六十千，而又经涉岁时方可得，盖精巧费日致然。传至六待诏者，于艺尤工。正据案施丹青，一丐者及门，遍体疮癞，脓血溃出，臭气不可近，携鲤鱼一篮，遗之求画。贺曰："吾家绝荤累世矣，何以相污？"其人曰："君所画不逼真，我虽贫行乞，却收得一好本，君欲之乎？"贺喜，洒扫净室，延之入。至即反拒户，良久呼主人，贺往视，则已化为观音真相，金光缭绕，百宝庄严。贺唤子弟焚香敬礼，遽所在室中异香芬馥，历数月不散，由是画名愈益彰。
>
> 《夷坚志补》卷二十四《贺观音》

这一篇传说，写海州朐山贺氏世画观音像，全家不茹荤。每本观音像要画一年多，价值五六十千。一日有个遍体疮癞的乞丐携一篮鲤鱼来求画，还说他愿其收得的好本拿给主人看。主人洒扫净室，延之入，即化为观音真像，主人唤子弟焚香敬礼。由是画名益彰。这一篇传说，无疑是在展示观音菩萨在民众中的威信，颂扬虔诚的宗教信念。但是，人们从这个带有传奇色彩的佛教故事中，也可以得到这样的启示：几代人诚心诚意地专注于一种事业，其毅力足以惊天地泣鬼神，必然取得成功，让人刮目相看。

《夷坚志》中的观音传说，尚有写秀州魏塘镇李八叔诵大悲观音菩萨满三藏，后患麻风病百药不验，忽有一僧令服药一粒，七日康复，须眉皆再生的《夷坚甲志》卷十《李八得药》；写鄱阳主使周世亨谢役后，写经奉事观世音甚谨，多有灵验的《夷坚甲志》卷七《周世亨写经》；写饶州一贫民妻孙氏怀孕十三月而难产，其儿子持一盏油往求观音护佑，孙氏恍惚间见一白氅妇人三次往来其前，乃产一男婴的《夷坚支癸》卷十《安国寺观音》；写福州南台寺塑新佛像而毁其旧，林翁要将观音菩萨请回家供奉，数日后入海舟坏溺水，他疾呼观音求教，乃得一板乘归的《夷坚丙志》卷十三《林翁要》；写吴江孤老郑媪，将乞讨的钱攒在瓶子里，欲以画观世音像，后遇大火，瓶子竟无损的《夷坚支景》卷三《吴江郑媪》；写福州闽清县白云寺西廊有大轮藏，淳熙中重漆殿柱时发现柱上有一颗宝珠，其中现出入定观音圣像，观者无不稽首顶礼的《夷坚支癸》卷四《千福藏宝珠》；写徐熙载母程氏酷信佛教，年七十仍瞻奉观音，绍熙间他与二子乘船返家，途中遇暴风雨，他立即呼同载齐诵菩萨名，乃得以脱险的《夷坚三志辛》卷五《观音救溺》；写台州僧处瑶中年病目，他每天持诵观音在梦中所授法偈，用咒水洗眼，很快痊愈，寿至八十八的《夷坚志补》卷十四《观音洗眼咒》；等等。

除了观音的传说外，《夷坚志》中的菩萨、鬼神、诸天的传说，还有文殊的传说、弥勒佛的传说、十六罗汉的传说、金刚的传说、伽蓝神的传说、阎罗王的传说、夜叉的传说等。

文殊的传说，有写隆德府教授江某与家人及长子去五台山拜祷佛像，目睹文殊菩萨和众罗汉现身盛况的《夷坚支戊》卷四《五台文殊》等。

弥勒佛的传说，有写弥勒佛化为一状貌古怪僧人到善画普贤菩萨像的杨画师家，他坐逝后又在新津道上出现的《夷坚志补》卷十四《眉州异僧》等。

罗汉的传说，有写乡人董某夫妇往庐山圆通寺以茶供罗汉求嗣，后生一子闻僧人诵经，立即止哭的《夷坚甲志》卷十四《董氏祷罗汉》；写光泽县龙兴院僧师满梦见一老僧自云从南岳来，将去上官家受供，后发现此僧乃是十六尊者中的第十三因揭尊者的《夷坚支乙》卷六《因揭尊者》；写乾道间，瑞应尊者托梦给一个四川商人，让他船行至某处江边时上岸寻找其丢失之头像，然后送回恭州报恩寺罗汉洞的《夷坚支癸》卷五《瑞应尊者》；等等。

金刚的传说，有写一歹徒谋杀若干旅客以夺财，一老妪因其诵《金刚经》，为金刚所护，凶手无法入其室的《夷坚甲志》卷八《金刚灵验》；写漳泉间人好持秽迹金刚法治病消灾，神降则凭童子以言，有一年神灵凭童子按剑为僧人若冲找回被窃之银的《夷坚甲志》卷十九《秽迹金刚》；等等。

伽蓝神的传说，有写韶州乐昌县黄莲山寺伽蓝神素著灵异，建炎年冬间郡守请静师往主法席，将敬神之杀牲祭酒改为素馔，由是人无敢以酒肉入山门的《夷坚乙志》卷七《黄莲山伽蓝》等。

阎罗王的传说，有写林衡平生仕宦以刚猛嫉恶自任，卒后当了阎罗王的《夷坚丙志》卷一《阎罗王》；写司农寺主簿周庄仲梦见有人持委任状称他二十年后将做阎王，过了二十年便梦门神、土地等来拜辞，并有金鼓骑从相送迎，次日竟卒的《夷坚丙志》卷七《周庄仲》；写南漳县医生张某梦见来到阎罗城，看见阎罗天子审案，后来竟去武当山访道，过十七年乃亡故的《夷坚丁志》卷十七《阎罗城》；等等。

夜叉的传说，有写郭大月夜骑行去外邑，中途遇见飞天夜叉，惊吓丧胆，乃回马疾驰的《夷坚甲志》卷十九《飞天夜叉》；写余杭人余主簿妻赵氏、同县文氏妇和一圊人妻，一年内先后所生的婴儿均青面毛身两肉角狰狞可怖，不久外人皆知的《夷坚丙志》卷十六《余杭三夜叉》；等等。

第二节　僧侣的传说

《夷坚志》里面的僧侣传说，包含僧侣的善行传说、僧侣的劣迹传说和其他内容的僧侣传说三个部分。

《夷坚志》里面的僧侣善行的传说，大多涉及抗击敌寇、斩除精怪、克己奉公、帮助贫苦、体谅他人等内容。其中一些作品，比较引人注目。譬如：

　　僧宗回者，累建法席，最后住南剑之西岩，道行素高。寺多种茶，回令人芟除繁枝，欲异时益茂盛，实无它心。有僧不得志于寺，诣剑浦县诉云："回虑经界法行，茶税或增故尔。"县知其妄，挞逐之。僧复告于郡，郡守亦素闻回名，不然其言，复挞之。僧不胜忿，诣漕台言所诉皆实，而为郡县抑屈如此，乞移考它郡。漕使下其事于建州，州遣吏逮回。吏至，促其行，回曰："幸宽我一夕，必厚报。"吏许为留。回谓其徒曰："是僧已再受杖，吾若往自直，则彼复得罪，岂忍为此！吾不自言，则罪及吾，吾亦不能甘，不如去此。"僧徒意其欲遁，或有束装拟俱去者。明旦，回命击鼓升座，慰谢大众毕，即唱偈曰："使命来追不暂停，不如长往事分明。从来一个无生曲，且喜今朝调得成。"瞑目而化。时绍兴十九年。

《夷坚甲志》卷五《宗回长老》

　　这一篇传说，写宗回长老道行素高。有个僧人不得志，先后到县郡去诬告宗回，因为县郡都了解宗回，此人一次次受到惩罚。他不甘心，又告到漕运总督那里，漕运总督将此事转到建州。建州便派官吏前去传宗回。宗回陷入两难境地，如果直说，此人必定还要挨打，他于心不忍；如果不直说，自己就要背黑锅，也不甘心。最后他采取一个两全其美的办法——向僧徒表白以后，坦然升座慰谢大众，然后瞑目坐化。宗回长老用自己的实际行动，充分表现出一个出家人的坦荡襟怀和高尚品德。又如：

　　扬州僧士慧，素持戒律，出外云游。未至江州一程，值日暮，不逢寺舍，适在孤村林薄间，无邸舍可投歇。栖栖逮暗，得路左小庙，乃入宿。过夜半，见恶少年数辈舁一人来，就杀之以祭，旋舍去。僧惴恐不敢喘息。才晓即行，甫数里，望一庙甚雄，榜曰护界五郎。引首视其中，堆积白骨无数，盖非往来所届通道也。僧知为妖鬼，持锡拄杖击偶像，碎其头。是夕，遂为五人索命，挩①衣甚急，默诵大悲咒自卫，虽不敢相逼，而未尝时刻舍置。到江州，寓普贤寺，见五物并立于门楣下，高与楣齐。以杖量度之，正满二丈，因为监寺言所睹。监寺使持念火轮咒，其咒才七字，每念百十遍，神辄露现形状，比初时小低一寸许。自是日削，至于仅盈一寸，泣而沥恳曰："更复讽诵不已，弟子当化为灰尘，愿慈悲如释，他日永不敢据祠宇，及与人为祸祟。"僧不答，闭目默诵愈精苦。俄旋风歘起，吹成灰炧②，扫空无遗。（赵子春说）

《夷坚志三补·护界五郎》

这一篇传说，写扬州僧士慧素持戒律，出外云游时，途中在护界五郎庙和普贤寺，先用锡杖打击五个妖鬼，随后又持念火轮咒对付它们，直到它们求饶也不肯放松，最后将它们化为灰烬，吹得无影无踪。这个士慧消灭鬼怪、为民除害的故事说明，以慈悲为怀的出家人，对于妖魔鬼怪绝不能心慈手软，只有如此才能够确保一方平安，否则就会贻害无穷。再如：

如皋县石庄镇明禧禅院僧如本者，福州人，游方至彼，遂留不去。绍兴辛巳，胡骑暴淮甸，本收瘗遗骸三百，得官给僧牒。绍兴（疑为"隆兴"或"绍熙"之误）元年为监寺，偕众僧往黄华港石总首家修设供佛，惟留一老者守舍。亭午，火作于延寿堂，次及僧堂，悉为灰烬。众闻报，狼狈奔还。常时诸僧戒帖度牒，锁置禅床上龛柜内，皆焚灭无余。独如本者挂于梁间，既堕地，有一大瓦，正覆护之，略无所损。本戒行甚坚，质朴好义，日夕持诵经咒不息，是以获善报。

《夷坚支戊》卷四《闽僧如本》

这一篇传说，描述僧人如本收埋被胡骑残害的同胞遗骸达三百具之

---

① 挩（tuō）：捶打。
② 炧（xiè）：灯烛灰。

多，其义举既惊人又感人。这位襟怀坦荡的僧人，如若没有强烈的同情心和使命感，是很难有如此举动的。而作品将其僧牒免于火焚的偶然情况加以神奇化，则鲜明地揭示出民众崇信佛教的感情倾向。

《夷坚志》中的僧侣善行传说，尚有写僧人宗印原本是陕西一士大夫，金兵南犯时还俗跟从五路军统领范谦叔御敌千人的《夷坚丙志》卷四《赵和尚》；写福州山中一个獠子卖身给万寿寺看门最为勤恳，万寿寺打算修缮堂殿，他主动请求去化缘，竟送回所化五百千钱的《夷坚支戊》卷一《万寿寺门子》；写越僧祖圆在天台山兴建房屋作为接待庵，接待各地游僧，从来不乱花一文钱，到彼处落脚者不下两万僧人的《夷坚支癸》卷四《祖圆接待庵》；等等。

《夷坚志》里面的僧侣劣迹的传说，数量远超过僧侣善行的传说，大多揭露一些僧人不遵守教规，不认真诵经，贪婪好财，奸污妇女，为非作歹，更有甚者，竟聚众闹事，图谋不轨，最后都难以逃脱惩罚。譬如：

> 饶州安国寺据庄园田池之入，资用饶洽，胜于他刹，名为禅林，而所畜僧行皆土人相承，以牟利自润。僧妙辨者，尤习为不善，于持戒参学，略无分毫可称，衣钵差厚，宝护之如头目。绍熙甲寅五月，以病死。临命之际，喉中介介，若贪恋不忍舍之状。寺众在傍观之，知其昏于箧椟精神混乱所致。既绝就殓，行者法珍守其枢。未及举焚，六月旦日将黄昏，法珍方爇烛炷香，觉左右前后履声窣窣，四顾无所睹，颇疑惧焉。且二鼓，寐未熟，见妙辨从壁畔徐徐而来，貌如生时，手拍供案，弹指长吁，又往发遗箧，周视所贮，复阖之，继撤关启户，旋亦阖之，作怒推壁，两堵砉然而摧。珍大骇呼救，乃灭。由是感疾，几死。主僧命厮侣奉枢出城焚之，而悉斥卖其物，为修荐毕，怪变始息。

《夷坚支乙》卷三《安国寺僧》

这一篇传说，写安国寺僧妙辨为人不善，爱财如命，临死之际竟依依不舍，死后其鬼魂还回来看所藏之物。住持将其火化，拍卖其物，为修荐毕，怪变始息。此篇传说通过妙辨的生前死后，活脱脱地描绘出一个混迹于寺院的贪财鬼的丑恶嘴脸，让人无比厌恶。又如：

> 绍兴十年，明州僧法恩坐不轨诛。恩初以持秽迹咒著验，郡人颇神之。不逞之徒冀因是幸富贵，约某月某日奉以为主，举兵尽戕官吏及巨室，然后扫众趋临安，不得志则逃入海。时郡守仇待制已去，通判高世定摄事。群凶谓事必成，至聚饮酒家，举杯劝酬，相呼为太尉。未发一日，其党书恩甲子，诣卜者包大常问休咎。方退，又一人来，迫午未间，至者益众，而所问皆同，且曰："欲图一事，可成否？"包疑焉，绐最后者曰："此非君五行，在吾术中有不可言之贵，视君状貌不足以当之，其人安在？我当自与言，不敢泄诸人也。"问者喜，走白恩，与俱至包肆。包下帷对之再拜曰："贱术何所取，而天赐之福，今乃遇非常之庆。家有息女，不至丑陋，愿得备姬嫔之列。"即延入室，导妻子出拜，置酒歌舞，使女劝之饮。包敬立良久，托为买殽馔，亟出告之。世定趣呼兵官，即日悉擒获。狱成，恩及元恶裔于市，余党死者数十人，陈尸道上。是夜，路都监出徼巡，见一人展转于众尸中，乃杖死而复苏者，掖起询之，云："初入市就刑，但知怖惧，不复记省。方杖胁一下，神从顶间出，坐屋檐上，观此身受杖毕，乃冥冥如梦，不知今所以活也。"都监曰："汝既合死，那得活？"举足蹴其伤，复死。世定用是得直秘阁，包生亦拜官，郡人合钱百万与之。
>
> 《夷坚丙志》卷十二《僧法恩》

这一篇传说，写持秽迹咒的明州僧法恩聚集一帮乌合之众图谋不轨，最后全部被正法。它的故事性比较强，描写颇为生动。其中，刻画了两个人物，一为邪恶而狂妄的僧人法恩，一为聪慧而有智谋的卜者包大常，后者尤其突出。他敏锐地发现法恩一伙人图谋不轨，在仔细盘问、靠实之后，先用花言巧语稳住他们，再去密告，然后将他们一网打尽。再如：

> 临安某官，土人也。妻为少年所慕，日日坐于对门茶肆，睥睨延颈，如痴如狂。尝见一尼从其家出，径随以行，尼至西湖上，入庵

寮，即求见啜茶。自是数往。少年固多赀，用修建殿宇为名，捐施钱帛，其数至千缗。尼讶其无因而前，扣其故，乃以情愫语之，尼欣然领略，约后三日来。于是作一斋目，列大官女妇封称二十余人，而诣某官宅邀其妻曰："以殿宇鼎新，宜有胜会，诸客皆已在庵，请便升轿。"即盛饰易服珥，携两婢偕行。迨至彼，元无一客。尼持钱犒轿仆，遣归，设酒连饮两婢，妇人亦醉，引憩曲室就枕。移时始醒，则一男子卧于傍，骇问为谁，既死矣。盖所谓悦己少年者，先伏此室中，一旦如愿，喜极暴卒。妇人不暇俟肩舆，呼婢徒步而返，良人适在外，不敢与言。两婢不能忍口，颇泄一二。尼畏事宣露，瘗死者于榻下。越旬日，少年家宛转访其踪，诉于钱塘。尼及妇人皆桎梏拷掠，婢仆童行牵连十余辈。凡一年，鞫得其实，尼受徒刑，妇人乃获免。

《夷坚支景》卷三《西湖庵尼》

　　这一篇传说，具体生动地揭露尼庵中宗教败类的罪行，真真切切地暴露出这一些宗教败类的淫荡和凶残。然而，多行不义必自毙，这一帮歹徒最终受到了严惩，人人称快。

　　《夷坚志》中的僧侣劣迹传说，尚有写平江县虎丘山僧法道因过去在别处管理寺院时与盗有交往，并且以剩米沽酒，后来生病忽然变为饿鬼的《夷坚甲志》卷七《法道变饿鬼》；写僧人奉阇梨年老每次入道场都要饮鸡汁，报酬不满意便破口大骂，后舌头分叉痛楚难忍，被青面大鬼揪去的《夷坚丙志》卷十二《奉阇梨》；写咸恩院主持俱会长期以来只关心酒肉钱财，而不管晨香夜灯，寺庙房坏屋塌听之任之，最后受到神明严厉惩罚的《夷坚丙志》卷十九《咸恩院主》；写一个僧人垂涎于王武功妻，利用离间计让王武功与妻子分离，得以霸占王妻最后受到惩罚的《夷坚支景》卷三《王武功妻》；写一和尚与客店主妻私通，任意胡为，店主去捉奸时竟不知去向的《夷坚丁志》卷十九《盱江丁僧》；写宝积寺一个僧人常常偷菜遭到民妇诅咒，生病时梦见自己变猪来还债的《夷坚支景》卷四《宝积行者》；写罗源山寺住持宗达在世时曾经将寺后两棵树砍来送人，死后双脚被火烧，叫苦不绝的《夷坚支戊》卷一《闽僧宗达》；写有年寒食节时发现有人进某大官厨房偷肉，进而查出十几年间庙中一奸僧长期奸污民女的劣迹，令人发指的《夷坚志补》卷九《奉先寺》；写武义县一个僧首，县中请其诵经者很多，他竟应接不暇，以至多受人钱财，却未诵足经文，他死后在阴间铁笼中诵经，四面炽炭五层的《夷坚志补》卷二十五《蒙僧首》；写衢州一僧人病困入冥，看见在阴间有许多僧人因为"负经债"，已陷入犁泥狱，整个身子泡在烂泥中，双手捧经债诵读的《夷坚志补》卷二十五《犁泥狱》；等等。

《夷坚志补》里面的其他僧侣传说，内容比较分散，涉及抗敌、医疗、交友、求子、算命、棋艺、美食等许多方面，譬如：

> 信州贵溪龙虎山福地，有僧康师筑庵其下，年八十九矣。寻常游历村落，唯杖策独往。尝赴斋供于县市，相去八十里，乃倩二仆肩舆以行。既至，从主人求一密室，扃仆其内，扃户加钥，戒勿得与食。斋主念仆远来倦乏，岂应使之忍饥，殊不晓其意。俄闻哮吼腾掷之声，走视之，皆虎也，惊悸毛竦，争来言，僧但微笑不答。迨罢坐，自启钥唤出，依然为人，复执轿仆之役而去。盖始者以法摄制山中猛虎耳。僧至绍兴末年示化，满百二十岁云。然则伏虎禅师，未足异也。

《夷坚志补》卷十四《龙虎康禅师》

这一篇传说，写康禅师筑庵于龙虎山下，他年八十九，常请二仆抬他去八十里外县中赴斋供。后来施主才发现，康禅师的轿仆乃是山中猛虎，非常吃惊。禅师绍兴末年坐化时已一百二十岁。这篇作品尽管带有一定的幻想色彩，却描绘得活泼清新，让人感到趣味盎然。又如：

> 嘉州僧常罗汉者，异人也，好劝人设罗汉斋会，故得此名。杨氏媪嗜食鸡，平生所杀，不知几千百数。既死，家人作六七斋，具黄箓醮。道士方拜章，僧忽至，告其子曰："吾为汝忏悔。"杨家甚喜，设坐延入。僧顾其仆，去街东第几家买花雌鸡一只来。如言得之。命杀以具馔，杨氏子泣请曰："尊者见临，非有所爱惜。今日正启醮筵，

举家内外久绝荤馔，乞以付邻家。"僧不可，必欲就煮食。既熟，就厅踞坐，析肉满盘，分置上真九位，乃食其余。斋罢，不揖而去。是夕，卖鸡家及杨氏悉梦媪至，谢曰："坐生时罪业，见责为鸡。赖常罗汉悔谢之赐，今解脱矣。"自是郡人作佛事荐亡，幸其来以为冥涂得助。绍兴末卒，今肉身犹存。

《夷坚丙志》卷三《常罗汉》

这一篇传说带有一些传奇色彩，写嘉州僧常罗汉，其言语行动均不同于常态，然而极为灵验，郡人都对他刮目相看。通过他为杨家忏悔而收到奇效的怪异行为不难看出，他是个济公活佛似的人物，在民众中颇有影响。再如：

> 吕彦能授自天台城中入山，过村落一小寺。其主僧圆真适出外，守舍童熟寐室间，呼之不醒。吕行久颇倦，暂卧榻上。闻饮馔芬香，彻于鼻观，起诣庖下视之，炊烟微温，更无一物。唯见釜旁以线系崇宁四大钱置四角，固所不晓，乃舍之而出。僧正从外来，迎且笑曰："手脚以露，不复自文。幸小留共享。"于是饮酒数杯。设粥一器，糁如雪色，味绝甘，不知为何品。僧曰："恰见釜旁系钱，盖为此耳。其法用鳜鱼大者四枚，破除净尽，去首尾及皮，以线系骨端垂于釜中。然后下水与米。凡盐、酒、姜、椒之属，悉有常数。度其糜烂，则聚四钱为一，并掣之，鱼骨尽脱，肉皆溃于粥矣。所以美者如是。山僧酸寒，不足为贵公子道也。"吕醉饱而去。

《夷坚支丁》卷三《圆真僧粥》

这一篇传说，山村中小寺的主僧，过着恬静舒适的生活，对于美食，极有讲究与追求，出乎常人的想象。它在佛教僧侣传说中，别具一格。

《夷坚志》中的其他僧侣传说，尚有写洪州观音观住持善旻年老生病时，得到司户参军董某悉心照料，亡故后投胎为董女的《夷坚甲志》卷十二《僧为人女》；写僧宗印本是陕西一士大夫，金兵南犯时范谦叔节制五路军，邀其返儒服，他从范后，艰难中颇有功的《夷坚丙志》卷四《赵和尚》；写某僧人从陇西到嵩山礼拜达摩，路遇一僧人请求他帮忙代去竹林寺送信，他刚迈出竹林寺，就发现自己置身于参天林木中的《夷坚丁志》卷三《嵩山竹林寺》；写政和初，一头陀至建康学校前再三瞻视，称"八座贵人都著一屋关了"，后来其言一一应验的《夷坚志丁》卷十《建康头陀》；写秀州一僧人酷嗜棋弈，然棋艺甚低，梦中遇王者让其吞下一枚棋子后，棋艺大为长进的《夷坚支乙》卷五《秀州棋僧》；写台州临海县小刹真如院童行金法静主持香火之事甚敬，他剃头时剃刀突然中断，嵌入头内，牢不可取，藏神显灵为他取出，因此得救的《夷坚支庚》卷五《真如院藏神》；写华亭县普照寺僧人明颠，常若失智恍惚，而信口言人灾福，一切多验，人称"明典"的《夷坚三志辛》卷三《普照明颠》；写临安兴教寺一个僧人得了软头病，在床上躺一个多月不能行动，许多医生都无能为力，最后被一个医生查出是硝毒所致，不到一月便治愈的《夷坚三志辛》卷三《兴教寺僧》；写姑苏城有一位颠僧为年过半百之沈端叔求子，虽然行为诡异，却能够让其家如愿以偿的《夷坚志补》卷十一《姑苏颠僧》；写宋赆少年时一梅州异僧言他日后当得贵人相助，他后来任梅州团练副使时，便去拜访异僧，方知异僧已经坐化，于是常去焚香致敬的《夷坚志补》卷十四《梅州异僧》；等等。

第八章　民间信仰的传说

第一节　妈祖、紫姑神、五通的传说

在《夷坚志》中，有关民间信仰的传说涉及面较广，信奉的神灵较多，以妈祖的传说、紫姑神的传说和五通的传说最为突出。

妈祖，又称天妃、天后、圣母、海神娘娘、林夫人、崇福夫人等。相传其为宋代福建兴化府莆田人，姓林名默。父母信佛，梦观音赐药而生之。八岁从师，十岁信佛，十三岁习法术，宋太宗雍熙四年（987）渡海至于台湾，传说升天为神。后来屡有救难之举，为世人景仰。民间信奉妈祖的习俗兴起于宋代，至近代更盛，以沿海的福建、台湾、广东一带尤甚。这和自宋代以来许多皇帝对妈祖的崇奉、褒封密切相关。北宋徽宗封其为"南海女神"、南宋高宗封其为"灵惠昭应夫人"、孝宗封其为"灵惠昭应崇福善利夫人"、光宗封其为"灵惠妃"、元世祖封其为"护国显佑明著天妃"、元顺帝封其为"辅国护圣庇民广济福惠明著天妃"、明太祖封其为"昭孝纯天孚济感应圣妃"、清圣祖封其为"护国庇民妙灵昭应宏仁普济天妃"。

民间传说里面的妈祖，不仅是一位保佑航海平安的海神，而且是一位保佑生育的送子娘娘。《夷坚志》中的两篇作品，即《夷坚支景》卷九《林夫人庙》和《夷坚支戊》卷一《浮曦妃祠》，是最早见诸文字记载的有关妈祖的民间传说。试看：

> 兴化军境内地名海口，旧有林夫人庙，莫知何年所立，室宇不甚广大，而灵异素著。凡贾客入海，必致祷祠下，求杯珓，祈阴护，乃

敢行，盖尝有至大洋遇恶风而遥望百拜乞怜见神出现于樯竿者。里中豪民吴翁，育山林甚盛，深袤满谷。一客来指某处欲买，吴许之，而需钱三千缗，客酬以三百，吴笑曰："君来求市而十分偿一，是玩我也。"无由可谐，客即去。是夕，大风雨。至旦，吴氏启户，则三百千钱整叠于地。正疑骇次，外人来报，昨客所议之木已大半倒折。走往视其见存者，每皮上皆写"林夫人"三字，始悟神物所为，亟携香楮，诣庙瞻谢。见群木多有运致于庙堧①者，意神欲之，遂举此山之植悉以献，仍辇原值还主庙人，助其营建之费。远近闻者纷然而来，一老氓②家最富，独悭吝，只施三万，众以为太薄，请益之，弗听。及遣仆负钱出门，如重物压肩背，不能移足，惶惧悔过，立增为百万。新庙不日而成，为屋数百间，殿堂宏伟，楼阁崇丽，今甲于闽中云。

《夷坚支景》卷九《林夫人庙》

这一篇传说，写兴化军（今莆田）的海口旧有林夫人庙，灵异素著。凡商贾入海必致祷祠下，乃敢行。在新建林夫人庙时，豪民吴翁发现林夫人化身前来买木材，赶忙送去，还将买木材的钱献给庙中，以供修建新庙之用。而另一个最为富有的村民，却十分吝啬，他受到了警告，然后有所改正。这篇幻想色彩浓郁的传说，非常清楚地展示出海边的广大百姓，尤其是航海者虔诚崇信海神妈祖，强烈期盼航海平安的愿望。又如：

绍熙三年，福州人郑立之，自番禺泛海还乡。舟次莆田境浮曦湾，未及出港，或人来告："有贼船六只在近洋，盍谋脱计？"于是舟师诣崇福夫人庙求救护，得三吉珓。虽喜其必无虞，然迟回不决，聚而议曰："我众力单寡，不宜以白昼显行迎祸？且安知告者非贼候逻之党乎？勿堕其计中。不若侵晓打发，出其不意，庶或可免。况神妃许我耶！"皆曰："善！"迨出港，果有六船翔集洪波间，其二已逼近。舟人窘迫，但遥瞻神祠致祷，相与被甲发矢射之。矢且尽，贼舳舻已

---

① 堧（ruán）：城郭旁、殿宇外或河边的空地。
② 氓（méng）：古代指乡村居民。

接，一魁持长叉将跳入。忽烟雾勃起，风雨欻①至，惊波驾山，对面
不相睹识，全如深夜。既而开霁帖然。贼船悉向东南去，望之绝小。
立之所乘者，亦漂往数十里外，了无他恐。盖神之赐也，其灵异如
此，夫人今进为妃云。(立之说)

《夷坚支戊》卷一《浮曦妃祠》

这一篇传说，写绍熙初福州人郑某泛海还乡在莆田浮曦湾(今湄洲湾
一带)时的一次惊心动魄的遭遇。因为他们前往林夫人庙请求救护，于是
便化险为夷，度过了劫难。这篇传说，同样富于幻想色彩，而且具有悬
念，颇为扣人心弦。它把沿海民众对海神妈祖的虔诚和期盼航海平安的强
烈愿望，表现得非常真切生动，让读者、听众也受到了感染。

紫姑，亦称"坑三姑"，是厕神。民间的紫姑神信仰六朝已有，唐、
宋时期更为盛行。紫姑不仅仅主厕事，世人说她能够先知，往往迎祀于家
中，占卜诸事。每到岁末，她与门神、灶君同时被粘贴供奉。紫姑神的传
说，大多与占卜相关。譬如：

南康建昌县民家，事紫姑神甚灵，每告以先事之利，或云下江茶
贵可贩，或云某处乏米可载以往，必如其言获厚利。一日，书来曰：
"来日贵客至，宜善待之。"其家夙戒子弟、奴仆数辈候门，尽日无来
者。将阖门，而一丐者至，即延以入，为具沐浴更衣。丐者虽喜过
望，而惧其家或事神杀己，恳请曰："虽乞丐至贱，亦惜微命，幸贷
其死。"主人告以昨日之故。丐者曰："若然，幸复致祷，将得自询
之。"始焚香而神至，书九字于纸上曰："吁！君忘碧澜堂之事乎?"
丐者观之则闷绝，久之方苏，泣而言："少年时本富家子，与一倡有
终身之约，惮父母不容，遂挟以窜，已而窘穷日甚。又虑事败，因至
吴兴，游碧澜堂，乘醉推倡入水，遂亡命行丐。今公家所致，盖其冤
也。"言已，复泣。其家赠以数百金，遣去。自是不复事神云。

《夷坚甲志》卷十六《碧澜堂》

---

①　欻(xū)：忽然。

这一篇传说，具有一定的喜剧色彩，它通过紫姑神显灵和乞丐登门的故事，在显示出紫姑神的灵验的同时，又否定了紫姑神的灵异，劝世人不要事神，因此别具一格，让读者、听众有更多的感悟，这在民间信仰传说里面并不多见。又如：

> 绍兴二十年，徐昌言知江州。其倅琰观众客下紫姑神，启曰："敢问大仙姓名为谁？何代人也？"书曰"唐朝吕少霞"。琰曰："琰觊望改秩，仙能前知，可得闻欤？"曰："天机不可泄。"琰曰："但为书经史，或诗词两句，寓意其间，当自探索之。"遂大书韦苏州诗曰："书后欲题三百颗，洞庭须待满林霜。"坐客传玩，莫能测其旨。后十五年，琰方得京官，调吴县宰，乃悟诗意，洞庭正隶吴也。（琰说）
>
> 《夷坚乙志》卷十八《吕少霞》

这一篇传说，写紫姑神用韦应物《答郑骑曹青橘绝句》中的诗句来回答徐琰，在紫姑神的传说中比较有代表性。我们可以看到，大多数紫姑神的传说，写她对于请求者往往并不明言，而是通过扶乩写字，用诗句或者长短不一的文字来向请求者做暗示，而请求者大都在事后才恍然大悟。

《夷坚志》中有关紫姑神的传说，尚有写临川谢氏子倅在花圃中读书时，请紫姑神降临作诗歌杂文的《夷坚丁志》卷十八《紫姑蓝粥诗》；写书馆老师笃信紫姑神，他请紫姑神为西安县令周某占卜，后来周某果如紫姑神所言，很快就得以升迁的《夷坚支景》卷六《西安紫姑》；写方耆参加乡试前去求紫姑神，得以中举，次年登科的《夷坚支戊》卷二《方耆招紫姑》；写祝某之子在家塾读书，善邀紫姑神，有次请来一个女仙竟是猪精的《夷坚支庚》卷二《蓬瀛真人》；写科举将开时邓生邀紫姑神问试闱题目，紫姑书"秋风生桂枝"五字，后来果然如此的《夷坚三志壬》卷五《邓氏紫姑诗》；等等。

五通，又有五显、五方贤圣、独脚五通、平木三郎、木下三郎、木客、花果五郎、护界五郎、五郎君等名号，是民间传说中的妖邪之神。"五通"乃群鬼之通称，每一鬼亦可称"五通"，非五鬼之合称。五通的信仰始于唐代，盛于宋代。在宋代民间传说中，五通有的形如小儿，称安乐神；有的能预卜吉凶祸福，或奉为家神；更多的时候以妖鬼的形态出现，常常幻化成人形，四处作祟，尤喜奸淫妇女。有关五通的传说，大多涉及各种灭妖除怪的内容，所不同的是五通有时候以正面形象出现，有时候以反面形象出现。另外，还有治病救人等内容。这一些传说中的五通形象，具有多面性。譬如：

> 临川有巫，所事神曰"木平三郎"，专为人逐捕鬼魅，灵验章著，远近趋向之。自以与鬼为仇敌，虑其能害己，日日戒家人云："如外人访我，不以亲疏长少，但悉以不在家先告之，然后白我。"里中人方耕田，见两客负戴行支径中，褰裳局步，若有碍其前者。耕者曰："何为乃尔？"曰："水深路滑，沮洳满径，急欲前进而不可。"耕者笑曰："平地无水，安得有是言？"两客悟，谢曰："眼花昏妄，赖君指迷也。"欣然直前，曾不留碍，径至巫门，自称建州某官人，顷为祟所挠，得法师救护，今遣我赍新茶来致谢。家人喜，引之入，劳苦尉藉，始以告巫。巫问何在，曰："已入矣。"大惊曰："常戒汝云何？今无及矣。"使出询其人，无所见。巫知必死，正付嘱后事，忽如人击其背，即踣于地，涎凝喉中，顷之死。（李德远说）
>
> 《夷坚乙志》卷十五《临川巫》

这一篇传说，写信奉五通神、替人逐捕鬼魅的临川巫，遭到仇敌报复，尽管其人警惕性很高，最终还是被鬼怪害死。它的故事性强，善于刻画人物，绘声绘色，非常吸引人。又如：

> 孔思文，长沙人，居鄂州。少时曾遇张天师授法，并能治传尸病，故人呼为孔劳虫。荆南刘五客者，往来江湖，妻顿氏与二子在家，夜坐，闻窗外人问："刘五郎在否？"顿氏左右顾，不见人，甚惧，不敢应。复言曰："归时倩为我传语，我去也。"刘归，妻道其事，议欲徙居。忽又有言曰："五郎在路不易。"刘叱曰："何物怪鬼，频来我家？我元不畏汝！"笑曰："吾即五通神，非怪也。今将有求于君，苟能祀我，当使君毕世巨富，无用长年贾贩，汩没风波间。获利

几何，而蹈性命不可测之险？二者君宜详思，可否在君，何必怒？"
遂去，不复交谈。刘固天资嗜利，颇然其说，遽于屋侧建小祠。即有
高车骏马，传呼而来，曰："郎君奉谒。"刘出迎，客黄衫乌帽，容状
华楚，才入坐，盘飧酒浆络绎精腆。自是日一来，无间朝暮，博弈嬉
笑，四邻莫测何人。金银钱帛，赠饷不知数。如是一年，刘绝意客
游，家人大以为无望之福。他夕，因弈棋争先，忿刘不假借，推局而
起。明日，刘访箧中，所畜无一存，不胜悔怒，谋召道士治之。适孔
生在焉，具以告。孔遣刘先还，继诣祠所，炷香白曰："吾闻此家有
祟，岂汝乎？"空中大笑曰："然。知刘五命君治我，君欲何为？不过
效书符小技。吾正神也，何惧朱砂为？"孔曰："闻神至灵，故修敬审
实，何治之云？"问答良久，孔诮之曰："吾来见神，是客也，独不能
设茶相待耶？"指顾间，茶已在桌上。孔曰："果不与刘宅作祟，盍供
状授我。"初颇作难，既而言："供与不妨。"少顷，满桌皆细字，如
炭煤所书，不甚明了。孔谢去，慰以好语曰："今日定知为正神，刘
五妄诉，勿恤也。适过相触突，敢请罪。"既退，以语刘，料其夕当
至，作法隐身，仗剑伏门左。夜未半，黄衣过来，冠服如初，径入
户。孔举剑挥之，大叫而没，但见血中堕黄鼠半体。旦而迹诸祠，正
得上体于偶人下，盖一大鼠也。毁庙碎像，怪讫息。

《夷坚丁志》卷十三《孔劳虫》

这一篇传说，描写孔某少时遇张天师授法，刘五请其惩治作祟的五通
神，毁庙碎像，除掉精怪的经过。其中，对于五通神的出现、它到刘五家
的作为、刘五贪图钱财享乐的小人嘴脸、五通神的骄纵蛮横以及孔某惩治
五通神的办法——先了解情况，麻痹对方，然后一举歼灭，都描写得颇为
细致、生动，有相当高的表现力。再如：

德兴五显庙，本其神发迹处。故赫灵示化，异于他方。淳熙三
年，弋阳周关须沅州郡守阙未赴，卧病困笃。适上饶人汪保，躬自负
香案，将至其所居衫山抄题供施。庵塞僧役吴行成欲为请药于神而未
果。其夜，梦黄衣人来谓曰："知汝欲请药，今大郎、四郎在此，何

不遂行。"吴郎随往一所，登重楼之上，见衣冠者一人、云巾鹤氅者一人并坐。二童傍立治药，侍卫甚盛，肃整无哗。吴再拜致词，衣冠者曰："何不早来？"顾鹤氅者曰："四哥可给药与之。"吴谢而寤。于是，用翌日诣谒，且以梦祷。才掷一珓，即得药。如香灰中枣，归告于周。于是八月朔日，遣介迎像至万居，将建佛事为报。神又赐以药，是日便能加餐饭。凡里社赖以愈疾者数百人。周一妾绝食八十日，族人子病惊风，皆获安。方氏女因痘疹坏目，失明数岁，复见物。俗言第四位神显灵。昭济广顺公素好道，斋戒专务施药，以积阴功，故效验章章如此。周自作记述其事。

《夷坚三志己》卷十《周沅州神药》

　　这一篇传说，描写德兴五显庙第四位神显灵，主动赐药给身患各种疾病的百姓治病。在这篇传说里，把五显即五通塑造成为救苦救难的神明，可亲可敬，与另外一些传说里面的兴妖作怪形象截然相反，形成鲜明的对比。

　　《夷坚志》中有关五通神的传说，尚有写有次五通神托梦告诉吴二将被雷劈死，吴二怕老母看见受到惊吓，打雷时便独自坐到田野中等死，他因孝心感动上天，竟安然无事的《夷坚丁志》卷十五《吴二孝感》；写郑氏丈夫刘某外出时，五郎君以金银财宝进行威胁利诱，长期将其霸占的《夷坚支甲》卷一《五郎君》；写吴某从外地来到宿松县，因为修复独脚五通庙，得到邪神帮助而突然家财万贯，成为巨富的《夷坚支癸》卷三《独脚五通》；写有个夜晚，一紫衣老媪来为穷书生连某做媒，让他立即与一个富家女子拜堂，当连某发现女唇有牛吻气时，众人便作鸟兽散，事后方知是"萧家木下三神仙"所为的《夷坚支癸》卷五《连少连书生》；写绍兴年间，一个男子盛夏喝酒醉后躺在会稽城内五通祠东厢房下，突然大雨倾盆，他三次被叫醒均毫不在意，后来雷击柱倒，男子竟为雷火烧伤的《夷坚三志己》卷八《五通祠醉人》；写农户李五七好事神，有一年他去婺源县五侯庙烧香回家后竟被一个冒充五县宫太尉欺骗的《夷坚志补》卷十五《李五七事神》；写村民张四买回扫帚时得到一把小镰刀，自称"南山独骑郎君"，能够预知祸福，张四将其供奉后，门庭若市，赖以小康的《夷坚三志壬》卷四《南山独骑郎君》；等等。

第二节　其他民间信仰的传说

《夷坚志》中的其他民间信仰的传说，涉及瘟部鬼、掠刷神、皮场大王、樟柳神以及蛇王、煞神、太岁、北斗、二圣、三圣、二郎神、金山大王、何蓑衣等。

瘟神，即瘟部鬼，又称五瘟鬼，是主管瘟疫之神。《夷坚志补》中的瘟神传说大都与瘟疫有关。譬如：

> 豫章之南数十里生米渡，乾道元年三月八日，有僧晨济。将登岸，谓津吏曰："少顷见黄衫五人荷笼而至者，切勿使渡，渡则有奇祸至。"取笔书三字，似符而非，了不可识，……以授吏曰："必不可拒，当以此示之。"语毕而去。吏不甚信也，然私怪之。至午，果有五黄衣，如府州急足者，各负两箸笼，直前登舟。吏不许，皆怒骂，殆欲相殴击。良久不解，吏乃取所书字示之。五人者一见，狼狈反走，转眼失所在，委十笼于岸浒。发之，中有小棺五百具。吏焚棺而传其符，豫章人家家图祀之。是岁，江浙多疫，唯此邦晏然。识者谓五人乃瘟部鬼也。予过江州及衢州，见士人言各不同，竟未知孰是。（余端礼说）
>
> 《夷坚乙志》卷五《异僧符》

这一篇传说，写主管瘟疫之神瘟部鬼化身为僧人到豫章一带采取防范措施，阻止瘟疫流行，收到很好的效果。所以豫章人家家图祀，无不对其表示真诚的感激之情。

《夷坚志》中有关瘟部鬼的传说，尚有写有一年春夏之交，常州瘟疫大作，知府张子智发现百姓不敢去领取药物，便将庙中"瘟司神"砸碎，并且将巫士驱逐出境，民众渐渐痊愈，习俗于是为之一变的《夷坚支戊》卷三《张子智毁庙》；写陈唐兄弟为人不善，横行乡里，有次陈唐梦见自己被押到城隍庙受审，然后再押去见主管瘟疫之神张大王，过几天陈唐兄弟便得瘟疫，七窍流血而死的《夷坚志补》卷二十五《陈唐兄弟》；写士子杨某向来不相信鬼神，某年中秋梦见长沙南北两个庙中五位瘟神来访，谈吐有条有理，大为折服，从此对神十分敬重的《夷坚志三补·梦五人列坐》；等等。

掠刷神，又称"掠刷相公""掠剩鬼"。它专门职司刷掠财富之有逾数者，谓人生贫富有定分，不可越命以强求。当时之民众疾社会财富占有不均，期望有神灵刷掠其富者，因而创造此神。《夷坚志》中的掠刷神传说，譬如：

> 扬州节度推官沈君，居官颇强直，通判饶惠卿尤知之。惠卿受代归临川，一府僚属出祖于瓜洲。前一夕，沈闻书窗外人语曰："君明日禄尽马绝。"为妻子言，慨然不乐。明日，将上马，厥子牵衣止之，沈曰："饶通判相与甚厚，方为千里别，安得不送？"策马径行。所乘马盖借于军中者，恶甚。始出城，奔而坠，足绁镫间，不可脱，驰四十里，及瓜洲方止。驭吏追及之，则面目俱败，血肉模糊，不可辨识。舁归舍，气息喋喋①，经一日而绝。惠卿怜其以己死，赙②钱二十万。郡遣夫力十余辈护枢归，诸人在道相顾，如体挟冰霜，或时稍息，则头辄痛，类有物击之。两旁行者皆见一绿袍官人坐枢上，执梃而左右顾，至家乃已。后岁余，其妻阎氏白昼见旗帜奄冉行空中，一人跨白马趿蹀③而下，至则沈也，相慰拊良久。又遍呼诸子，诲以读书耕稼之务，曰："吾今为掠剩大夫，勋业雄盛，无忆我。"翩然而去，自是不复来。阎氏之弟榕传其事。
>
> 《夷坚丙志》卷十《掠剩大夫》

这一篇传说，非常具体地描述扬州节度推官沈君为人刚直，有情有义，深得同僚和民众的爱戴。据传，他去世后担任掠剩大夫一职，受到世人的敬重。

---

① 喋（dié）：微弱。
② 赙（fù）：以财物助人办丧事。
③ 趿蹀：小步貌。

此外，尚有写沈侍郎去湖南任安抚使，途中有个小孩儿来做随童，善解人意，半年后要求离去，方知其为掠刷相公奴，专门掌管人间鞋履，沈侍郎很惊异，不数日即亡故的《夷坚乙志》卷四《掠剩相公奴》等。

皮场大王，即皮场土地。宋代信仰极甚，先封侯，后封王，分布于开封、杭州、苏州等地。相传其治病最为灵验，宋人实际上是将其作为药王来供奉的。譬如：

> 段元肃家居京师，邻家有病者为祟所挠，治之不效，欲请道士奏章诉于帝。段之祖梦人如神明者告之曰："凡神祇有功于人者，岁满必迁。吾主此地若干岁，今当及迁，而君邻家之鬼正在部内，方自往治之，闻其家将奏章，恐致相累，丐君一言，令罢之，病者自安矣。"恳请至再三，段许诺，且问其所止，曰："亦与君家为邻。"明日思之，乃皮场庙也。如神言告其邻，止不奏，病者即日愈。
>
> 《夷坚乙志》卷六《庙神止奏章》

这一篇传说，讲述的是京师发生的一桩庙神显灵的奇事：皮场神托梦给京师段某，表示要去惩治作祟害人的鬼魅，让他前去劝邻家勿送奏章诉于帝。段将神言告其邻家，不再送奏章，病人立即痊愈。足见皮场神能够治病保民，非常灵异。

《夷坚志》中的皮场大王传说，有写席旦为御史中丞，后两镇蜀，终于长安，死后为京城皮场庙之神，权势甚重，知其子大光苦窘，乃给其三百贯钱的《夷坚甲志》卷五《皮场大王》；写处州学士叶生常到临安皮场庙拜见神灵，他省试落第后，得到皮场大王护佑，被近邻太守招募为馆客，并且平安回家探望老母的《夷坚三志壬》卷四《皮场护叶生》；等等。

樟柳神，又称"章陆神""鸣童""童哥""髑髅神""仙童""鬼仙""耳报神"等，据说是个介于神、鬼之间的灵物，源于古代巫蛊之术。大致是以巫术控制夭死小儿亡灵，使其刺探消息。《夷坚志》中的樟柳神传说，譬如写饶州安仁蒋县令毁撤邑中众多淫祠，唯最灵之柳将军庙得存，后柳将军托梦向其致谢，蒋乃缮修其堂宇，十五年后入为大司成的《夷坚甲志》卷一《柳将军》等。

第九章　寺庙的传说

《夷坚志》中的寺庙的传说，涉及面广，内容相当丰富，包括佛教寺庙的传说、道教寺庙的传说、历史人物寺庙的传说、民间信仰寺庙的传说以及其他寺庙的传说。

第一节　佛教寺庙的传说

《夷坚志》里面的佛教寺庙传说，主要涉及南宋许多地区的佛教寺庙。它们不但宣扬佛教的教义和彰显神明的威力，赞美佛教古迹、文物，而且倡导保护佛教文物、古迹，内容丰富，具有一定的思想意义和社会价值。譬如：

> 江州彭泽县北四十里广福寺有轮藏，极华壮妥洁。绍兴初，巨盗李成犯江西，驻军寺下，留一宿，将以质明焚烧而南，且欲尽戕县人。是夜成设榻藏殿，睡正熟间，藏转动不止，疑其下有寺家所伏仆隶将为己害，起呼健将在帐前者。秉炬伏剑，接续入视，则寂无一人，而藏声愈响，旋运愈速。成甚惧，即具衣冠诣佛所，焚香谢过，随即阒然。迨旦，引众行过县，秋毫不犯，百里赖以全活。
>
> 《夷坚支乙》卷六《广福寺藏》

这一篇传说，描写盗匪进住彭泽县广福寺后，三更半夜突然出现轮藏（能够旋转的藏置佛经书架）旋转的奇迹，让匪首胆战心惊，无比惶恐，不得不立即焚香谢罪，尽速带领众匪徒撤离，因此使得广福寺免遭劫难，而且保全了彭泽县百里居民的性命。它通过轮藏的奇迹，充分显示出在人民群众的心目中，佛教神明具有崇高的威望和巨大的神力。又如：

> 福州万寿寺，绍兴初，有一獠子自鬻，充守门之役凡累年。启闭洒扫，昼夜不少怠，在仆厮中最为勤饬。主僧议修堂殿，度须五百千。正拟精择廉干者出外求化，獠知之，白曰：“在山门已久，无所陈力，愿为常住办此缘。”一寺皆指以为狂。少顷钱至，方大惊异。或扣所从来，笑而不答。后主僧诣山庄莅收禾稻，獠卒于门房。寺为敛瘗毕，始报主僧。主僧曰：“两日前，吾见其人策杖过此，不作揖而去，谓其有所不合，不知其亡也。”命发瘗视之，但衣服存耳。（余轲说）

《夷坚支戊》卷一《万寿寺门子》

这一篇传说，着重描述福州万寿寺门子为寺庙修堂殿做贡献的义举，表现出崇拜佛祖的情怀，并且赞美佛家倡导的无私奉献精神。它带有一些神秘色彩，更增加作品的说服力和感染力。再如：

> 赵善澄有二佛，其一泥塑古佛，连座不满二尺。澄言初在皮匠陈三家，凡人烧香作礼，有所祈祝，无不感应。声彰中外，来者纷纷然，不能知其名。一游僧过之，随众瞻仰，以询诸人，皆莫能识。僧曰：“我闻昔有村渔，孝养父母，居于盘沟之上。因入水获一片木，有五色霞光，持之以归，持示双亲，母曰：‘汝但取鱼，要此何用？’父怒，至欲取刀碎之。俄而木裂为两，其间或虚或实，有类佛像。渔者就沟辇空泥，叩成七十尊，一起一倒，如人交拜，负出市求售，称为盘沟大圣。或问此有何异，曰：‘随人所问事吉凶，像自能礼拜。’人争买之，得钱数千为养亲之助。而不知盘沟在何处。”此佛今归赵氏。其一水墨画弥勒佛，标饰甚济。遇逐月旦望，别开一室，罗陈香花，听外人入拜。如其人平日忠信，则立现圆光，大如茶瓯，从顶心出，移时遍满轴上；如轻薄恶子至，则淡然无所睹。其后来者颇垫杂，赵虑或为所窃，乃秘之。非亲昵求观，不浪出示。淳熙四年，杨

昭然访赵宅，皆得见之。

《夷坚三志壬》卷八《赵氏二佛》

这一篇传说，描写赵善澄有二佛，一为泥塑古佛，得来的经历不同寻常；一为水墨画弥勒佛，品貌超群。他家别开一室，每逢初一、十五，听外人入拜。如其人平日忠信，则立现圆光；如轻薄恶子至，则淡然无所睹。后来担心失窃，便秘密收藏起来。赵家的二佛，无疑是两件佛教神灵艺术品。这篇传说通过生动描述二佛的由来及其神威，充分表现出世人对佛的无比崇敬，充分表现出世人佛教信仰的无比虔诚。在这里是非善恶，泾渭分明，让读者、听众从中获益良多。

《夷坚志》中的佛教寺庙传说，尚有写婺源县山寺感恩院主持俱会只关心酒肉钱财，而不料理佛事，任寺院房屋老坏，受到神灵谴责，由弟子智圆接替主持，其人不久死去的《夷坚丙志》卷十九《感恩院主》；写政和初潭州城北开福寺住持文玉准备新藏时，发现一块二百年前木板，上书四十五字，已经预言到新建轮藏之事的《夷坚支景》卷六《开福轮藏》；写如皋明僖寺修缮钟楼，工匠搅拌泥沙时在楼旁深沟中发现数百条鲤鱼，原来是十多年前一位客商将巨鲤腹中幼子丢进沟中，逐渐繁衍出来的《夷坚支庚》卷五《明僖寺鲤鱼》；写成都回天寺钟楼倾斜，却因先后数十位打钟人被害死，而无人敢去进行修缮，乾道年间有二勇士射杀了大野鸡精，于是钟楼才被修葺一新的《夷坚支癸》卷一《回天寺钟楼》；写乾道初，饶州水宁寺外污池中一截枯木突然跃起，变为一条龙腾空而去的《夷坚支癸》卷四《罗汉污池木》；写绍兴年间恭州报恩寺有罗汉洞瑞应尊者头像突然丢失，州府下令找寻，一无所获，乾道年间一四川客商在江陵停船时梦见一和尚来求载，竟使瑞应尊者头像复归的《夷坚支癸》卷五《瑞应尊者》；写赣州兴国县大乘寺建于后梁时期，庆元间大火，古殿、石佛皆完好无损，灾后重修法堂，易其榜曰"无量寿石佛殿"的《夷坚三志己》卷九《兴国大乘佛》；写嘉兴真如院塔遭方腊之乱毁于大火，淳熙年间仿照从塔基地窖中挖出之银塔重新修建而成，受到赞美的《夷坚三志己》卷七《真如院塔》；写有一年兴国县大乘寺大火，将西北面义学烧光，而斋舍旁一尊石佛与相邻官舍、古殿却完好无损的《夷坚三志己》卷九

127

《兴国大乘佛》；写鼎州崇宁寺拟建大华严藏，长老向叶家要来大桐树做藏心和神像，若干年后小桐树遍满山谷的《夷坚三志辛》卷四《鼎州寺藏心木》；写南丰县普明寺挖出新井，井水翻动不定，寺中人惊慌失措，惊逃到山上，次日见屋宇如故，才敢回还的《夷坚三志壬》卷一《普明寺新井》；写建昌景德寺有塔极雄伟，其中泗州僧伽很灵验，因为塔屋漏雨而损坏僧伽像，村民主动捐款进行修缮的《夷坚三志壬》卷三《建昌大寺塔》；写湖州隆报寺系中书侍郎林彦振捐资修建，林子亡故后，其族人在寺里拆屋伐木，至隆兴间已荡然无存，但在隆报寺地基上建造房屋者均无好报的《夷坚志补》卷二十四《隆报寺》；等等。

第二节　道教寺庙的传说

《夷坚志》里面的道教寺庙的传说，主要包括两类，即有关道教神灵的寺庙传说和一般道教寺庙的传说。有关道教神灵的寺庙传说，主要有与龙有关的寺庙传说、与雷神有关的寺庙传说、与城隍有关的寺庙传说、与土地有关的寺庙传说等。

《夷坚志》中，与龙有关的寺庙传说，大多与祈雨、制止自然灾害相联系，往往彰显出神龙的威力，突出世人对于神龙的崇拜和敬畏。譬如：

> 潼州白龙谷陶人梁氏，世世以陶冶为业，其家极丰腴。乃立十窑，皆烧瓦器，唯一窑所成最善，余九所每断火取器，率窊邪不正，及鬻于市，则人争售之。凡出尽然，固莫知其所以也。谷中故有祠曰白龙庙，盖因谷得名，灵响寂寂，不为乡社所敬。梁梦龙翁化为人来见曰："吾有九子，今皆长立，未有攸处，分寄身于汝家窑下。前此陶甀①时，往往致力，阴助与汝。"梁曰："九窑之建，初未尝得一好器物，常以为念，何助之云！"龙曰："汝一何不悟，器劣而获厚利，岂非吾儿所致耶？"梁方竦然起拜谢。龙曰："汝苟能与之创庙，异时

---

① 甀（qì）：壶缶类瓦器。

又将大获福矣。"许之而觉。即日呼匠治材，立新祠于旧址，设老龙像正中坐，东西列九位以奉其子。迨毕功，居民远近和会，瞻礼欢悦。其后以亢阳祷祈雨，不移日而降。梁之生理益富于昔云。

《夷坚支甲》卷二《九龙庙》

这一篇传说，从潼州一个陶匠烧窑的独特视角来展示老龙及其九个龙子的威力，非常真切地描绘出当时的民众对于神龙的信仰和崇拜，具有较强的感染力。

《夷坚志》中与龙有关的传说，尚有写每年龙子都要到平江府阳山龙母祠拜母，一般取道野外，唯独绍兴二十年入城，越城一角而去的《夷坚乙志》卷十一《阳山龙》；写黄河七娘子滩夏季经常发大水，当地民众到山顶龙女庙祷告，随即狂风大作，暴雨倾盆，其后龙女庙竟迁移至黄河岸上，从此再无水患的《夷坚支甲》卷一《七娘子》；写有一年秋夜洛京白坡野牛滩洪水暴涨，百姓大部分被淹没，神龙变为牛来杀死兴风作浪之大蛟，保一方平安，当地民众便给神龙建庙的《夷坚支甲》卷二《野牛滩》；等等。

《夷坚志》中与雷神有关的寺庙传说，譬如写有一年秋冬之际桂林干旱，太守派人持公牒去雷州雷王庙求雨，次年正月果得小雨的《夷坚支甲》卷五《雷州雷神》；写庆元年间湘潭米价猛涨，昌山雷祖庙雷祖显灵，让漫山遍野竹子开花结籽，食之如米，老百姓赖以活命的《夷坚三志辛》卷八《湘潭雷祖》；等等。

《夷坚志》中与城隍有关的寺庙传说，譬如写绍熙五年六月二十二是鄱阳城隍王诞辰，善男信女集庙下祭献，主事者仇邦俊家出现怪异，仇妻和仇邦俊相继死去的《夷坚支丁》卷八《仇邦俊家》；写邑人修葺城隍庙时，请胡画工绘二门神，胡嫌钱少而敷衍了事，在梦中受到警告后乃重新彩绘的《夷坚支戊》卷十《胡画工》；写饶州有三个小吏之子上城隍庙屋顶探雀，竟踩坏神像，至晚昏热如炙，其父亦相继病倒的《夷坚支癸》卷六《城隍庙探雀》；写张五杀人被处死，其亡灵被城隍庙收管，城隍去永宁寺赴会时他趁机逃出，于是再将其收回的《夷坚志补》卷十六《城隍赴会》；等等。

　　《夷坚志》中与土地有关的寺庙传说，譬如写洪府宅堂后土地庙与厕所门相连，帅守打算把土地庙迁走，土地托梦表示无碍，不愿搬迁，于是洪府便移门他向，并且加以祭奠的《夷坚支戊》卷四《豫章神庙》；写有一年镇江太守命人将久已崩圮之土地庙整治一新，酒库有三十缸酒忽然变臭，他祷告土地神后竟全部变好的《夷坚志补》卷十五《镇江都务土地》；等等。

　　其他道教寺庙传说，譬如写女真统军黑风大王领兵数万进攻梁、益二州，驻扎后土祠，竟引起神怒，随后震电注雨，让其士卒死亡十之二三的《夷坚甲志》卷一《黑风大王》；写邛州唐太守常常到白鹤山张四郎祠辨认山下碑文，有次一个道士送他一块土镜，颇为珍爱的《夷坚丙志》卷三《张四郎》；写峡州在东岳行宫旧址上修建泰山庙，运输木料颇为困难，突然山洪暴发，冲来大量木材，人们都认为是天赐的《夷坚支景》卷一《峡州泰山庙》；写政和以来圣旨禁止捕猎，造成人鹿杂居局面，若干年后过中元日，观里做道场时竟有数百只鹿从丹井里出来，昂首霄汉的《夷坚支癸》卷五《酆都观事》；写临川人饶次魏曾到郡后土庙求梦，得到"铜炉柏子香初爇，纸帐梅花梦易阑"诗句，许多年后他如入梦境，竟无疾而终的《夷坚三志壬》卷一《饶次魏后土诗》；写金华赤松观，相传是九天玄女炼丹处，一游士服下其中一粒丹，竟飘飘然而去，不知所终的《夷坚志补》卷十二《赤松观丹》；等等。

第三节　历史人物寺庙的传说

　　《夷坚志》里面的历史人物寺庙传说，涉及项羽、樊哙、霍去病、诸葛亮、关羽、张翼德、甘宁、陶侃、陆弼、李靖、黄巢、钱王等，从不同角度展示各种历史人物的精神面貌，揭露各种人情世态，表现民众的思想感情。譬如：

　　　　建宁城东梨岳庙所事神，唐刺史李频也，灵异昭格。每当科举岁，士人祷祈，赴之如织。至留宿于庙中以求梦，无不验者。浦城县去府三百里，邑士陈尧咨，苦贫惮费，不能应诏，乃言曰："惟至诚可以动天地，感鬼神，此中自有护学祠，吾今但赍香纸谒之，当获丕应。"是夕，宿于斋，梦一独脚鬼，跳跃数四，且行且歌曰："有官便有妻，有妻便有钱，有钱便有田。"尧咨既觉，遍告朋友，决意入城。其事喧播于乡里，或传以为戏笑。秋闱揭榜，果预选，一举登科。

《夷坚支丁》卷八《陈尧咨梦》

这一篇传说，描述建宁城东梨岳庙所供奉的唐代诗人李频，非常灵验。李频（？—876），浙江寿昌人。大中进士，官至建州刺史，政声颇高。有《梨岳集》传世。传说通过浦城县贫士陈尧咨受到护佑，秋闱一举登科，具体而生动地揭示出梨岳庙神李频在当地如何有声望，如何受到士人拥戴。又如：

南康陶太尉庙，盖晋大将军陶侃也，夙著灵威，土人事之甚谨。自绍兴以来，颇不及前，香火浸以衰落，栋宇颓仆。行客过者，未尝展敬，牲酒几于绝迹。淳熙初，村民童八八者，素豪暴横肆，遂毁庙以广其居，而于屋之隅立小堂，聊复寓祀。俄而妻病，诣巫者卜之，巫曰："犯陶太尉之子小将军，所以致祸。"童生曰："陶太尉之神歇矣，况其子乎！"巫曰："陶公罹三纪空亡，故寂寂如此。今犹有半纪之年，过是当复兴。汝无以家致祸。"童乃止。其后灵应果侔昔时。

《夷坚支丁》卷八《陶太尉庙》

陶侃（259—334），晋庐江浔阳人，字士行。初为县吏，积功渐迁至荆州刺史。遭王敦忌，转任广州刺史。后加征西大将军，封长沙郡公，都督八州诸军事。侃在军四十余年，果毅善断，为人所称。江西南康陶太尉庙，不知建于何时，至南宋初年逐渐衰落，令人惋惜。这一篇传说描述一村民胆敢毁庙以扩大其房屋面积，致使妻子生病，停止毁庙后才免祸。它让人们看到，尽管陶庙风光不再，但陶大将军的威名尚存，仍旧受到万众景仰，灵应犹如当年。再如：

潼州关云长庙，在州治西北隅，土人事之甚谨。偶像数十躯，其一黄衣急足，面怒而多髯，执令旗，容状可畏。成都驶卒王云至府，巫祝喻天祐见之，以为与庙中黄衣绝相似，乃招至其家，饮之酒，赂以银，行且付钱五千，并大幞头范样，语之曰："市上耿迁开此铺，倩尔为我与钱，使制造一顶，须宽与数日期，冀得精巧。"云不解其意，以意外有获，即从其戒，至耿氏之肆。耿默念安得有人头围如是之大者，亦利五千之入，约为施工。而云持公家符帖，不得久驻，舍之而归，竟不以喻生所嘱告。耿候其来取而杳不至，后数月，因出郊，入关王祠，见黄衣塑像，大骇曰："此盖是去年以钱五千令造大幞头者也。"阴以小索量其首广长，还家校视，不差分寸，悚然谓为神，立捧献之。事浸淫传，一府争先瞻敬。天祐正为庙史，借此鼓唱，抄注民俗钱帛以新室宇，富人皆乐施，凡得万缗，天祐隐没几半。历十年，云复来潼，人见者多指点笑语，怪而问其故，或以告之。云曰："此喻祝设计造诈，借我以欺神人。吾往谒之，当得厚谢。"于是走诣之。天祐恐昔诈彰败，了不接识。云恨怒，诉于官。天祐坐鲸鲸，尽籍其赀。

《夷坚支甲》卷九《关王幞头》

这一篇传说，描述潼州关云长庙巫祝喻某，利用成都驶卒王云与寺庙里面一个黄衣人塑像非常相似的特征，制造一桩骗局，借以欺骗州里民众的大量钱财。不过，任何骗局都可以得逞于一时，不可能欺瞒一世，当喻某败露后，其下场必然十分悲惨。

《夷坚志》中的历史人物寺庙传说，尚有写和州士人杜默累岁不成名，过乌江酒醉谒项王庙，拊神首泪如雨下，庙祝秉烛入，见神像垂泪的《夷坚丁志》卷十五《杜默谒项王》；写万州太守冯当可认为樊哙随从汉高祖入蜀汉不久便返回去扫定三秦，樊哙不曾到过万州，于是撤掉当地舞阳侯庙，因此不断受到鬼神骚扰，直到他离开万州才平静的《夷坚丙志》卷二《舞阳侯庙》；写淳熙年间，华亭民众在汉霍去病祠聚集，沈某不信神，假装晕倒在地，一巫说他已无法救治，沈某突然奋起，让巫士无地自容的《夷坚支戊》卷三《金山庙巫》；写绍兴元年金人进犯关中一带，张翼德庙神灵传话要助顺除逆，使金兀术连连败退的《夷坚三志壬》卷七《张翼德庙》；写建炎年间，巨寇马进打算屠城，就到兴国县江口富池庙——吴将军甘宁祠卜卦，扬言"得胜卦要屠城，得阳卦也要屠城，得阴卦就连这座庙一起烧"，他掷卦后一片落地，一片竟附着在门上，吓得他拜谢而去的《夷坚丁志》卷二《富池庙》；写政和年间，蜀人郭某在赴临邛途中梦见故英州刺史王公托他将直言获罪之事转告其子，王公随后便得到晋升，接替南朝梁陆弼做了白崖神的《夷坚丁志》卷十四《白崖神》；写温州人去唐代李靖李卫公庙祈梦，十分应验，郡士木某去拜谒李卫公庙问得失，后来果然中了状元的《夷坚丁志》卷十一《李卫公庙》；写邵武北大乾山有一座广祐王庙，庙神为唐末欧阳太守，乾道四年秋迎接来新广祐王，他就是刚去世五日之临江县丞陈大人的《夷坚丁志》卷十五《新广祐王》；写柳州宜章县黄沙峒有黄巢庙，每一次听到庙里有声音，峒民就会聚众反叛，淳熙间平乱后乃一方安宁的《夷坚支乙》卷五《黄巢庙》；写温州台岭有钱王庙，贫苦百姓难以为生活者，祈祷后就会得到一些钱，而贪心者去祈祷，则一无所获的《夷坚三志己》卷八《台岭钱王庙》；等等。

第四节　民间信仰寺庙的传说

　　《夷坚志》中的民间信仰寺庙传说，涉及面比较广，作品不少，大多从正面肯定各种民间信仰的神灵，折射出各阶层民众的好尚和追求，具有一定的思想意义和认识价值。譬如：

　　　　林锷学士，福州人。绍兴十八年登科，调授某县尉。梦到一官室，见道人衣冠高古，风采道洁，如神仙中人。延与客礼相对，从容告之曰："君异日任官处，宜好生存心。苟能于谈笑间全活数万性命，阴功不浅也。"林曰："敢不承教。"寤而莫知所以然，但想忆其貌，常若在左右。至乾道末，为宁国府泾县宰，因检按水潦，遍行乡疃。入小庙，望居中神像，与昔年所梦道人略无少异，仰视牌额，则为琴高先生庙。前有清溪，高台临其上。台下小鱼千万计，所谓琴高鱼者。渔人网取，渍以盐，邑官须索无艺，用为苞苴土宜。林追念二十

年所戒，白府牧魏王罢此品。及林之去，复如初。（顺伯说）

《夷坚支癸》卷四《琴高先生》

这一篇传说，描述林镎学士梦遇琴高先生的一段特殊经历。琴高乃是战国时赵国的一位奇人，当过宋康王舍人，曾浮游冀州涿郡间二百余年。后入涿水取龙子，在预定的日子乘鲤而出，岸边观者万余人。一个月后，复入水去。琴高先生托梦给一千多年后的林学士，让他搭救千万条小鱼的性命，寓意颇深入，实际上提出了一个保护动物的问题。令人感叹的是，林学士请求知府取消了给官府送土特产的恶习，等他一离开，这个恶习竟死灰复燃。又如：

> 严州大浪滩，在州北十五里，介于两山之间，深不过八尺，而湍流峻驶，潆洄曲折，稍遭风色，则激为巨浪，由是得名。往来者多苦濡滞。绍熙四年，鄱阳周贵章赴省试，与乡人罗正臣、李显祖、康师尹相值于常山，买舟同下。逮至彼滩，见它郡贡士船三十余艘，鳞次岸浒，皆阻东风，久者几七八日。更相愁叹，不敢解缆。或强驱童奴，尽力挽纤。才少进，复猛退。有忿郁而束担陆行者。且虑失试期，晓夕陨获。余干董经负胆略，出语众曰："闻坡上一庙，乃威惠王行祠，盍往致祷。脱蒙垂祐，便可去矣。"皆合词曰："然。"时已昏暮，即笼炬造谒，焚香列拜，董拱而启曰："神王聪明正直，受国爵封，又享血食于此。今朝廷三年大比，网罗贤俊，公卿将相，悉由此涂。礼闱较艺，程限迫促。顾留泊此地，欲往不能。愿一施威灵，诃禁山川，使滩上诸舟，前进无壅。岂惟寒士蒙赖，亦所以报国也。"祷罢，焚献纸钱，稽首径出。到夜狂风尚厉，渐以帖息。天将旦，波平如席，三十艘顺流相衔，略无碍滞。始悔乞灵之不早云。（周少陆说）

《夷坚支癸》卷六《大浪滩神祠》

这一篇传说，写绍兴年间，贡士们赴省试，遇大风使得三十多艘船停泊在严州大浪滩，数日无法前行。贡士们心急如焚，遂往附近的威惠王行祠烧香求拜。次日天明，大浪滩一下风平浪静，贡士们的船便通行无阻，竟没误考期，足以显示出神王的灵验。威惠王，又称开漳圣王、陈圣王等，即唐代首任刺史陈元光（657—711）。他在漳州创办府学、兴农惠工、发展经济方面卓有贡献，使漳州成为闽南重镇。他后世在福建、台湾、浙江、广东等地，受到民众的崇奉。开漳圣王信仰，是海峡两岸颇具影响力的民间信仰之一。再如：

> 　　皮场庙在临安西湖者，其威灵不减汴都。处州士人叶生，游国学，赋性若痴昏，而诚敬在心，事神竭力，每月朔望，必一往拜谒，无间于寒暑风雪也。因省试下第无聊，念归而囊无一钱可动，谓同舍曰："吾困穷无策，明日当祷皮场乞三万钱。"众相与嗤笑。及还，有喜色，曰"卜之杯珓，既许我矣，明日当得之。"众曰："如何送来？"曰："殆不可知也。"明日兀坐，薄晚，有近郡太守倩邻斋指名以百千招一习书者充馆客，其人亦以失利不肯行。叶亟往自献，邻斋将付所迎之资，但请借三十千，约自乡里省母，便道赴之，遂符昨数，皆以为偶然耳。
>
> 　　又须一夫力荷担，复斋戒谢神之赐而申此请，众曰："此岂难办，所患无钱，既有之，何必荐渎神祇。"拒不听，复祷祠下，亦有喜色。临束装，杳无其人，迫于潮信，令斋仆齐行，众曰："此只可至江下，奈渡江乏便何？"叶曰："吾所恃唯神，定非所虑。"长揖径出，至午仆回，争扣之，仆云："叶上舍将上船，恰一乡夫自江西来，无回驿，正与之是邻人，欣然随去矣。"于是始异之。后数日，一同舍自越回，乃与叶同舟者，语士友曰："神哉！皮场之灵，独私于彼。是日，到中流，风雨骤作，吹仆帆樯，舟人窘束无措，同载百人，惊怖诵经，而叶熟睡不知也。俄而风定樯正，舟人云：'方危急时，见金甲巨神，伏剑坐于篷上，不审为谁所事，实赖其阴功，获免倾覆尔。'叶竦然改容曰：'即吾香火所奉皮场大王也，绘轴见在吾笥，适于梦寐中固睹之矣。'"临川游祖武为前廊学录，亲语其异。
>
> 　　　　　　　　　　　《夷坚三志壬》卷四《皮场护叶生》

这一篇传说，讲述处州叶生对皮场神至为虔敬。当其省试落第、穷困潦倒、无钱回乡省母时，回乡无脚夫挑担时，所乘舟船突遇暴风骤雨异常危急时，都得到皮场神的救助和护佑，无不如愿以偿，圆满解决。作品的描述比较细腻传神，读来颇有兴味。通过这篇传说不难窥见皮场大王的信仰，在当时的临安、处州各地相当盛行。

《夷坚志》中的民间信仰寺庙的传说，尚有写崇宁初有来自毗陵、桐庐、开封三个举人到京师二相公庙祈梦，各得两诗，既而一人中了状元、二人考中进士的《夷坚乙志》卷十九《二相公庙》；写张魏公在蜀时，因陕西失利便阴祷于阆中并且向朝廷请求恢复灵显神二郎昔日王爵的《夷坚丙志》卷十七《灵显真人》；写兴元刘知府往谒灵显王庙问秋冬间边事，神梦告"废刘"，过四年刘豫（降金后被封为"齐帝"）果然被废的《夷坚丙志》卷十七《兴元梦》；写建阳县民王某强迫仆人砍光灵泉寺前树木，他随后背上生毒疮而死，人们便在原地栽上树木谢罪的《夷坚丁志》卷五《灵泉鬼魅》；写赣州宁都县胡太公庙供奉神灵原本是个平民，他为天门授事，日掌本邦人祸福，因为帮助县里灭火，太守报请朝廷赐封该庙"博济庙"，次年又封其为"灵著侯"的《夷坚丁志》卷十《天门授事》；写金皇统中，阳武一带黄河决口，调遣士兵堵塞，朝成夕溃，后有一位渔叟潜入百丈深渊斩蛟，牺牲自己，确保一方平安，太守为渔叟立祠，请朝廷封其为"四将军"的《夷坚支甲》卷二《阳武四将军》；写句容县丞颜某厌恶人们去三圣庙祭享过于喧哗，便设置障碍，他卸任回家后竟泻痢身亡的《夷坚支景》卷九《建康三圣庙》；写湘潭县令薛某奉诏重修南岳庙，只有黄冈白马大王庙前巨杉适合做大梁，巨杉根部有长蛇盘踞，薛县令祭祷后工匠们方才动斧的《夷坚支景》卷五《南岳庙梁》；写浮梁新安寺僧惠照外出行脚几年，带回石刻数本，院主请木工按石刻雕了一尊三将军神像来供奉，三将军托梦治好村民刘九妻陈年病足，于是威名远扬，前来上香者络绎不绝的《夷坚支丁》卷七《三将军》；写陕西麟州某团练袭任郡守，过一段时间亡故后，竟赴任做了麟州天池庙神的《夷坚支庚》卷三《天池庙主》；写淳熙初，雷州太守舟过横州城下，群妓往迎时在婆婆庙小憩，恣意调笑，后来遭到严厉惩罚的《夷坚三志辛》卷八《横州婆婆庙》；写衡州安仁县石公庙素来非常灵验，有个贫士极为困乏，到庙中祷告后得到神劲，随即脱贫，因不遵守诺言而遭到报应的《夷坚志三补·庙神周贫士》；等等。

第十章　动物、植物的传说

第一节　动物的传说

《夷坚志》中的动物传说，数量相当大，包括走兽、飞禽、爬虫、水生动物等，涉及马、牛、羊、猪、狗、猫、鼠、鸡、鸭、鹅、虎、狼、猴、象、鹿、麇、獐、兔、蛇、鹤、鸠、鹊、鹭、鹘、蝇、螺、蚕、蚂蚁、画眉、蟹、鳖、鼋、青蛙、蛤蟆、黄鳝、鲤鱼、泥鳅、蛤蜊、海马等。《夷坚志》中的动物传说，内容相当丰富，主要有抵抗强暴的传说、人兽情深的传说、铲除祸害的传说、残害动物遭报的传说、受害动物复仇的传说、保护动物的传说。它们从不同的视角揭示当时与动物有关的社会生活，表达世人的生活追求和爱憎感情。

一、抵抗强暴的动物传说

《夷坚志》中有关抵抗强暴的动物传说，主要表现某些具有爱心的动物扶危济困，帮助弱小的动物抵抗、反击施暴者，给世人以鼓舞和教益。譬如：

> 建昌县控鹤乡有汝岭，绝高，从颠至麓且十里。民居于岭西者，蓄一水牛甚大，每旦则命小儿牧于岭下，听其龁草，至暮牵以归。淳熙己亥之冬，忽失所在，一家长幼山中遍索，无有也，意为盗所窃，闻于保伍。后三日，有樵夫言曰："尔牛过岭东方，与虎斗，且遭食矣。"于是聚众，鸣锣持矛，越岭赴救，正见牛倚石崖下临虎，虎作

137

势相拒，众莫敢逼。民子颇勇壮，奋刃直前，将刺虎，则牛虎皆已立死。时方盛寒，故僵而不仆。民舆二畜还，屠剥之，视其内，虎无他异，独牛之心胆皆破裂，盖虽力可格虎，而振惧至是云。

《夷坚支景》卷七《汝岭牛虎》

这一篇传说，描写水牛勇斗猛虎，让猛虎不敢向前一步。它倚靠在石崖下面，虽然死去却屹立而不倒，非常悲壮，具有极大的震撼力。又如：

绍兴十六年，林熙载自温州赴福州侯官簿，道过平阳智觉寺，见殿一角无鸱吻，问诸僧。僧曰："昔日双鹳巢其上，近为雷所震，有蛇蜕甚大，怪之未敢葺。"僧因言："寺素多鹳，殿之前大松上三鹳共一巢，数年前，巨蛇登木食其雏，鹳不能御，皆舍去。俄顷，引同类盘旋空中，悲鸣徘徊，至暮始散。明日复集。次一健鹳自天末径至，直入其巢，蛇犹未去，鹳以爪击之，其声革革然。少选飞起，已复下，如是数反。蛇裂为三四，鹳亦不食而去。"林诵老杜《义鹘行》示之，始验诗史之言，信而有证。（熙载说）

《夷坚甲志》卷五《义鹘》

这一篇传说，写当大松树上的雏鹳，受到一条巨蛇蹂躏，众鹳却无法抵御，只好悲鸣而去时，一健鹳自远处飞来，用利爪击蛇，将蛇撕为数段而去。这篇传说在读者听众面前，塑造出一只威武雄健的义鹘形象，让人们的心灵受到很大的冲击，对它无不叹服。再如：

黟县黄祝绍先为鄱阳主簿，庆元二年四月，有偷儿入室，收拾衣衾，分置两囊。临欲去，黄氏育画眉一禽，颇驯黠，解人语。是夜一家熟睡，禽忽踯躅雕笼中，鸣呼不辍。闻者以为遭猫搏噬，遽起视之。盗望见惊惧，急走出，遗其一囊。黄亦觉，遣仆追蹑，已失之矣。一禽之微，怀哺养之恩而知所报如此，人盖亦有愧焉耳。

《夷坚支戊》卷六《黄主簿画眉》

　　这一篇传说，讲述夜深人静时画眉惊醒黄主簿一家，吓跑了入室行窃的盗贼，让主人免遭损失。实际上也是对主人的一种回报，读来让人感到欣喜和愉悦。

　　《夷坚志》中抵抗强暴的动物传说尚有写葵山大蛇经常吞食左丞相王履道守墓人张元所养之羊，有次一条大蛇正在吃羊时，张元与儿子立即将其砍死的《夷坚甲志》卷二十《葵山大蛇》；写税官刘承节在路途中被群盗杀害，查田主簿外出查田，刘所乘马引导主簿将群盗捉拿归案，绳之以法的《夷坚支甲》卷三《刘承节马》；等等。

二、人兽情深的动物传说

　　《夷坚志》中有关人兽情深的动物传说，主要展示猫、犬等动物，与主人一往情深，在主人身陷苦难，甚至死亡时，它们挺身而出，护卫主人，替主人申冤报仇，表现出这些动物对于养育者的无比忠实与真诚。譬如：

　　　　复州金判厅主管诸司钱物，故蓄犬以警盗，名为防库。一黄犬在彼十余年，吴兴周砺居官，尤加意饲养。犬亦知感恩者，常坐卧其傍。洎满秩，予侄皋之代之，以小儿女多，虑或为所惊啮，牵以附浮桥之南二十里外莲台寺，明日复来，又执拘以往，已而复尔。周未去间，尝谒皋，犬认所乘轿，识为故主，迎绕驯伏，摇尾恋恋，伺其退，即随以行。皋解其意，语周使置于船中。后数日，船至巴河，登岸未返，而船人解缆东下，犬望见，跳踯噪鸣，奔随不置，凡三四十里。周顾见之，命小艇呼载，既得上，不胜喜，遂至湖州。（皋侄说）
　　　　　　　　　　　　　　　　　　《夷坚支乙》卷六《复州防库犬》

　　这一篇传说，描写防库黄犬与旧主周某之间的感情至为深厚，尤其是旧主周某中途登岸未返，耽误乘船时黄犬的种种表现，把黄犬对旧主无比真挚的感情，展示得淋漓尽致，读来极为动人。又如：

　　　　湖州乌程镇义车溪居民颜氏，畜一犬，警而驯。颜氏夫妇业佣，留小女守舍。并舍有潴池，女戏其侧，跌而溺，父母不知也。忽见犬至前，鸣吠异于他日，行且顾，若将有所导者，颜怪之。又其首脊皆苔萍缠绕，忧疑心动，乃从而还家，则女子在地，奄奄仅存余息。叩之四邻，无应者。携归灌救，半日始醒，问所以然，曰："颇记初堕时，犬从岸跳踯，既沦溺就死，不能复知其何以得免也！"视其足踝有齿痕，隐而不伤，于是知为犬所拯云。时绍兴十九年六月也。

《夷坚志补》卷四《颜氏义犬》

这一篇传说，描写家犬拯救落水小女孩儿的事迹，脉络清晰，叙述细致，通过不幸发生后，家犬如何引导主人回家，主人如何从小女孩儿口中打听落水的情况并且得出家犬搭救小女孩儿的结论，刻画出一个十分可爱的义犬形象。再如：

盐官县庆善寺明义大师了宣退居邑人邹氏庵，隆兴元年春，晨起行径中见鸠雏堕地，携以归，躬自哺饲，两月乃能飞，日纵所适，夜则投宿屏几间。是岁十月，其徒惠月复主庆善寺，迎致其师于丈室之西偏。逮暮鸠归，则阒无人矣，旋室百匝，悲鸣不止。守舍者怜之，谓曰："吾送汝归老师处。"明日，笼以授宣，自是不复出，驯狎左右，以手摩拊皆不动。他人近之辄惊起。呜呼！孰谓畜产无知乎？（窦思永说）

《夷坚乙志》卷十七《驯鸠》

这一篇传说，讲述了宣禅师将捡来的一只雏鸠亲手喂大后，便退居他处了。此鸠不见禅师即悲鸣不止，令人很是怜悯。当它被守舍人送到禅师身边后，才活跃如初，再不外出，生怕见不到恩人。作品的情节简单，语言质朴，突出了小鸟对主人的深挚感情，让读者难以忘怀。

《夷坚志》中人兽情深的动物传说，尚有写章某赴官途中坠崖将落入虎口，当告以家有年迈老母需要赡养时，虎乃释放其人的《夷坚乙志》卷十二《章惠仲告虎》；写乐平知县郑某见爱犬咬伤贩妇，便将它送到寺庙里面，谁知当天晚上就被盗，后来才发现盗贼系贩妇引进家门，连忙接回爱犬的《夷坚丙志》卷九《郑氏犬》；写建阳黄德琬命田仆击杀掉几只啮羊犬，而将守夜防盗之四眼狗留下的《夷坚丁志》卷五《四眼狗》；写随州大洪山庙经常有一跛虎出没，香客不敢上山，它一见净严长老前来，立即俯首听命，转身离去的《夷坚丁志》卷十《大洪山跛虎》；写吕家老仆人陆思俊喂一犬非常驯服，老两口去世后，该犬每天卧在房下不食，竟肉消骨立而毙命的《夷坚支景》卷四《陆思俊犬》；写府吏商德正将把别人所送之羊卖给屠夫孔某，羊跑数里路又回来跪下向主人求情，商于是退款将羊留下来喂养的《夷坚支景》卷十《商德正羊》；写下班祗应（官名）韩德高喂养一黄牡犬，视为黄儿，每食则置饲于前，睡则使卧于床下，凡坐起饮食，与人形影不离，后突然死去的《夷坚三志辛》卷八《韩德高犬》；写山阴县能仁寺知策长老，与其所养一猴"孙犬"感情深厚，当长老悄悄离开寺庙去云游后，此猴竟绝食而死的《夷坚志补》卷四《孙犬》；等等。

三、铲除祸害的动物传说

《夷坚志》中有关铲除祸害的动物传说，主要展现人们对付各种干扰日常生活、威胁安全的动物，尤其是对付毒蛇猛兽的事迹。它们既显示出当时许多地方生存环境比较艰辛，又显示出人们为改善生存环境付出的努力。其中，有一些颇为感人的篇什。譬如：

> 蜀峡山谷深敻[①]，鸷兽成群，行人不敢独来往。万州尤为荒寂，略无市肆。教授官舍，自处一偏。尝召会同官，至夜，于厅上设灯烛劝酒。一虎忽跃升阶，盖见火光荧煌，突然而至。坐者悉惊窜。一客在外，不暇入，急伏于胡床后。虎渐进逼之，客无计可御，举床冒其头，按顿再三。虎作势撑拒，头入愈深，如施枷械者，大窘骇，负之奔出。诸客不敢再饮，各散去。明日，村民入城者言，三十里间，有一交椅碎裂在地。教授遣取视之，乃昨夕客所失者，盖虎沿途摆撼，方得脱也。客虽免于搏噬，亦丧胆成疾，弥月方愈。兴元府近郊，有

① 敻（xiòng）：远。

农民持长刀将伐薪，行畲田狭径，其下皆沮洳①。相去丈许，一虎在彼，望农至，欲奋迅登岸。农遽跳坐其背，以刀乱斫之。虎亦勃蹢与相抗。里人环睨，不敢救，相率投戎帅乞援。帅命猎骑百辈，鸣金鼓驰往，至则人虎俱困。骑刺虎杀之，扶农归，遍体断裂成纹。盖尽力用刀，且惊怖故也。次日亦死。帅厚给其家钱粟，使葬之。

《夷坚支丁》卷五《蜀梁二虎》

这一篇传说，由两个人斗虎的故事组成，颇为惊心动魄。两地斗虎，虽然取得了比较好的结果，但都付出了不小的代价。万州斗虎，将老虎赶走了，吓得客人生了一场病；兴元府斗虎，将其置于死地，斗虎的农夫却因此丧命，更是令人痛心。再如：

赵中甫待制绍兴初知广州。次年，后园有赤蛇，长数尺，挂于木杪。须臾，有苍黑蛇自草间出，其长一倍，小蛇从之以百计。赤者望见，跃从高枝下，迎与斗，风尘簸扬，众木振动，人不敢正视。良久，苍黑者败走，赤蛇缘木上，复遂失所在。

《夷坚支癸》卷三《广州蛇斗》

这一篇传说，用简洁的话语绘声绘色地展现出一场以弱胜强的蛇斗场景。"风尘簸扬，众木振动"，经过激烈的较量，赵府后园中的赤蛇终于将身长一倍、带着众多小蛇的苍黑蛇赶走，而它自己也从后园里面消失了。在描绘蛇斗的传说中，它短小而精彩，不可多得。

《夷坚志》中铲除祸害的动物传说，尚有写郢州京山有鹿寨，巨鹿无数，四环成围，附近民田悉遭蹂躏，鹿群离开后，猎人相随，只捕获一些稚弱者的《夷坚支景》卷一《京山鹿寨》；写绍兴年间，孙某由临安赴襄阳任都统司干官，在武昌客舍遇到老虎入户扰民，甚为惶恐的《夷坚支丁》卷四《武昌客舍虎》；写潮州数百头野象包围太守，等到为其堆满稻谷才离开的《夷坚丁志》卷十《潮州象》；写钱仲本为大理评事时，家养

---

① 沮洳（jùrú）：泥沼。

之鼠狼几乎将鼠灭尽，然而常常偷食邻居家小鸡，竟被扑杀的《夷坚支戊》卷七《钱氏鼠狼》；写徽州休宁县西有一座寺庙，经常受到猴群骚扰，苦不堪言，一游僧设法捉住两个猴子，泼墨让其浑身漆黑，它们回去后吓得群猴四散，满山皆空的《夷坚志补》卷九《寺僧治猴》；等等。

四、残害动物遭报的传说

《夷坚志》中有关残害动物遭报的传说，描述了当时各色人物的某些生活经历和惨痛教训，从不同的社会层面提醒世人，千万不要为一己私利去干伤害生灵的事情。否则，很可能伤害人类，甚至给自己带来灾祸。譬如：

> 信州玉虚观道士徐真素说，石溪人杨四，工造酒，富家争用之，因是生理给足。好食鸡，每醉，辄缚取一两只，覆以竹笼，然后酌沸汤从上淋沃。鸡负痛奔跳，毛羽脱落无余，乃施剖腹，去其粪污，随意啖之。凡二三十年，所杀万计。淳熙九年七月二日，为饶氏蒸酒，困卧灶侧。信人土俗，坊场及上户，多就地结灶，用大桶作甄，可容酒坛十余，而焚稻秆以烧煮。是日甄崩坛破，沸汤数斛，尽倾于厥身，跳掷呼叫，与鸡正同，两日方死。
>
> 《夷坚三志壬》卷八《杨四鸡祸》

这一篇传说，描述以非常残酷的方式吃鸡的杨某，在一次蒸酒事故中被沸汤活活烫死，其惨状与他平时的沸汤烫鸡一样。这篇传说，无疑带有因果报应的色彩，本不足为训。但是，对于那种常年残忍伤害生灵的行径加以暴露后谴责，还是非常必要和很有意义的。

> 员琦为建康军统领官日，部有四人善盗，昼解人衣，夜探鸡犬，无虚日。琦谕队将戒之，贷其前过，曰："后勿复犯。"琦家养狗，黑身而白足，名为银蹄，随呼拜跪，甚可爱。忽失之，揭榜募赎，凡两日余，老兵来报："四偷方杀狗烹食。"亟遣验视，狗已熟，皮毛俨然。琦命虞候荏埋，又以灰印印地面，使不可窃取。穷究曲折，果四

人同谋，二人用索钩胃之于东门外城下。琦呼责将官，犹以已微物，使勿深治。将官取同谋者杖背五十，正盗者鞭满百，旬日内受鞭者皆死。一夕，琦门内闻狗爬声，绝似银蹄，家人皆笑曰："岂狗鬼乎？"呼之即应，及启门，摇尾而入，衔人衣，且拜且跃，悦乐不胜名状。明日验瘗处，印如初，土亦不陷，但穴中空空。又疑向所杀者为他人家畜，复具载形色遍榜外间，许人识认，亦无寻访者，始知其冤业所召云。银蹄再活十年方死。

《夷坚丁志》卷五《员家犬》

这是一篇带有幻想色彩的传说。它描写四个杀害员家犬的盗贼受到惩罚后，这只可爱的员家犬竟突然还阳，又回到自己的主人家中，与主人一起生活，过了十年才死去。在现实生活里面，这种事情显然是不可能发生的。而在这篇传说里面却发生了，如此真切，如此顺应人心，给读者、听众带来不少艺术欣赏的愉悦。再如：

奉化海上渔人虞一，以取研螺为生。每得时，率用生丝线作圈套其上，候吐肉出，则尽力系缚之，急一拔，了无余蕴。数年后，右手背生恶疮，五指及皮俱脱落，痛苦之甚，略不能运动。追悔前业，誓不复更为。久之乃愈。遂弃妻子，舍身为寺家奴。

《夷坚支丁》卷三《虞一杀螺》

这一篇描述残害生灵遭报的传说，不但暴露出多年杀螺取肉者遭到报应的痛苦，而且展示出其人追悔改业的诚心，有一定的警世意义。不过其人后来抛弃妻子去做寺家奴，行为过当，不足为训。

《夷坚志》中残害动物遭报的传说，尚有写秀州人陈五卖盐腌泥鳅，生意很火，后来得报遍体溃烂而亡，犹如鳅死一般的《夷坚甲志》卷四《陈五鳅报》；写湖州沙医生母嗜食蟹，每岁杀蟹无数，死后驱入蟹山受报，遍体流血的《夷坚乙志》卷一《蟹山》；写平江屠户贾循宰獐二十余年，盈利颇丰，某夕酒醉竟将小儿当成獐子杀掉的《夷坚支庚》卷二《贾屠宰獐》；等等。

五、受害动物复仇的传说

《夷坚志》中有关受害动物复仇的传说，作品不太多，却能够让大家窥见，世间的飞禽走兽都有自己的生存权利、自己的生活空间，不能受到侵犯，受到蹂躏，受到践踏。它们一旦受到侵害和打击，失去生存的空间，就可能起来反抗，进行报复，出现各种不可预测的变故，给人类社会带来威胁，当引以为戒。譬如：

> 洪府奉新县之东三十里，有僧舍曰竹林院。院有松冈，巨松参天，禽鸟群栖其上，鸱鸺最多，每岁字育（生育），及秋乃去。邻邑建昌控鹤乡民王六者，能缘木，常升高取其雏以供馔。积十数年，罹其虐者以千计。绍熙甲寅夏，率其徒至松下，系小笯①于腰间，攀挟乔枝，履虚而上。将及木杪，老鸱鸺在焉，悲噪苦切。已而群飞竞集，绕王生之身，啄其股，攫其目。王尽力挟松，两手皆不可释。其徒仰视之，急呼曰："勿取雏，且亟下。"未能及半，啄攫者犹不舍，遂颠坠死，举体如斧斫然。

《夷坚支景》卷七《竹林院鸱鸺》

这一篇传说，让我们清清楚楚地看到，恣意残害生灵的人，执迷不悟，不思悔改，引起动物进行报复，给自己带来灭顶之灾，竟摔死在松树下面。又如：

> 鄱阳石头镇汪三，常以宰牛为务，多与其侣陈二者共本。庆元元年十一月，买得水牯甚大，牵归杀之，将如常日煮肉与肚脏，就门上掇出售，而挂头蹄于房内。二人方往来厨舍镬边，以候肉熟，忽闻房内有声云："枉屈杀了吾！"汪趋入视之，无人焉，以为耳妄闻，闭户再出厨，其声如初，而愈加冤厉。复视之，亦无所睹。俄至于三，识其为怪，提屠刀骂而入，乃见牛头张口言："汪三哥，吾与汝无怨恶，

---

① 笯（nú）：鸟笼。

今日却杀我！"汪大怒，提刀直前，欲斩其嘴，不料为所挂牛蹄趯其右胁，即掩肋大叫，痛不堪忍，陈二扶之付厥妻，渐觉肿焮①，遂成大疽，七日而死。

《夷坚三志壬》卷十《汪三宰牛》

与上一篇传说一样，这一篇传说也是写残害生灵者执迷不悟，惨遭报复而死，所不同的是带有较为显著的幻想色彩。它描写被宰杀的大水牯再三叫喊自己被屈杀，宰牛汪三非但不警醒，反而提刀去砍牛嘴。正是在这种情况下，牛蹄才跃去踢汪三，让其伤处成为痛疽，因而丧命。真是发人深省。

《夷坚志》中受害动物复仇的传说，尚有写某寺院小和尚趁大和尚外出，将其爱犬打死埋葬，此犬后变蛇把小和尚咬死的《夷坚甲志》卷八《永福村院犬》；写广西某地海边村民聚众打杀一匹海马，次日即遇海水泛滥，百余户人家被淹死的《夷坚甲志》卷八《海马》；写张某常年以射猎取乐，残害无数生灵，后有二兔前来索命，让其一病几月，变为痴人，十年后死去的《夷坚甲志》卷十六《二兔索命》；等等。

六、保护动物的传说

《夷坚志》中有关保护动物的传说，作品较多，描述各种各样保护动物的具体事例，从不同的生活层面表现世人热爱生活的精神面貌，爱惜生灵的思想情操，读来往往给人留下难忘的印象。譬如：

绍兴元年，车驾在会稽，时庶事草创，有旨禁私屠牛甚严，而卫卒往往犯禁。有水牛，顶盲刃，由禹庙侧突入城，见者辟易。厢卒虑其踩躏，欲阑执之，为所触，几死。时府治寓大善寺，牛迤逦入三门，过西廊。一马系廊下，见牛至，奋蹄蹴之。牛怒，触其腹，腹裂，肠挂于角。怒愈甚，逢人则逐，径诣廷中。郡守陈汝锡方治事，牛望见，乃缓行，引首悲鸣，遂卧阶下。陈令健卒为去刃傅药，兀然

---

① 焮（xìn）：烧，灼。

不动。且告以立赏捕屠者，命牵付圆通寺作长生牛，即就绁而去，与常牛无以异。后数年方死。

《夷坚丙志》卷五《长生牛》

这一篇传说，通过绍兴元年陈郡守下令通缉私自杀牛者，为被伤害的一头水牛敷药疗伤，并且将其送到寺庙里面做长生牛的故事，真切生动地揭示出爱护动物、保护耕牛的题旨。又如：

王承可侍郎，建炎末居分宁田舍，梦黑衣男女仅三十辈，两人如夫妇，立于前，余皆列于后，泣拜乞命。梦中似许之。明日，纵步门外，逢村民负鳖来，倾置地上，二大者居前，余二十六枚在后，恍忆昨夕事，尽买之，放诸溪流。是夜梦二黑衣来谢，且哦诗两句云："放浪江湖外，全胜泪洳时。"超然有自得之貌，喜色可掬。盖向者处陂泽之间，而为人所取也。

《夷坚丁志》卷二《二鳖哦诗》

这一篇传说，带有幻想色彩。它描写一群鳖来向王侍郎乞命，因而得到放生。随后，它们又来向王侍郎表示感谢，并且吟诗两句，喜形于色。实际上，这篇传说表现了人们在保护动物方面有所贡献时发自内心的喜悦之情，颇有感染力。再如：

大庾岭民李氏，畜二牝猫，各产四子，更出迭入，交相为哺。家人始怪之，久以为常。旬日后一牝为犬所噬，其一衔死者之子置己窠，与其子合。死者子猫含怒作声，有不相安之意，猫母遍舐环拊，缱绻先后，若欲安而全之，不忍舍也。久之，乳力不能周，日以羸瘠，而奔走遮护如初时，终其离哺能自食乃已。

《夷坚志补》卷四《李氏猫》

这一篇传说，描写一只母猫尽心竭力地疼爱和喂养丧母小猫，如同己出，直至其能够自立，无论在小猫不理解、不适应之时，还是自己奶水不足、身体瘦弱之时都不改初衷，都全身心呵护丧母小猫，把动物的母爱精神发挥得相当充分，让人受到强烈的心灵震撼。它从一个独特的角度，生动地揭示出爱惜生灵，保护动物的题旨。

《夷坚志》中保护动物的传说，尚有写资州何衙校弟常往山中猎杀动物，因看见母鹤忍死吐哺饲子，深有感触，立即折弃弓箭，不复射猎的《夷坚甲志》卷十八《资州鹤》；写绍兴年间，浙西路兵马都监康某梦见十三人来乞命，醒后方知是小童所捉青蛙，立刻将其释放的《夷坚乙志》卷三《蛙乞命》；写沈丘县主簿穆次裴因斗鸡斗败，怒而拔去其腹背羽毛，让其一夕死亡，后在梦中受到严厉谴责，从此举家不复食鸡的《夷坚支癸》卷二《穆次裴斗鸡》；写淳熙年间，林秀才将如举场，正准备杀斗鸡以充馔时，鸡逃往大中寺法堂，经长老开导，便将其留在寺里长生报晓的《夷坚支癸》卷十《林秀才鸡》；写平江县民郁大到郊外时，让所带鹘鹰去捕喜鹊，竟使喜鹊受到惊吓而陨胎，他十分悔恨，立刻放了豢养猛禽，从此不再猎鸟的《夷坚志补》卷三《虎丘鹊》；写淳熙年间，外寺长老寿普开导麻某，使其释放家中鹦鹉，八年后鹦鹉投胎为一小儿，托梦致谢的《夷坚志补》卷四《麻家鹦鹉》；等等。

第二节　植物的传说

《夷坚志》中的植物传说，作品数量比较少，远不如动物传说多，主要涉及松树、樟树、榕树、槐树、杉树、竹子、柑橘、丹桂、杜鹃、白术、莲藕、蘑菇等。它们从某些侧面揭示出当时各地的民众生活和社会风情，具有一定的认识价值。其中，有的作品艺术性较高，颇为耐人寻味。譬如：

> 广州清远县之东峡山寺，山川盘纡，林木茂盛，有古飞来殿。殿西南十步许，大松傍崖而生，婆娑偃盖。大观元年十月，南昌人皇城使钱师愈罢广府兵官北还，舣舟寺下，从者斧松根取脂照夜。明年，殿直钱吉老自广如连州，过寺，梦一叟鬒须皤然，面有愁色，曰："吾居此三百年，不幸值公之宗人不能戢从者，至斧吾膝以代烛，使

我至今血流。公能为白方丈老师，出毫发力补治，庶几盲风发作，无动摇之患，得终天年，为赐大矣。"吉老问其姓氏及所居，曰："吾非圆首方足，乃植物中含灵性者。飞来之西南，即所处也。幸无忘。"吉老觉，疑其松也，以神异彰灼，须寺启关，将入告。时晓钟未鸣，复甘寝。至明，则舟人解缧①已数里，怅然不能忘，过洽光，以语令建安彭铢。政和二年，铢解官如广府。过寺，即以吉老言访之，果见巨松，去根盈尺，皮肤伤剥，膏液流注不止，盖七年矣。乃白主僧，和土以补之，围大竹护其外。曲江人胡愈作《松梦记》述其事。予尝往来是寺，松至今犹存。

《夷坚甲志》卷十七《峡山松》

这是一篇保护古松的传说，写大观年间，清远县山寺旁的一棵古松树受到伤害后，给经过那里的一位京官托梦，请求帮助。这位京官虽然认真对待，但是阴差阳错，过七年才得到圆满解决。这篇传说，将现实生活与梦幻情景交织在一起，条理清晰，叙述细腻，娓娓道来，颇有感染力。又如：

福州仪门外夹植榕树，每树有白鹭千数巢其上，鸣噪往来，秽污盈路，过之者皆掩鼻。薛直老为守，尝乘凉舆出，为粪污衣，以为不祥，欲尽伐其树而未言。是夜，安抚司参议官曾悟梦介胄者恳云："某受命护府治，所部数百人皆栖榕间。今府主欲伐去，吾无所归矣，愿为一言。"悟既觉，以不闻伐树事，不以为意。明夜复梦曰："乞即言之，不然，无及矣。府主所恶不过鹭秽耳，此甚易事，请期三日，悉去之。"悟许诺。明日，过府为言。薛惊曰："吾固欲伐之，然未尝出诸口而神已知，可敬也！"至暮大雨，阅三日乃止。鹭群悉空，树濯濯如新。

《夷坚乙志》卷六《榕树鹭巢》

---

① 缧（lǘ）：粗绳索。

这一篇传说,写为了使福州仪门外夹植的榕树免遭砍伐,树上的成千上万只白鹭全部飞走,接连三日大雨把树下的鸟粪冲刷得干干净净,让人耳目一新。这一篇传说,也具有较强的梦幻色彩。它与前一篇传说不同的是,将保护植物与保护动物的题旨自然而然地融合在一起,清新淡雅,蕴含深意。再如:

> 淳熙中,台州天台县樵夫入山。见小木坚直,伐以为担,其芬香异常,樵不识也。负薪出市,买者识之,曰:"此白术苗也,安得如许大?殆必神物,可更往取之。"樵夫复寻原处,茫不可得。信步失脚,坠一穴中。遥望窍隙,光如当三钱大。随之以行,了无窒碍。约一日久,闻头上有鸣橹声;又一日许,乃从黄岩县委羽洞出焉。盖冥行几三昼夜,殊不觉饥渴,其为神仙境界可知矣。
>
> 《夷坚支庚》卷五《白术苗》

这一篇传说,带有神异色彩,描写淳熙中,台州天台县樵夫入山砍到白术苗,令识者感到惊讶。当他再到原地寻找时,竟落入一穴,到了神仙界,行走三昼夜而不觉饥渴,使读者听众遐想联翩。

此外,尚有写鄱阳东湖莲藕菱芡茂盛,荐福寺僧人靠此维持生计,淳熙年间一村巫施巫术,竟将荷菱全部焚毁的《夷坚支乙》卷五《东湖荷菱》;写赣州信丰县南瑞阴亭前有两棵巨樟,相距百步,绍兴年间赣州发大水,经过冲洗樟之间露出连理枝达四五十丈长,蔚为奇观的《夷坚支景》卷一《信丰巨樟》;写安德府应山县南有大槐,上面缠满柔软枝条,每根树枝都分为两枝,叶子都相背而生,为士民爱惜,政和年间兴办花石纲时有人要将其移至皇苑,因无法挖掘才作罢的《夷坚支景》卷二《应山槐》;写庆元元年,进贤县简坊市乡民赵喜三上山砍柴,在松树下发现一大蕈,酒店出五十钱他没有卖,做成美食全家人吃后竟一命呜呼的《夷坚支景》卷十《简坊大蕈》;写鄱阳山间有一种野草俗称"独脚莲",毒蛇不敢过其下,王季光将其种于宅后,得以免除蛇患的《夷坚支戊》卷三《独脚莲》;写庆元元年夏曹廿一家中突然冒出一朵白莲花,芳香艳好,人们纷纷上门观看,都以为吉祥,后来竟变为菊花,一家人安居如初,并无变故的《夷坚支癸》卷一《曹家莲花》；写乾道二年夏，惊雷击断吉州军资库前一棵三百年大樟树之树枝，雨后树洞中冒烟，浇水进去烟火越发猛烈，郡守连忙下令转移库钱，派数十名兵匠伐树，忙一夜才消停的《夷坚三志己》卷七《吉州樟木》；写老母生病夏日想吃柑橘，江州谢生到小园柑橘树下跪拜，膝盖为之穿裂，次日树上结出果实，老母食后随即病愈的《夷坚三志壬》卷五《谢生灵柑》；等等。

故 事 编

《夷坚志》中的民间故事门类相当齐全，分为神异故事、精怪故事、鬼魂故事、写实故事等四大门类，每个门类之下又各有若干小类。神异故事有仙佛异人故事、奇事奇遇故事、宝物故事、报应故事、人神婚恋故事。精怪故事有人精婚恋故事、人精交谊故事、精怪为祟故事、斗精灭怪故事。鬼魂故事有人鬼恋情、亲情和友情故事、鬼魂再生与鬼魂复仇故事、鬼魅作祟与驱鬼斗鬼故事。写实故事有案狱故事、官吏故事、盗贼故事、家庭故事、侠义故事、美德故事、历险故事、骗子故事、动物故事、诗对故事。除此之外，尚有民间寓言，包括人事寓言和拟人寓言两个门类。

　　《夷坚志》中的民间故事，数量和质量均不逊于《夷坚志》中的民间传说。两者在宋代的同类作品里面都非常突出，在中国民间传说、故事发展史上无不占有十分显著的地位。

第一章　神异故事

第一节　仙佛异人故事

《夷坚志》中的仙佛异人故事，故事主人公大多为道教的神仙、道士，少数为佛教的菩萨、神僧，抑或兼有仙、佛特征的异人；内容涉及异人现身济世，仙佛显示神威的许多方面，诸如治病救灾、扶危济困、答谢留赠、献艺传技、警世劝善、升仙成佛等。故事里面的仙佛异人，无不以极其平常的面貌出现于尘世，而且大多以乞丐、道士、和尚的身份与世人交往，世人每每相见而不相识，失之交臂。因为凡夫俗子大都无认识仙佛异人的慧眼，总是过后方知，后悔莫及。譬如：

成都民李氏，居郡城北。尝有丐者至，容体垢污可憎，与之钱，不肯去，叱逐之，入于门侧，遂隐不见。李氏虽怪吒，然不测为何人。后三日，别一道士至，顾其家人言曰："汝家光采顿异，殆有神仙过此者。"曰："无之。"道士指左扉拱手曰："此灵泉朱真人象也。"始谛视之，面目冠裳，历历可辨。道士曰："真人来而君不识，岂非命乎？吾能以绘事加其上，当为君出力，使郡人瞻仰。"即探囊中取丹粉之属，随手点缀，俄顷间而成。美髯长眉，容采光润，宛然神仙中人。李氏惊喜，呼妻子稽首百拜。道士曰："犹有一处未了，吾只在对街天庆观，今姑归，晚当复来。"不揖而出。过期，杳不至。就问之，盖未尝有此人也。李氏愈恨其不遇，揭扉施观中。张忠定参政为府帅，为建小殿以奉焉。

《夷坚丙志》卷二《朱真人》

在仙佛异人故事中，有关帮助世人得道成仙内容的故事，大多颇为有趣。从具体描述可以看出，此类故事乃是这个时期仙佛异人故事的一个亮点。在故事里面，得道成仙的途径各不相同，既有自己修炼而成的，亦有经仙家、异人指点而成的，可谓殊途同归，它们无不生动地体现出当时民众的一种渴望幸福生活的理想和追求。譬如：

> 济南李芨，字定国，寓临安军营中，以聚学自给，暇则纵游湖山。尝欲诣净慈寺，过长桥，于竹径迷路，见青衣道人林下斫笋，芨揖之。道人问所往，曰："将往净慈，瞻礼五百罗汉。"道人曰："未须去，且来同食烧笋。"食之甚美。俄风雨晦冥，失道人所在。芨皇惧，伏林间。少顷雨止，寻径而出，至寺门下，觉身轻神逸，行步如飞。洎归舍，不复饮食。其从兄大猷为诸王宫教授，将之任，遣仆致书。见其颜如桃红，且能辟谷，以语大猷。及大猷至，即已去，云游茅山矣。后又闻入蜀，隐青城山。大猷为梓路提刑，使人至眉访所在，眉守复书报："数年前已轻举乘云而去，今唯绘像存。"

《夷坚丁志》卷十八《李芨遇仙》

《夷坚志》中的仙佛异人助人得道成仙故事，尚有写周某弃省试入山炼丹失败后，乃出神往求，因妻误信魔言将其身焚毁，周某遂无形体可生的《夷坚甲志》卷六《周史卿》等。

第二节　奇事奇遇故事

《夷坚志》中的奇事奇遇故事，作品数量较多，内容相当广泛，故事性强，包括有关神鬼的奇事、有关婚丧嫁娶的奇事、有关幻术妖术的奇事、有关动植物的奇事以及外出奇遇等。其故事情节无不奇特怪异，往往出人意料，让读者、听众从中受到触动，多有感悟。《夷坚志》中有关神鬼的奇事，大多描述体现神力、天意的各种奇事，数量甚多，其中不乏精彩的篇什。譬如：

> 金陵雨花台下居民甄氏，牧牛于野，值两人东西相逢迎，如今羽客衣冠，擎拳对揖。其一曰："钱库后门久已溃坏，宜急倩一夫整之。"其一曰："诺。"遂散去。良久，甄独行至山侧，峻岩下见崖傍一穴，大如斗，中有散钱溢出，即解衣包之。欲还家报父兄并力来取，且虑他人得见，乃抟泥室塞穿处。回至中涂，复遇前二客。其一又问："钱库门已葺未？"其一曰："方用钱三百倩雇一牧童填补讫。"甄时年十七八岁，晓其语，归为父言之。数其钱，正得二百三十一文。洎家人集元处，穴不复可寻矣。
>
> 《夷坚支甲》卷十《羽客钱库》

这一则故事，告诫世人不可妄取钱财，能够给世人以一定的启迪和教益。另外，尚有写医士供奉之泗洲菩萨化作僧人，亲往布店购紫罗以更换被鼠所啮衣服的《夷坚支乙》卷七《潘璋家僧》；写鬼神遣卖瓜人将树间掷出之金银送至张家，使张某致富的《夷坚乙志》卷十一《米张家》；写一秀才在应试途中三次占卜皆不佳，怒而将恶判官踢倒，神王便让他做恶判官的《夷坚支癸》卷四《杨大方》；等等。

《夷坚志》中有关婚丧嫁娶的奇事，作品不太多，但往往都相当精彩，引人入胜。譬如：

> 临川贡士张㧑赴省试，行次玉山道中，暮宿旅店。揭荐治榻，得绢画一幅，展视之，乃一美人写真，其傍题"四娘"二字。以问主者，答曰："非吾家物，比来士子应诏东下，每夕有寓客，殆好事少年所携而遗之者。"㧑旅怀淫荡，注目不释，援笔书曰："捏土为香，祷告四娘，四娘有灵，今夕同床。"因挂之于壁。酤酒独酌，持杯接其吻曰："能为我饮否？"灯下恍惚觉轴上应声莞尔微笑，醉而就枕。俄有女子卧其侧，撼之使醒曰："我是卷中人，感尔多情，故来相

157

伴。"于是抚接尽欢,将晓告去,曰:"先诣前途侍候。"自是夜夜必来,暨到临安亦然,但不肯说乡里姓氏。撝尝谓之曰:"汝既通灵,能入贡院探题目乎?"曰:"不可。彼处神人守卫,巡察周备,无路可入。"试罢西归,追随如初。将至玉山,惨然曰:"明当抵向来邂逅之地,正使未晚,盍弛担,吾当与子决别。"及期,撝执其手曰:"我未曾娶,愿与汝同归,白母以礼婚聘。"女曰:"我宿缘合伉俪,今则未也。君今举失利,明年授室,为别不久,他时当自知。"瞥然而去。撝果下第,寻约婚于崇仁吴氏,来春好合。妻之容貌,绝类卷中人,而排行亦第四。一日,戏语妻曰:"方媒妁评议时,吾私遣画工图尔貌。"妻未之信。开箧出示,吴门长幼见之,合词赞叹,以为无分毫不似,可谓异矣!

《夷坚志补》卷十《崇仁吴四娘》

这一则描述贡生张某赴省试往返途中发生的婚恋故事,既情节离奇,又入情入理,充分显示出爱情的力量。它表现了世人,包括知识阶层人士在内,对忠贞爱情和美满婚姻的向往与渴求。

《夷坚志》中有关婚丧嫁娶的奇事,尚有写一县丞离魂回故里为亡父奔丧,孝心精诚,令人感佩的《夷坚三志己》卷三《钟离丞》等。

《夷坚志》中有关幻术、法术、妖术的奇事,怪异诡谲,其离奇曲折的程度,大多在其他奇事故事之上。其中富有积极社会意义的作品,不胜枚举。试看:

鼎州开元寺多寓客,数客同坐寺门,见妇人汲水。一客善幻术,戏恼之,即挈水不动。不知彼妇盖自能幻也,顾而言曰:"诸君勿相戏。"客不对。有顷曰:"若是,须校法乃可。"掷其担,化为小蛇。客探怀取块粉,急画地,作二十余圈而立其中,蛇至不能入。妇人含水噀之,稍大于前,又恳言:"官人莫相戏。"客固自若。蛇突入,直抵十五圈中,再噀水吒之,遂大如椽,径躐中圈。将向客,妇又相喻止,客犹不听。蛇即从其足缠绕至项,不可解。路人聚观且数百。同寺者欲走诉于官,妇笑曰:"无伤也。"引手取蛇投之地,依然一担耳。笑谓客曰:"汝术未尽善,何敢然?若值他人,汝必死。"客再拜悔谢,因随诣其家为弟子云。

《夷坚丁志》卷八《鼎州汲妇》

　　饶州市贩细民鲁四公,煮猪羊血为羹售人,以养妻子。日所得不能过二百钱,然安贫守分,未尝与邻里有一语致争。庆元元年二月,正负担于德化桥上,买者颇集。一村獠如师巫之状,从其求金。鲁曰:"方分羹冗垒,少须当与汝。"巫嘻笑舍去。俄顷,釜中热汁皆冷如坚冰,买者置箸不食而散。鲁盖素能作法,且又精至,深悟其所以然。对众微叹,即灭火而归。旋抟泥十块,置于灶口,解衣就睡。巫它处丐索满志,还旅邸。忽腹内若炽炭,跳掷忍痛,固知早来之非,以实告主人。主人曰:"鲁公尊法,一城推重,安得轻犯之?"巫惧,倩小儿引往其门,设拜十数,自通姓第为周三,鲁不答。周痛益甚。观者悉云:"且恕它得否?"鲁领首,反室,尽去灶下物,周立愈,沽酒谢罪。明日,复携只鸡斗酒来,愿为弟子,传其学,鲁不许。至今本业如故。

《夷坚支癸》卷八《鲁四公》

　　这两则故事都十分精彩。它们的故事主角,无论是打水妇人,还是买血羹小贩,都是极其普通的老百姓。然而,他们都身怀绝技,从不显山露水。他们正是平民百姓心目中的英雄。他们总是在忍无可忍的情况下还击挑衅者,却非常适度,恰到好处,充分显示他们德艺俱佳的风范,令人无比佩服。

　　《夷坚志》中有关幻术、法术、妖术的奇事,尚有写一工匠建房时用厌胜之术暗置七纸人于屋顶使房主卧病,借以泄愤的《夷坚丙志》卷十《常熟圬者》;写某商求得老僧丹书小符,将以妖术为害一方之秀才制服的《夷坚志补》卷二十《桂林秀才》;写一粤商经道人指点而棒打施幻术老妪所变乌鸦,老妪乃以黄金赎命的《夷坚志补》卷二十《潘成击乌》;等等。

　　《夷坚志》中有关动植物的奇事,以涉及猛虎者为多。此类作品往往以人虎互变为题材,故事情节对读者、听众有较强的吸引力。譬如:

159

唐小说多载虎将食人，而皮为人所夺，不能去，或作道士僧与言语。南城邓秉，见故山阴宰李巨源说一事，大与古类，而微有不同者。建炎间，荆南虎暴甚，白昼搏人，城外民家，多迁入以避。张四者，徙居甫毕，未及闭门，而虎突然遽至，急登梁喘伏，虎未之见也。升堂脱其皮，变为男子，长吁而呼曰："吾奉天符取汝，汝安所逃死邪！"遍历室内及居侧林莽间寻之。张度其已远，乃下取所留皮，缚置梁上。日暮虎还，视皮，失之矣！意绪窘扰，大叱曰："汝既避匿，又窃我皮，吾奉取十七人，今已得十有六，独汝未耳。傥不信吾，看我怀中丹书。"遂探出，陈于地，曰："此天符也，十六人姓名已勾了，正余汝在，善还我皮，当舍汝，能指示我笔墨处乎？"张念久不使去，患将益生，应之曰："还皮易耳，汝即食我，奈何？"曰："我虽异类，不忍负信，岂有相误理！"张指示之，则径往拈笔，勾其名，张乃掷皮下。虎蒙于体，复故形，哮吼奋迅，几及于梁。张战栗胆落，欲坠再三，虎忽跳出，不反顾。明日，闻六十里外耆长报县，言昨日夜大雷，震死一虎。

《夷坚志补》卷四《荆南虎》

这一则故事以虎化人为题材，描述人与虎进行较量，生动地表现弱势一方用智慧取胜，突出了一个"智"字。

除涉及老虎的奇事外，尚有涉及燕、蚕、牛、马、猪、狗、鳖等动物的奇事，如写谭氏将一形似小佛像巨蚕埋于桑树下后，年年所得丝絮数倍于常年的《夷坚支丁》卷七《余干谭家蚕》；写小五郎常常辱骂母亲是老狗，受到重罚，死后变狗的《夷坚志补》卷一《陈婆家狗》；等等。

《夷坚志》中有关外出的奇遇的故事，大都描述故事主人公外出时与神力相关的各种奇特经历，而其人则往往有不同的收获，甚至改变了其人的命运。譬如：

西京嵩山法王寺，相近皆大竹林，弥望不极，每当僧斋时，钟声隐隐出林表，因目为竹林寺，或云五百大罗汉灵境也。有僧从陕右来礼达磨，道逢一僧，言："吾竹林之徒也，一书欲达于典座，但扣寺傍大木，当有出膺者。"僧受书而行，到其处，深林茂竹，无人可问。试扣木焉，一小行者出，引以入，行数百步得石桥，度桥百步，大刹金碧夺目。知客来迎，示以所持书，知客曰："渠适往梵天赴斋，少顷归矣。"坐良久，望空中僧百余，驾飞鹤，乘师子，或龙或凤，冉冉而下。僧擎书授之，且乞挂搭，坚不许。复命前人引出，寻旧路以还。至石桥，指支径，令独去。才数步，反顾，则峻壁千寻，乔木参天，了不知寺所在。

《夷坚丁志》卷三《嵩山竹林寺》

这一篇写故事主角到嵩山顶礼达摩时，有幸入灵境目睹百余罗汉自梵天归来的盛况，令人耳目一新。

《夷坚志》中的外出的奇遇故事，尚有写一道人入山访洞天，历经各种考验方才见到仙长，因无仙缘于是返回的《夷坚乙志》卷十二《武夷道人》；写李某登陇观景，竟滑落至深渊，进入华阳洞游历仙境的《夷坚丁志》卷八《华阳洞门》；写龙州人秦忠好猎，所杀鹿豕无数，醉酒后进山迷路，被山王捉去受审，虽然免死，但背上留下四处红印，一个月才消失，他从此不再打猎的《夷坚三志己》卷一《秦忠印背》；写杨某落海漂浮至岛上，入山洞做了鬼国母侍女之夫，两年后随鬼国母赴水陆道场宴饮，因得以同妻子、亲友团聚的《夷坚志补》卷二十一《鬼国母》；等等。

第三节　宝物故事

《夷坚志》中的宝物故事，涉及的宝物有珠、玉、石、金、镜、竹、草、盆等，种类繁多，其中以珠出现的频率最高。这些宝物，不但价格昂贵，而且往往具有各种奇特的功效、用途和价值。诸如：治病疗伤，用之辄愈；生财聚金，使人致富；净化海水，让其甘洌；平息风浪，使之平静；驱散迷雾，令其晴朗；等等。此类故事的内容，包括发现宝物、得宝行善、胡人识宝、宝物遭劫、因宝罹祸等，大多奇特多变，给读者、听众带来许多欣赏的乐趣。

　　《夷坚志》中发现宝物的故事，一般都描述各色人等寻觅宝物、发现宝物、认识宝物、使用宝物的过程，往往非常生动有趣，并且包含着一定的思想意蕴和社会价值，发人深省。譬如：

　　嘉州渔人黄（王）甲者，世世以捕鱼为业，家于江上。每日与其妻子棹小舟，往来数里间，网罟所得，仅足以给食。它日，见一物荡漾水底，其形如日，光采赫然射人。漫布网下取，即得之，乃古铜镜一枚，径圆八寸许，亦有雕镂琢刻，故不能识也。持归家，因此生计浸丰，不假经营，而钱自至。越两岁，如天雨鬼输，盈塞败屋，几满十万缗。王无所用之，翻以多为患，与妻谋曰："我家从父祖以来，渔钓为活，极不过日得百钱。自获宝镜以来，何啻千倍？念本何人，而暴富乃尔！无劳受福，天必殃之。我恶衣恶食，钱多何用？惧此镜不应久留，不如携诣峨眉山白水禅寺，献于圣前，永为佛供。"妻以为然。于是沐浴斋戒，卜日入寺，为长老说因依，盛具美馔，延堂僧，皆有衬施，而出镜授之。长老言："此天下之至宝也，神明靳之，吾何敢辄预！檀越谨置诸三宝前，作礼而去可也。"王既下山，长老密唤巧匠，写仿形模，别铸其一。迨成，与真者无小异，乘夜易取而藏之。王之资货日削，初无横费，若遭巨盗辈窃而去者。又两岁，贫困如初。夫妇归弃镜，复往白水，拜主僧，输以故情，冀返元物。僧曰："君知吾向时吾不辄预之意乎？今日之来，理之必然。吾为出家子，视色身非己有，况于外物耶！常忧落奸偷手中，无以借口，兹得全而归，吾又何惜！"王遂以镜还，不觉其赝也。镜虽存而贫自若。僧之衣钵充牣，买祠部牒度童奴，数溢三百。闻者尽证原镜在僧所。提点刑狱使者建基于汉嘉，贪人也，认为奇货，命健吏从僧逼索。不肯付。罗致之狱。用楚掠就死。使者籍其资，空无储。盖入狱之初，为亲信行者席卷而隐。知僧已死，穿山谷径路，拟向黎州。到溪头，值神人，金甲持戟，长身甚武，叱曰："还我宝镜。"行者不顾，疾走投林。未百步，一猛虎张口奋迅来，若将搏噬。始颤惧，探怀掷镜而窜。久乃还寺，为其俦侣言之。后不知所在。意所隐没，亦足为富矣。隆兴元年，祝东老泛舟嘉陵，逢王生自说其事，时年六十余。

《夷坚支戊》卷九《嘉州江中镜》

这一篇故事，通过发现宝物与收藏宝物历程，揭示出为善者的胸襟和作恶者的嘴脸，扬善惩恶，让世人看到恶人终归不会有好下场，足以引为鉴戒。

《夷坚志》中胡人识宝的故事，多写西域客商在我国各地探宝、觅宝时，发现的形形色色具有独特功能和用途的奇珍异宝，不惜出高价将宝物买到手，为其所用。此类故事与隋唐五代时期的同类故事一脉相承，故事虽然不长，却往往带有神秘色彩，引人入胜。譬如写一西域商人出高价买走某贾取自海岛之一杆聚宝竹，用于水中采宝的《夷坚支丁》卷三《海山异竹》；写一波斯客用破山刀剖天珠岩岭骨，取走大珠数十颗、小珠无数的《夷坚三志己》卷十《石门珠岩》；等等。

《夷坚志》中得宝行善的故事，大都描述心地善良之人得宝后，一般都不追求个人享乐，而是运用宝物济世救人，或者将宝物带来之财富用于各种公益事业，展示出故事主角的高尚的品格与情操，借以净化世风，在社会上产生良好的影响。譬如，写某僧发现一种化铁为金之异草，致富后不断出资扩大寺庙、接待僧人，从不妄用分毫的《夷坚支癸》卷四《祖圆接待庵》；写程翁按梦中所示网得宝石发家后，乃拜请神明收回宝石，并赈施贫乏的《夷坚丙志》卷十一《程佛子》；等等。

《夷坚志》中宝物遭劫的故事，以艺术手法展现稀世珍宝所遭受的各式各样的劫难：或者被官府、豪强强行夺走；或者丢失，不复存在；或者被毁，去原有的神力；等等，不一而足。它们不但表现了故事讲述人的爱憎，而且在某种程度上折射出社会动荡或者战乱给民众带来的烦躁与不安。比如写某官员观赏寺庙所藏罗汉像宝珠时，不慎将其落入溪中，亟祷佛乃一索而获的《夷坚丁志》卷十四《慈感蚌珠》；写有一个村民在一口小池塘里面发现一个铜盆，一旦灌满水，盆中所铸两条鱼便游动起来，县令将其要走后，又被郡守关吏部占有的《夷坚支庚》卷九《郴圃鲫鱼》；写广陵陈生把砍柴人所送一枚石鱼带回家放入石盆水中，随即出现各种变化，陈生担心带来灾祸，只好将其砸碎的《夷坚三志己》卷一《孝感寺石鱼》;写童家得到小金鸭后几代人过上富裕生活,后来用金鸭煎药,于是逐渐衰落,竟至贫无立锥之地的《夷坚三志壬》卷三《童氏金鸭》;等等。

第四节　报应故事

《夷坚志》中的报应故事,在很大程度上受到宗教报应观念的影响,是民众相信上苍有报应,相信善恶有报的思想观念在民间故事中的体现。北宋末以来,战乱频繁,社会动荡,民众渴望安居乐业,因此更加重视一切彰善瘅恶的思想、言行。在他们之中传播的此类故事,正符合净化社会风气,求得平顺安康的意愿。在此类报应故事中,既有行善得报的作品,又有为恶得报的作品。两类故事的数量都相当多,比较起来恶报故事更为突出。

一、善报故事

《夷坚志》中有关善报的故事,包括救人得报、孝顺得报、放生得报、敬神得报、乐善好施得报、改恶从善得报等,涉及面广,内容相当丰富。它们运用讲故事的方式从正面宣扬、倡导各种符合当时民众是非标准、道德规范的行为,让世人在潜移默化中接受积极影响,从而改善人际关系,促进社会发展。兹分别从各个方面具体论析这个时期的善报故事。

其中的救人得报故事,大多描述在他人遇到险情或者危难之时,故事主角当即挺身而出,义无反顾地采取措施救人。而故事主角的惊人义举,则往往得到善报。譬如,《夷坚支戊》卷六《天台士子》:

> 淳熙初,天台城外两江水,因雨大涨涌,几冒郭门。民死于洪流者不可计。士子某,居城中,而田在黄岩。水未起之前,棹小舟往取谷,所载四十箩,每箩容谷一斛。才出溪口,波涛如山,乍浮乍沉,相望不绝。士子维舟高岸,遇漂至侧者,欲救之,而舟力不胜。于是每载一人,则掷弃一箩谷,顷刻之间,登者五十辈,而谷尽矣,乃与之还城。时尤延之袤为郡守,叹赏其仁,即治盛具延请,而饷以百千

钱，处和观之，又畀以门客恩泽，遂补登仕郎。

这一篇故事的主人公某士子，非常关心他人，珍惜生命。在大水突如其来、十分危急之时，毅然不顾自己的财物而一再去搭救乡亲，使五十位乡亲免葬鱼腹，其胸襟坦荡、品德高尚，令人敬佩。他后来得到了嘉奖与提拔，也在情理之中。《夷坚志》中的救人得报故事尚有写城内大火时，神人前来救助一个以行医救人为己任者，使其全家免难的《夷坚支癸》卷二《滑世昌》等。

《夷坚志》中的行孝得报故事，大多描述儿女、儿媳竭诚孝敬贫病无助的老母，辛苦备尝。为了老母甚至不惜牺牲生命，其事迹感人至深。而故事当中的老母，多为寡母，在某种意义上讲乃是处于社会底层的弱势群体的代表。她们的孝行得到好报，充分体现了广大民众的意愿。比如写逆子弃母逃荒竟被虎吃，孝媳不忍弃母乃得天赐银一笏的《夷坚丁志》卷十一《丰城孝妇》；写一牧童将斋会所得馒头包回家奉母，遇雷电而得神护的《夷坚丁志》卷十三《昭惠斋》；写一日神托梦告吴二将被雷击死，因为吴二至孝感天，竟免祸的《夷坚丁志》卷十五《吴二孝感》；等等。当然，在此类故事中，亦夹杂一些宣扬愚孝的作品，虽然其敬老的题旨值得肯定，但其观念陈腐，往往助长落后愚昧的思想行为，无益于社会进步。例如，赞赏剖腹挖肝啖母的《夷坚丙志》卷十五《周昌时孝行》等。

《夷坚志》中的戒杀放生得报故事，大多写故事主角从各式各样的奇特经历中有所触动，有所感悟，遂有了戒杀、放生一类善举，并且因此得到了善报。譬如：

> 昆山县东近海村中一老叟，梦门前河内泊一大舟，舟中罪人充满，皆绳索缠缚。见叟来，各哀呼求救。继而舟师携钱诣门籴米，寤而怪焉。迨旦启户，岸下果有一舟，舟子市米，与所梦合。亟趋视，满舱皆鳖也，垛叠缧缚，莫知其数。询其所之，曰："将贩往临安鬻之。"叟悚悟此梦，问所直若干，为钱三万，叟家颇富赡，如数买之，尽解缚放诸水。是夜，梦数百人被甲，于门外唱连珠喏，惊出视之，相率列拜，谢再生之恩，且云："令君家五世大富，一生无疾，寿终

生天。"自是叟日康宁，生计日益。乾道中事也，方可从说。

《夷坚志补》卷四《村叟梦鳖》

这一篇写故事主人公因为救鳖得到善报，将自己的夙愿变为现实，让其人获得康宁、富足。从某种意义上讲，古人的此类放生、戒杀行为，实际上开了动物保护的先河，无疑是值得肯定与赞许的。

《夷坚志》中的戒杀放生得报故事，尚有写一渔钓者慨然放数百尾小鲤并不再捕鱼，其人病死后竟延寿复生的《夷坚丙志》卷十九《屈师放鲤》；写陈某梦见被鳖穷追不舍，醒后遂将一篓鳖放光，从此不再食鳖的《夷坚丙志》卷五《鳖逐人》；写鳝向鬻鳝者某甲求救，其人醒后不但放己之鳝，还买鳝放生，后得钱二万遂小康的《夷坚丁志》卷十六《吴民放鳝》；等等。

《夷坚志》中的乐善好施得报故事，大多写故事主人公为人正直，心地善良，以助人为乐事，热忱帮助出家或俗家各种人等，奉献爱心，其行为往往感天得报。比如：写一女每日以佳茗款待求饮乞丐而被父笞，丐让女饮其残茶即神清体健的《夷坚甲志》卷一《石氏女》；写鄂州南草市李二婆老而无子，以卖盐为生，她经常积德行善，总是多称盐给买主，市中大火四邻被烧，唯独她家安然无恙的《夷坚志补》卷二十五《李二婆》；等等。

《夷坚志》中的敬神拜佛得报故事，大都写世人多有敬奉神祇，顶礼仙佛，资助出家人等一类行为，其行为往往感动神明，得到了善报。此类故事，无不突显神明的无限威力，使人们越发笃信、敬奉神明，乐意对神佛、对出家人、对社会做出贡献。譬如：

> 临安民张公子者，尝至一寺，见败屋内古佛无手足，取归，庄严供事之。岁余，即有灵响，其家吉凶事辄先告之，凡二三十年。建炎间，金人犯临安，张窜伏智井，似梦非梦，见所事佛来与之别曰："汝有难当死，吾无策可救，缘前世在黄巢乱中曾杀一人，其人今为丁小大，明日当至此，杀汝以报，不可免矣。"张怖惧。明日，果有人携矛临井，叱张令出。既出，即欲刃之。张呼曰："公非丁小大

乎？"其人骇问曰："何以知我名氏？"具告佛语。其人怃然掷刃于地曰："冤可解不可结。汝昔杀我，我今杀汝，汝后世又当杀我，何时可了！今释汝以解之。然汝留此必为后骑所戕，且与我偕行。"遂令相从数日，度其脱也，乃遣去。丁生盖河北民为金人签军者。

　　　　　　　　　　　　　　　　　《夷坚甲志》卷八《佛救宿冤》

　　这一篇故事，意在宣扬神佛的威力和崇信神佛的好处。它描述前世的被害者在神佛的感召下放弃了杀戮仇家的念头，终使冤冤相报的行为得以结束。读者、听众在接触这则民间故事时，无疑会从中有所感悟、有所警醒。这样的作品产生于佛教盛行之时，它对于净化世人的心灵，促进社会安定、和谐不无某种积极意义。

　　书中的敬神拜佛得报故事，尚有写画工胡生买金箔五彩绘城隍祠门神，后梦门神来谢，自此求者接踵，遇疫疠得免的《夷坚支戊》卷十《胡画工》等。

　　《夷坚志》中的改恶从善得报故事，大多写早先为恶之人由于种种原因而有所悔悟，于是戒害人、戒杀生，痛改前非，从此行善。其人改恶从善之后，往往得到好报。譬如，《夷坚志补》卷十二《保和真人》：

　　　　潼州王藻，不知何时人。为府狱吏，每日暮归，必持金钱与妻，多至数十贯。妻颇贤，疑其鬻狱所得。尝遣婢往馈食，藻归，妻迎问曰："适馔猪蹄甚美，故悉送十三脔，能尽食否？"藻曰："止得十脔耳！"妻怒曰："必此婢窃食，或与他人，不可不鞫！"藻唤一狱卒，缚婢讯掠，不胜痛引伏，遂杖逐之。妻始言曰："君为推司久，日日持钱归，我固疑锻炼成狱，姑以婢事试汝，安有是哉！自今以往，愿勿以一钱来，不义之物，死后必招罪咎。"藻矍然大悟，汗出如洗，取笔题诗于壁曰："枷栲追求只为金，转增冤债几何深？从今不复顾刀笔，放下归来游翠林。"即罄所储散施，辞役弃众学道。后飞升，赐号保和真人。

　　在这一篇描述改恶从善得报的故事中，故事主人公王妻贤慧，对于丈夫改恶从善影响极大。它向世人说明，一个人的品行的变化和由此带来的命运的改变，家庭配偶的因素相当重要，甚至起到决定性的作用。

书中的改恶从善得报故事，尚有写某寺院因免撞早钟而使张屠当宰之母猪生下五崽，张乃改业，后来所生之子长大为官的《夷坚支癸》卷五《新喻张屠》；写有次屠者羊某宰一老雄羊时，羊忽然作人语叫"儿杀爷"，感到十分悔惧，立即改业，倾家资广修佛事的《夷坚三志壬》卷十《石门羊屠》；等等。

二、恶报故事

《夷坚志》中有关恶报的故事，数量较善报故事多，内容十分丰富，涉及面相当广泛，主要有贪赃枉法得报、杀人诬告得报、忤逆不孝得报、欺诈勒索得报、贪婪敛财得报、残害生灵得报、欺神叛教得报等。每一类故事，都不乏精彩之作。它们总的思想倾向是积极健康的，对社会进步颇有裨益。其中，亦有部分作品的思想意识较为陈旧，说教的情节较多，读来颇为乏味。

《夷坚志》中的贪赃枉法得报故事，大多数作品不但无情揭露各级官员贪赃枉法、为非作歹的行径，而且描述形形色色的贪官污吏得到恶报，难逃悲惨的下场，让读者、听众倍感开心和解恨。其表达民众愤怒情绪的作用，往往大于警示贪官污吏的意义。譬如，《夷坚甲志》卷十七《人死为牛》：

> 永康军导江县人王某者，以刻核强鸷处官。绍兴五年，为四川都转运司干办公事，被檄榷盐于潼川路，躬诣井所，召民强与约，率令倍差认课。当得五千斤者，辄取万斤。来岁所输不满额者，籍其资。王心知其不能如约规，欲没入之，使官自监煎。既复命，计使以盐额倍增，荐诸宣抚使，得利州路转运判官，未几死。眉州彭山人杨师锡，以合州守待次田间，梦王来谒，公服后穿，出牛一尾，方惊悒，侍婢亦魇瘟，言："见王运使来，衣后有牛尾。"相语未了，外报一犊生。遽取火视之，犊仰首泪下。事既著闻。有资中人马某者，亦为都漕司干官，每出郡邑督钱，惟以多为贵，不问额之虚实赢缩，必得为

期，且以此自负。蜀人以其虐于刷钱，目曰"马刷"，或以王君事警之。马曰："正使见世生两尾，亦何必问！"已而疽发于背之左。疮稍愈，复发于右。两疽相对，宛如杖疮，其深数寸，隔膜洞见肺腑，臭满一室。同僚往问病，马生但云："当以某为戒。某悔无及也。"死时，与王相距才一年。

这一篇作品，由两个贪官的疯狂敛财得报的小故事组成，两者彼此关联，相互呼应，使其暴露性和惩戒意义越发显著，艺术效果更为强烈。又如：

金虏据中原，每胡人临州县，必择黠民通知土俗能译语者为主，大目曰本头，一府之权，皆于此乎出。寿州下蔡县，并准置榷场，大驵吴五郎主之，干南北行商之货，所得不赀，而受制于本头张政，屡被贪虐，吴抱恨虽切，无所赴诉。既而政病死，死之二年，其女嫁郭秀才，梦父来言："我以宿业之故，堕落畜身，昨夜生于吴五郎家为骒马，汝急往恳赎，无惜厚价，必可得。"女觉而悲痛，即奔诣吴氏，吴已出榷场。厩下适生一驹。其妻问曰："小娘子如许早来，有何事？"女以梦告，妻延入，留饭以俟。至暮吴归，女未及言，妻先为道所以，吴勃然曰："若他人如是，吾便以送与之，不取一钱。唯张本头则不可，我为渠故，前后受鞭杖枷杻，不可胜说。今受生吾家为畜类，是天使我甘心焉，岂可释！"女泣拜不已，竟不从。豢养逾岁，加以衔勒，每出必乘之，稍缓，则加鞭策不少贷。历五年，因行淮边，失足溺而毙，吴剥其皮而投诸水中。

《夷坚志补》卷六《张本头》

这一篇作品，描写张本头依仗金人势力凌辱百姓，横行一方，连小头目吴五郎也受其欺侮。他病死以后，变为吴五郎家骒马。虽其女上门求情，吴某却不肯放过。最后，张本头所变骒马竟受尽折磨，落水而死，让人们看到一个入侵者走狗的可耻下场。

《夷坚志》中的贪赃枉法得报故事，尚有写华辛县录事陈某经常收受贿赂，无恶不作，死后变犬的《夷坚甲志》卷十一《陈大录为犬》；写张某受贿后又将行贿富囚害死，其人老来所生之子将家产耗尽，夫妻郁结而亡的《夷坚支癸》卷三《张显祖治狱》；写徐某审案受贿，滥杀无辜，使有罪富人逍遥法外，后遭报降级，死于旅途的《夷坚志补》卷十一《徐信妻》；等等。

《夷坚志》中的害人夺命得报故事，大多描述故事主角，不论其出身贵贱，为了谋取钱财、官位，抑或为了泄愤、报仇等，竟然毒打、诬告、残害他人，置他人死活于不顾，达到肆无忌惮的地步。他们无一例外地遭到恶报，绝没有好下场。故事将民众的爱憎表达得十分鲜明和强烈，读来非常解气。某些作品，虽然带有一定的说教意味，却仍然有其可取之处。例如：

> 宿迁大姓尹氏，当离乱时，聚其族党起兵，劫女真龙虎大酋之垒，获祖宗御容与宫闱诸物，置于家。以道路梗塞，未暇贡于朝。同里周、郭两秀才，从求货弗恢，诬告有司谓私蓄禁省服御，将谋不轨。狱吏不复究质，于是诸尹皆弃市。周以功得本县令，郭为丞，助之谋者皆补右列。后避虏祸，邑人多播徙京口，周、郭亦南来。尝同其友朱生辈阅市，朱之子从龙，方六七岁，见壮卒五人，着青紫袍，张弓挟矢，顾而怒憾，当通衢欲射人，周、郭趋入酒肆，朱生不觉也。从龙密以告，乃出窥之，皆相引从西去。诸人饮罢，过南畔小巷，到一隙处，遇向者五卒，正身发镞，中周、郭之胸，同行者了无所睹。二子即称心痛，仆坐不能起，众扶以归。经宿，疽生于背，前后洞彻，至膈膜，见五藏，月余而死。
>
> 《夷坚支甲》卷二《宿迁诸尹》

这一篇故事写周、郭二人害死抗金家族多人求得升官，后来竟遭遇恶报，受到了应有的惩罚，可谓大快人心。

《夷坚志》中的害人夺命得报故事，尚有写广都人张九典当同姓人田宅，不久典当人想加钱，嘱官府经纪人写断骨契来欺骗那人，次年那人来卖田宅，他便把断骨契给那人看，气得那人洒泪而去，此后张九孙子、儿子相继死去，随后他自己也死去的《夷坚乙志》卷五《张九冈人田》；写成都人宋固引诱一个老年病人过双流县牛饮桥，从其怀中搜出十余两银子，便把老人推到水里淹死，不久他经过此处竟失脚淹死的《夷坚乙志》卷五《宋固杀人报》；写开客店的胡某父子图财害命，将携有重金的客人灌醉活埋，后得报患病相继死亡的《夷坚三志辛》卷六《胡廿四父子》；写某店主三世事妖鬼，一次欲以客人祭鬼，加害不成反祸自家，中夜暴卒的《夷坚支癸》卷四《醴陵店主人》；写叶某妻妒而残忍，常常痛挞、害死婢妾，后变为吃人老虎不知去向的《夷坚志补》卷六《叶司法妻》；写李二害死主人并强娶其妻，几年后冤鬼使李供出实情，乃被送官法办的《夷坚志补》卷五《张客浮沤》；等等。

《夷坚志》中的忤逆不孝得报故事，数量相当多，以描述儿子、儿媳对老母不孝最为常见。故事中忤逆不孝者无不遭到天谴，往往变为牲畜，或者毙命，极其鲜明地揭示出世人对忤逆不孝者的无比憎恶，其警世作用是显而易见的。比如：

> 兴国军民熊二，禀性悖戾。父明为军卒，年老去兵籍，不能营生理，妻又早亡，惟恃子以为命，而视如路人，至使乞食。明垂泣致恳，肆骂弗听，将诉之于官，复不忍，但每夜焚香，仰告神天，冀其子回心行孝。如是二年。恶子方从其徒纵饮聚博，长空无云，忽变阴惨，雨脚如麻，雷电交至，诸人对面黳暗，莫能举目，闻有呼熊二者。良久开霁，不见其人，相率寻觅，得尸于郭门外，剜其眼，截其舌，朱字在背，历历可认，曰"不孝之子"。时淳熙三年九月七日也。
>
> 《夷坚支甲》卷三《熊二不孝》

这一篇故事，描写不孝子熊二的恶劣程度，可以说达到无以复加的地步。尽管如此，老父亲仍然希望其回心转意，不忍心告官。而上天发威，严惩不孝子，也毫不留情。正是善恶有报，泾渭分明。

书中有关忤逆不孝得报故事，尚有写鄱阳民王三十将去世父母亲自备香木棺材卖掉，用松棺埋葬老人，十分恶劣，不久即被雷击死，尸体立在老人墓旁的《夷坚甲志》卷八《不孝震死》；写谢七嫂虐待婆母，常年不让老人吃饱，游僧以袈裟与她换饭，她披上袈裟立即变牛的《夷坚丙志》卷八《谢七嫂》；写一渔人因老母失手摔死小儿，便欲斧劈老母，后得逆报被大雷震死的《夷坚丁志》卷九《要二逆报》；写李氏不孝翁姑，暴其亲邻，头疼十余日后竟变为虎首妇的《夷坚丁志》卷十三《李氏虎首》；写长溪一渔民不许妻子为老母做鱼羹，藏于舍后之鳗鱼皆化为蛇将其咬死的《夷坚丙志》卷十三《长溪民》；写某女暴戾不孝，以秽言恶语詈母，忽被雷殛于道上的《夷坚丙志》卷十六《广州女》；写叶某幼失双亲由祖母养大，竟夺走金银让祖母死于寇手，后得报丧命的《夷坚丁志》卷六《叶德孚》；写王四事父不孝，常加殴击，其父去县投状时，雷已将其震死的《夷坚丁志》卷八《雷击王四》；写兴国县陈十四忤逆不孝，与邻居争吵时故意把老母推出去，因老母体弱多病而被摔死，陈十四父子诬告邻居，其夫妻、儿子均遭报应相继死去的《夷坚丁志》卷十二《陈十四父子》；写湖州舟师褚大凶恶不孝，其母落水坐视不救，他人救起反遭殴打，后被震死的《夷坚志补》卷一《褚大震死》；等等。

《夷坚志》中的欺诈勒索得报故事，大都描述故事主角以各种手段诈骗、勒索，掠夺他人田产、财物，极为恶劣。但其人无不受到恶报，不得善终，甚至死后仍受到谴责，令子孙蒙羞。譬如：

> 襄阳邓城县有巫师，能用妖术败酒家所酿，凡开酒坊者皆畏奉之。每岁春秋，必遍拜谒诸坊求丐，年计合十余家率各与钱二十千，则岁内酒平善，巫亦借此自给，无饥乏之虑。一岁，因他事颇窘用，又诣一富室有所求，曰："君家最富赡，力足以振我，愿勿限常数。"主人拒之甚峻，曰："年年饷君二万钱，其来甚久，安得辄增？宁败我酒，一钱不可得！"巫嘻笑而退，出驻近店，遣仆回买酒一升，盛以小缶，取粪污搅杂，携往林麓，禹步诵咒，环绕数匝，瘗之地乃去。适有道士过见之，识其为妖而不知事所起。巫还店，喜甚。俄道士亦继来，少憩，访酒家，见举肆遑遑忧窘，问其故。曰："为一巫所困，今酒瓮成列，尽作粪臭，惧源源不已，欲往寻迹哀求之。"道士曰："吾亦见此人，不须往求。吾有术能疗，但已坏者不可救耳。"即焚香作法，半日许臭止。又言："凡为此法以败五谷者，必用粪秽，

罪甚大。君家宜斋戒,当奉为拜章上诉。"其家方怂恿,迫切趣营醮筵。道士伏廷下,逾数刻始起曰:"玉帝有敕,百日内加彼以业疾,然未令死也。"自是巫日觉踝间痒,爬搔不停,忽生一赘,初如芡实,累日后益大,巍然径尺如球,而所系摇摇才一缕,稍为物桄触则痛彻心脊,不复可履地。子孙织竹为篑,异以行丐,饮食屎溲杂篑中,所至皆掩鼻,历十年乃死。胡少汲尚书宰邑尚见之,其子栝说。

《夷坚丁志》卷十《邓城巫》

这一篇故事,描述故事主角对人进行勒索,得逞于一时,给对方带来痛苦与折磨,但作恶者终归得到恶报,下场极其悲惨——十载生不如死。

《夷坚志》中的欺诈勒索得报故事,尚有写俞一公长年鲸吞他人财产,年老也不改悔,后来变为马匹,被家人埋葬的《夷坚甲志》卷四《俞一公》;写秀才某以妖术勒索寺僧,不从者必遭祸殃,某欲残害一外来僧竟自害毙命的《夷坚丁志》卷四《沅州秀才》;写方城县阎四老在乡里作牙侩,忽然仆地状如毛驴,让家人喂以草料,饱食而死的《夷坚丁志》卷十三《阎四老》;写某屠常施药令牛不病而毙,牛主皆让其宰剥鬻卖而人莫知之,后得报溺死水中的《夷坚支乙》卷八《江牛屠》;写巩某骗买老媪田宅,并且将媪祖孙逐出房舍,他入住年余遇疠人进犯,其家数十口皆死的《夷坚乙志》卷十一《巩固治生》;写某翁积蓄大量不义之财,晚年打小犁在屋内耕地如牛状,食厕中脏物致死的《夷坚三志己》卷九《会稽富翁》;写张三公死后变牛偿还霸占他人的田地所值的钱的《夷坚三志辛》卷七《张三公作牛》;写王某杀猪前先注水沃灌,以获取厚利,人食其猪肉辄痼疾复发,王屠晚年得异疾剧痛而亡的《夷坚三志壬》卷九《古步王屠》;等等。

《夷坚志》中的疯狂敛财得报故事,大都描述故事主人公生性贪婪,财迷心窍,往往为了发家致富竟不顾一切地巧取豪夺,霸占他人田产,放高利贷等,无所不用其极,但后来均未能逃脱受惩得报的下场。譬如:

淳熙十四年,豫章蚕顿盛,桑叶价直过常时数十倍。民以多为忧,至举家哭于蚕室,命僧诵经而送诸江。富家或用大板浮簏管其上，傍置缗钱而书标云："下流善友，若饶于桑者，愿奉此钱以偿，乞为育此蚕，期无愧于天地。"他不得已而辇弃者，皆蹙额起不忍心。独南昌县忠孝乡民胡二，桑叶有余，足以供喂养，志于鬻叶以规厚利，与妻议，欲瘗蚕，妻非之，胡不顾，唤厥子携锄，劚桑下为穴，悉窨之，且约迟明采叶入市。自以为得策，饮酒醉寝。三更后，闻床壁唶唶声，谓有盗，举火就视，盖蚕也。以帚扫去之，随扫随布，竟夕扰扰，一家骇惧，妻尤责言囊愆。胡愈愤怒，决意屏涤尽，明日昏时乃定，殊不自悔，但恨失一日摘鬻之利。俄又闻唶唶声，胡呼曰："莫是个怪物又来也？"亟起明灯，足才下地，觉为虫所啮，大叫称痛。其子继起，亦如之。妻急奔视，则满榻上下蜈蚣无数。父子宛转痛楚，数日，胡二死，蜈蚣悉不见，子幸无他。而外间人家，蚕已作茧，胡桑叶盈园，不得一钱也。

《夷坚支景》卷七《南昌胡氏蚕》

临安市民沈一，酒拍户也。居官巷，自开酒庐，又扑买钱塘门外丰乐楼库，日往监沽，逼暮则还家。淳熙初，当春夏之交，来饮者多。一日，不克归，就宿于库。将二鼓，忽有大舫泊湖岸，贵公子五人，挟姬妾十数辈，径诣楼下，唤酒仆，问何人在此，仆以沈告，客甚喜，招相见，多索酒，沈接续侍奉之。纵饮楼上，歌童舞女，丝管喧沸，不觉罄百樽。饮罢，夜已阑，偿酒直，郑重致谢。沈生贪而黠，见其各顶花帽，锦袍玉带，容止飘然，不与世大夫类，知其为五通神，即拱手前拜曰："小人平生经纪，逐锥刀之末，仅足糊口。不谓天与之幸，尊神赐临，真是凤生遭际，愿乞小富贵，以荣终身。"客笑曰："此殊不难，但不晓汝意问所欲何事？"对曰："市井下劣，不过欲冀钱帛之赐尔！"客笑而颔首，呼一驵卒至，耳边与语良久。卒去，少顷负一布囊来，以授沈，沈又拜而受。摸索其中，皆银酒器也，虑持入城，或为人诘问，不暇解囊，悉槌击蹴踏，使不闻声。俄耳鸡鸣，客领妾上马，笼烛夹道，其去如飞。沈不复就枕，待旦，负持归，妻尚未起，连声夸语之曰："速寻等秤来，我获横财矣！"妻惊曰："昨夜闻柜中奇响，起视无所见，心方疑之，必此也！"启钥往视，则空空然。盖逐日两处所用，皆聚此中。神以其贪痴，故侮之耳。沈唤匠再团打，费工直数十千，且羞于徒辈，经旬不敢出，闻者传以为笑耳。

《夷坚志补》卷七《丰乐楼》

前一篇作品采用对比手法叙写故事，让故事主人公胡二与邻里、与妻子形成对比，生动地描述了从埋蚕到其人被蜈蚣咬死的整个过程，以警示追逐暴利而丧心病狂者。后一篇作品写神明惩罚妄想发横财的贪痴，则运用戏耍的手段来对付其人，让其人得到教训，寓庄于谐，别具一格。

《夷坚志》中的疯狂敛财得报故事，尚有写桑叶骤贵时，张某欲将家中蚕箔投江，以便采桑出售，但一文未得而全家相继亡故的《夷坚丁志》卷六《张翁杀蚕》；写太守姻亲吕某在知县张某纵容下霸占庙产，其后吕、张等人得报相继丧命的《夷坚支甲》卷五《妙智寺田》；写许某靠高利贷发家，常常迫使贫民鬻妻卖子，死后变狗，百日而亡的《夷坚支景》卷五《许六郎》；写操某仗势欺人，施绝招霸占他人田产却受到官府庇护，后遭雷击遍体焦灼的《夷坚三志辛》卷六《操执中》；写黄州富民闾丘十五一到荒年便囤积居奇，老百姓大受其苦，老年不吃饮食，专吃羊粪，数月方死的《夷坚志补》卷三《闾丘十五》；等等。

《夷坚志》中的残害生灵得报故事，大多故事主人公由于以屠为业或者其他原因，长期残害生灵，被其屠宰、杀死的生灵不计其数。被害的生灵以家养的禽畜居多，包括牛、猪、犬、鸡、蛙、蜂、鸟等，后来均遭到恶报，大多受尽折磨而死，甚至死后变为被害动物，遭到羞辱。我们从中可以窥见，早在近千年前民众便能通过生动的故事情节传达出"保护动物"的朴素思想。譬如：

　　钱塘民沈全、施永，皆以捕蛙为业。政和六年，往本邑灵芝乡，投里民李安家寓止。彼处固多蛙，前此无人采捕。沈、施既至，穷日力取之，令儿曹挈入城贩鬻，所获视常时十倍。一日，施先归李馆，逢老僧扣门谓曰："吾乡群蛙之受钓，发端自汝。今污潴所产，万计皆空，暴殄天物如此，将招业报，速从此改业，尚堪赎过。不然，非吾所知。"申戒再三，施了无悛意。僧去而沈来，具以告。沈曰："野和尚如何敢预我经纪事，使我见，当与痛打一顿，你却纵使去，何也？"施言尚可追及，乃相率逐之。行一里许，无所值，责其妄语绐己，咄咄谩骂。施不能堪，与争阋。沈益怒，就取常用剥蛙刀刺之，中胁即死。保正擒送县，东平巩庭筠时为邑宰，鞫其狱。众证既孚，物色逮老僧，杳不可得。沈竟坐杀人，尸于市。

《夷坚支甲》卷四《钱塘老僧》

饶州效勇营兵程立，人物懦怯，专好弹射飞禽以供食啖。目之所值，必思得之而后已。虽栖于檐间，巢于林木，亦升梯攫拿，并雏卵悉取之，弩矢弹丸，未尝停手。侪辈皆恶少，然睹其暴殄已甚，每劝止之，恬弗为改。庆元初春，病赤目，蒙蒙无所见，厥身如坐汤火中，白昼居家，觉群鸟无数，飞鸣于前，缭绕交啄，楚痛悲嘶，顷刻不堪忍，呼家人驱逐，皆云无之。临死逾月，朝夕受苦，饮膳不能入口，形骸羸削，全如禽鸟已燖剥之状。疮孔遍体，转侧艰难，呻吟之声，四邻亦为挠聒。至秋乃死。

《夷坚志补》卷四《程立禽报》

这两篇故事，描述故事主角或者为获取金钱财物，或者为满足口腹之欲，竟然暴殄天物，残害有益于人类的各种生灵；而且往往执迷不悟，不听劝告，不思悔改，以致遭到报应，或者相互残杀致死，或者罹病朝夕受苦而亡，无不令世人警醒。

《夷坚志》中的残害生灵得报故事，尚有写沙某之母嗜食蟹，每年蟹盛时吃蟹数量惊人，死后驱入蟹山受到折磨的《夷坚乙志》卷一《蟹山》；写董某好罗取飞禽，拿去出卖，所杀不计其数，老后得奇疾苦不堪言的《夷坚乙志》卷十五《董染工》；写婺源县奸民江六三以屠牛为业，常用长铁针浸泡毒药毒牛，农民见牛无病而毙，却不知秘密，后来他竟淹死在浅浅污水池里，棺殓时仵匠从其腰间发现两枚铁针，方知其行诈的《夷坚支乙》卷八《江牛屠》；写石城县牛屠何百九犯事发配南安，遇大赦回来仍不改恶习，有次他执刀解牛，割下一小块粗皮竟扔到儿子眼上，脱不下来，他儿子也十分凶恶，众人认为是报应的《夷坚支景》卷三《何百九》；写一屠嗜杀，宰牛千头，老而被牛逐惊吓卧病，受尽折磨而亡的《夷坚三志辛》卷六《牛头王》；写一鱼贩不听大鼋哀求与邻人劝阻，竟杀死大鼋，不久即系狱杖责，饥饿致死的《夷坚支甲》卷三《汪乙鼋》；等等。

《夷坚志》中的欺神叛教得报故事，大都宣扬宗教思想、宗教信条，带有比较浓烈的宗教色彩。然而，不少作品的善恶昭彰，思想倾向性较好，具有一定的警世作用，有益于社会，有益于民众。譬如：

> 泉州杨客为海贾十余年，致资二万万。每遭风涛之厄，必叫呼神明，指天日立誓，许以饰塔庙，设水陆为谢。然才达岸，则遗忘不省，亦不复纪录。绍兴十年，泊海洋，梦诸神来责偿，杨曰："今方往临安，俟还家时，当一一赛答，不敢负。"神曰："汝那得有此福？皆我力尔。心愿不必酬，只以物见还。"杨甚恐。以七月某日至钱塘江下，幸无事，不胜喜，悉辇物货置抱剑街主人唐翁家，身居柴垛桥西客馆。唐开宴延仁，杨自述前梦，且曰："度今有四十万缗，姑以十之一酬神愿，余携归泉南置生业，不复出矣。"举所赍沉香、龙脑、珠琲珍异纳于土库中，他香布、苏木不减十余万缗，皆委之库外。是夕大醉。次日，闻外间火作，惊起，走登吴山，望火起处尚远，俄顷间已及唐翁屋，杨顾语其仆："不过烧得粗重，亦无害。"良久，见土库黑烟直上，屋即摧塌，烈焰亘天。稍定还视，皆为煨烬矣，遂自经于库黑墙上。暴尸经夕，仆告官验实，乃得槁葬云。
>
> 《夷坚丁志》卷六《泉州杨客》

这一篇作品写故事主人公欺诈成性，欺骗神灵如同其进行商业欺骗一般。在他正得意忘行之时，乃遭受神谴，得到恶报。

《夷坚志》中的欺神叛教得报故事，尚有写女真统军黑风大王驻扎后土祠时亵渎神像，被大火吓退，乃移营改祭，但士卒已死十之二三的《夷坚支甲》卷二《黑风大王》；写某僧嗜酒不检，一意狎游，廿五岁得恶疾并长出驴尾，凡十载始毙的《夷坚支甲》卷一《普光寺僧》；等等。

第五节　人神婚恋故事

　　《夷坚志》中有关人神恋情的故事较多，但人神婚配故事较少。人神恋情故事，大都描述故事主人公外出时与异性神灵之间发生的恋情，犹如人世间的恋情一般，既有难能可贵的一夜情，又有长期幽会的恋情，不一而足。不过，人神毕竟有别，最终不免分离，结局令人叹惋。然而，人神之间的情愫却永存于世。譬如，《夷坚支丁》卷二《小陈留旅舍女》：

　　　　黄寅，字清之，建安人。政和二年试京师，未到六十里，抵小陈留旅舍寓宿。夜将二鼓，观书且读，闻人扣户声，其音娇婉，出视之，乃双髻女子，衣服华丽，微笑而言曰："我只在西边隔两三家住，少好文笔，颇知书。所恨堕于女流，父母只令习针缕之工，不遂志愿。今夕二亲皆出姻知家赴礼会，因乘间窃步至此。闻君读书声，欢喜无限，能许我从容乎？"寅留与坐，即捻书册玩诵，又索饮。具酒款接，微言挑谑，略不羞避，遂就寝。鸡鸣而去，复约再会，往还几半月。店媪讶其无故久留。其所亲柳仲恭者，过而相遇，拉以同入都。女子已知之，倏来告别，携手而泣。寅发箧出银五两以赠。旦而行，可二十里，地名柳林子。见一庙神坐傍侍女，宛然是所遇者。详观之，其色赧赧然若负愧之状，纸裹堕侧，银在手中，初未尝启视也。

　　此篇故事，称颂应考书生旅途中与庙神侍女之间的恋情。他们虽是偶遇，却一往情深，十分清婉、真挚，让人受到感染，久久不能忘怀。

　　《夷坚志》中的人神恋情与婚配故事，尚有写馆客龚某与天汉妇人相恋，有一夜温存，临别时所赠锦香囊因被人偷窥而再无香气的《夷坚丙志》卷十一《锦香囊》；写灵显王庙厮卒与一倡女相恋，现身与女欢好数宿，因犯禁获罪流配，庙中偶人遂仆地的《夷坚甲志》卷十七《永康倡女》；写王生赴考时，所慕龙女假托某官眷属与王结为夫妻，四五年间生二子，后遇雷雨乃失所在的《夷坚丁志》卷二《济南王生》；写旅医卢生天晚求宿时，对庙神所化丽女心生爱慕，相与绸缪，有一夜之欢的《夷坚三志辛》卷九《赵喜奴》；写兵士王某与天王祠捧妆奁侍女相恋，共寝数月而赢瘠，王父击碎女像后，王某掩面堕泪，逾旬而死的《夷坚支甲》卷七《建昌王福》；等等。

第二章 精怪故事

《夷坚志》中的精怪故事主要包括人精婚恋、人精交谊、精怪为祟、斗精灭怪等几个方面。此类故事中的精怪，以动物精怪居多，计有狐、虎、蛇、犬、猫、羊、猪、驴、猿、獭、狸、鼠、蜂、蟹、龟、鳖、蚯蚓、蛤蟆等；此外尚有植物精怪槐、杨、桐、樟、杉榆、牡丹、芭蕉、葛根等，以及无生物精怪鼎、铃、石、石狮、铁钻、棺板、木偶、泥孩儿、木灯檠等。

第一节 人精婚恋故事

《夷坚志》中有关人精婚恋的故事，其中的精怪以雌性为主，首推狐与蛇。与人互恋的蛇精，从唐代以来在民间故事里面已逐渐增多，至宋元更为突出。除此之外，在这个时期民间故事中与人有恋情的精怪，尚有犬、猪、虎、蟒、狸、蜂、蚯蚓、牡丹、土偶、灯檠等。

一、人精恋情故事

《夷坚志》中有关人精恋情的故事，大部分描述雌性精怪追求世间男子。尽管精怪多情专一，却往往给恋人带来祸害。这种恋情，显然不可能持久。故事末尾，一般都以灭精绝怪告结束。不难看出，在此类故事里面，各个精怪所具有的双重性格——人性与妖性——大都得到了比较充分的表现。譬如，《夷坚支乙》卷二《茶仆崔三》：

> 黄州市民李十六，开茶肆于观风桥下。淳熙八年春夜，已扃户，

其仆崔三未寝，闻外人扣门，问为谁，曰："我也。"崔意为主公，急启关，乃一少年女子，容质甚美，骇曰："娘子何自来？此是李家茶店耳，岂非错认乎？"曰："我是只左侧孙家新妇，因取怒阿姑，被逐出，终夜无所归，愿寄一宵。"崔曰："我受佣于人，安敢自擅。"女以死哀请，泣不肯去，崔不得已引至肆傍一隅，授以席，使之寝。久之，起就崔榻，密语曰："我不惯孤眠，汝有意否？"崔喜出望外，即留共宿，鸡鸣而去。继此时时一来，崔以人奴获好妇，惬适所愿，不复询究本末。一夕，女曰："汝月得顾直不过千钱，当不足给用。"袖出官券十千与之。其后屡致薄助，崔又益喜。兄崔二者，素习弋猎，常出游他州，忽诣弟处相问讯，寄寓旬余，女不至。崔思恋笃切，殆见梦寐，乃吐情实告兄。兄曰："此地多鬼魅，虑害汝命，宜速为之图。"崔曰："弟之相从半年，且赖渠拯恤，义均伉俪，难诬以鬼也。"兄曰："然知我至则敛迹，何邪？"崔曰："正以兄弟妨嫌，于礼不可。"兄曰："彼每至从何处出入？"曰："入自外门，由楼梯而下。"兄是晚舍去，取猎具卷网数枚散布之。抵暮，乃俯伏于隐所。三更后，戛然有声，急簹火照视，得一斑狸，长三尺，死焉。兄曰："是物盖惑吾弟者也。"为剥其皮而烹其肉。崔惨沮凄泪，不能胜情。异日独处室中，觉异香馥烈，女已立灯下，大骂曰："吾与汝恩意如此，兼数济汝窘乏，何为轻信狂兄之言！幸吾是时未离家，仅杀了一婢，坏衫子一领而已。"崔逊谢，女笑曰："固知非汝所为，吾不恨汝。"遂驻留如初，至今犹在。

这一篇故事中的狸女对茶仆用情专一，不嫌其人地位卑下而慷慨相助，虽有变故却不加怨恨，充分体现出狸女的真挚情意，甚是难得。这一篇故事不以悲剧结尾，而让有情者长相厮守，在人精恋故事中亦不多见。

《夷坚志》中的人精恋情故事，尚有写一行者与某寺九子母堂乳婢偶相恋，狎昵累月，主僧觉而碎土偶得一胎儿的《夷坚甲志》卷十七《土偶胎》；写古桐精与一少女恋，女家疑而伐桐，女惊呼数声"桐郎"，怪遂绝的《夷坚丙志》卷七《新城桐郎》；写二贡生入京时，与一女及婢有一夜情，次晨醒后发现在古枫林间，不知夜遇何妖的《夷坚丁志》卷十八《史翁女》；写青狐化为年轻寡妇与守门人相恋，共处逾月，后被追捕现形而逃的《夷坚支乙》卷四《衢州少妇》；写一娼女与白衣男子相处三月，知其为大白蛇后重病一场，遂落籍卖于染肆为妻的《夷坚支戊》卷三《池州白衣男子》；写祝子与邻里牝猪所变仙女同宿半年，形躯日削，牝猪精因见怜而与祝子泣别的《夷坚支庚》卷二《蓬瀛真人》；写芮某与蟒精相好，久而身体尪瘵，父母请道人灭蟒，芮始如梦方醒的《夷坚三志辛》卷五《历阳丽人》；写虎精化美女与陈某绸缪一月，陈瘦极卧病，其兄依法师指点乃将虎女击走的《夷坚三志辛》卷九《香屯女子》；等等。

二、人精婚配故事

《夷坚志》中有关人精婚配的故事，均描述人类与精怪的不寻常婚姻。这样的婚配，通过精怪（无论是有生命的动物精怪，还是无生命的器物精怪）变化为人形而得以实现。然而，正如人精恋故事一样，其中变化为人形的精怪亦具有人性和妖性双重性格。精怪的这种双重性格，使此类故事充满神秘性、奇特性。而此类人精之间的婚姻，大都不会白头到老，婚后往往会出现这样那样的变故，导致分离，有的甚至带来不幸。这些故事实际上是人世间婚姻状况的一种曲折的反映，它们跟人神恋情故事一样具有一定的现实性和社会意义，试看：

> 丹阳县外十里间，土人孙知县，娶同邑某氏女。女兄弟三人，孙妻居少。其颜色绝艳，性好梅妆，不以寒暑着素衣衫，红直系，容仪意态，全如图画中人。但每澡浴时，必施重帏蔽障，不许婢妾辄至，虽揩背亦不假手。孙数扣其故，笑而不答。历十年，年且三十矣。孙一日因微醉，伺其入浴，戏钻隙窥之。正见大白蛇堆盘于盆内，转盼可怖。急奔诣书室中，别设床睡，自是与之异处。妻盖已知觉，才出浴，即往就之，谓曰：“我固不是，汝亦错了。切勿生他疑。今夜归房共寝，无伤也。”孙虽甚惧，而无词可却，竟复与同衾，绸缪燕昵如初。然中心疑悼，若负芒刺，展转不能安席，怏怏成疾，未逾岁而亡，时淳熙丁未岁也。张思顺监镇江江口镇，府命摄邑事，实闻之。

此妇至庆元三年，年恰四十，犹存。

《夷坚支戊》卷二《孙知县妻》

邹氏，世为兖人。至于师孟，徙居徐州萧县之北白土镇，为白器窑户总首。凡三十余窑，陶匠数百。一匠曰阮十六，禀性灵巧，每制作规范，过绝于人。来买其器者价值加倍。又祇事廉且谨，师孟益爱之，遂妻以幼女。历数岁，生男女三人。既皆长大，而阮之年貌俨不少衰，众颇疑其异，谓非人类，虽师孟亦惑焉。唯妻溺于爱，无所觉。阮或出外，不持寸铁，登山陟嶷，渡水穿林，未尝恐怖蛇虎。萧沛土俗，多以上巳节群集郊野，倾油于溪水不流之处，用占一岁休咎，目曰"油花卜"。阮尝同家人此日出游，抵张不来山，见鹿鸣呦呦，意气踊跃。及暮还舍，语妻曰："我欲归乡省父母，暂与汝别。如要见我时，只来州城下宝宁寺罗汉洞伏虎禅师边求我。"妻固留之，翩然而去。后二年，师孟携家诣宝宁，设水陆斋。幼女忆阮，同母入洞，瞻伏虎像傍一土偶，以手加虎额，容色体态，悉阮生也。始知其前时幻变云。

《夷坚三志己》卷四《萧县陶匠》

这两篇故事的相同之处是人与精怪的婚姻原本美满，持续多年后才发现异样，于是产生变故。其不同之处比较多，主要集中在精怪身上：一篇故事的精怪为有生命者，变为妇女，一篇故事的精怪为无生命者，变为男子；一篇故事的精怪使配偶受惊吓，后成疾而亡，一篇故事的精怪主动离去，并且为妻儿留下了不尽的念想。

《夷坚志》中的人精婚配故事，尚有写衡州司户妻貌美、贤良，但睡觉时总把舌头伸出来，而且舌头开了两叉，她死后娘家人来开棺查看，里面竟盘着一条蛇的《夷坚支癸》卷九《衡州司户妻》等。

183

第二节　人精交谊故事

　　《夷坚志》中有关人精交谊的故事，作品数量不少，大都描述并赞美世人与精怪之间的友情，包括相互同情、相互关心、相互帮助、彼此之间充满同情心、知恩必报等，从不同的角度展示人世间珍视友谊的各种美德，对于改善人际关系，促进社会发展颇有补益。这一类故事中的精怪，大部分是有生命活力的动植物，诸如狐、虎、猿、猫、槐、榆等，亦有少部分为无生命的对象、偶人，诸如镰刀、偶像等。试看：

　　平江人江仲谋，于府内饮马桥南启熟药铺。绍熙五年，又执一肆于常熟梅里镇，择七月十二日开张。前一夕，梦黄衣人声喏，持文字一轴云："相公令投下文字。"江问："何等文书？"曰："是镇中人户所居名次，望官人题上簿。"江许之，视黄衣一臂损烂出血。明日以语人，其邻叟云："相近钱知监宅东有一庙，镇人争往焚香，岂其神乎？"江即携香酒致谒，见土偶驺卒，臂泥脱落，宛然昨梦所睹，盖伏虎司徒庙也。立唤匠补治。旋梦来谢，且祝江勿用伪品药杂于剂中，误人服食，因而可积阴功。江感其说，收市良材，不惜价直，而所货日增。

《夷坚支庚》卷四《伏虎司徒庙》

　　庆元三年，浮梁东乡寺僧法净，以暮冬草枯之际，令童行挈稻糠入茶园培壅根株。见林深处，一美女未及笄岁，长裙大髻，衣服光赫。两丫鬟从于后，色貌妍丽，嘻怡含笑，敛袖前揖曰："和尚万福。"法净应喏。既而思之曰："此间四向无居人，山前谷畔纵有两三家，其妇女皆农樵丑恶，岂得如是绰约华姿者？兹为鬼魅何疑！不可领略，以招蛊媚。"遂袖手掐印，诵楞严咒，大声咄叱以威之。女呜呜大笑，斥法净名曰："和尚，你也好笑，纵然念得楞严神咒数百千遍，又且如何？我不是鬼，怕甚神咒。"净曰："汝是何妖孽，入吾园中，以容色作妖怪？我身为僧，披如来三事之衣，日持佛书，斋戒修洁，虽鬼神魔幻，安可害我？汝速去！"女曰："儿实良人家，因随众出郭，迷踪到此。愿和尚慈悲，指示归路，儿之幸也。何事以鬼物相待？"净使从左方出，女又谢曰："所谓误入桃源，更容闲有时霎。"乃穿践丛薄中，不避荆棘。良久，三人俱化为狐，噪声可怖。净骇惧，执童行手，大呼而奔。径还舍喘卧，心不宁者累日。

《夷坚三志己》卷二《东乡僧园女》

这两篇故事艺术风格不同，情趣各异。前一篇故事，以相互帮助来展示人精交谊，描述开药店者与庙中土偶均为人友善，前者为后者修补损臂，体恤有加，后者知恩图报，诱导前者广积阴功，因以致富。后一篇故事，以调皮、逗趣来展示人精友情，将狐女天真可爱的形象与和尚既动情又警惕的心态，描绘得那样鲜活、那样逼真。

《夷坚志》中的人精交谊故事，尚有写某秀才赞叹城中一棵老槐树生命力旺盛后，深夜槐精化为楚楚动人女子前来致谢的《夷坚三志己》卷二《徐五秀才》；写孟某暂居南城驿，其子夜读见如白猫怪物自室突走示变，全家急追乃免屋塌伤亡的《夷坚支甲》卷四《南城驿》；等等。

第三节　精怪为祟故事

《夷坚志》中有关精怪为祟的故事，内容主要集中在三个方面，即精怪作乱扰民、精怪诱惑奸淫和精怪害人夺命，受害者大多数是社会上弱势群体的成员。这些故事中的精怪，乃是人世间邪恶势力的化身。众多的作品，从各种不同的角度揭露、控诉和谴责它们的诸多劣迹和罪行，具有较强的社会性和批判力量。

一、精怪作乱扰民故事

《夷坚志》中有关精怪作乱扰民的故事，大多描写形形色色的精怪四出进行捣乱，欺诈盗窃，胡作非为，干扰世人正常生活，给僧俗民众乃至衙中官吏带来各种痛苦和不幸。譬如：

> 信州永丰县管村，皆管氏所居。淳熙七年秋，有怪兴于某秀才家，幻变不常，或为男子，或为妇人，抛掷砖石，占据堂宇，污秽床席，毁败什物，不胜其扰。唤巫师驱逐弗效，又命道士醮禳，复邀迎习行法者，各尽术追究，虽即日稍若暂息，迨去则如初。前后若是者屡矣。管益患之，乃多萃道流，设坛置狱，劾治甚峻，群怪不为动，厉声诟骂于室中曰："汝几个村汉，讨钱足了。我不怕汝！"皆知其不可为，相与谢去。久之，化一美女，夜造仆夫寝处，欲加炫惑。仆知为魅也，而庸奴贪色，竟留与接。凡历数夕，极绸缪婉娈之款，然终虑其致祸，阴磨利刃以待之。迨复至，尽力断其首，携出外，呼告众曰："我已杀鬼！"管氏之人争来观看，盖一大狸也。
>
> 《夷坚支乙》卷一《管秀才家》

这一篇故事中的作乱者为动物精怪，它为非作歹，甚为猖狂。但只要世人敢于与其斗争，不怕挫折，持之以恒，它最终不会有好下场。

《夷坚志》中的精怪作乱扰民故事，尚有写有一群土偶精盗肇庆军资库银钱赌博，被发现后到城隍庙将它们捣毁，怪事便绝迹的《夷坚乙志》卷十二《肇庆土偶》；写杉木精连夜窃割吴某稻子，被捉汤煮时哀泣获释，果不复至的《夷坚乙志》卷十四《结竹村鬼》；写弓手夏生被老狐诬告入狱，后得平反，母狐化身美女出没县丞厅堂，害死县丞父子的《夷坚支乙》卷九《宜黄老人》；写许大郎开磨坊生意兴隆，后来出了驴怪，磨子都裂开不能够使用，从此衰落，许大郎也死去的《夷坚支戊》卷七《许大郎》；写浮梁县多妖怪，有个伟岸男怪出现于县令长子妇家，让一家人惊骇的《夷坚支庚》卷五《浮梁县宅》；写两个女子常常来欺负程老，儿子发现为枕屏绢画中二女作祟，立即将其焚毁的《夷坚支庚》卷九《程老枕屏》；写冬日有三个美女来茶园与东乡寺僧人搭讪，僧人袖手掐印，诵楞严咒，它们立即化狐嚎叫而去的《夷坚三志己》卷二《东乡僧园女》；写一狐化作妇人邀刘医生去家为其夫疗疾，所诊治者乃一杉骸，使刘罹患心病的《夷坚三志己》卷三《刘师道医》；写有一年熊氏家佛堂桌下石兽为怪，把它移到寺庙里仍然如此，后来一勇士将其击碎，见腹内有五色纹及肝肺胃肠的《夷坚三志辛》卷七《熊氏石兽》；写蛇二精皆化作女子到姜家做侍妾，相互攻讦，惹是生非，但均未逃脱厄运的《夷坚志补》卷二十二《姜五郎二女子》；等等。

二、精怪诱惑奸淫故事

《夷坚志》中有关精怪诱惑奸淫的故事，大多描写各类精怪（大多为雄性）变化为俊男靓女，来到世间寻觅"猎物"，施展各种手段勾引对方，恣意奸淫，使对方受到折磨，给对方及其家人带来巨大的伤害。当其败露之后，往往被受害人家击走，甚至被扑杀。譬如：

> 鄱阳近郭数十里多陂湖，富家分主之。至冬日，命渔师竭泽而取。旋作苫庐于岸，使子弟守宿，以防盗窃。绍兴辛酉，双港一富子守舍。短日向暮，冻雨萧骚，拥炉块坐。俄有推户者，状如倡女，服饰华丽，而遍体沾湿，携一复①来曰："我乃路岐散乐子弟也，知市上李希圣宅亲礼请客，要去打窠地。家众既往，我独避雨，赶趁不上。愿容我寄宿。"富子曰："舍中甚窄，只着得一小床。若留汝过夜，我爷娘性严，必定嗔责。李宅去此不远，早去尚可及。"女恳祈再三，杂以笑谑，进步稍前，子毅然不听。徐言："既不肯教我宿，只暂就火烘衣，俟干而行可乎？"许之。子登床，女坐其下，半卸红裙，露其腕，白如酥。复背身挽罗裙，不觉裙里一尾出。子引手拈杖击之，成一狐而走。衣裳如蜕，皆污泥败叶也。
>
> 《夷坚支庚》卷七《双港富民子》

> 南剑州尤溪县人璩小十，于县外十里启酒坊，沽道颇振。只驻宿于彼，惟留妻李氏及四男女两婢在市居。每经旬日，则一还舍，然逼暮必反。绍熙四年八月，夜且二更，璩击户而入，携酒一尊。李问之："尔既归来，何必冲夜？岂不防路次蛇虎不测乎？"璩曰："我既

---

① 复：夹衣。

薄醉思汝，又念家间乏人看觑。坊内仆使自足用，故抽身且来宿卧，不晓便行矣。"泊就枕，欢洽异于常时。自是，辄用此际来，门不关扃以待之。至十二月，李怀妊。明年三月，璩归，讶妻腹大，谓之曰："我经岁不曾共汝同衾枕，何由有孕？汝实与谁淫奸？速言之！"李曰："从去年八月，汝夜夜将酒来共饮，儿女共庆奴各得一盏。酒尽然后登床，天未明即去。有如不信，请逐一问之。"众言并同。璩不能质究。呼坊仆王八，使李询夫行止。王云："十郎未尝离本坊。"李曰："然则酒饼是谁将到？"王云："今夜若复来，但留下饼，却俟来日审实。"已而又至。璩别命仆韩二同王八再验之。适见主公与主母对酌，认其衣裳形貌，言笑举动，真无少异。二仆唱喏罢，急走诣酒坊。璩十正彷徨灯下，以须音耗。仆告之。璩曰："一段精怪，我也理会不得。"即磨淬利刃，秉炬而趋。语二仆曰："随我去，如误杀了人，我自承当，不以累尔。"及家时，已三更后，令王八先剥啄。李氏饮席犹未竟，隔扉问何为，曰："十郎教我送牛肉来。"既得入，璩挥刃刺着男子，杀之。化作白猿，凡重七十斤。李免身，生一小猱，搦死之，弃于荒野。

《夷坚三志己》卷二《璩小十家怪》

这两篇故事，一则写狐女雨夜勾引守宿青年而不能得手，后被击走；一则写猿变为男主人长期骗奸主妇而使其怀孕，暴露后立即被杀死。这些精怪淫猥成性，任意胡为，给民众带来苦痛，无论它们如何狡诈，都逃脱不了失败的下场，受到应有的惩处。

《夷坚志》中的精怪诱惑奸淫的故事，尚有写汪生为馆客时，冬夜有古铛精变为美妇再三前来送酒和挑逗，主人知道后将古铛捣碎，精怪自此绝迹的《夷坚丁志》卷四《皂衣髽妇》；写潘秀才与荷花池边美妇缠绵两月，竟十分憔悴，学人发现后帮他找到精怪，刮掉桃花庙墙上仙女画，于是安泰的《夷坚丁志》卷十三《潘秀才》；写一白皙农妇春日挑担往田间送饭时，被蛇妖缠绕奸淫，数日乃去，使其生病逾年的《夷坚丁志》卷二十《蛇妖》；写周女被一猫精迷惑，周父请卖面翁作法驱妖，方使一切复常的《夷坚支丁》卷八《周女买花》；写金华陈秀才女，择婿欲嫁而被妖怪迷惑，邻居张秀才发现是陈家门外石狮作祟，呼匠将其凿碎的《夷坚支庚》卷三《陈秀才女》；写女妖上门与周氏子厮混一年，让其元气几乎耗尽，其父请医治疗很长时间才慢慢康复的《夷坚支庚》卷七《周氏子》；写一士人请人行天心法，令奸污其妻之龟精服罪，并且送入海中，其妻遂得安宁的《夷坚支庚》卷七《明州学堂小龟》；写元宵节晚上，女妖化为美妇引诱乡人王上舍去野合，终致王丧命的《夷坚支庚》卷八《王上舍》；写一巨蛇化为男子来奸周妻遭拒，竟绕周妻数匝，偶遇乡人诵大悲咒始将蛇妖驱走的《夷坚支庚》卷八《余干民妻》；写农夫鲍大外出后，杨树精与狐精轮流到其家奸宿，鲍大伐树、平穴后其妻遂无恙的《夷坚志三补·杨树精》；等等。

三、精怪害人夺命故事

《夷坚志》中有关精怪害人夺命的故事，叙写精怪的一切行动均以残害世人、夺走其性命为目的，用心险恶，而且往往都能得逞。故事中害人夺命的精怪，既有有生命的动植物，又有无生命的器物，甚至还有动物的鬼魂。它们无不对人世的生活、生存构成威胁。此类故事，意在提醒世人，对于形形色色的害人精应当有所警惕，切不可麻痹大意，否则很可能铸成大错。譬如：

> 庆元元年五月，湖州南门外，一妇人颜色洁白，着皂弓鞋，踽踽独行，呼赁小艇，欲从何山路往易村。既登舟，未几即僵卧，自取苇席蔽其上。舟才一叶，展转謦欬必相闻，而寂然无声。舟人讶焉，举席视之，乃见小乌蛇，可长尺许，凡数千条，蟠绕成聚，惊怛流汗，复覆之。凡行六十里，始抵岸步，扣舷警之。奋而起，则俨然人形，与初来时不少异，腰间取钱二百，偿雇直。舟人不敢受，妇问其故，曰："我适见汝如此，那敢接钱。"笑曰："切莫说与人，我从城内来此行蛇瘟，一个月后却归矣。"徐行入竹林，数步而隐。彼村居人七百家，是夏死者殆半。初，湖、常、秀三州，自春徂夏，疫疠大作，湖州尤甚，独五月少宁，六月复然，当是蛇妇再还也。吁，可畏哉！

沈清臣女嫁闽帅詹元善，老妪来福州说此。

《夷坚支景》卷二《易村妇人》

　　这一篇作品中的精怪以妇人的面目出现，以传播瘟疫来置人于死地，危害很大——它害死的百姓不计其数，让人触目惊心！

　　《夷坚志》中的精怪害人夺命的故事，尚有写鼎精变为无足美妇，被一士人招为婢妾，颇得其家怜爱，居一年士人几为其害死的《夷坚丙志》卷八《无足妇人》；写赵某夫妻收留的一个自称受后母虐待之妇，此妇实为鱼鲛精，竟将赵某害死于溪中的《夷坚甲志》卷十八《赵良臣》；写在阳台驿一带出没的妇人系虎精所变，经常啖食人畜，引起莫大恐慌的《夷坚支景》卷一《阳台虎精》；写蕉精化为绿衣女与馆客陈某狎昵同寝，历百日陈某即憔悴龙钟，抱病而殁的《夷坚支庚》卷六《蕉小娘子》；写赵某妻得疾常啖生肉，与夫别室寝处，三婢皆被其吮血绝命，后化虎而去的《夷坚支乙》卷五《赵不易妻》；等等。

第四节　斗精灭怪故事

　　《夷坚志》中有关斗精灭怪的故事，数量非常多。故事里面叙述的各种斗精灭怪事件，往往由于精怪强奸妇女、入室捣乱、使人致病等，激起世人愤恨，才对其采取措施，进行还击。而世人抗争的结果，或者使妖精被降伏，不再为非作歹；或者将妖精消灭，永绝后患。书中的斗精灭怪故事，以消灭蛇精、虎精、狐精最为常见，譬如：

　　崇仁县农家子妇，颇少艾，因往屋后暴衣不还，求之邻里及其父母家，皆不见，遂诣县告。县为下里正，揭赏搜捕，阅半月弗得。其家在巴山下十里，山绝高峻。樵者负薪归，至半岭，望绝壁岩崖间若皂衣人拥抱妇人坐者，疑此是也，置薪于地，寻磴道攀援而上。稍近，两人俱入穴中。穴深不可测。樵归报厥夫，意为恶子窃负而逃者，时日已夕，不克往。至明，家人率樵至其处侦视，莫敢入。或云："穴深且暗，非人能处，殆妖魅所为，宜委诸巫觋。"闻乐安詹生素善术，亟招致之。詹被发衔刀，禹步作法，先掷布巾入。须臾，青气一道如烟，吹巾出。又脱冠服掷下，亦为气所却，詹不得已，倮身持刀，跃而下。穴广袤如数间屋，盘石如床，妇人仰卧，大蛇缠其身，奋起欲斗。詹挥刀排堕床下，挟妇人相继跃出。妇色黄如栀，瞑目垂死。詹为毒氛熏触，困卧久乃苏，含水噀妇，妇即活。归之，明日始能言。云："初暴衣时，为皂袍人隔篱相诱，不觉与俱行，亦不知登山履危，但在高堂华屋内与共寝处，饥则以物如饧与我食，食已即饱，心常迷蒙，殊不悟其为异类也。"乡人共请詹尽蛇命，詹曰："吾只能禁使勿出，不能杀也。"乃施符穴口镇之，自是亦绝。

《夷坚丁志》卷二十《巴山蛇》

这一篇故事，情节曲折，描述生动，写农夫请巫师搭救其妻，将引诱、奸淫其妻之蛇精镇压在穴中，永不得出。它表明在敢于抗争的世人面前，再凶恶、再狡诈的精怪也会被制服。

《夷坚志》中涉及蛇精、虎精、狐精的斗精灭怪故事，尚有写高某所买美妾乃是野狐精，寒食节强其扫墓，出去后见猎人战栗，被二犬咬死的《夷坚丁志》卷十六《玉真道人》；写白蛇精祸害同州军民，宰相女婿前往请张天师作法，除掉了蛇精及其子孙的《夷坚支戊》卷九《同州白蛇》；写李变被贬居家，与友人一同游柯山，遇见蛇妖而举石头将其击毙，竟化险为夷的《夷坚支癸》卷三《柯山蛇妖》；写一虎精化为靓女与陈某同宿逾月，陈尪悴至极，其孪生兄弟见状乃请法师将虎精击走的《夷坚三志辛》卷九《香屯女子》；写一蛇妖化为风流士与织纱匠妻偷欢，丈夫请巫师作法斫蛇，其妻始得平复的《夷坚三志辛》卷五《程山人女》；写二少女以柴杖、瓦石击二狐精所变红衣妇，并与其父兄一道追逐，使二狐精落荒而逃的《夷坚三志壬》卷六《黄陂红衣妇》；写一道士发现富人周生家里面妖气很重，被请进大厅用雷火劈死新买美妾王千一姐，让其现出白面狐狸原形的《夷坚志补》卷二十二《王千一姐》；写广州书生钱炎被化为美女之蛇精迷惑，危在旦夕，经朋友推荐，立即用正一宫刘法师朱符将蛇精赶走的《夷坚志补》卷二十二《钱炎书生》；等等。

　　《夷坚志》中的斗精灭怪故事，还涉及狗、羊、鼠、狸、猴、蟹、蜘蛛、蛤蟆、杨树、葛根等动植物精怪和土偶、石狮、石磨、铁钻、铜铃、棺板等无生命精怪。譬如：

　　　　金华县郭外三十里间陈秀才，有女，美容质。择婿欲嫁，而为妖祟所迷获，不复知人。其家颇富赡，不惜金币，招迎师巫，以十数道士斋醮符法。凡可以禳治者靡不至，经年弗瘳。其邻张生，亦士人也。夜闻女歌呼笑语，密往窥之，门外一石狮子，高而且大，乃蹑其背而立。女忽怒，言曰："元不干张秀才事，何为苦我。"张生愕然，知必此物为怪，将以明日告陈。而陈氏谓张有道术，清旦，邀致入视。张不言昨夕事，但诵乾元亨利贞。生曰："吾用圣人之经，以临邪孽，如将汤沃残雪耳。"因语陈曰："吾见君家石兽，形模狞恶，此妖所由兴也。宜亟去之。"陈即呼匠凿碎，辇而投诸水，女遂平安。

　　　　　　　　　　　　　　　　　　　《夷坚支庚》卷三《陈秀才女》

　　这一篇故事描述严谨平实，有一定的思想意蕴，它不但揭示出抗争的艰巨性，而且说明动脑筋、重调查对于取得胜利至关紧要。

　　《夷坚志》中的其他斗精灭怪故事，尚有写白鼠精上门诱奸张四妻，张四发现后连忙请混元法师来作法，消灭了白鼠精的《夷坚支乙》卷一《张四妻》；写住持发现寺庙中一个和尚日渐消瘦生病，追根溯源，打碎与其狎昵之乳婢土偶，经过调理，便恢复健康的《夷坚甲志》卷十七《土偶胎》；写每天晚上都有妖怪从地下跳出来骚扰乐桥一民妇，其丈夫掘地二尺，挖出一只铜铃，当即击碎，民妇从此平安的《夷坚丙志》卷十《乐桥妖》；写村民李某醉归时缚住强坐鞍桥之棺板精，到家后将其劈碎火焚的《夷坚丁志》卷十三《周三郎》；写黄狗怪让乡女未婚而孕，黑狗怪将种田少妇带到山中淫乐，后来均被打杀的《夷坚丁志》卷二十《二狗怪》；写一朱衣怪常出没于王家新屋，请来狗屠追杀之，将地下枯蟹砸碎投水，遂得安处的《夷坚支甲》卷二《王德柔枯蟹》；写一狸妖常抛瓦石击坏酒楼罂瓮，主酒务小吏擒杀之遂得安宁的《夷坚支甲》卷三《段祥酒楼》；写徐某行天心法替人捉鬼怪，使被铁钻精附体之张翁女儿获救的《夷坚支乙》卷九《徐十三官人》；写漳州一壮士不畏妖孽，将到其家作祟之二青蟆精杀而烹食之，妖怪乃绝的《夷坚三志壬》卷四《漳士食蛊蟆》；写夏夜石磨精常以大头、无肢体手足之怪异模样现身于刘某庭院，令其家人惊骇，后掘地磨碎，精怪乃绝的《夷坚支甲》卷四《刘十二》；等等。

第三章　鬼魂故事

　　《夷坚志》中的鬼魂故事，超过书中的神异故事和精怪故事，在此书幻想故事中最为耀眼。这一类故事涉及面甚广，内容相当多，主要有人鬼恋情、人鬼亲情、人鬼友情、还阳再生、鬼魂复仇、鬼魅为祟、斗鬼驱鬼等几个门类。在这些故事里面，鬼有善恶之分，其行为亦有善恶之分。不过书中的鬼魂，以积德行善的善鬼居多。惩恶扬善是《夷坚志》中的鬼魂故事的主调。

第一节　人鬼恋情、亲情和友情故事

　　《夷坚志》中的此类故事，从恋情、亲情与友情三个视角来表现人鬼之间的各种情愫，曲折地描述了这个时期世人感情生活的几个重要方面，表现世人对各种感情生活的追求和期盼。

一、人鬼恋情故事

　　《夷坚志》中有关人鬼恋情的故事，以描述青年男女之间跨越生死界限的执着的情爱为核心内容。人鬼恋情的主人公，大多为女鬼。她们有着各种不同的身份，诸如县尉亡妻、通判亡女、郡倅亡女、令长亡妇、知县亡女、太守妾亡灵、产妇亡灵、缢妇鬼魂、娼女鬼魂、少婢亡灵……而与女鬼相恋的对象，亦有多种不同身份，诸如士人、官吏、官吏之子、武将、僧人、商贩、银匠、画工……而以士人较为常见。此类故事的结局，有喜剧，有悲剧，而以悲剧结局为多，无疑是当时的现实的一种反映。此类故事有不少思想内容和艺术魅力都居上的佳作，富有感染力，为这个时期的鬼魂故事增色不少。以悲情结局的人鬼恋情故事，譬如：

乾道中，江西某官人赴调都下，因游西湖，独行疲倦，小憩道傍民家。望双鬟女子在内，明艳动人，寓目不少置，女亦流眄寄情，士眷眷若失。自是时时一往，女必出相接，笑语绸缪，挑以微词，殊无羞拒意，然冀顷刻之欢不可得。既注官言归，往告别，女乘间私语曰："自与君相识，彼此倾心，将从君西，度父母必不许，奔而骋志，又我不忍为，使人晓夕劳于寤寐，如之何则可？"士求之于父母，啖以重币，果峻却焉。到家之后，不复相闻知。又五年再赴调，亟寻旧游，茫无所睹矣。怅然空还，忽遇之于半涂，虽年貌加长，而容态益媚秀。即呼揖问讯，女曰："隔阔滋久，君已忘之耶？"士喜甚，扣其徙舍之由，女曰："我久适人，所居在城中某巷。吾夫坐库务事，暂系府狱，故出而祈援，不自意值故人，能过我啜茶否？"士欣然并行。二里许，过士旅馆，指示之，女约就彼从容，遂与之狎。士馆僻在一处，无他客同邸。女曰："此处可栖泊，无庸至吾家。"乃携手入其室。留半岁，女不复顾家，亦间出外，略无分毫求索，士亦不忆其有夫，未尝问。将还，议挟以偕逝，始敛衽颦蹙曰："自向来君去后，不能胜忆念之苦，厌厌感疾，甫期年而亡。今之此身，盖非人也，以宿生缘契，幽魂相从，欢期有尽，终天无再合之欢，无由可陪后乘，虑见疑讶，故详言之。但阴气侵君已深，势当暴泻，惟宜服平胃散以补安精血。"士闻语惊惋良久，乃云："我曾看《夷坚志》，见孙九鼎遇鬼亦服此药。吾思之，药味皆平平，何得功效如是？"女曰："其中用苍术去邪气，上品也，第如吾言。"既而泣下。是夜同寝如常，将旦，恸哭而别。暴下服药，一切用其戒。后每为人说，尚凄怅不已。予族侄圭子锡知其事。

《夷坚支甲》卷六《西湖女子》

这一篇描述人鬼恋情的故事，以永诀告终，而且双方用情均至深至厚，十分感人，让读者、听众过目不忘，心绪久久难以平静。

《夷坚志》中此类悲剧结局的人鬼恋情故事，尚有写童银匠为张舍人打银时，一自缢少妇亡灵前来与童共饮同寝达月余，当其暴露身份后立即现身而灭的《夷坚乙志》卷二十《童银匠》；写一女鬼与某僧私相欢好，久而使某僧病笃，后被土地神赶走的《夷坚乙志》卷十八《天宁行者》；写画工黄生旅居时与主家缢妇鬼恋，留连半年病重乃还乡，女鬼悔悟不再追逐的《夷坚丁志》卷二十《郭岩妻》；写某寺主僧慕悦高氏妇画像，其亡灵竟前来与僧共寝处，半月后缘尽遂绝的《夷坚三志辛》卷九《高氏影堂》；写钱生游学时与自称"张相公夫人"之女鬼相处多日，后被惊散，竟卧于古冢之中的《夷坚支甲》卷一《张相公夫人》；写士人某与知县女亡灵结亲并生一子，后访女墓，女挟儿径出走绝迹的《夷坚支丁》卷六《南陵仙隐客》；等等。

《夷坚志》中的人鬼恋情故事，亦有不是悲剧结局的作品，其内容各不相同，读来大多饶有兴味。譬如：

> 余干乡民张客，因行贩入邑，寓旅舍，梦妇人鲜衣华饰求荐寝。迨梦觉，宛然在旁，到明始辞去。次夕方阖户，灯犹未灭，又立于前，复共卧，自述所从来曰："我邻家子也，无多言。"经旬日，张意颇忽忽。主人疑焉，告曰："此地昔有缢死者，得非为所惑否？"张秘不肯言。须其来，具以问之，略无羞讳色，曰："是也。"张与之狎，弗畏惧。委曲扣其实，曰："我故倡女，与客杨生素厚。杨取我资货二百千，约以礼昏我，而三年不结盟。我悒悒成瘵疾，求生不能，家人渐见厌，不胜愤，投缳而死。家持所居售人，今为邸店，此室实吾故栖，尚眷恋不忍舍。杨客与尔同乡人，亦识之否？"张曰："识之。闻移饶州市门，娶妻开邸，生事绝如意。"妇人嗟唶良久，曰："我当以始终托子，忆埋白金五十两于床下，人莫之知，可取以助费。"张发地得金，如言不诬。妇人自是正昼亦出，他日，低语曰："久留此无益，幸能挈我归乎？"张曰："诺。"令书一牌，曰"廿二娘位"，缄于箧，遇所至，启缄微呼，便出相见。张悉从之，结束告去。邸人谓张鬼气已深，必殒于道路，张殊不以为疑。日日经行，无不共处。既到家，徐于壁间开位牌。妻谓其所事神，方瞻仰次，妇人遂出。妻诘夫曰："彼何人斯？勿盗良家子累我。"张尽以实对。妻贪所得，亦

不问。同室凡五日，又求往州中督债，张许之。达城南，正度江，妇人出曰："甚愧谢尔，奈相从不久何?"张泣下，莫晓所云。入城门，亦如常。及就店，呼之再三不可见。乃亟访杨客居，则荒扰殊甚。邻人曰："杨元无疾，适七窍流血而死。"张骇怖遽归，竟无复遇。临川吴彦周旧就馆于张乡里，能谈其异，但未暇质究也。

《夷坚丁志》卷十五《张客奇遇》

这一篇故事，并不是以悲剧收尾。它描写故事主角张某因爱而与亡女相互信任，亡女委张以重托，张最终得以帮助心上人报仇雪恨。故事里面充满温馨，显示出爱情的力量，无不给人留下难忘的印象。

《夷坚志》中此类并非悲剧收尾的人鬼恋情故事，尚有写一鬼仙与主簿表弟齐生相好逾年，别后齐生战死，鬼仙又多次帮助主簿一家的《夷坚甲志》卷十二《缙云鬼仙》；写胡生与前通判亡女相爱而共寝处，为其父母发现后设法使此女永留人间，乃配为佳偶的《夷坚乙志》卷九《胡氏子》；等等。

二、人鬼亲情故事

《夷坚志》中有关人鬼亲情的故事，内容涉及家庭生活的许多方面，而以鬼魂育儿护子、夫妻情分、关心家事较为常见。在此类故事中以亲人出现的鬼魂，计有亡妻、亡妾、亡夫、亡父、亡母、亡故亲翁等，以女性亡灵居多。此类故事，通过亡灵的言谈举止真切地表达世人对于至亲骨肉的一片深情，令人感到无比温存，有的作品甚至催人泪下。譬如：

宣城经戚方之乱，郡守刘龙图被害，郡人为立祠。城中蹀血之余，往往多丘墟。民家妇任娠未产而死，瘗庙后，庙旁人家或夜见草间灯火及闻儿啼，久之，近街饼店常有妇人抱婴儿来买饼，无日不然，不知何人也，颇疑焉。尝伺其去，蹑以行，至庙左而没。他日再至，留与语，密施红线缀其裾，复随而往。妇觉有追者，遗其子而隐，独红线在草间冢上。因收此儿归，访得其夫家，告之故，共发冢验视，妇人容体如生，孕已空矣，举而火化之。自育其子，闻至今犹存。《荆山编》亦有一事，小异。

《夷坚丁志》卷二《宣城死妇》

这一篇故事，描写未产而亡的妇人鬼魂，常抱婴儿到近街买饼，被人觉察而追之，她不得不扔下婴儿而隐没，骨肉之情跃然纸上，读来感人至深。

《夷坚志》里面的此类故事比较多，尚有写乡人蒋保夜归至水滨时，一白衣鬼邀其同浴，蒋保亡母赶来制止，立即将其背至对岸，以免被鬼害死的《夷坚甲志》卷四《蒋保亡母》；写某人亡灵现身，告诫其妻改嫁之后夫不得虐待三个儿子的《夷坚支戊》卷一《筹洋村鬼》；写亡母至贡院向阅卷官求情而使其子上榜，其子为官后得以将双亲灵柩送归故里的《夷坚支癸》卷二《杨教授母》；写饶州李大哥死后不久，其亡灵还跑回家去为重病女儿请医生，将其治愈的《夷坚支癸》卷八《李大哥》；写未产而殁之妇常现身买饼，其夫知而开坟，将坐在亡妇足上食饼之婴儿抱回家抚育的《夷坚志补》卷二十一《鬼太保》；等等。

另外，《夷坚志》中尚有以表现夫妻情分和关心家事为内容的人鬼亲情故事，例如写丈夫续弦时，亡妻返家盘问，求得谅解并相约十年后再会的《夷坚甲志》卷十六《郑畯妻》；写一亡妻幽魂每夕归家与丈夫共寝，并欲带走小儿，举家争夺方能留下的《夷坚甲志》卷十九《陈王献子妇》；写亡妻鬼魂回家与李山甫聚会，同床共枕，当李山甫再娶时，亡妻鬼魂又来请求后妻善待自己孩子的《夷坚支庚》卷八《李山甫妻》；写某文士省亲投宿时与亡妻重逢，甚为缠绵，住十日不忍别离，竟怏怏病故的《夷坚三志己》卷三《睢佑卿妻》；写甘氏出门寻夫，竟沦落风尘而殁，其夫病愈归家时遇甘氏亡魂，不胜感慨的《夷坚三志壬》卷十《邹九妻甘氏》；写黄秀才妻子郑氏去世后，附体于一个婢女，其言谈举止均似郑氏，与黄秀才一起生活，料理家事，人称"鬼小娘"的《夷坚志补》卷十六《鬼小娘》；等等。

三、人鬼友情故事

《夷坚志》中有关人鬼友情的故事，涉及人鬼之间友善示好、救助帮衬、怀旧念故等，大都内容健康，以弘扬中华民族的传统美德为题旨，对于净化世人生存空间、改善人际关系、促进社会发展颇有裨益。这类故事里面与世人友善的亡魂，有男性亦有女性，身份各异，代表着形形色色的社会成员，借以反映出各个社会层面的生活，甚为有趣。

《夷坚志》中以友善示好为内容的人鬼友情故事，作品颇多，具有代表性的作品如：

> 姜七家对面有空屋一所，相传鬼魅占处，无人敢居。姜赁为客房，以停贮车乘器仗。常见一女子，晓夕循绕往来，客浸米在盆，则为淘洗；炊火造饭，则为置薪。饭毕，又为涤器收拾。问其何人，不肯言，终日未尝发声。一客乘醉，悦其盛年白皙，欲拥抱之。微笑而不答。值夜，亦前后行游，或推户入客舍，及出，则掩之。未尝与人作祸。程三客者，古田人，平昔食素，持秽迹咒有功。目睹其事，谓他人曰："安有鬼物公然出现而得宁贴者？我当去之。"乃潜结法印诵咒。女敛袂侍立，听至百遍，拊掌大笑而退。父老云："此女祟出没今二三十年，屡经术士法师摄治，只是大笑暂隐，不过百日，依然如初云。"
>
> 《夷坚三志己》卷二《姜店女鬼》

这一篇故事比较生活化。故事主人公为女鬼，与人为善，时时以实际行动帮助世人，而不加害于人，其形象颇为可爱。

《夷坚志》中的人鬼友情故事，尚有写卜六因偷盗母物被逐出，于荒野遇年轻女鬼赠以三缣，让他卖钱还母的《夷坚三志己》卷二《许家女郎》；写一自缢小童亡魂在山寺作祟，常常偷酒食赠予借宿之闽僧，闽僧乃劝其为善的《夷坚志补》卷十六《处州山寺》；等等。

《夷坚志》中以救助帮衬为内容的人鬼友情故事，作品也比较多，具有代表性的如：

> 饶州景德镇湖田市，乃烧造陶器处也。有宋二者，以淳熙十六年十月建水陆道场。民董生，操舟在河下，出观阇黎摄召，见两鬼立于岸，共说张婆家女子因吃糍糕被噎而死，气尚未断，可去救他性命。

其一曰："谁向前?"一曰："只我两个同去。"张婆者,与宋二邻居,女名婆儿,噎死未久,须明日殓送。方守尸悲哭,忽闻击户声,问为谁,曰："我是河里住人陈曾二也。"张曰："何故以深夜相过?"曰:"知道婆儿不幸,但扶策起坐,将笞帚拍打背三下,糕便落腹,可活矣!"张谢曰:"荷尔教我。"乃启门,欲邀入饮以酒,了无所见。试用其法,不食顷,女腹如雷鸣,即时安好。迨晓,寻访陈曾二,盖七年前溺河而死者。鬼未受生,犹恻隐存心如是。张婆乃命僧为荐拔之。

《夷坚志补》卷十七《湖田陈曾二》

这一篇表现人鬼友情的故事,主要突出救助的题旨,作品中的鬼魂具有恻隐之心,尽管自己尚未托生,却主动撞上门去挽救一个少女的性命,实在难能可贵,令人感佩。

《夷坚志》中此类人鬼友情的故事,尚有写朱某乳母客死异乡,托梦请朱某内弟往僧庵出枢火化,将其骨灰送回故里安埋的《夷坚丙志》卷十一《朱氏乳媪》;写蜀州录事参军某将一被活埋小妾之枯骨重新装殓入葬,次日其鬼魂特来鸣谢的《夷坚乙志》卷二十《蜀州女子》;等等。

《夷坚志》中以怀旧念故为内容的人鬼友情故事,作品较少,具有代表性的作品如:

明州医者俞正臣说:其乡里士人王某,当科举之岁,欲往山间习业。得证果寺,绝幽邃,无车马喧。遂谒僧,假一室寓止。寺仅有僧行三四辈,尝尽往十里外民家诵经殓死。王独处,迫夜半,灭灯将就寝,闻人叩户,即延入,盖旧友也。王见其来,甚喜曰:"正尔孤寝,而逢故人,可谓幸会。恨寺众皆出,无由炷灯煮茶,殊失主礼。"客谢曰:"不必尔。吾自不合冒夜行,无处托宿,能见容足矣。"王留之同榻。剧谈良久,微笑而言曰:"有一事不免以实告,幸勿怖。"问:"何为?"曰:"我死已历年。今夕之来,愿有所托。"王骇曰:"如是,则我乃与鬼语,那得为便!"曰:"无伤也。吾非为怪惑,但有祷于君。吾亡后,妻即改嫁。稚子懦弱,殆无以食。吾生时积馆舍所赢白金二百两,埋于屋下某处,愿为语吾儿,发取以治生。切勿令故妻知。冥漠之中，当思所报。"遂长揖而别。王方幸其去，而暗中隐隐见其人固在床，展转不敢寐。俄天明，亟趋出，值寺僧及丧家人至，云："夜来十念毕，举尸欲殓，只空衾在地，遍处寻索弗得。"王引入室，视床上人，乃新死者也。王惴恐未已，急徙归。而访友家，呼其子，果如言得银。予顷闻张定叟说嵊县山庵事略相类，岂非传者误其郡邑乎？然其末绝不同，姑复书之，以广异述。

《夷坚支丁》卷六《证果寺习业》

这一篇表现人鬼友情的故事，感情十分真挚。亡友信赖故人而有所托请，故人不辜负亡友的信赖，及时实现其意愿让人也感到欣慰。它很会营造鬼故事的氛围，在具有几分神秘感和恐怖气息的描述中，揭示出两位老友之间至深至厚的情谊，而不受阴阳有别的影响。

《夷坚志》中的此类人鬼友情的故事，尚有写张某乡友病死于外地，梦其前来作别，醒后遂将其火化并安葬的《夷坚甲志》卷十一《张端慤亡友》；写范某偶遇亡故数年之两老友，请喝酒时店家只见范某向空中拱揖，并不知二客所在的《夷坚三志壬》卷五《范十五遇鬼》；等等。

不难看出，《夷坚志》中的人鬼恋情、亲情、友情故事，皆围绕"情"字生成故事情节，然而重点各不相同：人鬼恋情故事，在跨越生死界限的青年男女之间展开，其情感具有明显的私密性和排他性；人鬼亲情故事，在跨越生死界限的夫妻、父子、母子、婆媳、祖孙、翁婿之间展开，既有二人的，亦有多人的，关系有别于恋人，在一个较为富有变化的空间展示亲情；人鬼友情故事，在跨越生死界限的朋友之间展开，着力称颂友谊，涉及的社会生活面更为广阔，人物身份更加多种多样。

第二节　鬼魂再生与鬼魂复仇故事

一、鬼魂再生故事

《夷坚志》中有关鬼魂再生的故事，包含误捉放还、增寿还阳、诵经再生等内容，以扬善惩恶为题旨，较为生动地表现了世人的善恶观念、感情倾向。尽管其中的不少作品，均带有一些迷信色彩和宗教说教意味，但在当时仍然具有一定的教育意义，对于社会进步不无裨益。

在此类鬼魂再生故事中，涉及误捉放还内容的作品最多，包括业已误捉和即将误捉的故事在内。此类故事，通过误捉放还，曲折地反映当时的某些社会生活状况和人们的感情愿望。其中有一些作品颇为耐人寻味。譬如，《夷坚甲志》卷十三《黄十一娘》：

> 福州侯官县黄秀才女十一娘，立帘下观人往来。一急足直入曰："官追汝。"女还房，即苦心痛死。经日复生，曰："追者与我俱行数十里，忽有恐色，曰：'吾所追乃王十一娘，误唤汝。今见大王，但称是王氏，若实言，当捶杀汝。'我强应之。至官府，见三人鼎足而坐。中坐者乃我父也，望我来，即凭轩问曰：'汝何为来此？'曰：'正在帘内，为人追至。及中途，则言当追王十一娘而误追我，戒我不得言。'父还坐，谓东向者曰：'所追王氏，今误矣。'曰：'公何以知之？'曰：'此吾女也。'东向者即命吏阅簿，顾曰：'果误矣。'又笑曰：'王法无亲，今日却有亲。'皆大笑，乃放我还。"（郑彦和知刚说）

这一篇故事，讲述一个因我国东南一带"王""黄"同音而引起的误捉故事。那个鬼卒因为惧怕受罚，便将错就错，胁迫受害人谎称王氏，甚为卑劣。所幸受害人的亡父在阴府审案，乃得将其放还。而人世间不知有多少冤假错案，因无幸遇，竟永无平反之日，岂不令人叹惋！

《夷坚志》中的误捉放还的故事，尚有写郑某因同名误捉放还，在阴间曾见各种为恶者受罪，还阳后越发积德行善的《夷坚甲志》卷四《郑邻再生》；写地府以害死五子罪捉走王氏，当知有误时立即放还，而捉走害死五子妇的《夷坚乙志》卷十六《云溪王氏妇》；写鄱阳县太阳步王氏妇死而复苏，原来她到了阴间，亡母带她去上告，因其孝奉翁姑，而且冥数未尽，于是放还的《夷坚支戊》卷四《太阳步王氏妇》；写赵某妻重病，梦二童子来告其将死，遂摒去粥药，后又梦二童来称有误，乃得安愈的

《夷坚支癸》卷七《赵彦珍妻》；写俞某暴病昏迷，忽然醒悟，称其被鬼卒捉走后发现有误，及时放还的《夷坚三志己》卷七《节性俞斋长》；写饶州杨廿一被误捉到阴间受审，冥王发现有错，立刻将他放回的《夷坚三志壬》卷九《杨廿一入冥》；等等。

在《夷坚志》的鬼魂再生故事中，还有其他各种内容的作品，如行孝增寿还阳、积善增寿还阳、诵经增寿还阳等，比如：写彭、周、李异姓三兄弟同时亡故，彭某因平日扶危济困、积德行善而增寿二纪还阳的《夷坚三志壬》卷十《彭六还魂》；写钱某被捉至地府审案，审毕经苦苦哀求方得放还阳世的《夷坚乙志》卷十七《钱瑞反魂》；写耿氏所买侍婢实为他人亡妻，因还阳出走而被贩卖，竟引出官司的《夷坚丙志》卷八《耿愚侍婢》；写陈通判长女被已故祖父嫁与漳州大庙大王为妾，乃气息奄奄，家人请道士持法招之，始得送回复苏的《夷坚丁志》卷五《陈通判女》；写竹青库孙监酒六月得病，至九月而死，过半天复苏，起身到各家各户查看，但凡酿酒质量不佳者均得到治理，回家饱餐一顿后又死去的《夷坚支庚》卷三《孙监酒再生》；写张家一婢自缢后，主家求神乃得复苏，自言为紫衣、绿衣二神搭救的《夷坚志三补·张婢神像》；等等。

二、鬼魂复仇故事

《夷坚志》中有关鬼魂复仇的故事，作品数量非常多，远超过其他鬼魂故事。其内容相当丰富，描述被害丧命冤魂向赃官、污吏、盗匪、凶徒、放高利贷者、诬告者、淫僧、恶妇等讨还命债，以报其滥杀无辜、诬告夺命、畏罪灭口、图财害命、霸产谋杀、逼债杀人、被虐致死的各式各样的冤仇。其中大多为社会纷争，也涉及家庭矛盾，从各种不同的角度揭发官府、豪门的罪恶，暴露社会的阴暗面，表达出世人的不满和愤慨，大都具有较强的思想价值和社会意义，在宋代的鬼魂故事中非常突出。

描述冤魂报滥杀无辜仇恨的故事，譬如：

> 福州福清人李元礼，绍兴二十六年为漳州龙溪主簿，摄尉事，获强盗六人。在法，七人则应改京秩。李命弓手冥搜一民以充数，皆以赃满论死。李得承务郎，财受告，便见冤死者立于前，悒悒不乐。方

调官临安，同邸者扣其故，颇自言如此。丞注泉州同安县以归，束担出城，鬼随之不置。仅行十里，宿龙山邸中，是夜暴卒。

《夷坚丁志》卷二《李元礼》

这一篇故事的发生地在福建，其中草菅人命、滥杀无辜的乃是掌管一县逐捕盗贼、维持治安的县尉（系由主簿兼任县尉），他官位不高，却可以置人于死地。此人将一个平民充当强盗拿去送死，为了一己私利而故意制造冤案。最后冤死者前来索命，让这个家伙暴死，终于遭到了报应。

《夷坚志》中的这类冤魂报滥杀无辜仇恨的故事，尚有写李某为吏凶横，雪夜酗酒击杀平民，三年后冤魂前来索命，竟惊惧而死的《夷坚甲志》卷三《李辛偿冤》；写户部侍郎蔡某主事郓州时枉杀五百降盗，后被夺命在地府受刑的《夷坚乙志》卷六《蔡侍郎》；写通判祖某因疑虑而妄杀一无辜者，后乘船回家时得报，受惊暴亡的《夷坚乙志》卷二十《祖寺丞》；写王某在剑南州滥杀无辜，使一家四口被戮，后冤鬼前来诉冤，向其索命的《夷坚丁志》卷二《孙士道》；写恶棍杨五将郡吏方某打伤致死，方向阎王告状后与二鬼一道捉杨五归案的《夷坚支甲》卷三《方禹冤》；等等。

描述冤魂报诬告夺命仇恨的故事，譬如：

建昌南城近郭南原村民宁六，素蠢朴，一意农圃。其弟妇游氏，在侪辈中稍腴泽，悍戾淫洗，与并舍少年奸。宁每侧目唾骂，无如之何。游尝攘鸡欲烹，宁知之，入其房搜索，得鸡以出。游遽以刀自伤手，走至邻舍大呼曰："伯以吾夫不在家，持只鸡为饵，强胁污我。我不肯从，怀刀欲杀，幸而得免。"宁适无妻，邻人以为然，执诣里正赴县狱。狱吏审其情实，需钱十千，将为作道地。宁贫而啬，且自恃理直，坚不许。吏傅会成案，上于军守戴颐，不能察，且谓闾阎匹妇而能守义保身，不受陵逼，录事参军赵师景又迎合颐意，锻炼成狱奏之。宁坐死，而赐游氏钱十万，令长吏岁时存问，以旌其节，由是有节妇之称。郡人尽知宁冤，而愤游氏之滥。竟以与比近林田寺僧通，为人所告，受杖，未几抱疾，见宁为祟，遂死。时淳熙四年六月也。其后颐为提点刑狱延玺劾罢，赵赃败去官，军县推吏，一死一黜，皆相去年岁间耳。

《夷坚支甲》卷五《游节妇》

这一篇作品的诬告者和被诬者均为村民，而且经过官府审问，造成恶劣影响，诬告者最终得到了报应。故事里面的审案官吏昏聩而且谄上，因而制造出双料冤假错案，不但处死被诬者，而且把淫乱的诬告者封为"节妇"，非常具有讽刺意味。

《夷坚志》中的这类冤魂报诬告夺命仇恨的故事，尚有写二秀才因诬告抗金家族而当上县令与县丞，后为众冤鬼追杀，皆发病死的《夷坚支甲》卷一《宿迁诸尹》；写一被诬老兵冤死后诉于东岳行宫，使诬告者冯某及其女婿先后病殁得报的《夷坚支丁》卷七《冯资州婿》；等等。

描述冤魂报畏罪灭口仇恨的故事，譬如：

福州人王纯，字良肱，以通直郎知建州崇安县。方治事，食炊饼未终，急还家，即仆地死。死之二日，众僧在堂梵呗，王家小婢忽张目叱僧曰："皆出去，吾欲有所言。"举止语音与良肱无异。遂据榻坐，遣小史招丞簿尉。丞簿尉至，录事吏亦来。婢色震怒，命左右擒吏下，杖之百，语邑官曰："杀我者，此人也。吾力可杀之，为其近怪，故以属公等。吾未死前数日，得其一罪甚著，吾面数之曰：'必穷治汝！'其人忿且惧，遂赂庖人置毒。前日食饼半即觉之，苍黄归舍，欲与妻子语，未及而绝。幸启棺视之，可知也。"丞以下皆泣，呼匠发之，举体皆溃烂为黑汁。始诘问吏，吏顿首辞服，并庖人皆送府。府以其无主名，不欲正刑，密毙之于狱。邑中今为立庙，曰王通直祠云。（王嘉叟说）

《夷坚乙志》卷三《王通直祠》

信州吏人张显祖，为狱院推级。鞫大辟罪，囚家富，赂以千缗，使方便脱免。会理掾廉明不可罔。张贪厚贿，既不肯舍，且虑其复索取，阴谕狱卒毙之，而告其家曰："案卷已尽翻换，无奈暴亡。"因家

205

置不问。张用所获，委甥侄经营贩易，所向称遂。于是谢吏役，益治生，浸成富室，惟恨无子。忽生男，少而俊慧，才十岁，能作举子三场文，称为神童。十八登科甲，父母视如掌上珠。意之所欲，悉听之，无论所费。后二年，赴调注泉州教授，在都城留恋声色，又饱酒无算，极其花柳博塞之娱。荡析家资，十亡七八。临之官，得羸疾，困卧半载，医疗祷祝，囊橐一空。迨兵及门而卒。父母痛割，祈死不能。既殓三日，揭帛拊其面，则形容一变，乃为昔日所杀之囚。张感悟前过，不复追忆，但郁结无生意。未及累月，与妻相继下世，一门遂绝。

《夷坚支癸》卷三《张显祖治狱》

《夷坚志》中的此类故事，大多与官府和审案有关系，揭露性很强。这两篇故事里面的杀人灭口者均系县衙里面的小官吏——前一篇故事为县衙中掌管文簿的属吏录事吏，后一篇故事为县衙中掌管刑狱的属吏狱院推级；而被害人则各不相同——前一篇故事为掌握凶犯重要罪行将要进行惩处的县令（其人以通直散骑侍郎身份出任县令），后一篇故事为以重赂请求凶犯为其脱死罪的富囚。结果，受害者皆冤死，冤魂显灵而使杀人者受到惩处，下场十分可悲。

《夷坚志》中的此类冤魂的报畏罪灭口仇恨的故事，尚有写一寡妇与僧人宣淫，事泄乃将婆母与二婢害死，后罹疾惊呼"婆母、二婢笞我"而亡的《夷坚甲志》卷五《刘氏冤报》；写杨某子私卖送京珍宝，杨某逼死艄工，艄工亡魂向东岳帝诉冤使杨某得报丧命的《夷坚甲志》卷十八《杨靖偿冤》；等等。

描述冤魂报巧取豪夺仇恨的故事，譬如：

泸州合江县赵市村民毛烈，以不义起富。他人有善田宅，辄百计谋之，必得乃已。昌州人陈祈，与烈善。祈有弟三人，皆少，虑弟壮而析其产也，则悉举田质于烈，累钱数千缗。其母死，但以见田分为四。于是载钱诣毛氏，赎所质。烈受钱，有干没心，约以他日取券，祈曰："得一纸书为证，足矣。"烈曰："君与我待是耶？"祈信之。后数日往，则烈避不出，祈讼于县。县吏受烈贿，曰："官用文书耳，安得交易钱数千缗而无券者？吾且言之令。"令决狱，果如吏旨。祈以诬罔受杖，诉于州、于转运使，皆不得直。乃具牲酒诅于社。梦与神遇，告之曰："此非吾所能办，盍往祷东狱行宫，当如汝请。"既至殿上，于幡帷蔽映之中，屑然若有言曰："夜间来。"祈急趋出。迨夜，复入拜谒，置状于几上，又闻有语曰："出去。"遂退。时绍兴四年四月二十日也。如是三日，烈在门内，黄衣人直入，捽其胸殴之，奔进得脱，至家死。又三日，牙侩一僧死，一奴为左者亦死。最后，祈亦死。少焉复苏，谓家人曰："吾往对毛张大事，善守我七日至十日，勿殓也。"祈入阴府，追者引烈及僧参对，烈犹以无偿钱券为解。狱吏指其心曰："所凭唯此耳，安用券？"取业镜照之，睹烈夫妇并坐受祈钱状。曰："信矣。"引入大庭下，兵卫甚盛。其上衮冕人，怒叱吏械烈。烈惧，乃首服。主者又曰："县令听决不直，已黜官。若干吏受赇者，尽火其居，仍削寿之半。"

烈遂赴狱，且行，泣谓祈曰："吾还无日，为语吾妻，多作佛果救我。君元券在某楝中。又吾平生以诈得人田，凡十有三契，皆在室中钱积下，幸呼十三家人并偿之，以减罪。"主者又命引僧前，僧曰："但见初质田时事，他不预知也。"与祈俱得释。既出，经聚落屋室，大抵皆图圄。送者指曰："此治杀降者、不孝者、巫祝淫祠者、谤讪佛事者，其类甚众。自周秦以来，贵贱华夷悉治，不择也。"又谓祈曰："子来七日矣，可急归。"遂抵其家而寤。

遣子视县吏，则其庐焚矣。视其僧，茶毗①已三日。往毛氏述其事，其子如父言，取券还之。是夕，僧来击毛氏门，骂曰："我坐汝父之故被逮，得还，而身已焚。将何以处我？"毛氏曰："业已至此，惟有为□作佛事耳。"僧曰："我未合死，鬼录所不受，又不可为人，虽得冥福，无用也。俟此世数尽，方别受生，今只守尔门，不可去矣。"自是，每夕必至。久之，其声渐远，曰："以尔作福，我稍退舍，然终无生理也。"后数年，毛氏衰替始已。（杜起莘说，时刘夷叔

---

①　茶毗：巴利文音译，意为"焚烧"。僧人死后火葬称为"茶毗"。

居泸，为作传）

《夷坚甲志》卷十九《毛烈阴狱》

　　焦务本，陈州人名田足谷，而于闾里间，放博取利，积之滋多，渔夺人子女，或遭苦胁至死，皆怨之刻骨。乾道初，帅仆隶货金帛于颍昌，道由万寿。日将暮，欲访佳邸店寓止，得一新旅舍，问其人曰："我屡经过，未有此店，今是谁家产业？"曰："颍昌赵参政府所建，方月余尔。"焦喜而就宿，主人置馔，又置酒，为礼勤笃。至秉烛，复出男女婢仆数十人，列于前。焦举目顾盼，大抵相识。俄合词噪骂曰："汝寻常在乡里赊贷，以米粟麻麦，重纽价钱。用势凌逼，使我辈挤陷死地，冤痛莫伸，投诉泉下，聚集于斯以伺汝。缘汝寿限尚有一年，直俟命终，追赴阴府，今日聊纾愤怀。"于是群行殴击，手足伤折不能起。诸仆亦遭棰打，所载之物，荡无孑遗。向之屋室俱不见，但丘墟莽莽而已。呻吟彻晓，路人为雇牛车载以归，明岁果卒。

《夷坚三志己》卷三《颍昌赵参政店》

　　这两篇故事，一篇写报以欺诈手段霸占田产之仇，一篇写报放高利贷逼死人之仇，它们都有不少值得关注之处。前一篇故事，以较为细致的手法描述尘世间官场腐败，办案不公，使怙恶者逍遥法外，含冤者只好寄希望于冥府；东狱行宫主官不但令欺诈者服罪，而且惩处了赃官，让人感慨系之。值得提及的是，前一篇故事里面的冥府审案时作为凭证的"业镜"，从中可以"睹（毛）烈夫妇并坐受（陈）祈钱状"，与今天录像有几分相似，足见古人的想象力非同寻常。后一篇故事，描述的是遭苦胁至死者冤魂的复仇行动，构思巧妙，很有想象力和感染力，同样也是此类故事中的一篇佳作。

　　《夷坚志》中的此类冤魂的报巧取豪夺仇恨的故事，有写丁某霸占亲家陆某财产，陆某气死后与丁对质，其人仍不认账，竟让其人仆地而毙的《夷坚支庚》卷一《丁陆两姻家》等。

　　除了上述内容外，《夷坚志》中的鬼魂复仇故事还有报图财害命仇恨、报虐待丧命仇恨、报嫌隙致死仇恨的作品。报图财害命仇恨的故事，譬如写盐商方客被劫遇害后，其鬼魂返家让妻子告官府，将一伙杀人越货匪徒绳之以法的《夷坚甲志》卷四《方客遇盗》；写冤魂化为苍蝇引导其儿子发现父亲尸体，让谋财害命店家夫妇伏诛的《夷坚乙志》卷三《浦城道店蝇》。报虐待丧命仇恨的故事，譬如写赵氏性惨酷，将小妾馨奴杀死，并分尸而埋，馨奴投诉岳帝，亲往其家找赵氏复仇的《夷坚三志己》卷六《赵氏馨奴》；写张某派人杀死通奸事败之仆婢于发配途中，二人冤魂复仇，使张某得疾暴卒的《夷坚支庚》卷三《张通判》。报嫌隙致死仇恨的故事，譬如写通判贾某被与其不和之知州赵某毒死后，到阴府告状，让赵某生病而亡的《夷坚乙志》卷十九《贾成之》；等等。

《夷坚志》中的鬼魂复仇故事，亦有倡导罪孽深重者悔过认错，采取必要的方式进行补救，从而化解仇恨、求得宽恕，以免冤冤相报、无穷无尽。试看《夷坚丙志》卷七《安氏冤》：

> 京师安氏女，嫁李维能观察之子，为崇所凭，呼道士治之，乃白马大王庙中小鬼也。用驱邪院法结正斩其首，安氏遂苏。越旬日复作，又治之。崇凭附语曰："前人罪不至殊死，法师太不恕。"须臾考问，亦庙鬼也，复斩之。后半月，病势愈炽。道士至，安氏作鬼语曰："前两崇乃鬼尔，法师可以诛。吾为正神，非师所得治。且师既用极刑损二鬼矣，吾何畏之有？今将与师较胜负。"道士度力不能胜，潜遁去。李访诸姻旧，择善法者拯之。才至，安氏曰："勿治我，我所诉者，隔世冤也。我本蜀人，以商贾为业。安氏，吾妻也。乘吾之出，与外人宣淫，伺吾归，阴以计见杀。冤魄栖栖，行求四方，二十有五年不获。近诣白马庙，始见二鬼，言其详，知前妻乃在此。今得命相偿，则可去，师无见苦也。"道士曰："汝既有冤，吾不汝治。但曩事岁月已久，冤冤相报，宁有穷期？吾今令李宅作善缘荐汝，俾汝尽释前愤，以得生天，如何？"安氏自床趋下，作蜀音声喏，为男子拜以谢。李公即命载钱二百千，送天庆观，为设九幽醮。安氏又再拜谢，欻然而苏。李举家斋素，将以某日醮。前一夕，又病如初。李大怒，自诣其室谯责之。拱而言曰："诸事蒙尽力，冥涂岂不知感？但

明日醮指，当与何州何人，安氏前生为何姓，前日失于禀白，今如不言，则功德失所付矣。"李大惊异，悉令道所以然。又曰："有舍弟某，亦同行，乞并赐荐拔，庶几皆得往生。"李从其请，安氏遂无恙。安氏之姊嫁赵伯仪，伯仪居湖州武康，为王盼说。

当然，在此类鬼魂复仇故事中，并非所有的死者都值得同情，他们的复仇行为都值得赞扬，关键是看死者是不是无辜的受害者。《夷坚甲志》卷十七《姚仲四鬼》具有一定的代表性：

> 姚仲，始为吴玠军大将，尝与敌人战，小衄①，吴欲诛之。仲曰："以裨将四人引军先退，故败。"吴召四将斩之而释仲。后数岁，仲领兵宿山驿，见四无首人，皆长二尺许，揖于庭曰："我辈败事当死，然公不言则可全。今皆死，故来索命。"仲曰："向者奔北，我自应以军法行诛。既屈意相贷，而少师见责，我若不自明，则代汝曹死矣。"四人曰："当时之退，但择一人先遁者足以塞责，何至是！"仲无以对。四鬼渐喧勃欲上。忽有白须老人出于地，亦长二尺余，诘之曰："汝等败军，伏法乃其分，安得复诉！"叱去之。应声而没，老人亦不见。人以是知仲之必贵。又十年，以节度使都统兴元军。（路彬质夫说）

故事中因"引军先退"而造成兵败的四位副将被主帅处斩，无冤可言。四个无头鬼去找告发他们的姚将军索命，并不在理，土地神现身把四鬼叱去，在一定程度上揭示出民众的爱憎，读来颇有兴味。

第三节　鬼魅作祟与驱鬼斗鬼故事

《夷坚志》中的鬼魅作祟故事、不怕鬼故事、驱鬼斗鬼故事，数量比

---

① 衄：挫败。

较多。其中出现的，大都是到处为非作歹，大都是坏鬼、恶鬼。此类鬼魅，有男有女，有老有少，或单个出现，或多个出现，无不与世人为敌。正如故事所展示的那样，英勇果敢、善良正直的人们对坏鬼、恶鬼的态度，一是毫不畏惧，二是奋起与之争斗，用聪明、智慧将其制服。

一、鬼魅作祟故事

《夷坚志》中有关鬼魅作祟的故事，内容比较丰富，涉及鬼魅作乱、诈骗、淫猥、布疫、夺命等。作祟的鬼魅绝大多数是为非作歹的恶鬼，亦有少数鬼魅例外，它们并不是恶鬼，而是值得同情的受害者亡灵。

（一）鬼魅作乱故事

《夷坚志》中的这一类故事，主要写鬼魅破坏世人生活秩序、干扰诵经敬神、引诱世人干坏事等。譬如《夷坚志补》卷十七《青州都监》：

> 宣和间，陕西一武官为京东路分都监，官舍在青州。到任逾岁，忽见照壁后一大青面鬼倨坐，其头高挂屋栋。武人胆勇不惧，取弓矢射之，中其腹。笑曰：“着。”又射之，曰：“射得好！”连二十发，矢集其躯如猬毛，鬼殊不动。俄二小鬼挟都监母从房出，畏或伤害，乃舍弓箭夺救之，呼诸子仆妾为助，了无一应。回视照壁下，则一家人尽死，叠尸地上，每身带一箭，皆适所射者。老幼二十口，唯母子二人存，惊痛几绝。厅吏走报府，府帅遣僚属来视，咸怪愕无策，但为买棺收殓。留一宿，将出殡，偶启便室取物，见一家聚坐其中，元不死，浑如梦寐。扣其始末，昧无知觉，于是揭棺，乃各贮箕帚桶杓之类耳。急徙他所，而空厥居。

这一篇故事篇幅不长，却非常生动形象地揭示出鬼魅采取各种手段进行捣乱、干扰人们的正常生活，给世人带来惊骇与折磨的场景。其间，亦夹杂着戏弄的情节，抹上了喜剧色彩，在同类作品中比较突出。

又如，《夷坚乙志》卷十七《沧浪亭》：

姑苏城中沧浪亭，本苏子美宅，今为韩咸安所有。金人入寇时，民入后圃避匿，尽死于池中，以故处者多不宁。其后韩氏自居之，每月夜，必见数百人出没池上，或僧，或道士，或妇人，或商贾，歌呼杂遝，良久，必哀叹乃止。守宿老卒方寝，为数十人舁去，临入池。卒陕西人，素胆勇，知其鬼也，无惧意，正色谓之曰："汝等死于此，岁月已久，吾为汝言于主人翁，尽取骸骨，改葬于高原，而作佛事救汝，无为守此滞窟，为平人害，何如？"皆愧谢曰："幸甚！"舍之而退。卒明日入白主人，即命十车徙池水，掘污泥，拾朽骨，盛以大篓，凡满八器，共置大棺中，将瘗之。是夕又有一男子，引老卒入竹丛间曰："余人尽去，我犹有两臂在此，幸终惠我。"又如其处取得之，乃葬诸城东，而设水陆斋于灵岩寺，自是宅怪遂绝。

在这一篇故事中，造成住宅不安的鬼魂，都是被金兵所残害僧道、百姓的亡灵，他们的不幸遭遇非常值得同情。当他们的遗骨被安埋，又给他们做水陆道场后，再没有闹鬼的事情发生了。

《夷坚志》中的此类鬼魅作乱的故事，尚有写一旧时王公住宅所埋被杀婢众多，常闹鬼使人生病，住者只得徙出的《夷坚乙志》卷十九《光禄寺》；写某死于非命之客僧常现身僧堂为怪，一行脚僧入住后叱之乃去的《夷坚乙志》卷十九《庐山僧鬼》；写一女鬼常至住处戏弄郡守馆客，形影不离，远走他乡始得脱身的《夷坚丙志》卷二《蜀州红梅仙》；写无为军指使李某迎新郡守时为上百孩儿鬼围攻，幸有土地相救乃得返回的《夷坚丁志》卷十三《李遇与鬼斗》；等等。

（二）鬼魅诈骗故事与鬼魅淫猥故事

《夷坚志》中的鬼魅诈骗故事与鬼魅淫猥故事，或描述鬼魅进行诈骗活动以谋取各种好处，或描述鬼魅与世人淫乱造成不良影响，无不受到指责和打击。譬如：

徐州人窦公迈，靖康中买一妾，滑人也。未几，虏犯河北，妾父母隔阔不相闻，忧思之至，殆废寝食。忽僵仆于地，若有物凭依。乃言曰："某,女之父也。遭兵乱,举家碎于贼,羁魂无所归。欲就此女丐食,而神不许,守窦氏之门岁余矣。土地怜我,今日始得入。"窦氏曰："汝不幸死,夫复何言?吾令汝女作佛事,且具食祭汝,汝亟去。"许诺,妾即苏。窦氏如所约,阴与之戒,勿令妾知。又再岁,其父乃自乡里来,初未尝死也。前事盖黠鬼所为以窃食云。

《夷坚乙志》卷三《窦氏妾父》

景德镇贫民朱四,其妻张七姐,庆元三年五月初夜如厕,闻有呼之者。张应曰："谁人唤我?"曰："叶七也。"张问："是何处人?"曰："只在近邻舍,何故不相识?"张曰："夜已向深,似不当到此。"叶曰："见尔家穷乏,有见钱一贯,特用相助。"张喜,接钱还室,叶亦去。明夜又来扣门,复致钱五百。自后,夕夕如是,积所得几十千。经半月,遂通衽席之好。及六月,又以衣服冠梳及银钗与之。巷内程百二妻,因过朱氏,认得张头上钗及所着冠衣皆其物也,谓为盗,拟执搦告官,报集里舍皆至。张云:"系是叶七哥日前送来与我者,了不知其故。"程妻亦念张七姐不曾来我家,难以疑他作贼。且询叶七来历形状,张悉从实备告之,众皆愕然。有邻老张二云:"其人已死二十余年,葬在宋家东司篱外。吾闻此鬼在外迷惑人,前后非一。今子孙久绝,试共发圹验之。"众曰:"喏。"既举板已朽烂,而僵尸不损。凡诸家先所失物,多有在其侧者。乃焚其棺而投诸水中。(徐谦说)

《夷坚三志己》卷九《叶七为盗》

这两篇故事,一篇写鬼魅谎称他人老父亡灵而骗取法事与祭品,一篇写鬼魅以所盗财物作诱饵而奸淫女妇,无论长短,都描绘得比较具体生动,颇有揭露性和感染力。相互比较而言,后一篇的艺术性更高一筹。

《夷坚志》中的此类鬼魅诈骗、淫猥的故事,尚有写一鬼魅谎称外逃之詹某亡魂以哄骗詹家为其烧纸钱,待詹某返回方知上当的《夷坚丁志》卷十五《詹小哥》;写一恶鬼冒充土地神来请武官刘某助其杀鬼,竟将其全家大小三十多口杀死的《夷坚志补》卷十七《刘崇班》;写一女鬼冒充年少貌美之仆妻与士人周某欢狎，当周某得知真相后，竟一病月余的《夷坚丁志》卷三《王通判仆妻》；写一女鬼谎称逃避暴力妇人，强迫脚夫程某在旅店中与其同寝，程回家后竟病死的《夷坚支丁》卷五《黟县道上妇人》；写一日无锡张木匠在街上卖货时，有个顾客让他上门取钱，他到家其人久不出来，张木匠就在门外睡着了，路人发现他竟躺在枯草水边树下的《夷坚支庚》卷九《无锡木匠》；等等。

（三）鬼魅夺命故事

《夷坚志》中有关鬼魅夺命的故事，数量较多，可分为一般性鬼魅夺命故事和伥鬼夺命故事两个部分。一般性鬼魅夺命故事，主要写鬼魅以迷惑、惊怖、生啖、布疫等手段夺取民众性命，在世间制造各种痛苦和不幸。譬如：

> 乐平耕民植稻归，为人呼出，见数辈在外，形貌怪恶，叱令负担。经由数村疃，历洪源、石村、何冲诸里。每一村必先诣社神所，言欲行疫，皆拒却不听。怪党自云："然则独有刘村刘十九郎家可往尔。"遂往，径入趋庑下客房宿，略无饮食枕席之具。明旦，刘氏子出，怪魁告其徒曰："击此人右足。"杖才下，子即仆地。继老妪过之，令击左足，妪仆如前，连害三人矣。然但守一房，不浪出，有侦者密白："一虎从前跃而来，甚可畏。"魁色不动，遣两鬼持杖待之，曰："至则双击其两足。"俄报虎毙于杖下。经两日，侦者急报北方火作。斯须间焰势已及房，山水又大至。怪相视窘惶，不暇取行李，单身亟奔。怒耕民不致力，推堕田坎中。蹶然起，则身乃在床卧，妻子环哭已三日。乡人访其事于刘氏，云："二子一婢，同时疫困。"呼巫治之，及门而死。复邀致他巫，巫惩前事，欲掩鬼不备，乃从后门施法，持刀吹角，诵水火轮咒而入，病者即日皆安。予于乙志书石田王十五为瘟鬼驱至宣城事，颇相类。
>
> 《夷坚丁志》卷十四《刘十九郎》

这一篇故事，揭露鬼魅以散布瘟疫的手段夺取世人的性命，并且能够得逞，令读者、听众无不感到厌恶和愤怒。故事写得比较生动，注重细节描绘和气氛渲染，使人犹如身临其境，颇有表现力和感染力。

《夷坚志》中的此类一般性鬼魅夺命故事，尚有写一鬼冒充小妾来与某太守嬉玩，睡觉时忽变为青黑面鬼将太守惊吓致死的《夷坚丙志》卷十五《燕子楼》；写田某被一朱发青躯鬼抓至西湖畔欲生啖，幸被一老叟和一僧人搭救方免于难的《夷坚支乙》卷一《马军将田俊》；写镇江西津渡船载了几十个人将起航时，有个男人带着孩子赶来，孩子怎么也不肯上船，竟晕倒在地，刮大风使船沉没后，孩子才说他看见全船是鬼，模样可怕，他正想讲时一个鬼使其昏迷不醒的《夷坚志补》卷十七《西津渡船》；等等。

《夷坚志》中有关伥鬼夺命的故事，主要写为虎役使的伥鬼引虎食人，对世人构成很大的威胁。人们则与其抗争，尽可能减少损失。譬如：

> 成都人杨起，字成翁。政和中，与乡人任皋同入京赴省试。出散关下，行黄花右界中，此地素多寇，不敢缓辔。马瘏仆痡，正暑倦困，入道旁僧舍少憩。长廊阒寂，不逢一僧，两客即堂上假寐。杨睡未熟，一青衣童，长二尺，面色苍黑，自外来，持白纸一幅，直至于傍，欲以覆其面。相去尺许，若人掣其肘，不能前。童却立咨嗟久之，掩泣而去。杨以为不祥，洒泪自悼，亦不敢语人。是夕，泊村店中，方就枕，童亦至。径造皋侧，以所携纸蒙之，退而舞跃，为得志洋洋之态，皋不觉也。明日，行三十里间，逢清溪流水，二人径濯足。毕事，杨先登，皋方以涤荡为惬，未忍去。忽大声疾呼，杨回首视之，已为虎衔去矣，始知所见盖伥鬼云。杨是年登科。
>
> 《夷坚丙志》卷三《黄花伥鬼》

这一篇故事虽然不太长，却写得较为细致。它揭示以青衣童子面目出现之伥鬼，为老虎食人事先物色对象和采取迷幻手段，从而让老虎得逞，让人感叹不已。

《夷坚志》中的此类伥鬼夺命故事，尚有写得到二小儿伥鬼相助，黑虎将采笋村妇咬得体无完肤，幸为家人所救的《夷坚支戊》卷一《师姑山虎》等。

二、不怕鬼故事

《夷坚志》中的不怕鬼故事，大都描述故事主人公或者正直大胆，或者幽默无畏，精神面貌绝佳，在遇到各色鬼魅之时均泰然处之，无所畏惧，往往令鬼魅望而生畏，不得不退避三舍。譬如：

> 兖州莱芜人王直夫，虽出于田家，而赋性刚介，不媚鬼神。每妻子疾病，但尽力医疗，凡招神祓禳之事，皆所不为也。党友或勉之，则曰："死生有命，富贵在天。吾平生立志，不可易也。"虏正隆元年之春杪，变怪骤兴，正昼鬼见形于中庭，窥户啸梁，移床徙釜，歌笑驰走，百端千态，举室怖骇，寝食不安。直夫毅然不动，呼长幼戒之曰："无以异物置疑而畏之。吾曹人也，肖天地真形，禀阴阳正气。彼阴鬼耳，乌能干阳？汝辈宜安之，勿过忧怯。"家人意少定。一日，端坐堂上，见巨魅身长七尺，高冠大带，深衣朱履，拱立于前。直夫了不动色。魅敛衽言："王翁真今日正人，某等固已敬服，犹谓色厉内荏，故示怪以相撼，而翁若不见不闻，自是无敢循旧态矣。"竦揖而没。

《夷坚支丁》卷九《王直夫》

这一篇故事刻画故事主人公勇敢无畏的性格，采用了对比法与衬托法。它以家人怖骇与其人进行对比，显现出此人不怕鬼的胆气。随后又以巨魅的色厉内荏来衬托此人，使其敢于藐视鬼魅、敢于应对鬼魅的威严与勇猛的性格越发鲜明。

《夷坚志》中的不怕鬼故事，尚有写某人素滑稽，见山鬼自天窗垂下一足，乃戏曰"若果神通，更下一足"，鬼遂收足而去的《夷坚乙志》卷二《宜兴民》；写赵某入闹鬼僧房枕剑而卧，女鬼来时遽起抱之，俄顷化烟雾散去的《夷坚丁志》卷四《郭签判女》；写王某所买之宅多鬼，派兵、仆守夜均遭其恼乱，王亲往呵斥乃得平宁的《夷坚支戊》卷三《李巷小宅》；写钱某省亲时群鬼夜间将其连床抬出，钱不以为意，竟自鼾卧，群鬼无计可施而退的《夷坚志补》卷九《钱真卿》；等等。

三、驱鬼斗鬼故事

《夷坚志》中的驱鬼斗鬼故事，数量不少，大都描述有胆有识者与为害世人的鬼魅进行较量，将其赶走或制服，使其无法得逞。此类故事，主要包括斗求代觅替鬼魂和斗其他害人恶鬼两个部分。

（一）斗求代觅替鬼魂故事

《夷坚志》的斗求代觅替鬼魂的故事，描述各种善良正直而富有同情心者发现水鬼、缢鬼等鬼魅寻找替代者时，毅然采取有效手段与其抗争，让其无法达到目的，从而及时地挽救了他人的性命。譬如：

> 鄱阳包氏，居蟆洲门内，买一马，付其仆程三养视，日浴之于放马渚。常为白颈鸦登背抛粪，深患之，逐去复来。于是敲针作小钩，贯以长缕，从马腹旋绕致背，挂饵于表。鸦啄饵，吞钩不可脱。程剔其双目睛，怀归舍，求酒于主家而吞之。自此眼力日盛，能历览鬼物于虚空间。尝与包婢在厨，见一鬼瞠目拖舌，项下缠索，履门阈窥瞰。程持杖击之，呻吟窘怖，冉冉入地而灭。盖向时有缢死于彼处者。后每出野外，必有所睹，虽似人形，而支体多不具足。厉怪望之，往往奔窜。或人谓千岁鸦目能洞视，程所吞者其是欤？（得之朱从龙）

《夷坚支甲》卷三《包氏仆》

这一篇故事描述仆人程三由吃了一个白颈鸦的双睛，有了奇特的功能，可以历览空间各种鬼物。一日持杖击走站在门栏上的吊死鬼，使其无法觅替，因而搭救了包家厨下的婢女。后来各种恶鬼看见他，都拔腿逃跑。

（二）斗其他害人恶鬼故事

《夷坚志》中的斗其他害人恶鬼的故事，里面出现的鬼魅，是除溺鬼、缢鬼外的各色恶鬼，诸如瘟鬼、厉鬼、怨鬼、淫鬼等。当其在世间作祟，给善良的人们带来惊扰、灾祸，甚至死亡威胁之际，故事主角奋起抗击，将其赶走，甚至将其消灭。譬如：

> 平江常熟民朱二，夜宿田塍守稻，有女子从外来，连三四夕寝昵，体冷如冰。知其非人，遍村落测之，了无踪迹，密以布被缝作袋，欲贮之于中。女已知之，是夜至舍外悲泣。朱问故曰："汝设意不善，我不复来矣。"朱曰："恐此间风冷病汝，故欲与同卧其间，无他意也。"乃入宿袋中。过夜半，朱诈言内逼，遂起，负袋于肩以行。女号呼求出，朱不应。始时甚重，俄渐轻。到家举火视之，已化为杉板。取斧碎之，流血不止。明夜，扣门索命，久乃已。（新安胡偁说）
>
> 《夷坚丙志》卷十二《朱二杀鬼》

这篇发生在田间的故事，比较短小，情节简单，却刻画出故事主人公农夫朱二的精明和睿智。在发现对方非人时，他立刻采取有效措施捉住女鬼，最后让女鬼原形毕露，随即将其消灭。又如：

> 颍昌舞阳县石柱村，去县十余里，路中素有怪。村民李顺者，入县酣醉，抵暮跨驴归。出门未远，或自后呼其姓名曰："我乃汝比邻周三郎，适往县市干事回，脚气忽发，步履绝艰苦。汝能与我共载还家，当作主人以报。"顺虽醉，尚亦记此地物怪，不敢应，亦不反顾。其人怒曰："相与邻里，无人情如此，吾必与汝同此驴。"语毕，已坐鞍桥后。顺甚窘，密解所服绦，转手并系之，加鞭亟行。渐近家，遽连声欲下，曰："须奏厕。"顺复不对，又曰："汝且回头看我。"言至再三，顺佯若不闻。到家，寂寂无声，呼其子就视，乃朽棺板也。斧而焚之，路怪由是遂绝。
>
> 《夷坚丁志》卷十三《周三郎》

这一篇故事，也比较精彩，写村民李顺在喝酒醉的状态下，仍然保持警惕，并且能够机智地对付自称"周三郎"的鬼魅，解下衣带将其捆住不放。当其变为朽棺材板后，立即劈开来焚烧，永绝后患。

　　《夷坚志》中的斗其他害人恶鬼的故事，尚有写福州金四夜出遇鬼而将其背走，当鬼化为老鹞后乃缚而焚之的《夷坚甲志》卷八《金四执鬼》；写一织纱人月夜与鬼同行，见其下颔与胸连在一起，遂举刀砍之，竟令其消失不见的《夷坚乙志》卷八《无颏鬼》；写社神与一瘟鬼击斗，迫使其化牛逃走，是岁瘟疫流行，独此地安然无事的《夷坚支乙》卷三《景德镇鬼斗》；写陈某住妹家多鬼怪之楼，夜间大声叱走为祟女鬼，鬼怪遂绝的《夷坚支乙》卷十《陈如埙》；写孙某一夜奋拳猛击灶下蓬头鬼，次日将其隐没处掘得的一具遗骨弃诸野外的《夷坚支景》卷二《孙俦击鬼》；写一方丈欲以寺中三怨鬼吓走求宿道人，道人竟使三怨鬼被征服而绝迹的《夷坚三志壬》卷八《光山双塔鬼》；写徐某好勇尚气节，去桥上击溃杀人厉鬼而使当地宁帖的《夷坚三志壬》卷八《徐咬耳》；写一鬼物化为美女勾引新州官之子，被其人捉住后竟变为棺板，焚之鬼魅遂绝的《夷坚支癸》卷六《鄂干官舍女子》；写泌阳县田家一个仆人去捕鱼时被鬼拖入水中，其同伴立刻用刀砍死几个鬼，其尸体长毛，色如蓝靛，数日后始不见的《夷坚志补》卷十七《泌阳人杀鬼》；写季生外出访问时，半夜有鬼进入其船舱，跳到他肚子上行走，季生将鬼捉住并当场打死的《夷坚志补》卷十七《鬼巴》；等等。

第四章　写实故事（上）

《夷坚志》中的写实故事，拓展了创作题材，使作品的内容更为丰富，包含案狱故事、官吏故事、盗贼故事、家庭故事、侠义故事、美德故事、奇遇故事、僧道故事、骗子故事、动物故事、诗对故事等门类，所反映的生活面更为广阔，并且具有愈发贴近民众、愈发贴近生活的特色。

第一节　案狱故事

《夷坚志》中的案狱故事，内容涉及侦破命案、制造冤案、平反冤狱、处理家庭纷争与社会纠葛等。内中数量甚多亦较为精彩的是破命案、平冤狱两大类故事。

一、侦破命案故事

《夷坚志》中有关侦破命案的故事，大都讲述审案官吏通过调查、访问、观察、分析来侦破棘手的命案。描写的侧重点各不相同，有的侧重描述案发过程，有的侧重描述侦破过程，往往具有情节曲折、引人入胜的特点。侦破命案的故事，多是以描述侦破过程为侧重点的作品，譬如：

> 薛大圭禹玉，本河东简肃公之裔。为人倜傥俊快，不拘小节，而深负吏材，淳熙中为湘潭令。新牧王宣子侍郎临镇，诣府参谒。时湘乡县有富家女子，夜为人戕于室，迨晓，父母方觉之，但尸在地而失其首。告于都保，诉之郡县，历数月不获凶身。府招诸邑宰宴集，坐间及此事，薛奋请效力。乃假吏卒数十辈，枉道过彼县境。每一程减

220

去五人或十人，唯留四卒荷轿，殊不晓其意。渐近女家，下而步行。遇三四道人聚野店，各有息气竹拍，从而求之。且脱巾换其所戴缁布，解衫以易布道袍服，与钱两千。薛多能鄙事，遂独身前进，戒从者曰："缓缓相随，视我所向，俟抛息气出外，则悉趋而集。"望路次小民舍，一老媪在焉。入坐，将买酒，媪曰："此间村酒二十四钱一升耳，我家却无。"薛取百钱，倩买二升。媪利其所赢，挈瓶去。少顷，得酒来，与媪共饮。媪喜甚，献熟牛肉一盘。酒酣，薛云："村居安静，想住得好。"媪曰："正为一件公事，连累无限平民，我儿子也遭囚禁。"问何事？曰："某家小娘子，与东家第三个儿郎奸通，后来却被杀了，砍去头，埋于屋背树下。此郎日前累次手杀人，凶恶无比。他有钱有势，更不到官。乡人怕他如虎，都不敢说。"薛徐徐询其姓氏状貌居止，径造之，唱词乞索。两后生与之十钱，弃于地曰："何得相待如此？"增至五十及百钱，皆掷之曰："我远远到来，须要一千足陌，若九百九十九钱，亦不去。"两生盖凶子之兄也，疑为异人或有道之士，逊言慰谢。凶子在内窃见，忿怒不能忍，趋出，拟行拳。薛就门掷竹拍，从卒争赴，遂执之。凶子咆勃，薛批其颊曰："汝杀了某家女子，却将头埋树底，罪恶分明，如何讳得？我是本县捕盗官，那得拒抗？"子无语，即缚往。发地取头，送于府，鞠治伏辜。宣子嘉赏无已，率诸台交荐，因改京秩。《涑水记闻》所载向文简雪僧冤事，亦以一媪言云。（余甥玠说，其姻家也）

《夷坚支癸》卷一《薛湘潭》

这一篇故事则描述侦破命案全过程较为具体、详细，包括主事者率吏卒深入事发之地化装进行访问、了解真实案情，去该家查看，捉拿凶手，找出罪证等，最终侦破了此桩延宕数月的无头女尸案。在古代侦破命案的故事中，这无疑是一篇颇有分量的佳作。

二、平反冤狱故事

《夷坚志》中有关平反冤狱的故事，大都描述为各种命案而引出的冤狱平反昭雪的过程。此类故事里面被诬蒙冤者的身份多种多样，有富户，有平民，有出家人，有俗家人，男女老少，士农工商，各不相同。他们被诬陷无不受到很大打击，有的几乎被折磨致死，有的甚至因此命丧黄泉。而冤狱平反昭雪之时，往往是诬告陷害他人者受到惩罚之日。这些故事让读者、听众看到，天网恢恢、疏而不漏，罪犯可以得逞于一时，但终究要得到严办，绝没有好下场。譬如，《夷坚丙志》卷五《兰溪狱》：

> 兰溪祝氏，大家也，所居去县三十里。一子甫冠，颇知书。宅之侧凿大塘数十亩，秋冬之交水涸，得枯骸一具于岸边树下，莫知所从来。邻不敢隐，闻之里正。先是有道人行丐至祝氏，需索无厌，祝怒驱使出。语不逊，祝殴之。道人佯死，祝苍黄欲告官，迫夜未果。道人知不可欺，遂谢罪去。里正夙与祝氏讼田有隙，遂称祝昔尝箠人至死，今尸正在其塘内，以白县。县宰信以为然，逮下狱。凡证左胥吏讼其冤者，宰悉以为受赇托，愈加绳治，笞掠无虚日。祝素富室，且业儒，未尝知官府事，不胜惨毒，自诬服。其母虑不得免，迎枯骨之魂归家，焚香致祷，日夕号泣。且揭榜立赏，募人捕真盗。县狱具，将上之郡矣，前所谓行丐者在鄂岳间，欲过湘，南陟衡岳，梦人告曰："子未可遽行，翌日将有来追者。"悟而异之。及明，别与一道流相遇，市酒共饮。问其从何来，有何新事，曰："吾从婺州来，到兰溪时，闻市人籍籍谈祝家冤事。"因具语之。丐者矍然曰："诈之者我也。我坐此罪，固已得谴于幽冥。今彼縶图圄，死在旦暮，我不往直之，则真缘我以死，冤债何时竟乎？"乃强后来者与俱东，兼程抵婺，自列于县。县宰犹谓其不然，疑未决。已而它邑获盗，讯鞫间，自言本屠者，尝赊买客牛，客督直甚急，计未能偿，潜害客，乘夜置尸祝氏塘中云。祝于是始得释。

这是一篇被动平反冤狱的故事，叙写当命案发生时，里正公报私仇，诬告祝氏为杀人凶手，使其入狱，以致诬服。所幸当年佯死之道人良心发现，及时从外地赶来作证，加之真凶被捉，因而得以平反，将祝氏放回家。又如，《夷坚志补》卷五《湖州姜客》：

湖州小客，货姜于永嘉，富人王生，酬直未定，强秤之。客语侵生，生怒，殴其背，仆户限死。生大窘，祷祈拯救，良久复苏。饮以酒，仍具食，谢前过，取绢一匹遗之。还次渡口，舟子问何处得绢，具道所以，且曰："使我一跌不起，今作他乡鬼矣！"时数里间有流尸，无主名，舟子因生心，从容买其绢，并丐筲篮。客既去，即运篙撑尸至其居，脱衫裤衣之，走叩王生门，仓皇告曰："午后有湖州客人过渡，云为君家捶击垂死，云有父母妻子在乡里，浼我告官，呼骨肉直其冤，留绢与篮为证，不旋踵气绝。绢今在是，不敢不奉报。"王生震怖，尽室泣告，赂以钱二百千，舟子若不得已者，勉从其请，相与瘗尸深林中，翌日徙居，不知何所届。黠仆闻其故，数数干求，与者倦矣，而求者未厌，竟诣县诉生。下狱，不胜拷掠，以病死。明年，姜客又至，访其家，以为鬼也，骂之曰："向者汝邂逅仆绝，继而无他，却使我家主死于非命，今尚来作祟邪！"客引袖怪叹曰："我去岁几死，赖君家救活，蒙赐绢，卖与渡子，径归矣。今方赍少土仪，以报大德，何谓我死为鬼乎！"王子哀恸，留客止泊，而执故仆诉冤，索捕舟子，得于天台穷爨中，遂皆毙于狱矣！乃吴子南说。

这一篇平反冤狱故事，较上一则更为悲怆、凄凉。故事中的两个恶人——一个为处心积虑制造命案假象以此讹诈富人的舟子，一个为乘人之危进行敲诈并使主人下狱致死的黠仆，都没有好下场。而那个姜客登门致谢，则是冤狱得以平反、恶人受到惩处的转机。"善恶有报"的思想观念，在这篇故事中体现得比较充分。

《夷坚志》平反冤狱的故事，尚有写县牒尉薛某查清因蜈蚣毒致使寡居婆婆丧命案，还孝顺村妇以清白的《夷坚支丁》卷一《营道孝妇》等。

第二节　官吏故事

《夷坚志》中的官吏故事，内容比较丰富，包括清官廉吏的故事、贪官污吏的故事、其他官吏的故事几个门类。

一、清官廉吏故事

《夷坚志》有关清官廉吏的故事，大都通过惩恶锄奸、扶贫济困等事迹来展示故事主人公为人正直、为官清廉、办事精明、体恤百姓、富有正义感和同情心的道德质量和精神风貌，往往给读者、听众留下较深的印象。试看：

余杭县吏何某，自壮岁为小胥，驯至押录，持心近恕，略无过愆。前后县宰，深所倚信。又兼领开拆之职，每遇受讼牒日，拂旦先坐于门，一一取阅之。有挟诈奸欺者，以忠言反覆劝晓之曰："公门不可容易入，所陈既失实，空自贻悔，何益也？"听其言而去者甚众。民犯罪，丽①于徒刑，合解府，而顾其情理非重害，必委曲白宰，就县断治。其当杖者，又往往谏使宽释。置两竹筒于堂，择小铜钱数千，分精粗为二等，时掷三两钱或一钱于筒中。诸子问何故，曰："吾蒙知县委任，凡干当一事了，则投一钱，所以分为二者，随事之大小也。"子竟不深晓。迨谢役寿终，始告之曰："尔曹解吾意乎？吾免一人徒罪，则投一光钱于左筒；免一杖罪及谕解一讼，则投一糙钱于右筒，宜剖而观之。"两筒既破，皆充满无余地。笑而言曰："我无复遗恨。如阴骘可凭，为后人利多矣。"遂卒。后十年，其子伯寿登儒科。绍兴中，位至执政，累赠其父太子师。（景裴说）

《夷坚支癸》卷一《余杭何押录》

荆南有妖巫，挟幻术为人祸福，横于里中，居郡县者莫敢问。吴兴高某为江陵宰，积不能堪，捕欲杖之，大吏泣谏，请勿治，且掇奇祸。高愈怒，捽吏下与巫对杖之二十，巫不谢，嘻笑而出。才食顷，高觉面微肿，揽镜而视，已渐渐浮满，仅存两眼如线。遽呼吏，询巫所居，约与偕往。吏以为必拜谒谢过，乃告其处。径驰马出门，行三十余里，薄暮始至，萧然一败屋也。巫出迎，高叱从卒缚诸柱，命以

---

① 丽：通"罹"，遭受、遇到。

随行杖乱棰①，凡神像经文等悉焚之。巫偃然自若。后入其室，获小笥，破镴观之，□（茵）蒻包裹数十重，得木人焉，又碎之。始有惧色，然殴掠无完肤矣。高面平复如初，执以还。明旦，入府白曰："妖人无状，某不惜一身为邦人除害。惧语泄必遁去，故不暇先言。今治之垂死，敢以告。"府帅壮其决，谕使尽其命而投之江。（仲秉说）

　　　　　　　　　　　《夷坚丙志》卷二十《荆南妖巫》

　　这两篇故事所刻画的都是县级地方官吏。前一篇故事细致、具体地描述一个县衙胥吏何押录（押录系押司与录事的合称）在岗位上所做的各种好事，数十年如一日，从不懈怠，主要突出了其人办事认真、心地善良的性格特征。后一篇故事以浓墨和重彩描述一个县令疾恶如仇，不顾个人安危铲除横行乡里的妖巫，保一方百姓平安，主要突出其人果敢无畏，富有牺牲精神的性格特征。两篇故事塑造的人物形象虽然各不相同，但都栩栩如生，有较高的艺术性。

二、贪官污吏故事

　　《夷坚志》有关贪官污吏的故事，大都从不同方面揭露官场腐败和某些官吏贪赃枉法、穷奢极欲、草菅人命等罪行，给予无情的批判和鞭笞，从而真切地表达出世人的激愤之情。试看：

　　　　绍兴八年，临川王大夫瑊为饶州安仁宰。一吏老而解事，因受差治狱，因乘间白云："狱讼实公家要务，盖有不辜蒙冤者，有罪戾幸脱者。某昔少年不谨，亲手杀人，幸用诈得免，既经两三次覃恩，言之无伤。某旧与一巨室女淫通，久而外间藉藉，女父母痛加棰责，遂断往还。尝窃往访，逆相拒绝，当时不胜忿，戕之而归。故父在县作押录，与某言：'汝奸状著闻，岂应逃窜，贻二亲之祸！且密藏汝刀，吾执汝告官，但随问便伏，切勿抵讳，空招楚辱，无益也。'乃共埋

---

① 棰：鞭刑。

刀于床下。某既坐狱，父求长假出外，谓家人云：'我不见此子受刑，今浪迹他郡，须已论决始还耳。'即日登途，到南康军，适司理勘一大辟，其事将结正。父询推司所居及平日嗜好，都人言："夫妇皆爱赌博，每患无对手。'父使同行一客，委曲达意，以多资善戏诱之。喜而延入室，自昏达旦，主人败二百千，先偿其半，约明日取余。及期索逋，无以应，父笑曰：'本欲博塞为欢，钱何足校！'悉返昨所得。推司感悦致谢。俄反馈以百千，不知所为，疑未敢受。父曰：'有一事浼君，吾一子不杀人，而横罹囹圄，缘凶身不获，无由自明。闻此狱有囚当死，愿以此项加之，是于囚罪无所增，而吾儿受再生之恩，为赐不浅。'推曰：'此易事耳，如其教。'某初困讯鞫时，供刀所在，而索之不见，不知父已徙瘗于社坛下，由是狱不可成。已而南康移文会本县，县具以报，某遂得释以出。今将四十年，追咎往愆，殊用震悚。以是观之，可以照他狱之枉滥不一而足也。"

《夷坚志补》卷六《安仁佚狱》

这一篇故事所暴露的贪官污吏罪行，用第一人称口吻讲述故事，揭发这个胥吏执法犯法，用卑劣手段收买上级主管官员而使真凶无罪被释。此种胥吏如此肆无忌惮，足以说明当时官场极其腐败，已经达到了令人吃惊的地步。

《夷坚志》有关贪官污吏的故事，尚有写金兵南侵时寿春一通判降敌却冒领功劳，升为本郡守，事泄受惩身亡的《夷坚乙志》卷十九《马识远》；写沈某多有年资与功劳，却受吏部一官员阻挠，对其行贿后方得升迁的《夷坚支癸》卷九《沈大夫磨勘》；写某候兵与南丰主簿所宠家奴私通，欲将主簿毒死，因故方得免的《夷坚丁志》卷三《南丰主簿》；等等。

第三节　盗贼故事

《夷坚志》中的盗贼故事，主要有盗匪谋财害命的故事、大盗巨匪的故事和斗盗抓贼的故事等几方面的作品。它们运用纪实手法，从特定的角

度来揭示当时的社会生存环境和世人生活状况，富有一定的揭露性和抗争
精神。

一、盗匪谋财害命故事

《夷坚志》中有关盗匪谋财害命的故事，既揭露了盗匪图财害命，极
其凶暴、残忍的面目，又展示出在盗匪的罪行泄露之后，它们一一被捉，
受到惩处的结局，充分表达了民众对那些糟蹋百姓、危害一方的凶犯们的
仇视与愤恨之情。试看：

> 绍兴末，兴化有官人仕于潮阳，任满浮海归。中道抵一村步，舟
> 众登岸买酒，邀其子同游。子年十一二岁，整衣而出，抱以往。久
> 之，持酒一壶并肉羹饷官人，夫妇食之称美。越两时，子不返，使童
> 呼之。篙工嘻笑答言："官人如何理会不得，恰所吃羹，乃其肉也。"
> 官人拊心悲痛，知不免，谓曰："事已到此，我不惜就死，告容我自
> 为计。"其人曰："尔计奈何？"曰："幸见许，取公裳穿着，拜谢天地
> 神明，然后赴水。"诺之。既死，又杀其家十余口，唯留厥妻及女，
> 裸其体肤，不挂片缕，意欲使之不能窥外。于是众迭奸污。觉甚馁，
> 则量与之食，稍啜泣，必行痛棰，回次泉南境。初，此官人携乡里一
> 姻旧厥为馆舍客，当治装时，俾先归理家务。望之逾期，杳杳不至，
> 乃僦小艇，循岸迎访。到某港，见二妇探首，视客而哭。时凶徒尽散
> 入村民家。二妇挥手使客去，客解其意。偶巡检廨舍近在数里内，径
> 往赴诉。巡检悉栅兵追捕，凡二十辈，无一漏网者。狱未具，会壬午
> 覃恩①赦至，除毙于狱户者，余多得生。时人莫不冤惜。
>
> 《夷坚支庚》卷三《兴化官人》

这篇故事发生在南宋初年，劫案出自船上，受害人乃是任满归家的官
吏及其家眷，盗匪乃是船家及其手下。它不但揭露了盗匪杀人越货的凶
狠，还进而暴露盗匪吃人幼子的残忍和奸人妻女的淫猥，凡此种种，无不

---

① 覃恩：广施恩惠。多指旧时帝王普行封赏或赦免。

令人发指。谁知那些恶贯满盈的盗匪，多数遇到大赦，竟被释放，实在让读者、听众感到气愤和叹惜。

《夷坚志》中匪盗谋财害命的故事，尚有写怨仆某雇贼船使主人一家被杀害，一伤兵报案，几经周折终于将罪犯正法的《夷坚支庚》卷三《莆田人海船》；写一官家露富让舟师夫妻与篙工劫杀，全家尸沉水底，后事泄，三人均被枭首的《夷坚支庚》卷五《金沙滩舟人》；写三歹徒在浴堂杀人夺财，在杀害一候选官员时败露，被一网打尽的《夷坚志补》卷八《京师浴堂》；等等。

二、斗盗捕贼故事

《夷坚志》中有关斗盗捕贼的故事，从不同的社会层面描述平民、官府同盗贼斗智斗勇的事迹，异彩纷呈，大多故事性较强，颇为引人入胜。试看：

> 婺民朱四客，有女为吴居甫侍妾。每岁必往视，常以一仆自随。因往襄阳，过九江境。山岭下逢一盗，躯干甚伟，持长枪，叱朱使住，而发其箧。朱亦健勇有智，因乘间自后引足蹴之，坠于岸下，且取其枪以行。暮投旅邸。主媪见枪扣之，遂话其事。媪愕然，如有所失。将就枕，所谓盗者，跛曳从外来，发声长叹曰："我今日出去，却输了便宜，反遭一客困辱。"欲细述所以，媪摇手指之曰："莫要说，他正在此宿。"乃具饭饷厥夫，且将甘心焉。朱大惧，割壁而窜，与仆屏伏草间。盗秉火求索，至二更弗得，夫妇追蹑于前途十数里。朱度其去已远，遽出，焚所居之屋。未几盗归，仓皇运水救火，不暇复访。朱遂尔得脱。

《夷坚支丁》卷四《朱四客》

> 绍兴十二年，京东人王知军者，寓居临江新淦之青泥寺。寺去城邑远，地迥多盗，而王以多资闻。尝与客饮，中夕乃散，夫妇皆醉眠。俄有盗入，几三十辈，悉取诸子及群婢缚之。婢呼曰："主张家事独蓝姐一人，我辈何预也！"蓝盖王所嬖，即从众中出应曰："主家

凡物皆在我手，诸君欲之非敢惜。但主公主母方熟睡，愿勿相惊恐。"秉席间大烛，引盗入西偏一室，指床上箧笥曰："此为酒器，此为彩帛，此为衣衾。"付以钥，使称意自取。盗拆被为包袱，取器皿蹴踏置于中。烛尽，又继之，大喜过望，凡留十刻许乃去。去良久，王老亦醒，蓝始告其故，且悉解众缚。明旦诉于县，县达于郡。王老戚戚成疾，蓝姐密白曰："官人何用忧？盗不难捕也。"王怒骂曰："汝妇人何知！既尽以家资与贼，乃言易捕，何邪？"对曰："三十盗皆着白布袍，妾秉烛时，尽以烛泪污其背，但以是验之，其必败。"王用其言以告逐捕者，不两日，得七人于牛肆中。展转求迹，不逸一人。所劫物皆在，初无所失。汉《张敞传》所记偷长以赭污群偷裾而执之，此事与之暗合。婢妾忠于主人，正已不易得，至于遇难不慑怯，仓卒有奇智，虽编之《列女传》不愧也。

《夷坚丙志》卷十三《蓝姐》

　　这两篇故事的主人公都是普通的平民百姓。前一篇故事中的朱四健勇多智，遇到突然状况时，不但敢于果断痛击强盗，而且善于运用智慧与强盗周旋，竟能够化险为夷，平安脱身，不能不令人叹服。后一篇故事中的蓝姐是个地位卑微的婢女，当面对拥入寓所的群盗时，敢于挺身出来应对，而且善于见机行事，偷偷地在匪徒的背上一一留下烛泪，使三十多个强盗很快被捕，无一人漏网，并且追回全部所窃之物，可谓具有大智大勇奇女子。故事用主人王老来陪衬蓝姐，使她的形象更为突出，更让人钦佩。

　　《夷坚志》中斗盗捕贼的故事，尚有写某县令爱犬因咬伤一贩妇被逐，当夜失盗，后知盗贼由贩妇引入，乃迎爱犬归家的《夷坚丙志》卷九《郑氏犬》；写有仆人买通海盗，将莆田籍主人一家杀害，只有一个老兵死里逃生，回去报讯，却要被处死，主簿押老兵赴郡时路遇那伙海盗，这才让真凶伏法的《夷坚支庚》卷三《莆田人海船》；等等。

第四节　家庭故事

《夷坚志》中的家庭故事，包含夫妻的故事、父母与子女的故事、弟兄的故事等，从不同的方面再现这个时期的家庭生活状况和家庭成员关系，生活气息较为浓郁，具有一定的认识价值和艺术价值。

一、夫妻故事

夫妻故事在《夷坚志》的家庭故事中数量最多，相当突出。它们大多从正面叙写夫妻（含妾，下同）之间相互体贴、相互关心、相互照顾的恩爱情分；另一部分作品则表现夫妻不和带来的苦痛、不幸以及反映战乱造成夫妻离散的残酷现实等。譬如：

> 建炎三年，车驾驻建康，军校徐信与妻子夜出市，少憩茶肆傍。一人窃睨其妻，目不暂释，若向有所嘱者。信怪之，乃舍去。其人踵相蹑，及门，依依不忍去。信问其故，拱手巽谢曰："心有情实，将吐露于君，君不怒，乃敢言。愿略移步至前坊静处，庶可倾竭。"信从之。始言曰："君妻非某州某县某姓氏邪！"信愕然曰："是也。"其人掩泣曰："此吾妻也。吾家于郑州，方娶二年，而值金戎之乱，流离奔窜，遂成乖张，岂意今在君室！"信亦为之感怆，曰："信，陈州人也，遭乱失妻，正与君等。偶至淮南一村店，逢妇人，敝衣蓬首，露坐地上，自言为溃兵所掠，到此不能行，吾乃解衣馈食，留一二日，乃与之俱。初不知为君故妇，今将奈何？"其人曰："吾今已别娶，借其资以自给，势无由复寻旧盟。倘使暂会一面，叙述悲苦，然后诀别，虽死不恨。"信固慷慨义士，即许之，约明日为期，令偕新妻同至，庶于邻里无嫌。其人欢拜而去。明日，夫妇登信门。信出迎，望见长恸，则客所携，乃信妻也。四人相对凄惋，拊心号啕。是日各复其故，通家往来如婚姻云。
>
> 《夷坚志补》卷十一《徐信妻》

这一篇故事，讲述两对夫妻在战乱中离散，其后又得团聚的故事，其结尾虽然带有喜剧色彩，却难以抹去世人心中的痛楚。故事主人公的宽厚与率真，导致两对离散夫妻重逢与团聚。他的优良品德，值得称道。世人或许能够从这一篇故事里面，得到一定的启示和教益。又如：

> 生王二，陇州人。其居在黑松林跑谷，世以畋猎射生为业，用是得名。因与众逐鹿至深崖，迷失道。正彷徨次，遇女子渡水来，年少貌美，而身无衣袖，视王而笑。王平生山行野宿，习见物怪，虽知为非人，殊无惧色，咄之曰："汝鬼耶，怪耶？"女又笑而不答。良久，乃问王曰："尔何人？"王始稍敬异，揖而言："本山下猎徒，今日逐虎失踪，至堕兹处。生死之分，只在须顷，愿娘子哀之。"女曰："随我来，当示尔归路。"遂从以行。登绝高巉岩之峰，涉回环过膝之水，涂径荦确，足力不能给。女不穿履，步武如飞。到一洞，有大石室，境趣邃寂，如幽人居，不闻烟火气，寝室尤洁雅。王顾傍无他人，戏言挑之，欣然相就。夜则共榻，昼则出采果实以啖之。居月余，王念母乏供养，以情泣告女曰："我欲暂归，徐当复相寻。"女许诺，送出官道乃别。王感其意爱，他日再访焉，试与之语，邀同归，略不谦拒，携手抵家。王妻赵氏，既育三男女矣。此女又生两子，与赵共处，甚雍睦。逢外客至，必惊讶敛避。或独走入山，经月不返。终不火食。王亦任其去留，后二十年犹存。
>
> 《夷坚支甲》卷一《生王二》

这篇故事，展示了一个猎手的特殊感情经历。写生王二在打猎途中迷路，偶遇一山野女子，在山洞里面受到善待，得以同居。过一段时间，生王二竟将其领回家，与妻子共处，还给他生了两个儿子。此女在王家过得非常随意，来去自由，无拘无束，所以一直都和全家人和睦相处，生活幸福。整个故事充满温馨的氛围，给读者带来愉悦。

《夷坚志》中的夫妻故事，尚有写王某调任时其妻被骗卖给一知县做妾，数年后偶得重逢，乃让其回到王某家中的《夷坚丁志》卷十一《王从事妻》；写富人王某弃妻嬖娟，导致夫妻离异，家庭破裂，后客死他乡的

《夷坚丙志》卷十四《王八郎》；写都城失守时朝士王某娶二美妇为姜，约定不复娶，后为中书舍人欲另娶，二姜乃服毒自尽的《夷坚丙志》卷十六《王氏二姜》；写刘先生娶瘦丑婢女张二姐为妻，张温良贤惠，助其登科及第为京官的《夷坚支丁》卷九《张二姐》；写李二害死主人张某而与张妻成婚，张妻得知实情后将李二送官，使其伏诛的《夷坚志补》卷五《张客浮沤》；等等。

二、父母与子女故事

《夷坚志》中父辈与子女的故事，作品也比较多，涉及父母与子女、翁姑与儿媳等两代家庭成员，从不同的角度来描述当时的家庭生活，揭示当时的社会状况。譬如：

> 可从世居温之北乡清源。宋建炎间，大盗群起，遇人必杀，清源皆逃于蒙山。未几盗至，众多被害。间有不杀，而执而掠问珍宝所藏之处，从世母亦为所执。从世哀痛，不忍母死于盗之手，乃往盗所长揖曰："乡人所藏珍宝，惟我可寻，母实不知，愿以身代母，共汝寻之。"盗乃释其母而执从世，引导数处，皆无所得，始知其绐己，因聚箭射之，俱不中体。贼问其故，且言恐母死于非命，故设是计以代母死。贼怜其孝，遂释之。
>
> 《夷坚志三补·愿代母死》

这一篇故事短小简略，着力描绘儿子愿代母死，震撼群盗，因其敬孝，终于得以生还。这位孝子的所作所为，实在令人感佩。又如：

> 绍兴初，汉阳军有寡妇事姑甚谨。姑无疾而卒，邻家诬妇置毒，诉于官。妇不胜考掠，服其辜。临出狱，狱卒以石榴花一枝簪其髻。行及市曹，顾行刑者曰："为我取此花插坡上石缝中。"既而祝曰："我实不杀姑，天若监之，愿使花成树，我若有罪，则花即日萎死。"闻者皆怜之，乃就刑。明日，花已生新叶，遂成树，高三尺许，至今每岁结实。
>
> 《夷坚丁志》卷十三《汉阳石榴》

这一篇故事，写孝妇被邻居诬告，竟含冤而死，受到世人的怜悯。孝妇就刑后，她让行刑者插在石缝中的石榴花居然生叶成树，因此才得以将其冤屈昭告天下。

《夷坚志》中父母与子女的故事，尚有写某妇归宁时经过一岭见虎蹲草中，她立即表白自己前去省亲，虎竟离开的《夷坚甲志》卷十四《鹳坑虎》；写杜三不孝，有一天酗酒殴母，竟发狂，服下所合蚊药内砒霜硫黄而死的《夷坚乙志》卷七《杜三不孝》；写有盗匪来犯，将要杀害其父兄时，芜湖孝女詹氏让盗匪放走父兄，然后跟随而去，到桥上竟投水身亡的《夷坚志补》卷一《芜湖孝女》；等等。

第五节　侠义故事

《夷坚志》中的侠义故事，主要涉及杀敌御侮、抗暴锄奸等内容，展现故事主人公豪爽勇武、侠肝义胆的精神风貌。此类故事主人公，既有男性，也有女性，而以女性主人公更为突出。他们的事迹，往往惊天地、泣鬼神，为世人称颂，经久不衰。其中，杀敌御侮故事更引人注目。此类故事大都描述在异族入侵、民众奋起杀敌之时涌现出的英雄事迹。人们可以看到，大敌当前，故事主人公都将生死置之度外，敢于抵抗，奋不顾身地还击来犯之敌，不成功，便成仁，往往气冲云霄，令人肃然起敬。试看：

建炎庚戌，胡骑犯江西。郡县村落之民，望而畏之，多束手毙。间有奋不顾身者，则往往得志焉，虽妇女亦勇为之。其过丰城剑池也，铁骑行正道，通宵不绝，盖使我众闻其声而不测多寡耳。一骑挟两女子，独穿林间，女指谓避者言"可击"，于是众举梃椿之而坠，旋碎其脑。马嘶鸣不已，似寻其主，众逐而委之井，遂脱。又胡掠一妇，使汲井。妇素富家子，辞不能。胡呶呶怒骂，夺瓶器低头取水。妇推其背，失足入于井中。余干民艾公子全家遭劫虏，两胡然火，将焚厥居。艾默念："若荡为丘墟，万一获脱，将无所归。"乃呼其子，齐奋梃纵击，垂困，取胡腰刀截其首，一家遂全。

《夷坚支庚》卷七《村民杀胡骑》

楚民张生，居于淮阴磨盘之弯，家启酒肆，颇为赡足。绍兴辛巳冬，虏骑南下，淮人率奔京口。张素病足，不能行，漂驻扬州。已而颜亮至，张妻卓氏为夷酋所掠，即与之配。卓告之曰："我之夫在城中，蓄银五铤，必落他人手，不若同往取之。"酋喜，偕诣张处，逼夺之。张戟手恨骂。酋益喜，以为卓氏慕己，凡是行卤获金珠，尽委之，相与如真夫妇。俄亮死军回。卓痛饮酋酒，醉卧之次，拔刀刺其喉，悉囊其物，鞭马复访张。张话前事，责数，欲行决绝。卓出所携付之曰："当时不设此计，渠必不肯信付我。今日之获，乃张本于逼银耳。"于是闻者交称焉。

《夷坚支丁》卷九《淮阴张生妻》

这两篇故事，均发生在南宋初年胡骑南侵之时。前一篇塑造的是侠义群像，通过江西丰城、余干一带的民众杀敌的三个小故事，再现抗金斗争中的英勇事迹。后一篇塑造的是一个侠妇人形象。其人忍辱含垢，伺机杀死霸占她的夷酋，为自己的丈夫和乡亲们报仇雪恨，因而得到众人的交口称赞。

第五章　写实故事（下）

第六节　美德故事

《夷坚志》中的美德故事，包括拾金不昧、乐善好施、治病救人等，涉及面甚广，大多颇为感人。它们的思想内容积极、健康，在民众中流布，对于提高人们的道德修养、净化世风、促进社会进步，无疑会产生积极的影响。

一、拾金不昧故事

《夷坚志》中有关拾金不昧的故事，作品较多。其故事主人公，有不少出身贫寒人家。他们拾金不昧的高尚行为，更能够彰显其人格魅力。一些作品在赞美拾金不昧者的品格之时，对失主的各种令人失望的表现，都持否定的态度，给予嘲讽或惩罚。譬如：

> 韩洙者，洺州人，流离南来，寓家信州弋阳县大郴村。独往县东二十里，地名荆山，开酒肆及客邸。乾道七年季冬，南方举人赴省试，来往甚盛。琼州黎秀才宿其邸，旦而行，遗小布囊于房。店仆持白洙，洙曰："谨守之，俟来取时，审细分付。"黎生行至丫头岩，既一驿矣，始觉。亟回韩店，径趋卧室内，翻揭席荐，无所见而出，面色如墨，目瞠口哆，不复能言。洙曰："岂非有遗忘物乎？"愀然曰："家在海外，相去五千里，仅有少物以给道费，一夕失之，必死于道路，不归骨矣！"洙笑曰："为君收得，不必忧。"命仆取以还，封记

如初。解视之，凡为银四十四两、金五两，又金钗一双。黎奉银五两致谢，拒不受。黎感泣而去。明年，游士范万顷询知其事，题诗壁间曰："囊金遗失正茫然，逆旅仁心尽付还。从此弋阳添故事，不教阴德擅燕山。"又跋云："世间嗜利，为小人之行者，比比皆是，闻韩子之风得无愧乎？"洙今见存。

《夷坚丁志》卷七《荆山客邸》

这一篇拾金不昧的故事发生在南宋，尽管故事短小，情节简单，却将客栈店主、店仆以及失金秀才描述得颇为生动。故事以黎秀才失金时的窘态来衬托店主的品格，艺术效果相当不错。

《夷坚志》中的拾金不昧故事，大多数作品都写失主的财物失而复得后，归还者得到了好报；也有少量作品着重揭露某些失者表现恶劣，写他们对还金人非但不心存感激，反而以怨报德，最后得到了惩罚。试看写拾金不昧者得好报的故事：

乐平东关民张五郎，淳熙七年，姻戚从假质物，付以一金钗，过期不反，张自出钱往赎，输息未足，还家，遣婢雪香持所欠取之。既得钗，半途登厕，虑其堕也，插于壁间，溷毕而忘之。行百步始觉，亟回，适一弓兵往来其外，即就索焉，拒曰未尝见。婢泣告曰："我娘子性严急，此度系陪钱取典，已自忿躁，更将元物失了，必谓我与人奸通，把钗与他，将痛打而致死地，未可知。与其受杖而死，不若先讨个去处。"遂径趋水滨。弓手望见，惧其赴水，遽呼曰："我实获钗，本喜为横财，今乃令汝就死，我不忍也。"以还之。婢归，言其故，张叹息，语其妻曰："雪香服事三十年，无分毫罪过，若因此自尽，可谓至冤，不如分付与人，做一段好事。"妻以为然，并与钗以嫁十里外结竹渡边民王二。妇怀弓手恩，恨不问姓名，尚能略记其形状。经四年，因往溪头挈水，渡船人已满载，中一人绝类弓手者。近扣之，信也，邀还家。其人辞以文书有限，若迟一渡，便是阻了五里路，不可相从。妇力恳请，乃俱行。船即离岸，妇及家告其夫，方相与啜茶，闻渡呼噪喧，出视之，船到中流而覆，溪正水涨，不容奔

救，溺者凡三十六人，弓手独免。一茶之顷，端为此故，阴德之报，岂不昭然。（杨仲渊说）

《夷坚志补》卷三《雪香失钗》

这一篇还金故事，情节比较曲折，描写相当生动，突出了好人终得好报的题旨。它让读者窥见，退还金钗的弓手很有怜悯心。当他见到婢女香雪由于丢失金钗要跳水寻短时，毅然把金钗退还给香雪。弓手行善积德，终得好报。几年后偶遇，香雪与其丈夫请弓手到家中喝茶，竟耽误了登船，因而幸免于船难。

《夷坚志》中拾金不昧的故事，尚有写一长者帮失主找回柄中藏金雨伞，不收酬谢，失主乃图其像供奉香火的《夷坚三志辛》卷五《吴长者》；写何某还包某所失一沓官券却不取分文，当何某生病求借时包某竟不理睬，包某后得报被充军的《夷坚志补》卷二《何隆拾券》；等等。

二、乐善好施故事

《夷坚志》中有关乐善好施的故事，描述了人们身边发生的各种帮助他人、行善积德的事件。其中最为突出的是救人义举，包括挽救他人性命、为他人治愈心灵创伤等。作品里面描述的各种乐善好施的行为，往往有口皆碑，不胫而走，受到广泛的赞誉，在社会上产生积极影响。试看：

处州青田县尝有水患，尽浸民庐。富室某氏，素蓄数船于江岸，一家毕登，避于高处。既免，而生生之具，毫毛未能将。方拟回船装取，望水势益长，一邑之人皆骑屋叫呼，哭声震野。富翁曰："吾家资正失之，容可复有，岂宜视人入鱼腹，置而不问哉？"即分命子弟，各部一艘，自下及高，以次救载，并其所挈囊箧，听以自随。至则又往，凡往来十余返，毋虑千人，悉脱沉溺之祸。明日水退，邑屋无一存，但莽莽成大沙碛。富翁所居，沙突如堆阜。遣仆并力辇弃，则一区之宅，俨然不动，什器箱笥，按堵如初，惟书策衣衾稍沾湿而已。是时翁之子就学于永嘉，闻难亟归，已而复至，言其事如此。惜不得翁姓名。有阴德者必获天报，独未知之云耳。

《夷坚支戊》卷六《青田富室》

这一篇故事讲述大水涌来时，一富室置自家财产于不顾，毅然去搭救众乡亲的性命，甚至听其携带囊箧，不仅极富怜悯心，而且待人格外宽厚，其品格高尚，远远超于寻常，实在令人钦佩。

第七节　历险故事

《夷坚志》中的历险故事，以海上历险故事为主，兼有其他方面的历险故事，内容较为丰富，其中以海上历险故事最为精彩。中国的海上贸易，自宋代以来有了很大的发展，航海事业日渐兴盛。海上历险的故事，从一个侧面反映当时海上贸易的发达以及航海事业的艰辛。此类故事，大多描述航海者漂至某个海岛上的特殊经历，颇具传奇性。故事中的航海出发地均为沿海地区的城市，如广州、泉州、明州（今浙江宁波）、金陵（今江苏南京）、山阳（今江苏淮安）、密州（今山东胶州）。此类故事的流传地，亦在沿海一带。譬如：

> 甲志载泉州海客遇岛上妇人事，今山阳海王三者亦似之。王之父贾泉南，航巨浸，为风涛败舟，同载数十人俱溺。王得一板自托，任其籤荡，到一岛屿旁，遂陟岸行山间，幽花异木，珍禽怪兽，多中土所未识，而风气和柔，不类蛮峤，所至空旷，更无居人。王憩于大木下，莫知所届。忽见一女子至，问曰："汝是甚处人？如何到此？"王以舟行遭溺告，女曰："然则随我去。"女容状颇秀美，发长委地，不梳掠，语言可通晓，举体无丝缕朴樕蔽形。王不能测其为人耶，为异物耶，默念业已堕他境，一身无归，亦将毕命豺虎，死可立待，不若姑听之，乃从而下山。抵一洞，深杳洁邃，晃耀常如正昼，盖其所处，但不设庖爨。女留与同居，朝暮饲以果实，戒使勿妄出。王虽无衣衾可换易，幸其地不甚觉寒暑，故可度。岁余，生一子。迨

及周晬①，女采果未还，王信步往水涯，适有客舟避风于岸隩②，认其人，皆旧识也，急入洞抱儿至，径登之。女继来，度不可及，呼王姓名骂之，极口悲啼，扑地几绝。王从蓬底举手谢之，亦为掩涕。此舟已张帆，乃得归楚。儿既长，楚人目为海王三，绍兴间犹存。

《夷坚支甲》卷十《海王三》

这一篇海岛历险故事，描写一商贩漂至海岛上后，与一穴居女子结为夫妻并生有一子。其人弃妻携子扬帆归，经历了生离死别的感情折磨和良心谴责，使读者、听众不免为之叹息，心情难以平复。又如：

> 绍兴二十年七月，福州甘棠港有舟从东南漂来，载三男子、一妇人，沉檀香数千斤。其一男子，本福州人也，家于南台。向入海，失舟，偶值一木浮动，得至大岛上。素喜吹笛，常置腰间。岛人引见其主。主夙好音乐，见笛大喜，留而饮食之，与屋以居，后又妻以女。在彼十三年，言语不相通，莫知何国。而岛中人似知为中国人者，忽具舟约同行，经两月，乃得达此岸。甘棠寨巡检以为透漏海舶，遣人护至闽县。县宰丘铎文昭招予往视之。其舟刳巨木所为，更无缝罅，独开一窍出入。内有小仓，阔三尺许，云女所居也。二男子皆其兄，以布蔽形，一带束发，跣足。与之酒，则跪坐，以手据地如拜者，一饮而尽。女子齿白如雪，眉目亦疏秀，但色差黑耳。予时以郡博士被檄考试临漳，欲俟归日细问之。既而县以送泉州提舶司未反，予亦终更罢去，至今为恨云。

《夷坚乙志》卷八《无缝船》

这一篇海岛历险故事，描写一福州男子漂至海岛上后，由于善于吹笛，受到好音乐的岛主热情接待。岛主还将自己的女儿许配给他。十三年后，两个妻兄又亲自把他们两口送回老家。其人遇到海难竟化险为夷，最

---

① 周晬（zuì）：婴儿周岁。
② 隩（yù）：河岸弯曲的地方。

后有一个圆满的结局，令人欣慰。

《夷坚志》中的海上奇遇故事，尚有写明州昌国客商与同伴登一岛屿时被岛上人捉住，常以烧铁筷灼其股取乐，并强令耕田，三年后因看管松懈，始得逃脱的《夷坚甲志》卷十《昌国商人》；写金陵富某海上遇难漂至一岛上，与猩猩国一女子婚配，生下一子，三年后携子登舟归去的《夷坚志补》卷二十一《猩猩八郎》；写有一个官员到利路去任知县，在途中一个女儿从轿中落入悬崖，慢慢变成野人，三年任满回家，父母在该地竟发现此女，并且将她带回家的《夷坚志补》卷二十一《利路知县女》；等等。

第八节　骗子故事

《夷坚志》中的骗子故事，包括世俗骗子的故事和宗教骗子的故事两个部分。两种骗子的故事在行骗手法、诓骗对象、设骗目的诸方面，既有相似之处，又有不同之处，在不同程度上反映出当时的社会环境与民众生活的状况，具有相当的认识价值，也带有一定的娱乐功能。

一、世俗骗子故事

《夷坚志》中有关世俗骗子的故事，往往生动形象地揭露当时社会上盛行的各种骗局，诸如美人骗局、假女骗局、假母骗局、假官骗局、假死骗局等，不一而足。设骗局行骗的大都是出自市井的歹徒，行骗的对象既有好人，亦有坏人。行骗者的意图尽管各不相同，但差不多都不可取。试看：

> 临安内北门外西边小巷，民孙三者居之。一夫一妻，无男女。每旦携熟肉出售，常戒其妻曰："照管猫儿，都城并无此种，莫要教外间见。若放出，必被人偷去。我老无子，抚惜他便与亲生孩儿一般，切须挂意。"日日申言不已。邻里未尝相往还，但数闻其语。或云：

"想只是虎斑，旧时罕有，如今亦不足贵，此翁忉忉①护守，为可笑也。"一日，忽拽索出到门，妻急抱回，见者皆骇。猫乾红深色，尾足毛须尽然，无不叹羡。孙三归，痛棰厥妻。已而浸浸达于内侍之耳，即遣人以厚直评买。而孙拒之曰："我孤贫一世，有饭吃便了，无用钱处。爱此猫如性命，岂能割舍！"内侍求之甚力，竟以钱三百千取之。孙垂泣分付，复棰妻，仍终夕嗟怅。内侍得猫不胜喜，欲调驯安帖，乃以进入。已而色泽渐淡，才及半月，全成白猫。走访孙氏，既徙居矣。盖用染马缨绂之法，积日为伪。前之告戒棰怒，悉奸计也。（马相孟章说，盖亲见之）

　　　　　　　　　　　　　《夷坚三志己》卷九《乾红猫》

　　这一篇故事的主人公，是骗术高明的骗子。其人以染猫毛之法去行骗本不足为奇。他们之所以骗得三十万巨款，乃因其夫妻俩在卖猫之前、卖猫之时、卖猫之后均善于表演双簧，为制造"乾红猫"假象做长时间的反复铺垫，因而能够达到逼真的效果，其手法老道绝非一般骗子可为。有意思的是，作品里面的受骗者乃是官府中人。他们因为邀功而上当，丝毫不值得同情；当然，骗子行骗也不值得称道。

　　《夷坚志》中的世俗骗子故事，尚有写一男子假扮道姑常去富室，一住数十日，被此人骗奸之妇女不计其数的《夷坚支乙》卷三《妙净道姑》；写骗子设美人骗局使一买官赴调临安者上钩，让其赔钱二千缗的《夷坚志补》卷八《李将仕》；写浙西一年轻官员到吏部参加考核时落入美人陷阱，其所有钱财皆被骗子卷走的《夷坚志补》卷八《临安武将》；写郑某到京办理调动时，一骗子假扮官员设下买妾骗局，将其钱财全部骗走的《夷坚志补》卷八《郑主簿》；写一伙奸徒在假太守府中设赌局，将调京师为官者所携千万金几乎骗光的《夷坚志补》卷八《王朝议》；等等。

二、宗教骗子故事

　　《夷坚志》中有关宗教骗子的故事，从不同的方面揭露佛教、道教以

---

　　① 忉忉（dāo）：忧念貌。

及民间宗教的神职人员的形形色色的欺诈行为——包括骗取钱物、奸淫妇女、谋财害命等。其欺诈行为，大都与宗教信仰、宗教活动有关。骗子们因为披有宗教外衣，其欺骗性往往更强。而他们所设的骗局一旦被戳穿，必然受到严厉惩处，同样不会有好下场。譬如：

> 益都屠儿满义，赋性狞烈，力能扛鼎，绝不畏鬼神，醉经丛祠，辄指画嫚骂，习以为常。巫祝袁彦隆者，诈人也，密与其党最厚者谋曰："清元真君庙摧敝岁久，吾主其香火，将一新之，而邑人莫肯相应和。满屠凶猛不信向，众耳目所共知，倘因之以假灵，必可成也。"于是邀义饮于家，酒酣，谓之曰："我欲择某日致礼于清元庙下，至期当有观者，子能乘酒力呼噪而来，挥斥众人，登堂正坐，以神自居，空其酒，食其肉，且大詈其神，使万目倾骇，可乎？"义曰："此正我所愿为者，又何难哉！"袁遂以其日收合数百少年，幡旟旌幢，夹列道上，馔具牲币①，种种丰腆，鼓震乐作。义直趋祠所，毅然踞坐，自言："吾神也。"取牢醴②悉啖之，而詈神。梗口良久，义忽狂作，口鼻耳目皆流血，仆地而死。皆谓义触神之怒而致祸，怖畏灵威，争捐金钱入庙，祠宇大兴。数岁而后，袁之徒因分贿不平，诣府县告其事，尽捕鞫而刑之。

> 《夷坚支甲》卷九《益都满屠》

这一篇故事，描述一巫祝以毒死不信神狂徒的手段骗得民众敬畏，让大家争相捐钱。后来因分赃不均，同伙前去告官，骗局因而败露，这伙宗教骗子均受到惩罚，最终都得到应有的报应。

《夷坚志》中的宗教骗子故事，尚有写吴某号称擅用符水祛病，用钱雇一小儿与其做骗人表演，后来竟被揭穿的《夷坚支景》卷四《吴法师》；写单某求长生术被丘道人诓骗，当丘与其妻淫奔时，乃将丘捉交郡府受诛的《夷坚支丁》卷九《单志远》；等等。

---

① 币：用作祭祀的丝织品。
② 牢醴：祭祀用的牺牲和甜酒。

第九节　动物故事

《夷坚志》中的动物故事，作品数量不少，涉及的社会生活面较广，内容主要为动物护主追凶、动物与人友善、动物感恩报恩、保护动物等几个方面。在故事中出现的动物，多为与人类关系比较密切的犬、猫、牛、猪、虎、猿、猴、驴、鼠、鹅、鹦鹉、斑鸠、鸬鹚、画眉等，其中以犬和虎最为常见。

一、动物护主追凶的故事

《夷坚志》中有关动物追凶的故事，或以遇险护主为内容，或兼有护主、追凶的内容。它们均充分表现了动物对主人的无比忠诚，往往达到至死不渝的程度，感人至深。譬如：

> 绍兴中，乐平魏彦成为滁州守。全椒县结证一死囚狱案，云县外二十里有山庵，颇幽僻，常时惟樵农往来，一僧居之，独雇村仆供薪爨之役。养一猫极驯，每日在旁，夜则宿于床下。一犬尤可爱，俗所谓狮狗者。僧尝遣仆买盐，际暮未反，凶盗乘虚抵其处杀僧，而包裹钵囊所有，出宿于外。明日入县，此犬窃随以行，遇有人相聚处，则奋而前，视盗噪吠。盗行，又随之，至于四五，乃泊县市，愈追逐哀鸣。市人多识庵中犬，且讶其异，共扣盗曰：“犬如有恨汝意，得非去庵中作罪过乎？”盗虽强辩，然低首如怖伏状。即与俱还庵，僧已死。时正微暑，猫守护其傍，故鼠不加害。执盗赴狱，不能一词抵隐，遂受刑。此犬之义，甚似前志所纪无锡李大夫庵者也。蠢动含灵，皆有佛性，此又可信云。
>
> 《夷坚支乙》卷九《全椒猫犬》

这一篇故事，描述义犬追赶凶手，没有一点儿懈怠，终于让盗贼落网，破了杀僧凶案；而猫一直守护僧人的尸体，使主人的尸体不致被老鼠损害。故事里面的犬、猫追凶护主，相互配合，充分显示出它们的一片赤诚，读来十分感人。

《夷坚志》中的动物追凶故事，尚有写乐平知县郑某见爱犬咬伤贩妇，便将它送到寺庙里面，谁知当天晚上就被盗，后来才发现盗贼系贩妇引进家门，连忙接回爱犬的《夷坚丙志》卷九《郑氏犬》；写向生被佃仆砍伤，驴子赶走佃仆后又回来保护主人，使其脱险的《夷坚支庚》卷七《向生驴》；写一凶徒雪夜杀死老僧，劫走贵重香炉，庙犬穷追不舍，终使凶手被捉伏法的《夷坚志补》卷四《李大夫庵犬》；写龟山村赵五家犬被老虎所食，民众持长矛追赶，幼犬咬住虎尾被拖得遍体鳞伤也不放，最后众人将老虎捅死的《夷坚志补》卷四《龟山孝犬》；等等。

二、动物与人友善的故事

《夷坚志》中有关动物与人友善的故事，大都从各个社会层面描述人类厚待家养动物或野生动物、家养动物或野生动物对人类友善，往往相互理解、牵挂、体恤、照料，甚至达到难以分离、难以割舍的程度。此类故事，有不少作品既富有感情色彩，又充满生活情趣，艺术质量比较高，让人过目不忘。譬如：

> 罗源鹳坑村有一岭，不甚高，上有平巅，居民称为篝上。田家一妇尝归宁父母，过其处，见一虎蹲踞草中，惧不得免，立而呼之曰："斑哥，我今省侍耶娘，与尔无冤仇，且速去。"虎弭耳悚听，遽曳尾趋险而行，妇得脱。世谓虎为灵物，不妄伤人。然此妇见鸷兽不怖悸，乃能谕之以理，亦难能也。

> 《夷坚甲志》卷十四《鹳坑虎》

这一篇故事，描写某村妇回娘家时的一次遭遇，在看似平常的事件中，显示出不寻常的亮点：它既表现了村妇的临危不惧、大胆镇静，又表现了老虎的通人性、与人友善，无不令人惊叹，令人折服。又如：

> 婺州根溪李姥，年六十，有数子，相继疫死。诸妇悉更嫁，但余

一孙，七八岁。姥为人家纺绩，使儿守舍，至暮归，裹饭哺之，相与为命。方春时，姥与儿偕里中数人撷茶，一虎跃出林间，众惧骇，登木沉溪以避。虎径搏儿，举足簸弄，宛转未食，姥挺身直前，拊虎大恸，具述平生孤苦之状，且曰："不如食我，则儿犹可以生，为香火主。儿死，则我嗣绝矣！虎如有知，乞垂慈悯！"虎闻言，瞑目弭耳，若惭悔然，疾走去。两人皆得免。

《夷坚志补》卷四《李姥告虎》

这一篇故事，与上篇故事一样，都具有情节简洁、故事明快的特点，而且动物角色都是老虎。这篇故事中的老虎，能够怜惜老人，对自己的行为感到惭愧，比上一篇故事中的老虎似乎更加通人性，更加与人友善。

《夷坚志》中的动物与人友善的故事，尚有写章某赴官途中坠崖将落入虎口，当告以家有年迈老母需要赡养时，虎乃释放其人的《夷坚乙志》卷十二《章惠仲告虎》；写童仆将商人汪大郎家之马喂养得非常好，受到民众称赞，当地寺庙塑马时就按照汪大郎马来塑的《夷坚丙志》卷十九《汪大郎马》；写吴中某甲以买鳝为生，因梦见鳝向其哀求，于是将全部鳝倒入江内，并且倾其所有买鳝放生，后拾到大量铜钱，用以经商，家遂小康的《夷坚丁志》卷十六《吴民放鳝》；写吕家老仆人陆思俊喂一犬非常驯服，老两口去世后，该犬每天卧在房下不食，竟肉消骨立而毙命的《夷坚支景》卷四《陆思俊犬》；写杨某所喂养一犬数年间忠心守护家院，并且捉回野物，有人欲用骏马换此犬，被其谢绝的《夷坚志补》卷四《杨一公犬》；等等。

三、动物报恩的故事

《夷坚志》中有关动物报恩的故事，大都描写人类救治、喂养各种飞禽走兽，或者为其接生等。而这些动物对于人类多有感念，无不采取它们各自特有的方式来报答对其有恩之人。譬如：

淳熙二年八月，通州海门县下沙忽有虎暴，民家牛羊猪狗，遭食者多。居人畏其来，至暮辄出避。陈老翁村舍窗户篱壁，皆为触倒。

陈语妻子曰:"虎吃人自系定数。我一家人八口,恐须有合受祸者,我今出外自当之。"妻子挽劝不听。即开门,见虎肋间带一箭,手为之拔取。虎腾身哮吼,为感悦之状而去。次夜,掷一野彘以报,自此绝迹。

《夷坚支庚》卷四《海门虎》

这一篇故事比较简短、明快,首先描写虎患,在恐怖气氛中引出虎报民妇拔箭之恩,随后再描写老虎送野猪答谢,虎暴从此消失。其布局合理,剪裁得当,在同类作品中具有一定的代表性。

《夷坚志》中的动物报恩的故事,尚有写五只幼鼠被了达长老喂大后突然离去,随即送来茶叶表示谢意,自此长老所到之处皆无鼠患的《夷坚甲志》卷十三《了达活鼠》;写某村乡民家贫,自无以食,其家母狗及小狗瘦骨嶙峋,有人将小狗要去喂养后,小狗竟天天跑回来呕出所餐哺母的《夷坚支庚》卷一《詹村狗》;写商州一医士被请去为老猿治病,因受赠金银险些吃官司,老猿后来重新赠物使其致富的《夷坚志三补·猿请医士》;等等。

四、保护动物的故事

《夷坚志》中有关保护动物的故事,往往通过生动、具有感染力的描写,从正、反两个方面来揭示人类应当珍爱动物、庇护动物的题旨,说明人类保护动物,就是保护自己的道理,给世人以有益的启迪,直至今日仍然具有一定的积极意义。试看:

休宁张村民张五,以弋猎为生,家道粗给。尝逐一麂,麂将二子行,不能速,遂为所及,度不可免,顾田之下有浮土,乃引二子下,拥土培覆之,而自投于网中。张之母遥望见,奔至罝所,具以告。其子即破网出麂,并二雏皆得活。张氏母子相顾,悔前所为,悉取置罘①之属焚弃之,自是不复猎。

《夷坚乙志》卷十八《休宁猎户》

---

① 罝罘:捕鸟兽的网。

　　洪府奉新县之东三十里，有僧舍曰竹林院。院有松冈，巨松参天，禽鸟群栖其上，鸱鹕最多，每岁字育①，及秋乃去。邻邑建昌控鹤乡民王六者，能缘木，常升高取其雏以供馔。积十数年，罹其虐者以千计。绍熙甲寅夏，率其徒至松下，系小笈于腰间，攀挟乔枝，履虚而上。将及木杪，老鸱鹕在焉，悲噪苦切。已而群飞竞集，绕王生之身，啄其股，攫其目。王尽力挟松，两手皆不可释。其徒仰视之，急呼曰："勿取雏，且亟下。"未能及半，啄攫者犹不舍，遂颠坠死，举体如斧斫然。

《夷坚支景》卷七《竹林院鸱鹕》

　　这两篇故事分别从两个不同的生活层面，阐述人类保护动物的意义。前一篇故事，描写一猎户看见母麑为保全幼子性命而做自我牺牲，被其博大的母爱精神所感动，毅然焚弃捕兽工具，从此不复打猎，迈出保护野生动物的可贵的一步。后一篇故事，写乡民王某取食雏鸟数以千计，十几年间，他在伤害鸟类方面积怨甚深。他后来上树取雏时被群鸟啄攫，竟坠地而死，受到严酷的惩罚。这不能不说是给人们敲起了警钟，有一定的劝世作用。

　　《夷坚志》中有关保护动物的故事，尚有写屈师放水捕鱼时，看见有两条大鲤鱼一次次拼命跳出堰外去运小鱼，十分感动，连忙用畚箕将小鱼全部运出，从此不再捉鱼的《夷坚丙志》卷十九《屈师放鲤》；写鱼贩汪乙不顾众人劝阻而杀死从渔人处买回之百斤大鼋，后因事系狱遭杖，贫困至死的《夷坚支甲》卷三《汪乙鼋》；写双鸡恩恩爱爱，公鸡被宰杀，母鸡悲啼不知止，竟气喘而死的《夷坚支甲》卷八《王揖双鸡》；写某店主不顾群鹅阻拦而杀掉一雄鹅待客，群鹅随即自撷死三只，其余皆不吃喝的《夷坚三志己》卷二《颜氏店鹅》；写渔夫江十四是个贪利小人，他不顾哀求而杀死腹中有百枚细卵之母鼋，竟遭到报应的《夷坚三志辛》卷十《江十四鼋》；写李三夫妻为多得利而提前三日杀猪，很快遭报双双病故的《夷坚三志辛》卷十《李三夫妻猪》；写桐庐人将一条牛犊和一条母牛分别卖给农夫与屠夫，

―――――――――

　　①　字育：生育。

屠夫晚上准备宰母牛时，牛犊竟闯进房来到母牛身旁，母牛用舌头不断舔牛犊，屠夫十分感动，随后便以原价把母牛卖给农夫，让牛犊与母牛团聚，再不分离的《夷坚三志己》卷十《桐庐犊求母》；等等。

第十节　诗对故事

《夷坚志》中的诗对故事，作品数量都不大，包括吟诗与对联两个部分，以吟诗的故事居多，涉及不同的生活层面，一般都比较通俗有趣。吟诗故事，譬如：

> 契丹小儿，初读书，先以俗语颠倒其文句而习之，至有一字用两三字者。顷奉使金国时，接伴副使秘书少监王补每为予言以为笑。如"鸟宿池中树，僧敲月下门"两句，其读时则曰"月明里和尚门子打，水底里树上老鸦坐"，大率如此。补锦州人，亦一契丹也。
>
> 《夷坚丙志》卷十八《契丹诵诗》

这一篇故事，描写契丹小儿读书、学习汉文化时发生的一些引人发笑的趣事，让人们看到，即使在金国与南宋对峙的情况下，少数民族与汉民族的文化交流仍然在不断进行着，难以阻断。又如：

> 叶祖义，字子由，婺州人。少游太学，负隽声。天资滑稽不穷，多因口语谑浪，所至遭嫌恶。尝曰："世间有十分不晓事，吾以一联咏之曰：'醉来黑漆屏风上，草写卢仝月蚀诗。'"后登科，为杭州教授，轻忽，生徒及同僚无不敛怨。一旦以事去官，无一人祖饯①，独与西湖僧两三人差善，至是皆出城送之。叶与之酌酒叙别，半醉，酣歌曰："如梦如梦，和尚出门相送。"闻者绝倒。
>
> 《夷坚支景》卷六《叶祖义》

---

① 祖饯：古代出行时祭祀路神叫"祖"，后因此称给人设宴送行为"祖饯"。

这一篇故事，写叶某为人滑稽自负，不拘小节。故事里面的诗词，寥寥数语，便揭示出此人的性格，颇为生动有趣。再如：

> 元祐间，士大夫好事者取达官姓名为诗谜，如："雪天晴色见虹蜺，千里江山遇帝畿，天子手中朝白玉，秀才不肯着麻衣。"谓韩公绛、冯公京、王公珪、曾公布也。又取古人名而傅以今事，如："人人皆戴子瞻帽，君实新来转一官，门状送还王介甫，潞公身上不曾寒。"谓仲长统、司马迁、谢安石、温彦博也。
>
> 《夷坚甲志》卷二《诗谜》

这一篇故事，流布范围不广，主要在当时的文化人当中传递，自有其趣味性。诗谜作为吟诗故事的一个小门类，聊备一格。

对联故事，譬如：

> 德兴李氏三士，政和中皆负俊声。伯为人狞劣，每一坐数起走趋；仲捷于饮啖，且最滑稽善谑；季独沉静，以经学驰誉，为乡党推许。与之游者各行标榜，谓其伯曰"猴子"，以讥其轻佻；谓其仲曰"狗子"，以讥其贪饕；季曰"豹子"，以表其文采。屡谒巨室余氏，余甚富有，数子皆吝啬于财，与人无款曲意。因三季小聚，长子忽出大银杯，满酌酒置前曰："吾有一句，能对者饮酒，并赏此杯。"即唱云："兄弟三人猴狗豹。"自谓已占三数，又下是兽畜名，必无从可答。伯应声曰："父子一群蛇鼠牛。"里俗指俭不中礼者为蛇鼠，而牛者，诟骂农氓之称也，的切如此，遂饮酒。余子大惭服，亟持杯归之，自是不敢复形侮慢。旧传四六对云：全文行忠信之四端，备正直刚柔之三德，正此类也。季登乙未科，仕至两部转运使者，徙居旁邑。安仁云。
>
> 《夷坚三志壬》卷五《猴豹戏对》

这一篇故事，写巨室余氏几兄弟与李氏三兄弟小聚饮酒对句时，彼此耍心眼，进行较量。通过对比性的描写，把余氏兄弟与李氏兄弟的不同性格特征都刻画出来了，具有一定的艺术性。又如：

> 王仲言有女，为父母怜爱，而所以恼其父者非一，因戏目之曰
> "摩耶夫人①"。淳熙中，为滁州来安令。一少年悖慢其兄，兄殴致伤，
> 诉于县。仲言正访诘其故，忽拊案大笑，吏卒在庭，皆莫能测。至久
> 乃云："吾三十年寻一对，今日始得之。"呼兄前语之曰："汝可谓
> '岂弟君子'，且与'摩耶夫人'作对。兄打弟，于法收罪亦轻，自今
> 不得复尔。"即遣出。岂字音"恺"，北俗称殴打为"恺"云。
>
> 《夷坚三志己》卷六《摩耶夫人》

这一篇故事，写的是王仲言做来安县令时审案的一桩趣事，以"岂弟
君子"对"摩耶夫人"来贯穿其间，颇有兴味。再如：

> 汪仲嘉谪南康，寓处僧舍。尝招郡僚宴集，官娼咸在，有姓杨及
> 李者，于群辈中艺色差可采。理掾主李，户掾主杨，席间时时相与嘲
> 戏，理掾顾谓户曰："'尔爱其羊，我爱其礼'，固载之《鲁论》，无
> 用相笑也。"坐客哂之，而求所以为对者。教授麋廪周卿正与汪公对
> 奕，麋争劫思行，星子沈令从傍呫嗫②，汪曰："我已有对矣：'旁观
> 者审，当局者迷。'"众击节嗟赏，以为名对，各为之满饮一觞。一时
> 戏语，遂为风流清话。
>
> 《夷坚支景》卷八《南康戏语》

这篇故事，其巧妙之处在于一方道出嵌入"杨""李"两姓的"尔爱
其羊（杨），我爱其礼（李）"之后，一方立即从棋局发挥，对以嵌入
"沈""麋"两姓的"旁观者审（沈），当局者迷（麋）"。在场的郡僚听了
齐声赞许，都以为是"名对"。

---

① 摩耶夫人：摩耶，意译为"大幻化""大术"。相传摩耶夫人是摩伽陀净饭王后，释迦牟
尼的生母。

② 呫嗫（chè'niè）：低声细语貌。

　　《夷坚志》中的诗对故事，尚有写元祐间士大夫好事者以达官姓名为诗谜的《夷坚甲志》卷二《诗谜》；写绍兴年间，一些文人联语相互调侃的《夷坚乙志》卷一《李三英诗》；写一次有人来给盛肇送请柬，上书"万物皆心化，唯牛最辛苦。君看横死者，尽是食牛人"，来人转瞬不见，盛肇十分恐惧，从此不食牛的《夷坚乙志》卷十三《食牛诗》；写有一年喻某在梦中与一个姑娘对对子的《夷坚乙志》卷十《梦女属对》；写张山人由山东到京城，以十七字诗闻名，后来有一个轻薄儿在其坟上题诗"此是山人坟，过者应惆怅。两片芦席包，敕葬"的《夷坚乙志》卷十八《张山人诗》；写张某寓居豫章龙兴寺，昼寝闻笑曰"休休得也冈，云深处高卧斜阳"而不见人，僧人告知曾经有一卖诗秀才病终在此，张某受到惊吓，不到半年亦死的《夷坚丁志》卷十八《卖诗秀才》；写张某淳熙年间省场失利，就趋大学补试，等待发榜时，遇一神仙醉饮赋诗"行尽蓬莱弱水源，今朝忍渴过昆仑。兴来莫问酒中圣，且把金杯和月吞"的《夷坚三志壬》卷五《醉客赋诗》；等等。

第六章　民间寓言

《夷坚志》中的民间寓言，包括人事寓言和拟人寓言两个门类，作品的数量都比较少。兹分别论述其中的人事寓言和拟人寓言。

第一节　人事寓言

《夷坚志》中的人事寓言，包含幻想性人事寓言和写实性人事寓言两个类别，以写实性人事寓言居多。

一、幻想性人事寓言

《夷坚志》中的幻想性人事寓言，涉及神奇、鬼魅、精怪诸多方面的内容，各有其描写对象，并且不乏耐人寻味的佳作。譬如：

> 建康都统制王权，微时好射弩，矢不虚发。绍兴初，从韩咸安往建州征范汝为，尝挟弩往山间，望树上有鹊巢，即射之，不知其中与否也。闻有人在其后言曰："使汝眼为箭所中，当如何？"反顾，无所见。权悟其异，亟登木视之。一鹊中目，宛转巢内，即死，权惊悔，拔佩刀碎其弩。未几，与贼战，流矢集于鼻眦之间，云眼不能以寸，病金创久之乃愈。（韩王子彦直子温说）

《夷坚甲志》卷十九《王权射鹊》

这一则寓言，通过故事主人公射鹊不寻常的一段经历，说明知错能改，及时改正错误，是有良知的表现。而在日常的待人接物中，知错能改的人，往往善于处理各种矛盾和问题，日子会过得比较顺当，比较惬意。又如：

> 　　德兴去县十五里，有山门寺。其僧了诠者，年四十岁时，遇一善术士戒之曰："大师命运衡犯凶煞，五月内当主灾殃，须百事谨畏关防。不然，恐不能免。"诠闻言忧怖。是月自朔日屏迹不出，惟端坐诵经，度日如年，常若祸至。及晦日，阖寺僧相慰拊曰："师兄可出矣。"诠曰："犹有半日之期未竟，不知获脱免否？"到昏暮，寂无它虞，诠亦自喜。少顷，提灯笼如厕，过山坎下，适巨蛇蟠居石上，见灯光跃而赴之，正啮诠足，大叫仆地。其徒奔救以还，所伤处血肉溃腐，遂连胫骨如截，历岁乃愈，然不能行步。春秋几八十，庆元三年秋始死。
>
> 　　　　　　　　　　　　《夷坚三志辛》卷一《山门寺僧》

　　这一则寓言幻想色彩比较浓郁，它通过一僧人躲避凶害却未能坚持到底，因而遭到灾祸的故事，说明做事必须持之以恒，不可存一点儿侥幸心理，否则很可能功亏一篑。

　　《夷坚志》中的幻想性人事寓言，尚有写农夫陈二妻子临盆时诣寺许愿祈求阴护，生男后久不还愿，其妻便双盲，秋暮还愿，妻子双目复明，了无患苦的《夷坚支乙》卷八《陈二妻》；写田某得到农夫所献龙珠后，县令借故将其囚禁，由于不能自脱竟死于狱中的《夷坚支庚》卷十《嘉鱼龙珠》；写一道士在劝阻无效时数呼雷神击毙吃人巨蟒，从而使妄想飞升者得救的《夷坚志补》卷二十二《武当刘先生》；写某僧见师弟尪瘦，进而追查缘由，铲除妖怪，乃使师弟康复的《夷坚志补》卷二十三《礼斗僧》；写一贫士因神助而得到富商五十万钱酬金，后因不守信用泄密，竟失财丧命的《夷坚志三补·庙神周贫士》；等等。

二、写实性人事寓言

　　《夷坚志》中的写实性人事寓言，不乏比较精彩的作品。譬如：

> 　　江浙之俗信巫鬼，相传人死则其魄复还，以其日测之，某日当

至，则尽室出避于外，名为避放。命壮仆或僧守其庐，布灰于地，明日，视其迹，云受生为人为异物矣。鄱阳民韩氏妪死，倩族人永宁寺僧宗达宿焉。达暝目诵经，中夕，闻妪房中有声呜呜然，久之渐厉，若在瓮盎间，蹴蹋四壁，略不少止，达心亦惧，但益诵首楞严咒，至数十过。天将晓，韩氏子亦来，犹闻物触户声不已，达告之故，偕执杖而入。见一物四尺，首戴一瓮，直来触人。达击之，瓮即破，乃一犬呦然而出。盖初闭门时，犬先在房中矣，瓮有糠，伸首舐之，不能出，故戴而号呼耳。谚谓"疑心生暗鬼"，殆此类乎。（宗达说）

《夷坚乙志》卷十九《韩氏放鬼》

这一则寓言，写韩妪死后家人请僧诵经，有一戴瓮犬在其屋，被误以为是韩妪阴魂归来，竟闹出一场误会。这一场误会，无疑会让人们从中有所领悟，得到一定的启示。又如：

京师浴肆给使之隶，夜后收拾器具，获一客所遗黑角筒，仅如指大。启之，其中有药如面膏，意必治眼者所用。其母久苦目生青翳障，碍结已十年，全不能见物。漫以点注睛上，母呼叫彻晓，云极痛。楚子视之，两翳若刀裂开，即明洁如昔。谓为神赐，秘藏其余。数月后妻病赤目，仍以药点之，其痛与母等，且不堪忍。迨晓，双睛皆枯。又一年，浴客复至，云："去岁遗下小药筒，不知落何许？"给使者具陈本末，客骇曰："此药能灭去黥墨，为性至毒，讵可施诸眼中耶？"卢仲礼时在都城，正闻此说。

《夷坚三志己》卷八《浴肆角筒》

这一则寓言，写京师澡堂的一个仆役误以客人落下的黥墨药膏为眼药，用其治好老母的翳障，却将赤目的妻子的眼睛弄瞎了。这个看似寻常的事件，却颇有深意。它首先说明，遇事不可凭主观臆断来处理，否则很可能事与愿违，带来损失或痛苦。它又说明，不可将偶然的成功当成普遍的经验来看待，否则可能造成损失，甚至带来严重后果。

《夷坚志》中的写实性人事寓言，尚有写王某梦至阴府，偷见生死簿上称其"某年月日以一刀死",醒来因恐惧竟病殁的《夷坚甲志》卷一《王天常》;写桐江民所宠爱之二猫不会抓老鼠,却反而去弄死小鸡,让人感到惭愧的《夷坚三志己》卷十《桐江二猫》;写馆客黄某死后主人发现其记有他家诸事,以备失欢时起诉,方悟逢迎谄笑者居心不良的《夷坚三志辛》卷一《林氏馆客》;等等。

第二节　拟人寓言

《夷坚志》中的拟人寓言,数量较少,以动物寓言最为常见,故事主角以飞禽走兽居多,其形状各异,往往意趣盎然。譬如:

> 文安公小隐园在妙果寺南,其西偏地势夐僻,久不平治,蔓莽极目。绍熙五年七月二日,圃人徐三以正午酌水于瓮,见二犬共擒一蛇,大如柱,其长五六尺。蛇回头反啮其颔,一犬径衔蛇头吞嚼,喉间滞碍,不能伸缩,复为蛇啮舌,遽吐之。俄顷犬死,其一遭毒。不逾时,三者俱毙。蛇体黑花、方纹间之,遍身生毛茸茸然,名为铁甲五步,盖蝮也。
>
> 《夷坚支乙》卷三《小隐蛇》

这一则寓言,写两犬共擒一五六尺长蝮蛇,一犬衔蛇头反被咬死,一犬中蛇毒身亡,蝮蛇亦毙命。它让世人看到,任何凶毒的对手,都是可以征服的。只有那些勇敢无畏、不怕牺牲者,才可能战胜强敌,夺得胜利。

《夷坚志》中的拟人寓言,尚有写大蛇吃巢中雏鹤,其母不能御,一健隼飞来以爪反复击蛇,使其裂成数段的《夷坚甲志》卷五《义鹘》;写一母狗与狗崽常忍饥挨饿,瘦悴骨立,狗崽被人抱养后,每日必回故家呕出食物哺母,风雨无阻的《夷坚支庚》卷一《詹村狗》;等等。

传　承　编

自先秦以来，通过上千年的实践，尤其是经过隋唐五代时期的发展与推动，到了宋元时期，中国民间故事的采集、录写进入了一个新的阶段。宋元时期作为中国民间故事采录新阶段，有两个重要标志：其一，这个时期所录写的民间故事数量空前之多，录写民间故事的典籍亦空前之多，最为突出的是出现了《夷坚志》这样卷帙浩繁的录写民间故事的专书，影响相当深远。其二，这个时期对民间故事讲述人的重视，达到了空前的程度，最为突出的是出现了《夷坚志》这样记载大量民间故事讲述人的典籍，其中拥有一批水平较高的讲述家。

兹从民间故事讲述人、采录民间故事异文、民间故事结构模式、民间故事类型以及对后世的影响等方面，对《夷坚志》的传承事项做全面介绍和论析。

第一章 《夷坚志》的讲述人与录写情况

第一节 《夷坚志》的讲述人

一、《夷坚志》的讲述人概述

洪迈撰《夷坚志》卷帙浩繁，原有四百二十卷，元、明时期多有散佚，今存者约为原书的一半，即《初志》八十卷、《支志》七十卷、《三志》三十卷、《志补》二十五卷、《再补》一卷、《三补》一卷，共计二百零七卷。其中所记的民间故事讲述人共计 520 余人①。他们主要包括各级官吏，例如蒋丞相、朱丞相、竟陵太守张寿朋、化州守何休、济州通判黄滕、通判王稚川、通判吴敏叔、常德刘通判、转运使徐叔义、饶州推官翁潾、永年知县张允蹈、知县穆怀、县令张昭、临桂县县丞张寅、余干县县丞葛师夔、赣县县丞张思顺、乐平丞诸葛贲、南城丞何叔达、祁阳县尉许明仲、公安尉蔡聪发、德兴尉丁先民、瑞安主簿陈处俊、铜陵主簿刘注、安远县主簿邹兼善、南康县税官左辅、福建副总管曹季本、秉义郎聂进、忠翊郎马□、侍郎向元伯、侍郎李似之、金侍郎、绕信都巡检使许经、参政梁叔子、澧州巡检马燧、枢密使王德、教授柴椿年、教授朱仲河、盐官簿窦思永、司理刘式、推官王友文、工曹掾杨朴公全、铸钱司押纲人刘信。此外，尚有普通百姓和出家人，例如信州盐商范信之、建康医者杨有成、福州医李翼、医生汤三益、郡士郑东卿、郡士郑必彰、邵武士人黄文

---

① 参见附录。

蕾、永丰士人徐有光、郧乡士人刘可、甘州士人叶伯起、邑士邓愷、邑士张时济、乐平游士孙千里、建昌崇真隐士黄彦中、太学生钱之望、南康船师陈太、信州玉虚观道士徐真素、桃源观道士、道士黄师肇、道人杨昭然、永宁寺僧宗达、福州太平寺僧蒋宝、僧希赐、僧日智、僧祖一、僧孚峨、僧道益、僧师粲、僧了祥、吉州隆庆长老了达、般若长老惟学、观音寺长老法椿、鄱阳渚田院主善佑、庙祝洪兴祖、尤溪坑户吴太、仆人吴兴举、张思顺婢。书中还有洪迈的亲属或者亲戚，例如先君、叔洪光吉、叔洪光赞、弟洪景裴与洪景伊、从弟洪景通、族弟洪懂、大儿洪适、侄儿洪皋与洪毕、侄洪樒、侄皋之、从侄洪乔、族侄洪圭、孙洪中、侄孙洪伋、侄孙洪侃、侄孙洪仙、侄孙洪俌、侄孙洪子言、张外舅、余甥玠、妹婿朱晞颜、内弟伯牛、妇侄张寅、妻叔张宗一、族外孙婿梁锟。

二、《夷坚志》的重点讲述人

《夷坚志》讲述故事较多的有吕大年、朱从龙、黄日新、吴秦、徐谦、邓直清、邓植、王嘉叟、黄德琬、黄仲秉、洪景裴、王日严、徐熙载、张思顺、张子理等三十余人。试看：

吕大年，字德卿，曾任赣州石城县（今属江西）县令。今本《夷坚志》共收他所讲述的故事一百三十六则，包括《夷坚支景》卷三（十九则）、《夷坚支景》卷四（十六则）、《夷坚支丁》卷二（十四则）、《夷坚支丁》卷三（十七则）、《夷坚支庚》卷四（十五则）、《夷坚支癸》卷二（十二则）、《夷坚支癸》卷三（十四则）等七个整卷的作品以及其他一些作品。他是中国古代可以查考的讲述作品最多的民间故事讲述家，十分突出。在他讲述的故事中，比较有影响的作品有：

《夷坚支景》卷三《武康二叟》《吴江郑媪》《吕氏画扇》《王武功妻》《西湖庵尼》《建阳驿小儿》《海中真武》；

《夷坚支景》卷四《姜处恭》《琴台棋卓》《吕氏绿毛龟》《吴法师》《清塘石佛》《赵葫芦》《王双旗》《金鸡老翁》；

《夷坚支景》卷五《临安吏高生》《许六郎》《童七屠》《淳安潘翁》《郑四客》《吕德卿梦》；

《夷坚支丁》卷二《小陈留旅舍女》《吴庚登科》《大善寺白衣人》《张次山妻》《张承事女》《龙溪巨蟹》《朱巨川》；

《夷坚支丁》卷三《石城庙神》《廖氏鱼塘》《李氏红蛇》《海山异竹》《阮公明》《圆真僧粥》《嘉兴道人》《班固入梦》；

《夷坚支丁》卷五《潘见鬼理冥》；

《夷坚支庚》卷四《霍和卿》《石城尉官舍》《金陵黥卒》《吴山新宅》《海门虎》《吴江二井》《奔城湖女子》《伏虎司徒庙》；

《夷坚支庚》卷五《明僖寺鲤鱼》《真如院藏神》《石城溪童》《郁大为神》《西馆桥塑龙》《李淑人》；

《夷坚支癸》卷二《滑世昌》《武当真武祠》《徐希孟道士》《李五郎》《穆次裴斗鸡》《昌田鸣山庙》《杨教授母》《董待制》；

《夷坚支癸》卷三《独角五通》《张显祖治狱》《鬼国续记》《叔宝塔影》《柯山妖蛇》《杨真人》《文登弈者》《闻人氏事斗》《蔡七得银器》；

《夷坚支癸》卷四《临淄石佛》；

《夷坚支癸》卷六《野和尚》《张七省干》；

《夷坚支癸》卷八《李小五官人》；

《夷坚志补》卷十四《辟兵咒》。

朱从龙，生平事迹不详。今本《夷坚志》共收他所讲述的故事七十四则。包括《夷坚支甲》卷一、《夷坚支甲》卷二、《夷坚支甲》卷三、《夷坚支乙》卷一、《夷坚支丁》卷九整卷在内，比较有影响的作品有：

《夷坚支甲》卷一《张相公夫人》《楼烦道上妇人》《普光寺僧》《刘将军》《生王二》《河中西岩龙》《五郎君》《护国大将军》；

《夷坚支甲》卷二《阳武四将军》《杜郎中驴》《黑风大王》《王德柔枯蟹》《李婆墓》《宿迁诸尹》《胡煌仆》《九龙庙》《野牛滩》；

《夷坚支甲》卷三《吕使君宅》《闻氏女子》《刘承节马》《虞主簿》《熊二不孝》《张文宝》《方禹冤》《汪乙鼋》《段祥酒楼》《姜彦荣》《张鲇鱼》《包氏仆》；

《夷坚支乙》卷一《王彦太家》《张四妻》《董成二郎》《管秀才家》《马军将田俊》《翟八姐》《吴太尉》；

《夷坚支乙》卷二《大梵隐语》《茶仆崔三》；

《夷坚支乙》卷三《安国寺僧》《刘氏傲居》《景德镇鬼斗》；

《夷坚支丁》卷八《王甄工虬异》《王七六僧伽》《西湖判官》《周女买花》《仇邦俊家》；

《夷坚支丁》卷九《戚彦广女》《盐城周氏女》《单志远》《清风桥妇人》《淮阴张生妻》《王直夫》《窦致远》《张二姐》；

《夷坚支丁》卷十《潘元宁鳖梦》《樱桃园法师》；

《夷坚三志己》卷四《张马姐》《暨彦颖女子》《萧县陶匠》《于允升冤鬼》。

黄日新，字齐贤，生平事迹不详。今本《夷坚志》共收他所讲述的故事六十三则。其中比较有影响的作品有：

《夷坚支乙》卷十《赵主簿妾》《王尚书名纸》《梁主簿书院》《一明主簿》《陈氏货宅》《陈如埙》《傅全美仆》；

《夷坚支景》卷二《孔雀逐疠鬼》《云门僧鬼》《蓬头小鬼》《邓富民妻》；

《夷坚三志壬》卷一《吴仲权郎中》《邓生畏萝卜》《冯氏阴祸》《涂氏龙井》《南城毛道人》《吴蔡棺异》；

《夷坚三志壬》卷二《楚州方夫子》《楚州陈道人》《聂伯茂钱鸽》《懒愚道人》《项山雉》《杨抽马卦影》；

《夷坚三志壬》卷三《刘枢干得法》《沈承务紫姑》《建昌大寺塔》《童氏金鸭》《张三店女子》；

《夷坚三志壬》卷四《南山独骑郎君》《皮场护叶生》《建昌寺塔影》《丘简反魂》《涂知县梦龙》《陶氏疫鬼》《杨五三鬼》《湖北稜睁鬼》《化州妖凶巫》《漳士食蛊蟆》。

吴秦，生平事迹不详。今本《夷坚志》共收他所讲述的故事五十六则，其中比较有影响的作品有：

《夷坚支庚》卷七至卷九《向生驴》《莲湖土地》《双港富民子》《应氏书院奴》《周氏子》《招庆寺水》《华阴举子》《胡彦才子》《村民杀胡骑》《余干民妻》《炼银道人》《芜湖储尉》《茅山道人》《江湄逢二仙》《景灵宫道士》《黎道人》《道人治消渴》《景德镇妇人》《溧阳狂僧》《扬州茅舍女子》《无锡木匠》《朱少卿家奴》《金山妇人》《新安道人》《舒道人》；

《夷坚支癸》卷五《陈泰冤梦寐》《连少连书生》《北塔院女子》《瑞应尊者》《酆都观事》《赵邦材造宅》《白云寺行童》《神游西湖》《石头镇民》《刘居晦醮设》《新喻张屠》。

徐谦，生平事迹不详。今本《夷坚志》共收他所讲述的故事四十四则。其中比较有影响的作品有：

《夷坚支癸》卷八《赵十七总干》《李大哥》；
《夷坚三志己》卷二《徐五秀才》《东乡僧园女》《姜七家猪》《姜店女鬼》《颜氏店鹅》《璩小十家怪》《许家女郎》；
《夷坚三志己》卷四《齐宣哥救母》《俞一郎放生》《杨五郎鬼》《燕仆曹一》《宁氏求子》；
《夷坚三志己》卷九《建德茅屋女》《石牌古庙》《曹三妻》《叶七为盗》；
《夷坚三志辛》卷二《永宁寺街女子》《槐娘添药》《刘和尚犬》《宜城客》；
《夷坚三志辛》卷九《赵喜奴》《萧氏九姐》《费氏父子》《高氏堂影》《郭二还魂》《香屯女子》；
《夷坚三志辛》卷十《湖口庙土地》《陈小八子债》《萧大师》。

邓直清，建昌人，生平事迹不详。今本《夷坚志》共收他所讲述的故事四十四则，其中比较有影响的作品有：

《夷坚支甲》卷五《唐四娘侍女》《游节妇》《周三蛙》《妙智寺田》《雷州雷神》《刘画生》；

《夷坚支甲》卷六《西湖女子》《远安老兵》《巴东太守》《赵岳州》《资圣土地》《张尚书》；

《夷坚支甲》卷七《蔡筝娘》《建昌王福》《徐防御》《黄左之》《钟世若》；

《夷坚志三补》的《崔春娘》。

邓植，字端若，生平事迹不详。今本《夷坚志》共收他所讲述的故事四十二则，其中比较有影响的作品有：

《夷坚丁志》卷十八《史翁女》《刘狗麼》《张珍奴》《袁孝显》《卖诗秀才》《东坡雪堂》《李苃遇仙》；

《夷坚丁志》卷十九《黄州野人》《盱江丁僧》《江南木客》《鬼卒渡溪》《龙门山》《复堂龙珠》《陈氏妻》；

《夷坚丁志》卷二十《郭岩妻》《黄资深》《蛇妖》《二狗怪》《红叶入怀》《杨氏灶神》《巴山蛇》《兴国道人》《乌山媪》《陈女巫》《雪中鬼迹》。

王嘉叟，名柜，生平事迹不详。今本《夷坚志》共收他所讲述的故事三十则。其中比较有影响的作品有：

《夷坚甲志》卷十四《建德妖鬼》，卷十九《误入阴府》《秽迹金刚》《飞天夜叉》，卷二十《葵山大蛇》《融州异蛇》《一足妇人》；

《夷坚乙志》卷一《佐命功臣》，卷三《王通直祠》，卷五《刘子昂》，卷七《天心法》，卷十三《嵩山三异》《黄檗龙》《蒋山蛇》，卷十四《赵清宪》《大名仓鬼》《邢大将》，卷十五《皇甫自牧》，卷十九《光禄寺》《秦奴花精》；

《夷坚丙志》卷十五《燕子楼》，卷十六《碓梦》，卷二十《荆南妖巫》《时适及第》《两头龟》。

黄德琬，曾任溧水县尉。今本《夷坚志》共收他所讲述的故事二十九则，其中比较有影响的作品有：

《夷坚丁志》卷五《三士问相》《陈通判女》《四眼狗》《张一偿债》《句容人》《员家犬》《威怀庙神》《灵泉鬼魅》《石白湖螭龙》《陈才辅》《张琴童》；

《夷坚丁志》卷六《和州毛人》《奢侈报》《陈元舆》《高氏饥虫》《翁吉师》《永宁庄牛》《犬啮绿袍人》《叶德孚》《茅山道人》《泉州杨客》《张翁杀蚕》。

洪景裴，洪迈之弟。今本《夷坚志》共收他所讲述的故事二十七则，其中比较有影响的作品有：

《夷坚乙志》卷十七《钱瑞反魂》，卷二十《徐三为冥卒》；

《夷坚丁志》卷十三《邢舜举》，卷十七《阎罗城》；

《夷坚支乙》卷五《张小娘子》《顾六耆》《南陵蜂王》《杨戬馆客》《谭真人》《傅选学法》《赵不易妻》《东湖荷菱》《紫姑咏手》《秀州棋僧》《黄巢庙》；

《夷坚支景》卷二《会稽独脚鬼》《孙判官》《孙俦击鬼》《孙俦宝剑》；

《夷坚支丁》卷一《建康太和古墓》《三赵失舟》《德兴潭鱼》，卷八《潭州都监》；

《夷坚支庚》卷十《吴淑姬严蕊》；

《夷坚支癸》卷一《余杭何押录》；

《夷坚志补》卷九《钱真卿》。

王日严，生平事迹不详。今本《夷坚志》共收他所讲述的故事二十二则。其中比较有影响的作品有：

《夷坚乙志》卷二十《饮食忌》；

《夷坚丙志》卷七《大仪古驿》《安氏冤》《扬州雷鬼》《新城桐郎》《寿昌县君》《钱大夫妻》《蔡十九郎》《周庄仲》《阴司判官》《沈押录》《马述尹》《蝇虎报》，卷八《无足妇人》《胡秀才》《赵士遏》《谢七嫂》。

王稚川，生平事迹不详。今本《夷坚志》共收他所讲述的故事二十则。其中比较有影响的作品有：

《夷坚丁志》卷二《邹家犬》《张敦梦医》《小孤庄》《富池庙》《济南王生》《海盐道人》《张通判》《孙士道》《张注梦》《刘道昌》《李家遇仙丹》《刘三娘》《宣城死妇》《白沙驿鬼》《李元礼》。

黄仲秉，生平事迹不详。今本《夷坚志》共收他所讲述的故事十八则。其中比较有影响的作品有：

《夷坚乙志》卷十二《章惠仲告虎》《大散关老人》，卷十八《嘉陵江边寺》，卷二十《王祖德》《蜀州女子》；
《夷坚丙志》卷二《舞阳侯庙》《魏秀才》《蜀州红梅仙》《刘小五郎》《罗赤脚》《赵缩手》《长道渔翁》《朱真人》《聂从志》，卷四《小溪县令妾》《郢人捕鼋》，卷十七《王铁面》。

张思顺，生平事迹不详。今本《夷坚志》共收他所讲述的故事十四则。其中比较有影响的作品有：

《夷坚支景》卷一《赣州雷》《章签判妻》《信丰巨獐》；
《夷坚支丁》卷七《余干谭家蚕》《灵山水精》；
《夷坚支庚》卷十《天庆观道人》；
《夷坚支癸》卷七《合龙山小道者》《王司户屋》《陈秀才游学》《光州兵马虫》《古田民得遗宝》；
《夷坚三志己》卷四《周十翁墓》《叶通判录囚》。

张子理，生平事迹不详。今本《夷坚志》共收他所讲述的故事十四则。其中比较有影响的作品有：

《夷坚支戊》卷十《胡画工》《凌二赌博》；

《夷坚支庚》卷二《浮梁二士》《余听声》《贾屠宰獐》《方大年星禽》，卷五《华严寺僧》《武女异疾》《新安尤和尚》，卷十《杨可人》《胡氏异儿》《江四女》《白石大王》；

《夷坚志补》卷十九《李侍郎龟精》。

三、《夷坚志》的其他讲述人

僧侣讲述人及其讲述的故事：

《夷坚甲志》卷四《鼠灾》（僧希赐说）；

《夷坚甲志》卷七《法道变饿鬼》（宣僧日智说）；

《夷坚甲志》卷七《岛上妇人》（泉州僧本偶说）；

《夷坚甲志》卷八《永福村院犬》（永福县般若长老惟学说）；

《夷坚甲志》卷八《安昌期》（山僧说）；

《夷坚甲志》卷十《谭氏节操》《草药不可服》《南山寺》（英僧希赐言）；

《夷坚甲志》卷十一《张太守女》（老僧说）；

《夷坚甲志》卷十二《僧为人女》（僧祖璠说）；

《夷坚甲志》卷十三《了达活鼠》（长老了达言）；

《夷坚乙志》卷二《陈氏女》《张梦孙》《人化犬》《张十妻》（僧日智说）；

《夷坚乙志》卷七《宁都吏仆》（寺僧祖一说）；

《夷坚乙志》卷八《师立三异》（长老师立说）；

《夷坚乙志》卷十八《超化寺鬼》（长老说）；

《夷坚乙志》卷十九《韩氏放鬼》（僧宗达说）；

《夷坚丙志》卷十三《长溪民》《福州异猪》《福州屠家儿》《林翁要》（福州太平寺僧蒋宝说）；

《夷坚丁志》卷十四《武唐公》（僧道益说）；

《夷坚支甲》卷六《资圣土地》（僧祖珏说）；

《夷坚支乙》卷六《永悟侍者》（兜率长老法端说）；

《夷坚支景》卷八《汪氏庵僧》，《夷坚三志辛》卷七《叶道行法》《万道士》（僧显章说）；

《夷坚支癸》卷一《曹家莲花》《王五七造屋》（僧师粲说）；

《夷坚支癸》卷四《祖圆接待庵》，《夷坚志补》卷二十一《猩猩八郎》（长老了祥说）；

《夷坚支癸》卷四《罗汉污池木》（院僧说）；

《夷坚志补》卷五《莲花栎》（僧明说）；

《夷坚志补》卷十六《处州山寺》（僧孚峨说）。

道人讲述人及其讲述的故事：

《夷坚乙志》卷十九《望仙岩》（黄道人说）；

《夷坚支乙》卷五《谭真人》（游湻仆道人言）；

《夷坚三志辛》卷四《白马洞天》（道士朱洞真说）；

《夷坚三志壬》卷八《岳阳董风子》《孙十郎放生》《杨四鸡祸》《华亭邬道士》《佛授羊肝圆》《集仙观醮》《钟匠斫木》《赵氏二佛》《祝吏鸭报》《光山双塔鬼》《徐咬耳》（杨昭然道人说）。

洪迈家族、亲属讲述人及其讲述的故事：

《夷坚甲志》卷十一《梅先遇人》《食蟹报》《瓦陇梦》《促织怪》《陈大录为犬》《蔡衡食鲶》（洪庆善说）；

《夷坚甲志》卷十四《王夫人》（从弟洪景通说）；

《夷坚甲志》卷十五《陈尊者》、卷十六《戴氏宅》（外舅说）；

《夷坚甲志》卷十六《升平坊官舍》（族弟洪燿说）；

《夷坚乙志》卷十《巢先生》（舅氏说）；

《夷坚乙志》卷十一《玉华侍郎》（先君闻于乡人）；

《夷坚丙志》卷十三《蟹治漆》（妹婿朱晞颜说）；

《夷坚丙志》卷十四《张五姑》《宜都宋仙》《刘媪故夫》《锡盆冰花》《王八郎》《杨宣赞》（闻于妻族）；

《夷坚丙志》卷十六《王省元》（伯兄在馆中闻同舍说）；

《夷坚丁志》卷十九《黄州野人》（外孙王仲共说）；

《夷坚支景》卷六《西安紫姑》（大儿洪适说）；

《夷坚支丁》卷四《林子元》（大儿洪适时通判州事，得其说甚的）；

《夷坚支丁》卷四《书吏江佐》《张妖巫》《治汤火咒》（洪元仲说）；

《夷坚支丁》卷四《王监之》《朱四客》《武昌客舍虎》（侄孙洪侃说）；

《夷坚支丁》卷五《蜀梁二虎》《建康空宅》《饶风铺兵》（侄孙洪倄说）；

《夷坚支丁》卷五《义乌孙道》（洪楷侄说）；

《夷坚支丁》卷八《宋提举侍姬》（侄孙洪伷录以相示）；

《夷坚支戊》卷二《孙大小娘子》《黄惠州》《淡水渔人》（洪元善说）；

《夷坚支戊》卷十《金谷户部符》（洪禹侄为复州守日录）；

《夷坚支戊》卷十《梁执中》（洪价孙录来）；

《夷坚支庚》卷一《潭州府治》（洪子中孙说）；

《夷坚支庚》卷三《陈秀才女》《朱氏乳媪》《张通判》（洪子言侄孙说）；

《夷坚支庚》卷五《金沙滩舟人》《辰州监押》（洪子中说）；

《夷坚支癸》卷一《薛湘潭》（余甥玠说）；

《夷坚三志辛》卷三《何同叔游罗浮》（大儿以大社令在寺，预闻之，亲得其所书如此）；

《夷坚三志辛》卷八《岳州河泊》（洪毕侄说）；

《夷坚三志壬》卷一《倪太博金带》（洪子由说）；

《夷坚三志壬》卷九《开州铜铫》《刘经络神针》（大儿洪适说）；

《夷坚志补》卷三《赵善弌梦警》（予长子适监府仓，故传之）；

《夷坚志补》卷十《朱天锡》（弟洪景先说）；

《夷坚志补》卷十八《吴少师》（张外舅说）。

第二节　《夷坚志》故事的来源、流传及其他情况

《夷坚志》不但记载了大量的民间故事讲述人，而且录写了许许多多介绍故事来历以及各种相关的情况，无不有助于人们对故事的了解，具有一定的研究价值。

一、有关故事来源的记述

《夷坚甲志》卷十《桐城何翁》末尾有："翁与中书舍人朱新仲翌有中外之好，朱公尝记其事以授予云。"

《夷坚甲志》卷十八《邵昱水厄》末尾有："后九年，昱以任公守宣州差，捧表贺登极补官，改名侃。予亲扣其详如此。"

《夷坚丙志》卷十三《蟹治漆》末尾有："予妹婿朱晞颜时以当阳尉摄邑令，亲见之。"

《夷坚丁志》卷十五《张客奇遇》末尾有："临川吴彦周旧就馆于张乡里，能谈其异，但未暇质究也。"

《夷坚丁志》卷十六《郑生夫妇》《黄安道》《吴民放鳝》《仙舟上天》《雷丹》《酒虫》《牛舍利塔》《鸡子梦》等8则末尾有："右八事皆董坚老相授，云其先君少保所记也，故皆远年事。"

《夷坚丁志》卷十九《黄州野人》末尾有："时童邦直为郡守，外孙王仲共侍行，见其事，为作《野人记》并诗云。"

《夷坚支景》卷六《西安紫姑》末尾有："周（权）以绍熙甲寅为福建安抚参议官，大儿忤（似误）贰福州，得其说如此。"

《夷坚志补》卷十四《主夜神咒》开头有："予为礼部郎日，斋宿祠官，与宋才成、裴侍郎夜语及神异事。"

《夷坚志补》卷二十《桂林秀才》末尾有："是事本吾邑向元伯侍郎族党所致，而乡人皆不知，后闻何德扬始言之。"

二、有关故事的真实性问题

《夷坚支癸》卷一《回天寺钟楼》末尾有："（孙）次山后居鄱阳，作苏高州道夫婿，与人说此。予检赵清献公《成都记》及王恭简《续记》，无所谓回天寺者。得非里俗称谓或不同邪？更当访诸蜀士也。"

《夷坚志补》卷二十二《侯将军》末尾有："绍兴二十一年七月也，赤城赵彦成亲见其事，作《飞猴传》记之。"

三、有关故事传递情况的记述

《夷坚丙志》卷四《阆州通判子》末尾有："予妇侄张寅为临桂丞，闻之于灵川尉王琨。琨云：'此近年事，不欲显其姓名，特未审也。'"

《夷坚支丁》卷八《潭州都监》末尾有："景裴闻其说于钱不孤，而忘都监姓名。"

《夷坚支丁》卷八《宋提举侍姬》末尾有："盈之侄为闽茶干官日所闻，侄孙伷录以相示。"

《夷坚三志辛》卷五《历阳丽人》末尾有："徐圣俞妇弟自淮上至，谈其详。"

《夷坚志补》卷二十三《奎宿奏事》末尾有："时婺陈子象名省之，父为温州掾曹，传其说如此，子象说。"

四、有关录写故事情况的记述

《夷坚乙志》卷十一《玉华侍郎》末尾有："先君顷于乡人胡霖

卿（涓）处得此事。亦有人作记甚详。久而失去。询诸胡氏子及婺源人，皆莫知，但能道其梗概如是。今追书之，复有遗忘处矣。"

《夷坚丙志》卷四《阆州通判子》末后有："予妇侄张寅为临桂丞，闻之于灵川尉王琨。琨云：'此近年事，不欲显其姓名，特未审也。'"

《夷坚丁志》卷八《乱汉道人》开头有："《乙志》所载阳大明遇人呵石成紫金事，予于《起居注》得之，今又得南康尉陈世材所记，微有不同，而甚详，故复书于此。"

《夷坚支甲》卷三《闻氏女子》末尾有："予是时即闻其事，书于《景志》中，与此差不同，且以闻氏为文氏，然大略非诞也。"

《夷坚支丁》卷五《建康空宅》末后有："知文州李言时在彼见之，为侄孙偁子翼说。"

《夷坚支丁》卷八《潭州都监》末尾有："景裴闻其说于钱不孤，而忘都监姓名。"

《夷坚支戊》卷二《章茂宪梦》末尾有："邑子丁居易从章游学，后登科，为赣县主簿。张思顺作丞，闻其说。"

《夷坚支戊》卷八《解俊保义》末尾有："《甲志》所录张太守女在南安嘉祐寺为厉以惑解潜之孙，与此大相似。两者相去三四十年，又皆解氏子，疑只一事，传闻异词。而刘医云亲见之，当更质诸彼间人也。"

《夷坚支庚》卷五《武女异疾》末尾有："康民者，与张寿朋善；其年秋，寿朋赴竟陵守，过鄂渚，闻其说。"

《夷坚三志辛》卷三《许颖贵人》末尾有："予顷得此说于赵季和不鲁，即记录，今犹记其大略，类《乙志》内李孝寿也。"

《夷坚三志辛》卷三《王枢密招魂》末尾有："是岁予为礼部郎官，韩子温为屯田郎官，正睹其事。"

《夷坚三志辛》卷四《邛州僧》开头有："成都医者刘翁来夷陵，推官陈莘与之从容，因言邛州一僧事。"

《夷坚三志壬》卷五《邓氏紫姑诗》末尾有："一时失于记录，端若之子直清，仅能追忆此数语耳。"

《夷坚志补》卷六《王兰玉童》末尾有："予记《逸史》所载卢

叔伦女、《续玄怪录》党氏女事，大略相似，但同时生于两处，一为男，一为女，乃未之前闻。明州人王夷说此，不能记其乡里与何年事也。"

五、有关故事进行比较的记述

既有涉及本书作品相互比较的，又有涉及与他书作品比较的。

1. 涉及本书作品相互比较的，诸如：

《夷坚乙志》卷十一《唐氏蛇》末尾有："予《前志》有融州蛇事，与此相反云。"

《夷坚丙志》卷六《长人岛》末尾有："沈公雅为予说。予《甲志》书昌国人及岛上妇人，《乙志》书长人国，皆类此也。海于天地间为物最巨，无所不有，可畏哉。"

《夷坚丁志》卷四《王立燂鸭》末尾有："予于《丙志》载李吉事，固已笑鬼技之相似，此又稍异云。"

《夷坚丁志》卷六《茅山道人》开头有："《丙志》所纪秦昌龄咎证事，不甚详的，今得其始末，复载于此。"

《夷坚丁志》卷十四《刘十九郎》末尾有："予于《乙志》书石田王十五为瘟鬼驱至宣城事，颇相类。"

《夷坚支甲》卷三《闻氏女子》末尾有："予是时即闻其事，书于《景志》中，与此差不同，且以闻氏为文氏，然大略非诞也。"

《夷坚支甲》卷六《赵岳州》末尾有："《甲志》记孙点、石倪、徐楷相踵为泰山府君，三人同一辙，甚与兹事类。但此皆乡人接武，为小异云。"

《夷坚支甲》卷十《海王三》开头有："《甲志》载泉州海客遇岛上妇人事，今山阳海王三者亦似之。"

《夷坚支乙》卷三《董绰兄弟》末尾有："此与前志所书豫章道人、婺源行者事，甚相似也。"

《夷坚支景》卷三《吴江郑媪》末尾有："顷吴斗南书明州民媪

一事，全相似，已载《庚志》中。佛力不可思议，普欲示化，不嫌于同也。"

《夷坚支景》卷五《淳安潘翁》末尾有："《己志》所书广民亦如此焉。"

《夷坚支丁》卷六《证果寺习业》末尾有："予顷闻张定叟说嵊县山庵事略相类，岂非传者误其郡邑乎？然其末绝不同，姑复书之，以广异述。"

《夷坚支戊》卷一《闽僧宗达》末尾有："予所记沃焦山事，颇与后一段相符。"

《夷坚支戊》卷三《卫承务子》末尾有："予顷记张锐治吴少师事，绝相似云。"

《夷坚支戊》卷四《德化鸷兽》末尾有："人疑为虎精，如前所书阳台者是也。"

《夷坚支戊》卷四《房州保正》末尾有："人死为牛多矣，诸志中屡书之，兹又独异也。"

《夷坚支戊》卷八《湘乡祥兆》末尾有："桃符证应，已载于《癸志》。比得南强笔示本末，始知前说班班得其粗要为未尽，故再记于此。而《癸志》既刊于麻沙书坊，不可芟去矣。"

《夷坚支戊》卷八《解俊保义》末尾有："《甲志》所纪张太守女在南安嘉祐寺为厉以惑解潜之孙，与此大相似。两者相去三四十年，又皆解氏子，疑只一事，传闻异词。而刘医云亲见之，当更质诸彼间人也。"

《夷坚支戊》卷九《海盐巨鳅》末尾有："《甲志》所书漳浦崇照场大鱼，正此类也。"

《夷坚支戊》卷十《回香院鸡》末尾有："予谓鸡化为媪妇，见梦乞命，或称别去者，多矣，诸志亦屡有之。此段乃有丐者一节，映带为助，特觉新奇也。"

《夷坚支庚》卷二《蓝供奉》末尾有："大抵学道者多预知命终之日，必著意逃隐，如《甲志》之车四，《乙志》之巢先生是已。蓝君以庆元初卒。"

《夷坚三志己》卷二《徐五秀才》末尾有："《三志甲》所书方三

遇女子，正此云。"

《夷坚三志辛》卷三《许颍贵人》末尾有："予顷得此说于赵季和不鲁，即记录，今犹记其大略，类《乙志》内李孝寿也。"

《夷坚三志壬》卷四《化州妖凶巫》末尾有："前书荆南妖巫始末，颇相类。"

《夷坚志再补》之《姑苏二异人》末尾有："洪文敏《夷坚》辛志乙三志亦杂载其事，虽微不同，要皆履奇行怪，有不可致诘者，故著之。"

2. 涉及本书作品与他书作品进行比较的，诸如：

《夷坚甲志》卷五《江阴民》末尾有："此事与《三水小牍》载《王公直事》相类。"

《夷坚丙志》卷十三《蓝姐》末尾有："汉《张敞传》所记偷长以赭污群偷裾而执之，此事与之暗合。"

《夷坚丙志》卷十四《锡盆冰花》末尾有："《春渚纪闻》有万延之一事，甚相似。"

《夷坚丁志》卷二《宣城死妇》末尾有："《荆山编》亦有一事，小异。"

《夷坚丁志》卷十八《饶廷直》末尾有："东坡公作《黄鹤楼》诗，纪冯当世所言老卒遇异人事，王定国亦载之于书，疑此亦其流也。"

《夷坚支甲》卷二《卫师回》末尾有："唐人记南柯太守、樱桃青衣、邯郸黄粱，事皆相似也。"

《夷坚支庚》卷四《花月新闻》开头有："《巳志》书姜秀才剑仙事，以为舒人。今得淄川姜子简廉夫手抄《花月新闻》一编，纪此段甚的，故复书之。贵于志异审实，不嫌复重，然大概本末略同也。"

《夷坚支庚》卷一《鄂州南市女》末尾有："《清尊录》所书大桶张家女，微相类云。"

《夷坚支庚》卷六《谭法师》末尾有："予记唐小说所书黎丘人

张简等事，皆此类云。"

《夷坚支癸》卷一《薛湘潭》末尾有："《涑水记闻》所载向文简雪僧冤事，亦以一媪言云。"

《夷坚三志壬》卷十《娑罗树子》末尾有："唐李邕所作《楚州娑罗树碑》予既载之《容斋四笔》，所云特奇崛，盖非此也。"

《夷坚志补》卷四《九头鸟》末尾有："唐陆长源《辩疑志》云。"

《夷坚志补》卷四《荆南虎》开头有："唐小说多载虎将食人，而皮为人所夺，不能去，或作道士僧与言语。南城邓秉，见故山阴宰李巨源说一事，大与古类，而微有不同者。"

《夷坚志补》卷十四《解洵娶妇》末尾有："此盖古剑侠，事甚与董国度相类云。"

《夷坚志补》卷二十一《猩猩八郎》开头有："猩猩之名见于《尔雅》《礼记》《荀子》《吕氏春秋》《淮南子》，又唐小说载焦封孙夫人事。"

第三节 《夷坚志》采录有关著作情况

《夷坚志》中的绝大多数作品，都是洪迈亲自采录的民间传说、故事。但其中也有少量作品，取自南宋时期和南宋以前的有关著作。因此，《夷坚志》亦带有一些选编著作的特征。兹举数例如下：

《夷坚甲志》卷十七《峡山松》，由曲江人胡愈作《松梦记》述其事。

《夷坚乙志》卷二十《潞府鬼》，北宋·张师正《括异志》亦载此事，甚略。

《夷坚丙志》卷一《九圣奇鬼》（长故事）末尾云："宣（永嘉薛季宣）恨其始以轻信召祸，自为文曰《志过》，记本末尤详。予采取其大概著诸此。"

《夷坚丙志》卷九《宣和龙》，见宋·蔡绦《后史补》。

《夷坚丙志》卷十《黄法师醮》，洪迈称："魏公自作记五千言，今摭取其大要如此。"

《夷坚丙志》卷十《刘景文》《雍熙妇人词》，见南宋·周紫芝少隐《竹坡诗话》。

《夷坚丙志》卷十四《锡盆冰花》，与宋·何薳《春渚纪闻》卷二《瓦缶冰花》大同小异。

《夷坚丙志》卷十四《忠孝节义判官》，见《晁无咎集》。

《夷坚丙志》卷十六《太清宫道人》《王屋山》，皆见宋·张耒《张文潜集》。

《夷坚丁志》卷十《大洪山跛虎》，见《汉东志》。

《夷坚支甲》卷四《钱塘老僧》《九里松鳅鱼》，皆见巩廷筠《慈仁志》。

《夷坚支乙》卷二《罗春伯》《杨证知命》《黄若讷》《吴虎臣梦卜》《黄五官人》《邵武试院》《涂文伯》《王茂升》《周氏三世科荐》《黄溥梦名》等十则，皆见临川刘君所记《梦兆录》。

《夷坚支乙》卷六《罗伯固脑瘤》的引子，据《春渚纪闻》卷三《仙丹功效》缩写。

《夷坚支景》卷三《水精环》，出南宋·邵伯温《邵氏闻见录》。

《夷坚支景》卷七《刘方明》《九月梅诗》，皆见潮人王中行教授所作《图经》。

《夷坚支丁》卷八《赵三翁》，末尾称："嵩山张寿昌朋父为作记，郭象伯象得其文，载于《睽车志》末。予欲广其传，复志于此。"

《夷坚支庚》卷一《夏氏燕》，出南朝宋·范晔《后汉书·列女传》。

《夷坚支庚》卷六《徐问真道人》，见苏东坡《志林》。

《夷坚支癸》卷十《淳化殿榜》《蔡确执政梦》《古塔主》，皆见宋·马永卿撰《懒真子》。

《夷坚三志己》卷一《吴女盈盈》《长安李妹》，皆出宋·王山《笔奁录》。

《夷坚三志己》卷六《上请尧舜》，出宋·范镇撰《东斋记事》。

《夷坚三志己》卷八《道士竹冠》《南京张通判子》《长垣妇人》《浴肆角筒》《唐革廉访》等十七则，皆出洪迈亡友李子永撰《兰泽野语》，文字均稍有润饰。

《夷坚三志辛》卷四《鼎州寺藏心木》《宜都铁冠》《观音寺道人》《邛州僧》《白马洞天》《李主簿及第》《屈老娘》《孟广威狝猴》等十三则，皆出南宋·陈莘撰《松溪居士径行录》。

《夷坚三志辛》卷八《书廿七》，即宋·郭彖《睽车志》卷二"赵倅亡妻"，文字有所改动。

《夷坚三志壬》卷七《张翼德庙》《王道成先生》《郫县铜马》《长生蜗》《惠宗师盘石》等十一则，皆出南宋·王晦叔撰《颐堂集》。

《夷坚志补》卷四《张氏燕》，《玉堂闲话》中亦有一事相类。

《夷坚志补》卷九《徐汪二仆》，见南宋·赵与时《宾退录》。

《夷坚志再补》之《裴老智数》，见《宾退录》。

《夷坚志再补》之《人中白》《天童护命经》，皆见旧抄本《志雅堂杂钞》。

《夷坚志再补》之《姑苏二异人》，见南宋·岳珂《桯史》卷三。

《夷坚志再补》之《道人符诛蟒精》，据五代·王仁裕《玉堂闲话·选仙场》改写，情节稍有变动。

《夷坚志再补》之《鼠怪》，据三国魏·曹丕《列异传》"王周南"缩写。

《夷坚志再补》之《谢石拆字》，即《春渚纪闻》卷二《谢石拆字》，文字小有出入。

第二章 《夷坚志》中的
故事异文与互见作品

　　《夷坚志》在采录民间故事的过程中，采录者对民间流布的各种异文往往多有关注与录写，使民间故事多姿多彩的面貌得以更加完好地保存。《夷坚志》用不同的方式广泛录写故事异文，有利于更真实、更准确地呈现民间故事的面貌，从这个特定的角度显示出宋代民间故事采录水平得到了进一步的提高。

第一节 《夷坚志》中的故事异文

　　《夷坚志》中的故事异文，以两则最为常见，大都大同小异，情节小有出入，繁简不同。对于两则相似的现象，采录者往往撰写附记加以说明。譬如，寺中女鬼的故事有以下两则异文：

　　　　南安军城东嘉祐寺，绍兴初，有太守张朝议女，因其夫往岭外不还，怏怏而夭，槁葬于方丈，遇夜即出，人多见之。既久，寺僧亦不以为怪。过客至，必与之合，有所得钱若绢，反遗僧。尝有二武弁，自广东解官归，议投宿是寺。一人知之，不欲往。一人性颇木强，不谓然，独抵寺。方弛担，女子已出，曰："尊官远来不易。"客大恐，诱之使去，即驰入城。解潜谪居而卒，有孙营葬憩寺中，为所荏苒，得疾几死。绍兴二十年，郡守都圣与洁率大庾令迁之于五里外山间，今犹时出，与村落居人接。予尝至寺，老僧言之，犹及见其死时事云。

　　　　　　　　　　　　　　　　　　《夷坚甲志》卷十一《张太守女》

279

保义郎解俊者，故荆南统制孙也。乾道七年为南安军指使。有过客且至，郡守将往宝积寺迎之，俊主其供张。日暮，客不至，因留宿。夜方初更，烛未灭，一女子忽来，进趋闲冶，貌甚华艳。俊半醉，出微词挑之，欣然笑曰："我所以来，正欲相就结缪绸之好尔。"遂升榻。问其姓氏居止，曰："勿多言，只在寺后住。汝明夕尚能抵此否？"俊大喜，曰："谨奉戒。"自是无日不来，仍从寺僧借一室，为久寓计。经月余，僧弗以为疑，外人固无知者。时以金银钗钏为赠。俊既获丽质，又得羡财，欢惬过望，谓之曰："吾未曾授室，欲凭媒妁往汝家，以礼币娶汝何如？"曰："吾父官颇崇，安肯以汝为婿，但如是相从足矣。"俊信为诚然，而气干日尪瘠。初，货药人刘大用与之游居，亦讶之。俊不以告。尝两人同出郭，遇遮道卖符水者，引刘耳语曰："彼官人何得挟殇亡鬼自随？不过三月死矣。"刘语俊。俊初尚抵讳，既而惊悟曰："彼何由知？必有异。"便拉刘访之旅邸。其人笑曰："官员肯寻我耶？然几坏性命。"留使同邸异室，而顾刘与之共处，撚纸符十余道，使俊吞之。刘密窥之，见其作法麾呵之状。二更后，闻门外女子哭声，三更乃寂。明旦，俊辞去，戒令勿复再往寺中。诸僧后知其事，曰："寺之左右素无妖魔之属。惟昔年邵宏渊太尉谪官时，丧一笄女，葬于后墙之外，必此也。"自是遂尝出为僧患，僧甚苦之。遣仆诣武陵白邵，请改葬。邵许之，乃瘗于北门外五里田侧。复出扰居者，又徙于深山，其鬼始绝。甲志所纪张太守女在南安嘉祐寺为厉以惑解潜之孙，与此大相似。两者相去三四十年，又皆解氏子，疑只一事，传闻异词。而刘医云亲见之，当更质诸彼间人也。

《夷坚支戊》卷八《解俊保义》

以上两则异文故事情节基本相似，都写埋在寺庙附近的女鬼常常出来与人交接，并且以金银财物相赠。与其交接者，往往有性命之忧。后来被迁葬于他处。但具体描述有所差异，而且前一篇比较简略，后一篇比较细腻。又如，鬼卖鸡鸭的故事有以下两则异文：

范寅宾自长沙调官于临安，与客买酒升阳楼上。有卖爊①鸡者，向范再拜，尽以所携为献。视其人，盖旧仆李吉也，死数年矣。惊问之曰："汝非李吉乎？"曰："然。""汝既死为鬼，安得复在？"笑曰："世间如吉辈不少，但人不能识。"指楼上坐者某人及道间往来者曰："此皆我辈也，与人杂处，商贩佣作，而未尝为害，岂特此有之？公家所常使浣濯妇人赵婆者，亦鬼耳，公归，试问之，渠必讳拒。"乃探腰间二小石以授范曰："亦以此物，当令渠本形立见。"范曰："汝所烹鸡，可食否？"曰："使不可食，岂敢以献乎？"良久乃去。范乃藏其石，还家，以告其妻韩氏。韩曰："赵婆出入吾家二十年矣，奈何以鬼待之？"他日，赵至，范戏语之曰："吾闻汝乃鬼，果否？"赵愠曰："与公家周旋久，无相戏。"范曰："李吉告我如此。"示以石，赵色变，忽一声如裂帛，遂不见。此事与小说中所载者多同，盖鬼技等耳。

《夷坚丙志》卷九《李吉爊鸡》

中散大夫史忞自建康通判满秩，还临安盐桥故居，独留虞候一人，尝与俱出市，值卖爊鸭者，甚类旧庖卒王立，虞候亦云无小异。时立死一年，史在官日，犹给钱与之葬矣。恍忽间已拜于前，曰："仓卒逢使主，不暇书谒。"遂随以归，且献盘中所余一鸭。史曰："汝既非人，安得白昼行帝城中乎？"对曰："自离本府即来此。今临安城中人，以十分言之，三分皆我辈也。或官员、或僧、或道士、或商贩、或倡女，色色有之。与人交关往还不殊，略不为人害，人自不能别耳。"史曰："鸭岂真物乎？"曰："亦买之于市，日五双，天未明，赍诣大作坊，就釜灶烰治成熟，而偿主人柴料之费，凡同贩者亦如此。一日所赢自足以糊口，但至夜则不堪说，既无屋可居，多伏于屠肆肉案下，往往为犬所惊逐，良以为苦，而无可奈何。鸭乃人间物，可食也。"史与钱两千遣去，明日复以四鸭至，自是时时一来。史窃叹曰："吾，人也，而日与鬼语，吾其不久于世乎？"立已知之，

---

① 爊（āo）：放在灰火里煨烤。

前白曰："公无用疑我，独不见公家大养娘乎？"袖出白石两小颗，授史曰："乞以淬火中，当知立言不妄。"此媪盖史长子乳母，居家三十年矣。史入戏之曰："外人说汝是鬼，如何？"媪曰："六十岁老婢，真合作鬼。"虽极忿悒，而了无惧容。适小妾熨帛在旁，史试投石于斗中，少顷焰起，媪颜色即索然，渐益浅淡如水墨中影，忽寂无所见。王立亦不复来。予于丙志载李吉事，固已笑鬼技之相似，此又稍异云。（朱椿年说，闻之于史倅）

《夷坚丁志》卷四《王立燂鸭》

以上两则异文，故事情节十分相似，仅仅在一些细节上有出入，比如主人和已死仆人的姓名、所卖的食品、鬼女仆的身份与姓氏以及消亡的方式等。

另外，《夷坚支景》卷五《临安吏高生》，同时记录了迥然不同的两种结尾，可以看成同一故事的两则异文的特殊形态：

朱思彦则淳熙初知临安县，因钩校官物，得押录高生盗侵之过。其妻尤贪冒，每揽乡民纳官钱，诈给印录而私其直。时高以事上府，先逮妻送狱。高归，询诘之，应答殊不逊，遂并鞫治。囚系月余，日加绁讯。一夕，丞巡牢，二人哀泣，言楚毒已极，恐无生理，丞恻然怜之，会朱延过客饮宴，席未散，乃为破械出之，使潜窜迹。明日，丞诣县与朱言："高某为胥长，而夫妇盗没民钱，且对长官咆哮，诚宜痛治，然久在图圄，昨夜呼其名，已困顿不能应，不免责出之，旋闻皆到家即死。幸不陨于狱，不必彰闻，其子亦愿殓瘗，既从其请矣，失于颠擅，此情悚然。"朱喜丞之同嫉恶，又处事委曲无迹，致词言谢。迨反室，复念彼罪不至死，一旦并命，异时岂不累己，正不然，将有阴谴冤祟之挠。自是寝食为之不宁，遂见二鬼，裸形被发，棰痕遍体，径前挽衣裾曰："我罪不过徒隶，乃沦冥涂，又使县丞屏去体骨，惨忍如是，非得尔往地下证辨，断无相舍之理。"朱噤不得对，遂感疾，鬼朝夕在傍。丞来问疾，朱告之故，且曰："思不忍一时之愤，至不可悔，今又奚言？"丞笑曰："两人实不死，吾悯其困而脱之,匿诸邑下亲戚家,而绐以亡告耳。"朱曰:"若是则日日现形吾前者为何人?"丞曰:"此忧疑太过所致,当呼使来。"甫经宿,果至,拜于阶下。朱登时心志豁然,厥疾顿愈,命高复故役焉。或又言朱所治胥真死而常出为厉,任汉阳复州守时,恍惚见高入府,犹怒阍人不谁何及兵校不捉搦,皆决杖,有黥配者。郡民知曩事,莫敢白。至今未能安泰云。

此则故事记录了两种结尾:一种讲高生夫妇并未在狱中殒命,而是被县丞放走,藏匿在亲戚家中。朱知县宽宥他后,还让其复职。另一种讲高生果真死于狱中,而且变为厉鬼时常出来作祟。这样不同的结尾,无疑可视为一个故事两则异文的特殊形态。

《夷坚志》中的同一篇故事的两种异文,尚有呵石成紫金的故事(《夷坚乙志》卷三《阳大明》与《夷坚丁志》卷八《乱汉道人》),严官冥报的故事(《夷坚乙志》卷九《李孝寿》与《夷坚三志辛》卷三《许颖贵人》),告虎求生的故事(《夷坚乙志》卷十二《章惠仲告虎》与《夷坚志补》卷四《李姥告虎》),长线捉祟的故事(《夷坚丁志》卷十三《潘秀才》与《夷坚支甲》卷五《唐四娘侍女》),疫鬼施瘟的故事(《夷坚乙志》卷十七《宣州孟郎中》与《夷坚丁志》卷十四《刘十九郎》),鬼母育儿的故事(《夷坚丁志》卷二《宣城死妇》与《夷坚志补》卷二十一《鬼太保》),等等。

这个时期见诸一种著作的故事异文,还有三则并存的形态。譬如海岛历险的故事包含《夷坚甲志》卷十《昌国商人》、《夷坚乙志》卷八《长人国》、《夷坚丙志》卷六《长人岛》三种异文:

宣和间,明州昌国人有为海商,至巨岛泊舟,数人登岸伐薪,为岛人所觉,遽归。一人方溷,不及下,遭执以往,缚以铁缏,令耕田。后一二年,稍熟,乃不复絷。始至时,岛人具酒会其邻里,呼此人当筵,烧铁箸灼其股,每顿足号呼,则哄堂大笑。亲戚间闻之,才有宴集,必假此人往,用以为戏。后方悟其意,遭灼时,忍痛啮齿不作声,坐上皆不乐,自是始免其苦。凡留三年,得便舟脱归,两股皆

如龟卜。（张昭时为县令，为大人言）

《夷坚甲志》卷十《昌国商人》

明州人泛海，值昏雾四塞，风大起，不知舟所向。天稍开，乃在一岛下。两人持刀登岸，欲伐薪，望百步外有筱①篱，入其中，见蔬茹成畦，意人居不远。方蹲踞摘菜，忽闻拊掌声，视之，乃一长人，高出三四丈，其行如飞。两人急走归，其一差缓，为所执，引指穴其肩成窍，穿以巨藤，缚诸高树而去。俄顷间，首戴一镬复来。此人从树杪望见之，知其且烹己，大恐，始忆腰间有刀，取以斫藤，忍痛极力，仅得断，遽登舟斫缆，离岸已远。长人入海追之，如履平地，水财及腹，遂至前执船。发劲弩射之，不退。或持斧斫其手，断三指，落船中，乃舍去。指粗如椽，徐兢明叔云尝见之。（何德献说）

《夷坚乙志》卷八《长人国》

密州板桥镇人航海往广州，遭大风雾，迷不知东西，任帆所向。历十许日，所赍水告竭，人畏渴死，望一岛屿渐近，急奔赴之。登其上，汲泉甘甚，乃悉荤瓶罂之属，运水入舟。弥望皆枣林，朱实下垂，又以竿扑取，得数斛，欲储以为粮。大喜过望，眷眷未忍还，共入一石岩中憩息。俄有巨人四辈至，身皆长二丈余，被发裸体，唯以木叶蔽形。见人亦惊顾，相与耳语，三人径去，行如奔马。岩下大石，度非百人不可举，其留者独掣之，以塞窦口，亦去。然两旁小窍，尚可容出入，诸人相续奔入船，趣解维。一人来追，跳入水，以手捉船。船上人尽力撑篙，不能去。急取搭钩钩止之，奋利斧断其一臂，始得脱。臂长过五尺，舟中人泡之以盐，携归示人。高思道时居板桥，曾见之。沈公雅为予说。予《甲志》书昌国人及岛上妇人，《乙志》书长人国，皆此类也。海于天地间为物最巨，无所不有，可畏哉。

《夷坚丙志》卷六《长人岛》

---

① 筱（xiǎo）：小竹。

《夷坚志》中的同一篇故事有三种异文的，尚有蛇精行淫的故事(《夷坚丁志》卷二十《蛇妖》、《夷坚丁志》卷二十《巴山蛇》与《夷坚支戊》卷三《池州白衣男子》)、谢石拆字的故事(《夷坚志补》卷十九《谢石拆字》、《夷坚志补》卷十九《蓬州樵夫》及《夷坚志补》卷十九《朱安国相字》)等。

第二节 《夷坚志》中的互见作品

《夷坚志》中有许多的互见作品，通常所见乃是某一篇故事首先出现在某处，后来又在另外一处出现。这种现象的存在，很可能是由于《夷坚志》卷帙浩繁，采录的作品数量太多，采录的时间跨度很大，洪迈在收集、编排作品时，难免出现某一些作品有重复的现象。譬如：

《夷坚甲志》卷一《黑风大王》，又见《夷坚支甲》卷二。

《夷坚甲志》卷一《韩郡王荐士》，又见《夷坚三志己》卷一。

《夷坚甲志》卷二《宗立本小儿》，又见《夷坚三志己》卷三。

《夷坚甲志》卷六《俞一郎放生》，又见《夷坚三志己》卷四。

《夷坚甲志》卷七《岛上妇人》末尾，又见《夷坚支甲》卷十《海王三》末尾。

《夷坚甲志》卷七《周世亨写经》，又见《夷坚三志己》卷二。

《夷坚甲志》卷十四《芜湖储尉》，又见《夷坚支庚》卷八。

《夷坚甲志》卷十四《鹳坑虎》，又见《夷坚支戊》卷一。

《夷坚甲志》卷十四《蔡主簿治寸白》，又见《夷坚支戊》卷三。

《夷坚甲志》卷十四《许客还债》，又见《夷坚支戊》卷八。

《夷坚甲志》卷十四《黄主簿画眉》，又见《夷坚支戊》卷六。

《夷坚丙志》卷十五《黄师宪祷梨山》，又见《夷坚支戊》卷六。

《夷坚丁志》卷十五《杜默谒项王》，又见《夷坚三志辛》卷八。

《夷坚丁志》卷十九《谢生灵柑》，又见《夷坚三志壬》卷五。

《夷坚志补》卷十九《谢石拆字》，又见《夷坚志再补》。

第三章 《夷坚志》的故事结构模式

《夷坚志》在录写民间故事时，不但注重故事情节的记录，而且再现出各种民间的故事的结构模式，较好地保持了作品的民间故事风貌。民间故事结构模式的再现，保存了民间故事的一个重要特征，值得引起充分的注意。这个时期民间故事的结构模式，主要呈现多段体结构与特殊的组合模式两个方面。

第一节 《夷坚志》的多段体结构

《夷坚志》中的民间故事多段体结构，以两段体和三段体较为常见，另外尚有四段体，但很少见。

一、二段体结构

《夷坚志》中的二段体结构乃是故事中连续出现两次相似的行为，而其遭遇、结果则往往各不相同。比如：

> 张允蹈为信州永丰令，尝治夏税籍，命主吏拘乡胥二十辈于县舍，整对文书。吏察录过严，自晓彻暮，不少息。一胥夜走厕，小史笼灯随之，胥使先还，曰："我即返，那用尔候！"既而久弗至，吏以为逃去。迨旦白张，张适听讼，望见白衣妇人，执素纸涕泣立众前，呼问之，曰："夫为乡胥，累日不还家，今早开门，有人报云，浮桥柱上挂衣巾履袜及系书一纸，云为押录苦督，不容展转，生不如死，已投江中。急往验，皆夫物也。"张诘主吏。吏出袖中纠牒呈，亟集

津丁里保，捞尸弗得，念其事可疑，缓不即治。胥妻诉于台，台符移甚峻。历三月久，客从长沙来，见此胥在彼，为揽纳人书抄。主吏捐家资，雇健步持檄往捕之，遂擒以归。胥坐逋逃受杖。张后复宰它邑，一乡胥亦为拘系，越墙挂衣于河梁而赴水。妻来讼，张怒责之曰："猾胥玩侮人，所在如此，吾固知之矣！"立挞其妻。明日，三十里外里正言，滩边有死尸，张矍然遣视之，则胥果死。张自兴军从武陵守不赴，寓居吉州，每为宾客话此事，以为断狱听讼，不可执一端云。

《夷坚志补》卷五《张允蹈二狱》

太原颛氏，世世业农，非因输送税时，足不历城市。尝有飞钱入居室，充满庭户，颛翁焚香祝曰："小人以力农致养，但知稼穑为生，今无故获非望之财，惧难负荷！虽神天所赐，实弗敢当，愿还此宝，以安愚分。"乃闭户封镵而出。须臾，钱复起，蔽空行，声如风雨，有大蛇夭矫随之，绕林麓去。后五年，田仆在山崦荷锄独耕，将归，忽一神人当前，莫知所从来，告之曰："天赐颛氏钱十万缗。"言讫，即隐不见，而积钱坡陀①，弥望不尽。仆走白翁，翁策杖至钱所致，祷如前，再拜，徐起行弗顾。还家，亦不与子知。后孙祐以武勇从军，绍兴十九年，以大夫统制殿前司军马。曹功显、何晋之皆纪其事。祐之子举，今为武翼郎军器所干官。（大举说）

《夷坚志补》卷七《颛氏飞钱》

这两则故事均包含二段体结构。前一则故事，为知县先后两次审乡胥逃跑案。第一个逃逸的乡胥挂衣于桥柱，实未投江，而是远走他乡；第二个逃逸的乡胥挂衣于河梁，果然投江，次日发现其尸体。后一则故事，为神灵两次赐钱给颛家，皆辞谢不受。第一次铜钱飞进家中，颛翁叩头辞谢；第二次铜钱堆满山坡，颛翁亦叩头辞谢。

《夷坚志》中的二段体结构，尚有《夷坚丙志》卷二《朱真人》（写

---

① 陀：山冈。

第一次朱真人变为乞丐登门，李某不识；第二次朱真人变为道士登门，李某仍不认识）、《夷坚志三补·猿请医士》（写第一次医士持老猿赠物回家，引起官司；第二次医士持老猿赠物回家，遂至大富）等。

二、三段体结构

《夷坚志》中的三段体结构为故事中连续出现三次相似的行为，包括一人做三件相似的事、三人做一件相似的事，大都结局各不相同。比如：

> 严州淳安县富家翁误殴一村民至死，其家不能诉。民有弟为大姓方氏仆，方氏激之曰："汝兄为人所杀而不能诉，何以名为人？"弟即具牒，将诣县。方君固与富翁善，讽使来祈己，而答曰："此我家仆，何敢然？当谕使止之，彼不过薄有所觊耳。"为唤仆面责，且导以利。仆敬听，谢不敢。翁归，以钱百千与仆，别致三百千为方君谢。才数月，仆复宣言，翁又诣方，方曰："仆自得钱后，无日不饮博，今既索然，所以如是，当执送邑惩治之。"翁惧泄，乞但用前策，又如昔者之数以与仆。方君曰："适得中都一知旧讯，倩市漆二百斤，仓卒不办买，翁幸为我市，当挈钱以偿直。"翁曰："蒙君力如许，兹细事，吾家故有之，何用言价？"即如数送漆。明年，仆又欲终讼，翁叹曰："我过误杀人，法不至死，所以不欲至有司者，畏狱吏求货无艺，将荡覆吾家。今私所费将百万，而其谋未厌。吾老矣，有死而已。"乃距户自经。逾三年，方君为鄂州蒲圻宰，白昼恍恍，于厅事对群吏震悸言曰："固知翁必来，我屡取翁钱而竟速翁于死，翁宜此来。"亟还舍，不及与妻子一语，仆地卒。吏以所见白，始知其冥报云。
>
> 《夷坚丁志》卷十七《淳安民》

这一则故事各包含一个三段体结构，写方氏与仆人先后三次以命案勒索富翁，第一次仆人得钱百千，方氏得钱三百；第二次仆人得钱百千，方氏得漆二百斤；第三次富翁被逼自经而亡，仆人与方氏无所得。

《夷坚志》中的三段体结构，尚有《夷坚乙志》卷十一《米张家》（写阚某三次闻听"物在否"的问答之声，第一次听后告其妻，妻称其妄闻；第二次听后告其妻，其妻约定下次代夫作答；第三次听后即答"既在，何不出示"，遂见树间掷下金银）、《夷坚乙志》卷十二《武夷道人》（写道人在庵外危坐时三次遇虎，第一次虎咆哮来前，道人决不入户；第二次两虎吼啸愈甚，道人仍不为动；第三次五虎同集，衔道人头足以往，才十数步便掷下而去）、《夷坚乙志》卷十四《结竹村鬼》（写守田仆夜间三次捉操镰窃刈稻子者，第一次持梃逐之，不获；第二次依然如此，晨见其稻无损；第三次大步追击，执之乃杉木一截）、《夷坚丁志》卷八《鼎州汲妇》（写汲妇与一客斗幻术，第一回掷扁担化小蛇，不能入客所画二十余圈；第二回含水噀蛇，蛇稍大于前，突入十五圈中；第三回再噀水，蛇大如椽，将客从足绕至项而不可解）、《夷坚三志己》卷八《长垣妇人》（写妇人携猪蹄回家三次遇到恶狼，第一次两弓手持长矛将狼赶走，留妇于道旁午饭；第二次又为狼所困势危时，又被两弓手搭救，因邀其至家款待；第三次出去沽酒，又遇恶狼，竟被咬死）等。

第二节　《夷坚志》的故事组合模式

《夷坚志》中的故事组合模式，主要有两种：一种是平行组合式，由两个或者两个以上内容有关系的故事平行排列在一起，成为一篇大故事；一种是勾连组合式，即故事套故事的组合模式，系两个内容有关联的故事中的一个故事置于另一个故事里面，从而形成一个大故事。

一、平行组合式

这一种组合模式，由若干故事彼此平行排列，比较简单。譬如：

> 蛇最能为妖，化形魅人，传记多载，亦有真形亲与妇女交会者。南城县东五十里大竹村，建炎间，民家少妇因归宁行两山间，闻林中有声，回顾，见大蛇在后，妇惊走。蛇昂首张口，疾追及，绕而淫之。妇宛转不得脱，叫呼求救。见者奔告其家，邻里皆来赴，莫能措手。尽夜至旦乃去。又壕口宝慈观侧田家胡氏妇，年少白皙，春月饷

田，去家数里，负担行山麓，过丛薄中。蛇追之，妇弃担走，未百步惊颤而仆，为所及。以身匝绕，举尾褰裳，其捷如手。裳皆破裂，淫接甚久。其夫讶饷不至，归就食，至则见之，愤恚不知所出，呼数十人持杖来救。蛇对众举首怒目，呀口吐气，蓬勃如烟。众股栗，莫敢前，但熟视远伺而已。数日乃去，妇困卧不能起，形肿腹胀，津沫狼藉。异归，下五色汁斗余，病逾年，色如蜡。宜黄县富家居近山，女刺绣开窗，每见一蛇相顾，咽间有声鸣其傍。伺左右无人，疾走入室，径就女为淫，时时以吻接女口，又引首搭肩上，如并头状。女啼呼宛转不忍闻。家人环视，欲杀蛇，恐并及女。交讫乃去。遂妊娠，十月，产蜿蜒数十。南丰县叶落坑，绍兴丁丑岁，董氏妇夏日浴溪中，遇黑衣男子与野合。又同归舍，坐卧房内。家人但见长黑蛇，亦不敢杀，七日而后去。妇盖不知为异物也。此四女妇皆存。（士人傅合宝慈道士黄师肇说）

《夷坚丁志》卷二十《蛇妖》

这一篇故事，是由"少妇归宁""胡氏妇""刺绣女""董氏妇"四个小故事组合而成，它们相互独立，但是在内容上又彼此关联。《夷坚志》中平行排列组合模式，尚有《夷坚丁志》卷十七《琉璃瓶》、《夷坚支庚》卷五《金沙滩舟人》、《夷坚支庚》卷十《吴淑姬严蕊》等。

二、勾连组合式

《夷坚志》中的这一种组合模式，为故事套故事的组合，彼此之间连接自然，无斧凿痕迹。例如《夷坚志补》卷十六《嵊县山庵》：

会稽嵊县某山，有僧结庵其间。山下人家有丧，将出殡，前一夕，请僧作佛事。僧与一行一仆赴之。日暮，下山半，遇日常所与交某客来，问僧何之，以送丧告。客曰："从县至此，正拟投宿，奈何？"僧言："事不可已。"乃取匙钥付客，使自往启户，遂别。时月明如昼，客独步诣庵，徘徊将二更，甫就枕，未寐，闻扣扉声。客胆力素勇，无怖畏，知其为鬼，叱之曰："汝何物，敢来作怪？"曰：

"我乃某甲也。"审听之，盖旧知，久闻其死矣，乃不为起。鬼曰："如不延我，我自能入。"觉门矻矻有声，径入踞禅椅而坐，呼客相揖。客曰："汝死矣，胡为来此？"曰："与君从游久，我元不亡，安得以死见戏？"客曰："吾犹忆某年某月日，至汝家送汝葬，今若此，谓吾畏鬼邪！"乃笑曰："毋庸多言，我实已死，所以冒夜相寻者，将有祷于君，幸见听。我不幸去世，未期年，妻即改嫁，凡箱箧货财，田庐契券，席卷而去。一九岁儿，弃之不顾，使饥寒伶仃，流于丐乞。幽冥悠悠，无所诉质，愿君不忘平生，为我言于官。使此子得以自存，吾瞑目九泉无恨矣。"客瞿然怜纳之。因历历诵言，家有钱粟若干，布帛若干在妻所，田若干亩在某乡，屋若干间在某里。客一一倾听，语话酬答。且四更，心颇动，语之曰："所托既毕，可以去矣，毋妨吾睡。"忽默默不答，连呼之不应。客暂寐微鼾，鬼亦鼾，客倦而倚壁，鬼亦偃蹇，客揭帐咳唾，鬼亦唾，始大恐，下床疾走。鬼起逐之，及于堂。客素谙鬼物行步：但直前，不能曲折。乃环绕而走。鬼踉跄值前，抱一柱不舍，客仅得出门。奔下山麓，天已明，遇僧，告以所见，且诮之曰："师舍我而赴檀越，终夕饱食，岂知我窘怖如此？"僧曰："我所遭者，尤为大奇。昨佛事既终，彼家将举棺，而轻虚若无所贮，验之，则棺盖已揭动，不见其尸。满堂惊惶，莫测其故。送者惧而去，吾亦奔走至此。"遂俱还。望庵中一人抱柱自如，仿佛类新死者，亟遣呼其子，并集邻里同视之。子认是父，拊膺恸哭。前取其尸，抱柱牢不可脱，至用木支屋，截破半柱，乃得解。盖旧鬼欲有所凭，借新尸以来，语竟，魂魄却还，新鬼伥伥无依，故致此怪。里正白其事于县，为究实，于是所嘱之事由此获伸。淳熙十四年九月，张定叟说。

　　不难看出，这一篇故事，由"旧鬼诉家庭变故"和"新死者诈尸"两个故事组成。其中，用旧鬼借新尸来会朋友的情节，把两个故事套起来，成为一个山庵僧人为丧家作佛事奇遇记的大故事。

　　《夷坚志》中故事套故事的组合模式，尚有《夷坚三志己》卷五《泰宁狱囚》等。

第四章 《夷坚志》中的民间故事类型

宋朝（960—1279）历时三百余年，新出现了将近五十个故事类型，是中国古代民间故事类型发展较快的一个时期。与宋代民间故事类型有关的古籍甚多，洪迈撰《夷坚志》则是其中最为突出的一部著作。《夷坚志》对中国古代民间故事类型发展的贡献，既体现在对其问世之前各个时期产生的民间故事类型提供许多新的异文，又体现在提供了一批新的故事类型，为中国古代民间故事类型发展进一步注入许多新鲜血液。

第一节 《夷坚志》为原有故事类型提供新的异文

《夷坚志》为在其问世之前的各个时期产生的一批故事类型提供新的异文，使它们所反映的社会生活面有了进一步的拓展，往往让人耳目一新。

《夷坚丙志》卷十三《蓝姐》，是初见于东汉班固撰《汉书》的"凭污捉盗型故事"里面新出现的一篇重要的异文；

《夷坚志补》卷二十二《武当刘先生》和《夷坚志再补·道人符诛蟒精》，是初见于晋代张华撰《博物志》的"'升仙'奥秘型故事"里面新出现的一篇重要的异文；

《夷坚志补》卷二十一《猩猩八郎》，是初见于晋代张华撰《博物志》的"人兽婚配型故事"里面新出现的一篇重要的异文；

《夷坚支庚》卷六《海口谭法师》，是初见于晋代干宝撰《搜神记》的"狐精为祟型故事"里面新出现的一篇重要的异文；

《夷坚志补》卷四《赵乳医》，是最初见于晋代干宝撰《搜神记·苏易》的"兽穴接生型故事"里面新出现的一篇重要的异文；

《夷坚乙志》卷一《仙弈》、《夷坚支戊》卷一《石溪李仙》和《夷坚支丁》卷十《张圣者》，是初见于晋代袁山松撰《郡国志》的"观仙对弈型故事"里面新出现的三篇重要的异文；

《夷坚支甲》卷三《包氏仆》，是初见于南朝宋刘义庆撰《幽明录》的"驱走缢鬼型故事"里面新出现的一篇重要的异文；

《夷坚丙志》卷四《青城老泽》，是初见于南朝宋刘敬叔撰《异苑》的"人参精型故事"里面新出现的一篇重要的异文；

《夷坚支甲》卷三《姜彦荣》，是初见于南朝梁祖冲之撰《述异记》与任昉撰《述异记》的"金人现身型故事"里面新出现的一篇重要的异文；

《夷坚丙志》卷八《谢七嫂》，是初见于唐代唐临撰《冥报记》的"逆妇恶报型故事"里面新出现的一篇重要的异文；

《夷坚丙志》卷三《黄花伥鬼》，是初见于唐代戴孚撰《广异记》的"制伥灭虎型故事"里面新出现的一篇重要的异文；

《夷坚甲志》卷十一《陈大录为犬》与《夷坚甲志》卷十七《人死为牛》，是初见于唐代李复言撰《续玄怪录》的"变畜生赎罪型故事"里面新出现的两篇重要的异文；

《夷坚支戊》卷二《孙知县妻》是初见于唐代谷神子撰《博异志》的"白蛇传型故事"里面新出现的一篇重要的异文；

《夷坚丁志》卷二十《蛇妖》与《巴山蛇》、《夷坚支戊》卷三《池州白衣男子》，是初见于唐代薛用弱撰《集异记》的"蛇精行淫型故事"里面新出现的三篇重要的异文；

《夷坚支甲》卷八《符离王氏蚕》，是初见于唐代段成式撰《酉阳杂俎》的"长鼻子型故事"里面新出现的一篇重要的异文；

《夷坚志补》卷十《崇仁吴四娘》，是初见于唐代段成式撰《酉阳杂俎》的"画中人型故事"里面新出现的一篇重要的异文；

《夷坚支戊》卷九《嘉州江中镜》是初见于唐代皇甫氏撰《原化记》的"江中宝镜型故事"里面新出现的一篇重要的异文；

《夷坚支庚》卷四《海门虎》，是初见于北宋郑文宝撰《江南余载》

的"替虎拔刺型故事"里面新出现的一篇重要的异文；

《夷坚支甲》卷九《关王幞头》，是初见于北宋王辟之撰《渑水燕谈录》的"罗汉骗局型故事"里面新出现的一篇重要的异文；

《夷坚丁志》卷二《宣城死妇》和《夷坚志补》卷二十一《鬼太保》，是初见于北宋蔡绦撰《铁围山丛谈》的"鬼母育儿型故事"里面新出现的两篇重要的异文；

《夷坚支庚》卷一《鄂州南市女》，是初见于北宋廉布撰《清尊录》的"尸变奇案型故事"里面新出现的一篇重要的异文；

《夷坚甲志》卷十二《林氏富证》，是初见于南宋施德操撰《北窗炙輠录》的"冶银致富型故事"里面新出现的一篇重要的异文；

《夷坚乙志》卷八《长人国》和《夷坚丙志》卷六《长人岛》，是初见于南宋郭彖撰《睽车志》的"海岛历险型故事"里面新出现的两篇重要的异文。

第二节　《夷坚志》出现一批新的故事类型

《夷坚志》在民间故事类型方面的贡献，除了为原有故事类型提供许多新的异文外，还提供了一批新的故事类型，对于中国民间故事类型的发展产生了很大的影响。《夷坚志》所提供新的故事类型总共十一个，它们是：

1. "天妃救厄型故事"最初分别见于《夷坚支景》卷九《林夫人庙》和《夷坚支戊》卷一《浮曦妃祠》[①]，此后又见于明代的《菽园杂记》《稗史汇编》，清代的《述异记》（东轩主人）、《咫闻录》、《里乘》、《瀛壖杂志》、《南皋笔记》等，现当代仍在台湾、福建、广东、海南、天津、河北、浙江等地流传。

2. "海岛妇人型故事"最初分别见于《夷坚甲志》卷七《岛上妇人》

---

① 引文参见本书《传说编》第八章《民间信仰的传说》第一节《妈姐、紫姑神、五通的传说》。

和《夷坚支甲》卷十《海王三》①：

> 泉州僧本偶说，其表兄为海贾，欲往三佛齐。法当南行三日而东，否则值焦上，船必糜碎。此人行时，偶风迅，船驶既二日半，意其当转而东，即回柂，然已无及，遂落焦上，一舟尽溺。此人独得一木，浮水三日，漂至一岛畔。度其必死，舍木登岸。行数十步，得小径，路甚光洁，若常有人行者。久之，有妇人至，举体无片缕，言语喁唶不可晓。见外人甚喜，携手归石室中，至夜与共寝。天明，举大石窒其外，妇人独出。至日晡时归，必赍异果至，其味珍甚，皆世所无者。留稍久，始听自便。如是七八年，生三子。一日，纵步至海际，适有舟抵岸，亦泉人，以风误至者，及旧相识，急登之。妇人继来，度不可及，呼其人骂之。极口悲啼，扑地，气几绝。其人从蓬底举手谢之，亦为掩涕。此舟已张帆，乃得归。
>
> 《夷坚甲志》卷七《岛上妇人》

此后又见于清代的《聊斋志异》，现当代仍在黑龙江、甘肃、上海、福建、辽宁等地的汉族和回、满、鄂温克等少数民族聚居区流传。

3. "人妖公案型故事"，最初见于《夷坚支乙》卷三《妙净道姑》：

> 余仲庸初病目，招临川医郑宗说刮障翳，出次于舍傍徐氏庵庐，盖法当避嚣尘以护损处。时十一月中，憩泊甫定，立于门，遇一道姑，负月琴，贸贸然来，仅能辨衢路，向前揖不去，问为何人，何自而至，对曰："妙净，只是余干人，寻常多往大家求化，不幸有眼疾。见乡里传说官人迎良医到此，是以愿见之。但妙净行丐苟活，囊无一钱，乞为结一段因缘，使得再见天日。"余恻然，命僧童引入灶下，留之宿。时已昏暮，将俟旦拯视。童见之甚喜，烧汤与濯足，时时以微言挑谑。迨夜，置榻偕宿。明日，呼之出，郑曰："此名倒睫毛入眶，所以不能觑物，治之绝易，然亦须数日乃可了。"余语之曰："汝

---

① 引文参见本书《故事编》第五章《写实故事（下）》第七节《历险故事》。

是女子，住此有嫌。汝不过有服食之虑，吾令汝往田仆家暂歇，以饭饲汝。"其人笑曰："妙净乃男人，非女也。"余察行步容止语言气味，为男子无疑，不欲逆诈，竟唤仆导至彼舍。徐徐访之，果一男子耳。平日自称道姑，遍诣富室，或留连十余夕，其为奸妄，不一而足。至是方有知之者。

此后又见于南宋的《癸辛杂识》，元代的《湖海新闻夷坚续志》，明、清时期也有大量异文涌现，分别见于《菽园杂记》《庚巳编》《蓬轩别记》《宾退录》《耳谈》《坚瓠集》《聊斋志异》《子不语》《客窗闲话》《醉茶志怪》等，影响很大。

4. "辨毒平冤型故事"，最初见于《夷坚支丁》卷一《营道孝妇》：

> 道州营道县村妇，养姑孝谨。姑寡居二十年，因食妇所进肉而死。邻人有小憾，诉其置毒。县牒尉薛大圭往验，妇不能措词，情志悲痛，愿即死。薛疑其非是，反覆扣质，妇曰："寻常得鱼肉，必置厨内柱穴间，贵其高燥且近。如此历年岁已多，今不测何以致斯变？"薛趋诣其所，见柱有蠹朽处，命劈取而视，乃蜈蚣无数，结育于中。愀然曰："害人者此也。"以实告县，妇得释。予记小说中似亦有一事相类者。薛字禹圭，河中人，予尝志其墓。

此后又见于南宋的《洗冤录》，明、清时期也有大量异文涌现，分别见于《青溪暇笔》《智囊补》《夜航船》《广新闻》《不用刑审判书》《祥刑古鉴》《留仙外史》《醉茶志怪》《中国侦探案》以及《清稗类钞》等，影响很大。现当代仍在上海、浙江、福建、山东、河北、陕西、四川、天津等地流传。

5. "义犬鸣冤型故事"，最初见于《夷坚支乙》卷九《全椒猫犬》[①]和《夷坚志补》卷四《李大夫庵犬》：

---

① 引文参见本书《故事编》第五章《写实故事（下）》第九节《动物故事》。

　　无锡李大夫家坟庵，名曰华丽，邀惠山僧法皓主之。皓为人柔和，好接纳，凡布衣缁黄至，必待以粥饭，其与同堂，虽或过时，亦特为具馔，了不悭啬，如是三十年，往来称诵。已尝盛冬苦寒，而一客游谒，皓延之入坐，日已下，是客指腹告馁，云："自旦到今未得食。"皓怜之。适庵人及仆使数辈俱不在，乃自取米淘泽，作糜满器。客食毕，雪忽作，皓语之曰："天色甚恶，秀才宜少驻。"即启西房，使宿一榻上，并授以布衾。迫昏暮，皓闭门，入东室拥炉，视客冷卧，唤之附火。逾时客起，取衾烘炙，将就寝，忽萌恶念，谓此僧住庵，必当富有衣钵，今旁无一人，若乘势戕杀，席卷其囊以行，谁能御我。是时皓方暖，因遂举衾蒙其头，拆炉侧大砖，打数十下，仆地未绝，继倾瓶内沸汤沃注，皓叫呼久之乃死。于是执灯发箧，皆敝衣败絮，仅得一银香炉，重二两许。客悔恨欲去，而雪深夜永，道黑不可行，复返宿舍，坐而须明，从后墙越遁。庵中一犬，随而悲吠，至三四里，过山岭，犹狺怒弗舍。遇两村民从山北来，犬鸣声益悲，伸前足伏地，如控诉状。民疑焉，谓客曰："此李大夫庵犬也，凌晨雪逐汝而来，兼山间窄径，非通行大路，寻常不曾有人及早经过者。观犬声殊哀愤，吾曹当相与诣彼察其故，幸而无他，则奉送出山，无伤也。"客强为辩说，不欲还，而度不可免，遂偕返。及庵外，门尚扃，民亟集近居者入验，僧尸正在地炉边，流血凝注。客无可辩，自吐实本末，受执诣县，竟服大刑。是曰非义犬报恩复仇，必里保僮奴之累矣！

　　　　　　　　　　　　　　　　《夷坚志补》卷四《李大夫庵犬》

　　此后又见于南宋的《异闻总录》，金代的《续夷坚志》，明、清时期分别见于《稗史汇编》《虞初新志》《聊斋志异》《南皋笔记》等，现当代仍在吉林、天津等地流传。

　　6."兽穴接生型故事"，最初见于《夷坚志补》卷四《赵乳医》：

　　资州去城五十里曰三山村，地产茅香绝佳，草木参天，豺虎纵横，人莫敢近。乳医赵十五嫂者，所居相距三十里。一夕黄昏后，闻人扣门请收生，遽从以行。赵步稍迟，其人负之而去，语曰："只闭眼，听我所之，切勿问。"登高涉险，奔驰如风，赵不胜惊颤。至石崖下，谓赵曰："吾乃虎也，汝不须怖。吾平生不伤人，遇神仙，授以至法，在山修持，已三百年，今能变化不测。缘吾妻临蓐危困，叫号累日，知媪善此伎，所以相邀。傥能保全母子，当以黄金五两谢。"便引入洞中，具酒食，见牝虎委顿，且跪，赵慰勉之。于洞外摘嫩药数叶，揉碎窒其鼻，牝喷嚏数声，旋产三子。其夫即负赵归。明夜，户外有人云："谢你救我妻，出此一里，他虎伤一僧，便袋内有金五两，可往取之。"黎明而往，如言得金。

此后又见于元代的《湖海新闻夷坚续志》，明代的《虎苑》，清代的《坚瓠集》《聊斋志异》《履园丛话》等，现当代仍在广西、浙江、湖北、河北等地流传。

7. "野兽求医型故事"，最初见于《夷坚志三补·猿请医士》：

商州医者负箧行医，一日昏黑，为数人擒去如飞。医者大呼求援，乡人群聚而不可夺所擒之人。悬崖绝险，医者扪其身皆毛。行数里，到石室中。见一老猿卧于石榻之上，侍立数妇人，皆有姿色。一妇谓医曰："将军腹痛。"医者觉其伤食，遂以消食药一服与之以服。老猿即能起坐，且嘱妇人以一帕与之，令数人送其回归。抵家视之，尽黄白也。次日持卖，有人认为其家之物，欲置之官。医官直述其由，尽以其物还之，其事方释。忽一夕，数人又来请其去，见猿有愧色。其妇人又与一帕，且谓："得之颇远，卖之无妨。"医者持归，遂至大富。

此后又见于南宋的《陶朱新录》，元代的《湖海新闻夷坚续志》，清代的《聊斋志异》《钱塘县志》等，现当代仍在贵州、四川、安徽、山东、河南、山西等地的汉族和苗、侗等少数民族聚居区流传。

8. "虮虱致祸型故事"，初见于《夷坚支丁》卷八《王甑工虮虱》：

　　处州松阳民王六八，及箍缚盘甑为业。因至缙云，为周氏葺甑。方施工，而腰间甚痒，扪得一虱。戏钻甑成窍，纳虱于中，剡木塞之而去。经一岁，又如缙云，周氏复使理故甑。忽忆前所戏，开窍视之，虱不死，蠕蠕而动。王匠怪之，拈置掌内，祝之曰："尔忍饿多时，如今与尔一饱。"遽啮掌心，血微出，痒不可奈，抓之成痈。久而攻透手背，无药能疗，遂至于死。

　　此后又见于元代的《湖海新闻夷坚续志》，清代的《聊斋志异》，近代的《稀奇古怪不可说》等。

　　9. "夺妻阴谋型故事"，初见于《夷坚支景》卷三《王武功妻》与《夷坚志再补·义妇复仇》：

　　京师人王武功，居袜椀巷，妻有美色。缘化僧过门，见而悦之，阴设挑致之策而未得便。会王生将赴官淮上，与妻坐帘内，一外仆顶合置前云："聪大师传语县君，相别有日，无以表意，漫奉此送路。"语讫即去。王夫妇亟起合，乃玉玺百枚。剖其一，中藏小金牌，重一钱，以为误也，复剖其他尽然。王作色叱妻曰："我疑此髡朝夕往来于门，必有异，今果尔。"即诉于府县。僧元无名字及所居处，已窜伏不可捕，独王妻坐狱受讯，但泣涕呼天，不能答一语。王弃之而单车之任。妻因系累月，府尹以暧昧不可竟，命录付外舍，穷无以食。僧闻而潜归，密遣针妇说之曰："汝今将何为？且饿死矣，我引汝往某寺为大众缝纫度日，以俟武功回心转意，若之何？"王妻勉从其言。即往，正入前僧之室，藏于地阱，奸污自如。久而稍听其出入，遂伺隙告逻卒，执僧到官，伏其辜。妻亦怅恨以死。

《夷坚支景》卷三《王武功妻》

　　宋福州赵某作江夏簿，任满，寓邑寺。日久，僧厌之。簿每旦诣殿炷香，僧伪信与其妻，置炉下，簿见诘，妻不能明，讼离之。僧受杖归俗为商。簿赴临安知录。妻与婢寓鄂州，卖酒自给。僧托媒问姻，越数年，生二子矣。值中秋对月饮乐，僧偶言故，妻伺其醉，并二子杀之，赴官首焉。官义之，免其罪。时簿再任和州知录，闻其事，复合焉。时理宗朝淳祐戊申年也。

《夷坚志再补·义妇复仇》

此后，又有元代的孔齐撰《至正直记》卷三《奸僧见杀》，明代的周复俊撰《泾林杂记》之《税家妻周氏》、冯梦龙编纂《情史》卷十四情仇类《王武功妻》以及《清平山堂话本》卷一《简帖和尚》、《古今小说》卷三十五《简帖僧巧骗皇甫妻》、《龙图公案》卷二《偷鞋》等。

10. "乾红猫型故事"，初见于《夷坚三志己》卷九《乾红猫》①。

此后又有明·冯梦龙编纂《智囊补》卷二十七《杂智部·狡黠》之《乾红猫》和《古今谭概·谲智部第二十一》之《乾红猫》等。

11. "后夫伏法型故事"，初见于《夷坚志补》卷五《张客浮沤》：

鄂岳之间居民张客，以步贩纱绢为业。其仆李二者，勤谨习事，且赋性忠朴。张年五十，而少妻不登其半，美而且荡，李健壮，每与私通。淳熙中，主仆行商，过巴陵之西湖湾，壤地荒寂，旅邸绝少。正当旷野长冈，白昼急雨，望路左有丛祠，趋入少憩。李四顾无人，遽生凶念，持大砖击张首，即闷仆，连呼乞命，视檐溜处，浮沤起灭，自料不可活，因言："我被仆害命，只靠你它时做主，为我伸冤。"李失笑，张遂死。李归绐厥妻曰："使主病死于村庙中，临终遗嘱，教你嫁我。"妻亦以遂己愿，从之。凡三年，生二子，伉俪之情甚笃。尝同食，值雨下，见水沤而笑，妻问之："何笑也？"曰："张公甚痴，被我打杀，却指浮沤作证，不亦可笑乎！"妻闻愕然，阳若不介意，伺李出，奔告里保，捕赴官。访寻埋骸，验得实，不复敢拒。但云鬼擘我口，使自说出。竟伏重刑。

此后又有明·陆容撰《菽园杂记》卷三"史妻置后夫于法"、明·冯梦龙编纂《情史》卷十四《铅山妇》等。

---

① 引文参见本书《故事编》第五章《写实故事（下）》第八节《骗子故事》。

第五章　《夷坚志》对后世的影响

《夷坚志》对后世的影响不但表现在书名和对于采录民间传说、故事的开阔视野、专注态度、认真精神方面，而且表现在采用其故事情节进行艺术创作和选用其中的作品来编著作品集等方面。

金·元好问撰《续夷坚志》和元·佚名编《湖海新闻夷坚续志》，书名都包含了"夷坚志"三个字，都可视为洪迈《夷坚志》的续编。它们虽然没有《夷坚志》那样大的篇幅，但是其内容都是一脉相承的。

此后的一批著作，虽然没有使用"夷坚志"三个字，但是在其对于采录民间传说故事的开阔视野、专注态度和认真精神方面，甚至在对于讲述人的关注和重视方面，都在不同程度上受到了《夷坚志》的影响，其中有不少著作，还摘抄了《夷坚志》的传说、故事，譬如元·佚名编《异闻总录》、元·陶宗仪撰《辍耕录》、明·陆容撰《菽园杂记》、明·陆粲撰《庚巳编》和《说听》、明·陆楫编纂《古今说海》、明·王圻编纂《稗史汇编》、明·王同轨撰《耳谈》、明·徐应秋撰《玉芝堂谈荟》、明·冯梦龙编纂《古今谭概》和《情史》、清·东轩主人撰《述异记》、清·钮琇撰《觚剩》、清·王士禛撰《池北偶谈》、清·褚人获纂辑《坚瓠集》、清·蒲松龄撰《聊斋志异》、清·袁枚撰《子不语》、清·清凉道人撰《听雨轩笔记》、清·乐钧撰《耳食录》、清·纪昀撰《阅微草堂笔记》、清·慵讷居士撰《咫闻录》、清·青城子撰《志异续编》、清·许仲元撰《三异笔谈》、清·梁恭辰撰《北东园笔录》、清·许秋垞撰《闻见异辞》、清·高继衍撰《蝶阶外史》、清·陈元其撰《庸闲斋笔记》、清·许奉恩撰《里乘》、清·陆长春撰《香饮楼宾谈》、清·采蘅子撰《虫鸣漫录》、清·宣鼎撰《夜雨秋灯录》、清·退一步居散人撰《祇可自怡》、清·薛福成撰《庸庵笔记》、清·俞樾撰《右台仙馆笔记》、清·程趾祥撰《此中人语》等。不仅如此，宋元以后，尤其是明代以来的一些小说戏剧创作，首先是小说创作以及不少故事集的编选，都与《夷坚志》有关。兹举例逐一加以说明。

1. 元·佚名编《湖海新闻夷坚续志》这一部故事集，分为前后两集，十七门。前集八门，后集九门。另外尚有补遗七门。全书五百余则作品，大多为宋代故事，也有前代故事与元代故事。其中，有一些作品出自《夷坚志》。诸如：

> 《湖海新闻夷坚续志》前集卷一《人伦门·事姑不孝》，由《夷坚丙志》卷八《谢七嫂》改写而成；
> 《湖海新闻夷坚续志》前集卷一《人伦门·身代母死》，即《夷坚志三补·愿代母死》，仅个别字有出入；
> 《湖海新闻夷坚续志》后集卷二《怪异门·鬼饮谯楼》，即《夷坚志再补·岳珂除妖》，个别字句有出入；
> 《湖海新闻夷坚续志》之《补遗·艺术门·拆字有验》前面一则出自《夷坚志再补·谢石拆字》。

2. 元·佚名编《异闻总录》是一部文言志怪小说选集。全书四卷，共收鬼怪故事一百则，大部分是民间传说、故事。书中所选的作品，多辑自唐、宋、元时期的著作，但未注出处，有的可以考查出来源，有的出处则已无法确考。此书辑录最多的是《夷坚志》的传说、故事。诸如：

> 《异闻总录》卷一《耿氏婢》，即《夷坚丙志》卷八《耿愚侍婢》，仅个别字句有出入；
> 《异闻总录》卷一《芝山遇鬼》，即《夷坚丙志》卷十一《芝山鬼》，仅个别字句有出入；
> 《异闻总录》卷一《疫鬼》，即《夷坚丙志》卷十一《牛疫鬼》，悉同；
> 《异闻总录》卷一《白衣妇》，即《夷坚丙志》卷十一《白衣妇人》，仅个别字句有出入；

《异闻总录》卷一《李主簿》，即《夷坚丙志》卷十二《李主簿》，仅一字有出入；

《异闻总录》卷一《饶氏妇》，即《夷坚丙志》卷十二《饶氏妇》，多处字句有出入；

《异闻总录》卷一《捉张老》，即《夷坚丙志》卷十三《张鬼子》，仅个别字句有出入；

《异闻总录》卷一《贾县丞》，即《夷坚丙志》卷十四《贾县丞》，仅个别字句有出入；

《异闻总录》卷一《江圭》，即《夷坚丙志》卷十六《会稽仪曹廨》，仅个别字句有出入；

《异闻总录》卷一《陶象》，即《夷坚丙志》卷十六《陶象子》，某些字句有出入；

《异闻总录》卷一《老婢索命》，即《夷坚丙志》卷二十《萧六郎》，今本《夷坚志》之该则前后有多处阙失，可据此补齐；

《异闻总录》卷一《张朝幼女》，即《夷坚丙志》卷二十《张朝女》，今本《夷坚志》之该则阙十三字又八行，可据此补齐；

《异闻总录》卷一《张师厚与懿娘》，与《夷坚丁志》卷九《太原意娘》有一定的渊源关系；

《异闻总录》卷一《刘十九郎》，即《夷坚丁志》卷十四《刘十九郎》，正文仅个别字句有出入，末尾删去“予于《乙志》书后田王十五为瘟鬼驱至宣城事，颇相类”；

《异闻总录》卷一《鬼求共被》，即《夷坚丁志》卷十五《晁端挨》，仅个别字句有出入；

《异闻总录》卷一《詹小哥》，即《夷坚丁志》卷十五《詹小哥》，仅个别字句有出入；

《异闻总录》卷一《田毂女》，即《夷坚丁志》卷十五《田三姑》，仅个别字句有出入；

《异闻总录》卷一《山鬼》，即《夷坚丁志》卷十九《龙门山》，仅一字有出入；

《异闻总录》卷一《鬼卒求渡》，即《夷坚丁志》卷十九《鬼卒渡溪》，仅一字有出入；

《异闻总录》卷一《画工黄生》，即《夷坚丁志》卷二十《郭岩妻》，仅个别字句有出入；

《异闻总录》卷一《杨二郎》，即《夷坚志补》卷二十一《鬼国母》，文字有所删改；

《异闻总录》卷二《上官彦衡》，即《夷坚丙志》卷七《扬州雷鬼》，悉同；

《异闻总录》卷二《掠剩大夫》，即《夷坚丙志》卷十《掠剩大夫》，仅个别字句有出入；

《异闻总录》卷二《灶君驱虎》，即《夷坚丁志》卷二十《杨氏灶神》，仅个别字句有出入；

《异闻总录》卷四《凶宅办醮》，即《夷坚志补》卷十七《王燮荐桥宅》，多处字句有出入；

《异闻总录》卷四《妄鬼假托》，即《夷坚志补》卷十七《季元衡妄》前半部分，多处字句有出入；

《异闻总录》卷四《倡女恶报》，即《夷坚志三补》之《临川倡女》。据《四库全书总目》卷一四四《异闻总录》提要考证，此则本出《夷坚志》。原文已佚，今人从《异闻总录》中辑出佚文；

《异闻总录》卷四《渔人吴一》，讲述者为洪迈之弟洪景裴，是《夷坚志》的重要讲述人之一。但今本《夷坚志》已无洪景裴所讲的此则故事，当作为佚文辑出。

3. 《永乐大典》，明成祖命解缙、姚广孝等编辑。始于永乐元年，成于永乐六年。正文两万两千八百七十七卷，《凡例》和《目录》六十卷，共计两万两千九百三十七卷，装成一万一千〇九十五册，总字数达三亿七千万左右。全书按韵目分列单字，按单字依次辑入与此字相联系的文史记载。宋元以来的佚文秘典收集颇多。明亡，正本毁。副本至清咸丰年间渐散失。八国联军侵入北京，副本绝大部分被焚毁。1960年中华书局据历年征集所得七百三十卷，影印出版。

《永乐大典》引用了《夷坚志》中的不少作品，在中华书局1981年10

月出版的《夷坚志》里面，《夷坚志三补》的《崔春娘》《红梅》《道术通神》《花果五郎》《护界五郎》《杨树精》《负御容赴水死》《愿代母死》《梦天子》《梦见王者》《梦得富妻》《梦妻肩青点》《梦前妻相责》《梦亡夫置宅》《梦五人列坐》《梦同年友》《梦龙拿空》《梦芝山寺熊》《梦怪物铖口》《梦五色胡芦》《庙神周贫士》《兴文杖士》《猿请医生》《张婢神像》《祠山像》《临川倡女》等二十六则故事，是从残存的《永乐大典》里面来。《永乐大典》究竟引用了多少《夷坚志》的作品，由于这一部规模宏大的典籍几乎遗失殆尽，已经无从考证。

4. 《清平山堂话本》，话本小说集，明·洪楩编刊。原书分为《雨窗》《长灯》《随航》《欹枕》《解闷》《醒梦》等六集。每集上下两卷，每卷五篇。总名《六十家小说》，后人改题今名。今存二十七篇，多为宋元作品，也有明代作品。其中，有的小说源出《夷坚志》。诸如：

《清平山堂话本·阴骘积善》源出《夷坚甲志》卷十二《林积阴德》；
《清平山堂话本·戒指儿记》源出《夷坚支景》卷三《西湖庵尼》；
《清平山堂话本·简贴和尚》源出《夷坚支景》卷三《王武功妻》。

5. 明·王圻编纂《稗史汇编》，全书分为"天文""时令""地理""人物""伦叙""伎术""方外""职官""仕进"等二十八门，共计一百七十五卷。其中，引用了《夷坚志》的不少作品。诸如：

卷四十二伦叙门孝类的《谢生灵柑》，引自《夷坚丁志》卷一九；
卷四十五伦叙门奴仆类的《张禹义仆》，引自《夷坚支甲》卷九；
卷四十六伦叙门贤媛上《祁酥儿》引自《夷坚三志辛》卷一，《懒愚道人》引自《夷坚三志壬》卷二，《丰城孝妇》引自《夷坚丁志》卷十一；
卷四十八伦叙门劣妇《游节妇》引自《夷坚支甲》卷五，《吴淑姬能诗》引自《夷坚支庚》卷十；
卷五十一伎术门医家下《张小娘子》引自《夷坚支乙》卷五，

《武女异疾》引自《夷坚支庚》卷五，《蔡主簿治寸白》引自《夷坚甲志》卷十四，《杨立之喉痈》引自《夷坚三志己》卷八，《道人治消渴》引自《夷坚支庚》卷八；

卷五十二伎术门卜筮《夏巨源》引自《夷坚支丁》卷五，《杨抽马卦影》引自《夷坚三志壬》卷二；

卷五十二伎术门星家《铁扫帚》，引自《夷坚支戊》卷三；

卷五十三伎术门符咒《成俊治蛇》引自《夷坚支戊》卷三，《观音洗眼咒》引自《夷坚志补》卷十四，《辟兵咒》引自《夷坚志补》卷十四，《解蛊毒咒》引自《夷坚志补》卷二十三；

卷五十三伎术门杂伎《谢石》，引自《夷坚志再补》；

卷五十四伎术门风鉴《丁湜科名》引自《夷坚支丁》卷七，《道人相施逵》引自《夷坚三志壬》卷五，《徐防御》引自《夷坚支甲》卷七；

卷六十一方外门仙类三的《茅山道人》引自《夷坚支庚》卷八，《洞口先生》引自《夷坚支癸》卷四；

卷六十二方外门仙类四的《徐问真》引自《夷坚支庚》卷六，《观音寺道人》引自《夷坚三志辛》卷四，《石溪李仙》引自《夷坚支戊》卷一，《蓑衣先生》引自《夷坚志补》卷十二；

卷六十四方外门仙女类《邓氏紫姑诗》引自《夷坚三志壬》卷五，《西安紫姑》引自《夷坚支景》卷六；

卷六十六方外门释教杂记上《观音显像》（即《贺观音》）引自《夷坚志补》卷二十四，《观音救溺》引自《夷坚三志辛》卷五。

卷一百三十二祠祭门百神中《淑明殿马》，引自《夷坚支甲》卷一。

卷一百三十四祠祭门巫觋类《关王幞头》，引自《夷坚支甲》卷九。

卷一百三十四祠祭门巫觋类《圣七娘》，引自《夷坚支景》卷五。

卷一百三十四祠祭门巫觋类《廖氏鱼塘》，引自《夷坚支丁》卷三。

卷一百四十一珍宝门金银类《张拱之银》，引自《夷坚支戊》

卷四。

卷一百四十一珍宝门钱币类《羽客钱库》，引自《夷坚支甲》卷十。

卷一百五十三花木门果实下《胡芦枣》，引自《夷坚三志壬》卷六。

卷一百五十六禽兽门兽二《海门虎》，引自《夷坚支庚》卷四。

卷一百五十七禽兽门兽三《全椒猫犬》，引自《夷坚支乙》卷九。

卷一百五十九禽兽门禽下《夏氏燕》，引自《夷坚支庚》卷一。

卷一百五十九禽兽门禽下《护国大将军》，引自《夷坚支甲》卷一。

卷一百六十五征兆门梦征类《丁逢及第》，引自《夷坚支景》卷九。

卷一百六十六祸福门命运类《义乌孙道》，引自《夷坚支丁》卷五。

卷一百六十八祸福门善报类《向仲堪》，引自《夷坚支景》卷十。

卷一百六十八祸福门善报类《姚时可》，引自《夷坚支庚》卷十。

卷一百六十八祸福门善报类《朱轼》，引自《夷坚丁志》卷二十。

卷一百六十八祸福门善报类《蔡通判》，引自《夷坚支戊》卷四。

卷一百六十八祸福门善报类《观音救目疾》，引自《夷坚三志辛》卷七。

卷一百六十八祸福门善报类《雪香失钗》，引自《夷坚志补》卷三。

卷一百六十八祸福门善报类《吴氏放鳝》，引自《夷坚丁志》卷十六。

卷一百六十八祸福门善报类《村叟梦鳖》，引自《夷坚志补》卷四。

卷一百六十八祸福门善报类《张四海蛳》，引自《夷坚支丁》卷三。

卷一百六十八祸福门善报类《夏义成》，引自《夷坚支甲》卷九。

卷一百六十九祸福门报恶上《谢七嫂》，引自《夷坚丙志》卷八。

卷一百六十九祸福门报恶上《王七六》，引自《夷坚支丁》卷八。

卷一百六十九祸福门报恶上《杨四鸡祸》，引自《夷坚三志壬》卷八。

卷一百六十九祸福门报恶上《何百九》，引自《夷坚支景》卷三。

卷一百七十祸福门报恶下《浮沤申冤》，引自《夷坚志补》卷五。

卷一百七十祸福门报恶下《翟八姐》，引自《夷坚支乙》卷一。

卷一百七十祸福门报恶下《张显祖治狱》，引自《夷坚支癸》卷三。

卷一百七十祸福门报恶下《古步王屠》，引自《夷坚三志壬》卷九。

卷一百七十祸福门报恶下《祝吏鸭报》，引自《夷坚三志壬》卷八。

卷一百七十祸福门报恶下《冯氏阴祸》，引自《夷坚三志壬》卷一。

卷一百七十祸福门报恶下《牛头王》，引自《夷坚三志辛》卷六。

卷一百七十祸福门报恶下《孙道士》，引自《夷坚丁志》卷二。

《夷坚志再补·鼠怪》原文已佚，今人从《稗史汇编》卷一百七十四中辑出佚文。

《夷坚志再补·岳珂除妖》和《夷坚志再补·道人符诛蟒精》原文已佚，今人从《稗史汇编》卷一百七十五中辑出佚文。

6. 明·徐应秋撰《玉芝堂谈荟》，全书三十六卷。它对于各种事物的考证，备引诸书，广泛涉及古今小说杂记。其中引用了一些《夷坚志》的作品。诸如：

卷八《拆字言祸福》，引用了《夷坚志补》卷十九《谢石拆字》，文字多有压缩；

卷九《水晶屏上美人》，引用了《夷坚志补》卷十《崇仁吴四娘》，文字多有压缩；

卷十《前身轮回》，引用了《夷坚志》有关叶凤文的故事；

卷十四《指上人面》，引用了《夷坚支景》卷十《侍其如冈》；

卷十七《仙术渺茫》，引用了《夷坚志补》卷二十二《武当刘先生》，文字大有压缩；

卷二十六《阿修石鼍》附，引用了《夷坚志》有关桂阳军书吏温恭发现石中龟的故事。

7. 明·冯梦龙编纂《古今谭概》，全书分为"迂腐部""怪诞部""痴绝部""专愚部""谬误部""无术部""苦海部"等三十六部，每部为一卷。其中，多处引用了《夷坚志》的作品。诸如：

怪诞部第二引用了《夷坚丁志》卷十五《杜默谒项王》；
谲智部第二十一引用了《夷坚三志己》卷九《乾红猫》；
灵迹部第三十二引用了《夷坚志再补》之《谢石拆字》；
妖异部第三十四引用《夷坚志补》卷十七《鬼巴》。

8. 明·冯梦龙编纂《情史》，全书共八百多篇，分为"情贞类""情缘类""情私类""情侠类""情豪类""情爱类""情痴类""情感类""情幻类""情灵类"等二十四类，每类为一卷。其中，多处引用了《夷坚志》的作品。诸如：

卷一情贞类的《剑州民妇》引自《夷坚甲志》卷二十《义夫节妇》，《李姝》引自《夷坚三志己》卷一《长安李姝》；

卷二情缘类的《周六女》引自《夷坚支丁》卷九《盐城周氏女》，《张二姐》引自《夷坚支丁》卷九《张二姐》，《徐信》引自《夷坚志补》卷十一《徐信妻》，《王从事妻》引自《夷坚丁志》卷十一《王从事妻》，《王从事妻》附录引自《夷坚志补》卷八《真珠族姬》；

卷三情私类《刘尧举》引自《夷坚丁志》卷十七《刘尧举》，《阮华》附引自《夷坚支景》卷三《西湖庵尼》；

卷四情侠类《严蕊》引自《夷坚支庚》卷十《吴淑姬严蕊》后半部分；

卷六情爱类《长沙义妓》引自《夷坚志补》卷二《义倡传》；

卷七情痴类《傅七郎》引自《夷坚三志己》卷四《傅九林小姐》，《杨政》引自《夷坚支乙》卷八《杨政姬妾》；

卷八情感类《僧安净》引自《夷坚三志辛》卷九《高氏影堂》，《胡氏子》引自《夷坚乙志》卷九《胡氏子》；

卷九情幻类《吴女盈盈》引自《夷坚三志己》卷一《吴女盈盈》，《观灯美妇》引自《夷坚甲志》卷八《京师异妇人》，《吴四娘》引自《夷坚志补》卷十《崇仁吴四娘》，《金山妇人》引自《夷坚支庚》卷九《金山妇人》，《鬼国母》引自《夷坚志补》卷二十一《鬼国母》，《猪嘴道人》引自《夷坚志补》卷十九《猪嘴道人》；

卷十情灵类《周瑞娘》引自《夷坚志补》卷十《周瑞娘》，《邹曾九妻》引自《夷坚三志壬》卷十《邹九妻甘氏》，《解七五姐》引自《夷坚三志壬》卷十《解七五姐》，《西湖女子》引自《夷坚支甲》卷六《西湖女子》，《草市吴女》引自《夷坚支庚》卷一《鄂州南市女》；

卷十四情仇类《王武功妻》引自《夷坚支景》卷三《王武功妻》；

卷十五情芽类《何橹》引自《夷坚三志壬》卷七《惠柔侍儿》，《湖州郡僚》引自《夷坚支庚》卷十《吴淑姬严蕊》前半部分；

卷十六情报类《满少卿》引自《夷坚志补》卷十一《满少卿》，《念二娘》引自《夷坚丁志》卷十五《张客奇遇》；

卷十八情累类《李将仕》引自《夷坚志补》卷八《李将仕》，《杨戬客》引自《夷坚支乙》卷五《杨戬馆客》，《邱德章》引自《夷坚支丁》卷九《单志远》；

卷十九情疑类《剑仙》引自《夷坚支庚》卷四《花月新闻》，《唐四娘庙》引自《夷坚支甲》卷五《唐四娘侍女》，《柳林子庙》引自《夷坚丁志》卷二《小陈留旅舍女》，《北阴天王子》引自《夷坚志补》卷十五《雍氏女》，《苦竹郎君》引自《夷坚志补》卷九《苦竹郎君》，《五郎君》引自《夷坚支甲》卷一《五郎君》；

卷二十情鬼类《张贵妃　孔贵嫔》引自《夷坚支庚》卷八《江渭逢二仙》，《吕使君娘子》引自《夷坚支甲》卷三《吕使君宅》，《邵太尉女》引自《夷坚支戊》卷八《解俊保义》，《钱履道》引自

《夷坚支甲》卷一《张相公夫人》；

卷二十一情妖类《焦土妇人》引自《夷坚甲志》卷七《岛上妇人》，《海王三》引自《夷坚支甲》卷十《海王三》，《猩猩》引自《夷坚志补》卷二十一《猩猩八郎》，《白面狐狸》引自《夷坚志补》卷二十二《王千一姐》，《猴精》引自《夷坚志补》卷二十二《侯将军》，《狐精》之四引自《夷坚三志辛》卷二《宣城客》，《狐精》之六引自《夷坚志补》卷二十二《姜五即二女子》，《猪精》之一引自《夷坚支庚》卷二《蓬瀛真人》，《蟒精》引自《夷坚三志辛》卷五《历阳丽人》，《长蛇》引自《夷坚三志辛》卷五《程山人女》，《鳖精》引自《夷坚志补》卷二十二《懒堂女子》，《芭蕉》引自《夷坚支庚》卷六《蕉小娘子》，《石狮》引自《夷坚支庚》卷三《陈秀才女》，《琴精》引自《夷坚丁志》卷六《刘改之教授》，《生王二》引自《夷坚支甲》卷一《生王二》，《王上舍》引自《夷坚支庚》卷八《王上舍》，《鼠精》引自《夷坚支乙》卷一《张四妻》。

9. 明·冯梦龙编纂《智囊补》，全书分为"上智部""明智部""察智部""胆智部""术智部""捷智部"等十部二十八类，每类为一卷。其中，闺智部卷二十六引用了《夷坚丙志》卷十三《蓝姐》、杂智部卷二十七引用了《夷坚三志己》卷九《乾红猫》。

10. 明·冯梦龙纂辑《喻世明言》（原名《古今小说》）、《警世通言》和《醒世恒言》，其中的一些白话短篇小说取材于《夷坚志》，或者由《夷坚志》改编而成。譬如：

《喻世明言》第四卷《闲云庵阮三偿冤债》叙太尉陈太常女玉兰爱慕阮华才貌，私会闲云庵，本事出《夷坚支景》卷三《西湖庵尼》；

《喻世明言》卷二十四《杨思温燕山逢故人》叙杨思温元宵节赏灯遇到郑意娘事，源出《夷坚丁志》卷九《太原意娘》；

《喻世明言》卷三十五《简帖僧巧骗皇甫妻》，源出《夷坚支景》卷三《王武功妻》；

《警世通言》卷二十七《假神仙大闹华光庙》源出《夷坚支庚》

卷七《周氏子》；

《警世通言》卷三十《金明池吴清逢爱爱》源出《夷坚甲志》卷四《吴小员外》；

《警世通言》卷三十四《王娇鸾百年长恨》入话叙张乙事，见《夷坚丁志》卷十五《张客奇遇》；

《醒世恒言》卷十四《闹樊楼多情周胜仙》源出《夷坚支庚》卷一《鄂州南市女》。

11. 明·凌濛初纂辑《初刻拍案惊奇》《二刻拍案惊奇》，其中的一些白话短篇小说取材于《夷坚志》，或者由《夷坚志》改编而成。譬如：

《初刻拍案惊奇》卷四《程元玉店肆代偿钱，十一娘云冈纵谭侠》入话叙九侠女事，其中解洵出《夷坚志补》卷十四《解洵娶妇》；

《初刻拍案惊奇》卷十一《恶船家计赚假尸银，狠仆人误投真命状》正文叙明成化年间浙江永嘉王生冤案，源出《夷坚志补》卷五《湖州姜客》；

《初刻拍案惊奇》卷十七《西山观设箓度亡魂，开封府备棺追活命》入话叙任道元事，见《夷坚支戊》卷五《任道元》；

《初刻拍案惊奇》卷二十一《袁尚宝相术动名卿，郑舍人阴功叨世爵》入话叙秀才林积事出《夷坚甲志》卷十二《林积阴德》；

《初刻拍案惊奇》卷二十七《顾阿秀喜舍檀那物，崔俊臣巧会芙蓉屏》入话叙王从事临安失妻，后来破镜重圆事，见《夷坚丁志》卷十一《王从事妻》；

《初刻拍案惊奇》卷三十《王大使威行部下，李参军冤报生前》入话叙吴云郎事，见《夷坚支戊》卷四《吴云郎》；

《初刻拍案惊奇》卷三十二《乔兑换胡子宣淫，显报施卧师入定》入话叙舒州秀才刘尧举事，见《夷坚丁志》卷十七《刘尧举》；

《二刻拍案惊奇》卷二《小道人一着饶天下，女棋童两局注终身》正文叙两个棋手因下棋成为夫妻，源出《夷坚志补》卷十九《蔡州小道人》；

《二刻拍案惊奇》卷五《襄敏公元宵失子，十三郎五岁朝天》后半部分兼叙真珠姬事，见《夷坚志补》卷八《真珠族姬》；

《二刻拍案惊奇》卷六《李将军错认舅，刘氏女诡从夫》入话叙王八郎事，出《夷坚丙志》卷十四《王八郎》；

《二刻拍案惊奇》卷七《吕使君情媾宦家妻，吴太守义配儒门女》正文叙薛倩事，见《夷坚支戊》卷九《董汉州孙女》；

《二刻拍案惊奇》卷八《沈将仕三千买笑钱，王朝议一夜迷魂阵》入话叙丁湜访相士事，见《夷坚支丁》卷七《丁湜科名》，正文叙沈将仕遇骗事，见《夷坚志补》卷八《王朝议》；

《二刻拍案惊奇》卷十《赵五虎合计挑家衅，莫大郎立地散神奸》入话叙叶荐妻残妒事，见《夷坚志补》卷六《叶司法妻》；

《二刻拍案惊奇》卷十一《满少卿饥附饱扬，焦文姬生仇死报》入话叙郑某妻陆氏负约事，见《夷坚甲志》卷二《陆氏负约》，正文叙满少卿负情事，见《夷坚志补》卷十一《满少卿》；

《二刻拍案惊奇》卷十二《硬勘案大儒争闲气，甘受刑侠女著芳名》正文叙严蕊事，见《夷坚支庚》卷十《吴淑姬严蕊》；

《二刻拍案惊奇》卷十三《鹿胎庵客人作寺主，剡溪里旧鬼借新尸》正文叙刘念嗣鬼魂托友事，本于《夷坚志补》卷十六《嵊县山庵》；

《二刻拍案惊奇》卷十四《赵县君乔送黄柑，吴宣教干偿白镪》入话叙夫妻设计"扎火囤"事，见《夷坚志补》卷八《临安武将》，正文叙宣教郎吴约遇骗事，见《夷坚志补》卷八《李将仕》及《吴约知县》；

《二刻拍案惊奇》卷十六《迟取券毛烈赖原钱，失还魂牙僧索剩命》入话叙夏林两家涉讼及刘元郎作证事，见《夷坚支戊》卷五《刘元八郎》，正文叙庐州富人毛烈谋吞陈姓田产事，见《夷坚甲志》卷十九《毛烈阴狱》；

《二刻拍案惊奇》卷二十《贾廉访赝行府牒，商功父阴摄江巡》正文叙贾廉访行骗事，见《夷坚志补》卷二十四《贾廉访》；

《二刻拍案惊奇》卷二十一《许察院感梦擒僧，王氏子因风获盗》入话叙统领官盛彦因戏言遭冤事，见《夷坚志补》卷五《楚将亡金》；

《二刻拍案惊奇》卷二十二《痴公子狠使噪脾钱，贤丈人巧赚回头婿》入话叙汴京郭信事，见《夷坚丁志》卷六《奢侈报》；

《二刻拍案惊奇》卷二十九《赠芝麻识破假形，撷草药巧谐真偶》入话叙西湖女子事，见《夷坚支甲》卷六《西湖女子》；

《二刻拍案惊奇》卷三十二《张福娘一心贞守，朱天锡万里符名》入话叙睢阳刘桨妻遇高髻妇人事，见《夷坚志补》卷十《魏十二嫂》，正文叙苏州人朱某去成都买妾以及朱妾存孤事，见《夷坚志补》卷十《朱天锡》；

《二刻拍案惊奇》卷三十三《杨抽马甘请杖，富家郎浪受惊》正文叙蜀州江源杨望才事，见《夷坚丙志》卷三《杨抽马》；

《二刻拍案惊奇》卷三十四《任君用恣乐深闺，杨太尉戏宫馆客》正文叙杨戬家姬事，出《夷坚支乙》卷五《杨戬馆客》；

《二刻拍案惊奇》卷三十六《王渔翁舍镜崇三宝，白水僧盗物丧双生》入话叙临安市民沈一贪财受报事，见《夷坚志补》卷七《丰乐楼》，正文叙嘉州渔民王甲事，见《夷坚支戊》卷九《嘉州江中镜》；

《二刻拍案惊奇》卷三十八《两错认莫大姐私奔，再成交杨二郎正本》入话叙李三冤狱事，见《夷坚丁志》卷七《大庾疑讼》。

12. 明·天然痴叟著《石点头》，又名《醒世第二奇书》、《五续今古奇观》，拟话本集。共十四卷。其中的一些白话短篇小说取材于《夷坚志》，或者由《夷坚志》改编而成。诸如：

《石点头》第六卷《乞丐妇重配鸾俦》叙射阳湖船户周六事，见《夷坚支丁》卷九《盐城周氏女》；

《石点头》第七卷《感恩鬼三古传题旨》叙书生仰邻瞻事，见《夷坚支景》卷三《三山陆苍》；

《石点头》第十卷《王孺人离合团鱼梦》叙王从事妻离而复合，见《夷坚丁志》卷十一《王从事妻》。

13. 明·周清原纂《西湖二集》，短篇白话小说集。共三十四卷。其中一些白话短篇小说取材于《夷坚志》，或者由《夷坚志》改编而成。诸如：

　　《西湖二集》卷十一《寄梅花鬼闹西阁》正文写闹鬼事，见《夷坚志补》卷十七《季元衡妾》；

　　《西湖二集》卷二十八《天台匠误招乐趣》，其中叙阮三事，见《夷坚支景》卷三《西湖庵尼》。

14. 清·蒲松龄撰《聊斋志异》，全书所收作品五百篇左右，有多种版本。1962 年中华书局出版的排印本，共十二卷，四百九十一篇。其中一些作品取材于《夷坚志》，或者由《夷坚志》改编而成。诸如：

　　《聊斋志异》卷一《尸变》源自《夷坚甲志》卷十六《化成寺》；
　　《聊斋志异》卷二《莲香》源自《夷坚志补》卷二十二《姜五郎二女子》；
　　《聊斋志异》卷三《夜叉国》源自《夷坚志补》卷二十一《猩猩八郎》；
　　《聊斋志异》卷四《小猎犬》源自《夷坚支丁》卷二《盛八总干》与《夷坚支癸》卷七《光州兵马虫》；
　　《聊斋志异》卷四《寨偿债》源自《夷坚丁志》卷十三《高县君》；
　　《聊斋志异》卷六《大人》源自《夷坚乙志》卷八《长人国》；
　　《聊斋志异》卷七《青娥》源自《夷坚志补》卷十九《猪嘴道人》；
　　《聊斋志异》卷七《小翠》源自《夷坚志补》卷十《崇仁吴四娘》；
　　《聊斋志异》卷八《禽侠》源自《夷坚甲志》卷五《义鹊》；
　　《聊斋志异》卷十《五通》源自《夷坚支癸》卷三《独脚五通》及《夷坚丁志》卷十七《刘尧举》；
　　《聊斋志异》卷十二《二班》源自《夷坚志补》卷四《赵乳医》。

15. 清·褚人获编纂《坚瓠集》，全书有正集十集，每一集四卷，共四十卷。另外续集四卷，广集六卷，补集六卷，秘集六卷，余集四卷。此书主要取材于历代的笔记和野史。其中，大量引用了《夷坚志》的作品。诸如：

《坚瓠首集》卷四引用了《夷坚志》的《东窗事犯》；

《坚瓠二集》卷二引用了《夷坚志》的《欧阳伯乐》及《完颜亮词》；

《坚瓠二集》卷四引用了《夷坚志》的《赵葫芦》；

《坚瓠三集》卷二引用了《夷坚志》的《浪花诗》；

《坚瓠三集》卷三引用了《夷坚志》的《摩耶夫人》；

《坚瓠四集》卷一引用了《夷坚志》的《蔡筝娘》；

《坚瓠四集》卷三引用了《夷坚志》的《神泪》；

《坚瓠五集》卷三引用了《夷坚志》的《姓名谜》；

《坚瓠九集》卷三引用了《夷坚志》的《蔡真人词》；

《坚瓠续集》卷一引用了《夷坚志》的《观音像》《腹裂生子》；

《坚瓠三集》卷二引用了《夷坚志》的《泥像生痏》；

《坚瓠补集》卷一引用了《夷坚志》的《即事成语对》《神鬼吟诗》《紫姑赋牡丹》；

《坚瓠秘集》卷一引用了《夷坚志》的《婚姻前定》；

《坚瓠秘集》卷二引用了《夷坚志》的《妙果寺风僧》《泥孩》；

《坚瓠秘集》卷六引用了《夷坚志》的《穴中龟蛇》（今本《夷坚志》无此篇）；

《坚瓠余集》卷一引用了《夷坚志》的《赵乳医》；

《坚瓠余集》卷二引用了《夷坚志》的《酆都使代任》《牛隔盘儿》（今本《夷坚志》无此篇）；

《坚瓠余集》卷三引用了《夷坚志》的《菊花仙》；

《坚瓠余集》卷四引用了《夷坚志》的《村叟梦鳖》。

16. 清·俞樾撰《右台仙馆笔记》，全书十六卷。其中涉及《夷坚志》的有：

《右台仙馆笔记》卷十一《顾子山获龟》引用了《夷坚支景》卷四《吕氏绿毛龟》；

《右台仙馆笔记》卷十二《从者余德病疟》引用了《夷坚支景》

卷六《孝义坊土地》;

《右台仙馆笔记》卷十四《天王担荷》引用了《夷坚乙志》卷八《师立三异》。

17. **清·俞樾撰《茶香室续钞》，全书二十五卷。其中涉及《夷坚志》的有：**

《茶香室续钞》卷四《韩王骑骡》，引自《夷坚甲志》卷一《韩郡王荐士》;

《茶香室续钞》卷七《尺余老人》，引自《夷坚甲志》卷十七《姚仲四鬼》;

《茶香室续钞》卷十五《宋时复立韩碑》，引自《夷坚甲志》卷十《盘谷碑厄》;

《茶香室续钞》卷十八《绛县老人》，引自《夷坚甲志》卷六《绛县老人》;

《茶香室续钞》卷十八《庄君平宋时尚在》，引自《夷坚乙志》卷一《庄君平》;

《茶香室续钞》卷二十《刘叉死后文》，引自《夷坚乙志》卷六《刘叉死后文》;

《茶香室续钞》卷二十三《人参如小儿》，引自《夷坚丙志》卷四《青城老泽》。

附　　录

一 《夷坚志》的序言

（共十三篇）

夷坚乙志序

《夷坚》初志成，士大夫或传之，今镂板于闽，于蜀，于婺，于临安，盖家有其书。人以予好奇尚异也，每得一说，或千里寄声，于是五年间又得卷帙多寡与前编等，乃以"乙志"名之。凡甲、乙二书，合为六百事，天下之怪怪奇奇尽萃于是矣。夫齐谐之志怪，庄周之谈天，虚无幻茫，不可致诘。逮干宝之《搜神》，奇章公之《玄怪》，谷神子之《博异》，《河东》之记，《宣室》之志，《稽神》之录，皆不能无寓言于其间。若予是书，远不过一甲子，耳目相接，皆表表有据依者。谓予不信，其往见乌有先生而问之。乾道二年（1166）十二月十八日，番阳洪迈景庐叙。

八年（1172）夏五月，以会稽本别刻于赣，去五事，易二事，其它亦颇有改定处。淳熙七年（1180）七月又刻于建安。

夷坚丙志序

始予萃《夷坚》一书，颛以鸠异崇怪，本无意于纂述人事及称人之恶也。然得于容易，或急于满卷帙成编，故颇违初心。如甲志中人为飞禽，乙志中建昌黄氏冤、冯当可、江毛心事，皆大不然，其究乃至于诬善。又董氏侠妇人事，亦不尽如所说。盖以告者过，或予听焉不审，为辣然以惭。既删削是正，而冗部所储，可为第三书者，又已襞积。惩前之过，止

321

不欲为，然习气所溺，欲罢不能，而好事君子，复纵臾之，辄私自恕曰："但谈鬼神之事足矣，毋庸及其它。"于是取为丙志，亦二十卷，凡二百六十七事云。乾道七年（1171）五月十八日，洪迈景庐叙。

夷坚丁志序

凡甲丁四书，为千一百有五十事，亡虑三十万言。有观而笑者曰："《诗》《书》《易》《春秋》，通不赢十万言，司马氏《史记》上下数千载，多才八十万言。子不能玩心圣经，启睄门户，顾以三十年之久，劳动心口耳目，琐琐从事于神奇荒怪，索墨费纸，殆半太史公书。曼澶支离，连狄丛酿，圣人所不语，扬子云所不读。有是书不能为益毫毛，无是书于世何所欠？既已大可笑，而又稽以为验，非必出于当世贤卿大夫，盖寒人、野僧、山客、道士、瞽巫、俚妇、下隶、走卒，凡以异闻至，亦欣欣然受之，不致诘。人何用考信，兹非益可笑与？"予亦笑曰："六经经圣人手，议论安敢到？若太史公之说，吾请即子之言而印焉。彼记秦穆公、赵简子，不神奇乎？长陵神君、圯下黄石，不荒怪乎？书荆轲事证侍医夏无且，书留侯容貌证画工；侍医、画工，与前所谓寒人、巫隶何以异？善学太史公，宜未有如吾者。子持此舌归，姑阕其笑。"他日，戊志成。

严校：此序未全。元本取丁志中一卷尾页补之，可笑。今空白一纸。又按：此序似是戊志之序，未详其故。

夷坚支甲序

《夷坚》之书成，其志十，其卷二百，其事二千七百有九。盖始末凡五十二年，自甲至戊，几占四纪，自己至癸，才五岁而已。其迟速不侔如是。虽人之告我疏数不可齐，然亦似有数存乎其间。或疑所登载颇有与昔人传记相似处，殆好事者饰说剽掠，借为谈助。是不然，古往今来，无无极，无无尽，荒忽眇绵，有万不同，锱析铢分，不容一致。蒙庄之语云："恶乎然。然于然。恶乎不然，不然于不然。"又曰："是不是，然不然。是若果是也，则是之异乎不是也，亦无辩；然若果然也，则然之异乎不然也，亦无辩。"能明斯旨，则可读吾书矣。初，予欲取稚儿请，用十二辰续未来篇帙。又以段柯古《杂俎》谓其类相从四支，如支诺皋、支动、支植，体尤崛奇。于是名此志曰支甲，是于前志附庸，故降杀为十卷。绍熙五年（1194）六月一日野处老人序。

夷坚支乙序

绍熙庚戌（1190）腊，予从会稽西归，方大雪塞涂，千里而遥，冻倦交切，息肩过月许，甫收召魂魄，料理策简。老矣，不复着意观书，独爱奇气习犹与壮等。天惠赐于我，耳力未减，客话尚能欣听，心力未歇，忆所闻不遗忘，笔力未遽衰，触事大略能述。群从姻党，宦游岘、蜀、湘、桂，得一异闻，辄相告语。闲不为外夺，故至甲寅之夏季，《夷坚》之书绪成辛、壬、癸三志，合六十卷，及支甲十卷，财八改月，又成支乙一编。于是予春秋七十三年矣，殊自喜也，则手抄录之，且识其岁月如此。庆元元年（1195）二月二十八日，野处老人序。

夷坚支景序

岁二月支乙成，十月支景成，书之速就，视前时又过之。昔我曾大父少保讳，与天干甲乙下一字同音，而左畔从火，故再世以来，用唐人所借，但称为景。当《夷坚》第三书出，或见惊曰："礼不讳嫌名，私门所避若为家至户晓，徒费词说耳。"乃直名之。今是书萌芽，稚儿力请曰："大人自作稗官说，与他所论著及通官文书不侔，虽过于私无嫌，避之宜矣。"于是目之曰支景，惧同志观者以前后矛盾致疑，故识其语。庆元元年（1195）十月十三日序。

夷坚支丁序

稗官小说家言不必信，固也。信以传信，疑以传疑，自《春秋》三传，则有之矣，又况乎列御寇、惠施、庄周、庚桑楚诸子汪洋寓言者哉！《夷坚》诸志，皆得之传闻，苟以其说至，斯受之而已矣，聱牙畔奂，予盖自知之。支丁既成，姑摭其数端以证异，如合州吴庚擢绍兴丁丑科，襄阳刘过擢淳熙乙未科，考之登科记，则非也。永嘉张愿得海山一巨竹，而蕃商与钱五千缗；上饶朱氏得一水精石，而苑匠与钱九千缗；明州王生证果寺所遇，乃与嵊县山庵事相类。蜀僧智则代赵安化之死，世安有死而可代者，蕲州四祖塔石碣为郭景纯所志，而景纯亡于东晋之初，距是时二百余岁矣。凡此诸事，实为可议。予既悉书之，而约略表其说于下，爱奇之过，一至于斯。读者曲而畅之，勿以辞害意可也。庆元二年（1196）三月十九日序。

夷坚支戊序

《夷坚》诸志记梦，亡虑百余事，其为憍悷朕验至矣，然未有若《吕览》所载之可怪者，其言曰：齐庄公时，有士曰宾卑聚，梦有壮子，白缟之冠，丹缋之袧，东布之衣，新素屦，墨剑室。从而叱之，唾其面。惕然而寤，终夜坐不自快。明日，召其友而告之曰："吾少好勇，年六十而无所挫辱。今为是人夜辱，吾将索其形。期得之则可，不得则死之。"于是每期与其友俱立于衢，三日不可得，退而自殁。予谓古今人志趣虽若不同，其直情径行者，盖有之矣。若此一事，决非人情所宜有，疑吕氏假设以为词。不然，乌有梦为人所凌，旦而求诸衢，至于以身死焉而不悔。所谓其友，亦一痴物耳。略无片言以开其惑，可不谓至愚乎！予每读其书，必为失笑。支戊适成，漫戏表于首，以发好事君子捧腹。庆元二年

（1196）七月初五日序。

夷坚支庚序

起良月庚午，至腊癸丑，越四十四日，而《夷坚》支庚之书成，凡百三十有五事。稚子捧玩，跃如以喜，虽予亦自骇其敏也。盖每闻客语，登辄纪录，或在酒间不暇，则以翼旦追书之，仍亟示其人，必使始末无差戾乃止。既所闻不失亡，而信可传。又从吕德卿得二十说，乡士吴潦伯秦出其酒公时轩居士昔年所著笔记，剽取三之一为三卷，以足此篇，故能捷疾如此。聊表篇首，以自诧云。庆元二年（1196）十二月八日序。

夷坚支癸序

刘向父子汇群书《七略》，班孟坚采以为《艺文志》，其小说类，定著十五家。自《黄帝》《天乙》《伊尹》《鬻子说》《青史》《务成子》咸在。盖以迂诞浅薄，假托圣贤，故卑其书。最后虞《周说》九百四十五篇，出于稗官街谈巷语道听途说者之所造。当武帝世，以方士侍郎称黄车使者，张子平实书之《西京赋》中。噫！今亡矣。《唐史》所标百余家，六百三十五卷，班班其传，整齐可玩者，若牛奇章、李复言之《玄怪》，陈翰之《异闻》，胡璩之《谈宾》，温庭筠之《乾𦠆》，段成式之《酉阳杂俎》，张读之《宣室志》，卢子之《逸史》，薛涣思之《河东记》耳，余多不足读。然探赜幽隐，可资谈暇，《太平广记》率取之不弃也。惟柳祥《潇湘录》，大谬极陋，污人耳目，与李隐《大唐奇事》只一书而妄名两人作。《唐志》随而兼列之，则失矣。予既毕《夷坚》十志，又支而广之，通三百篇，凡四千事，不能满者才十有一，遂半《唐志》所云。支癸成于三十日间，世之所谓拙速，度无过此矣。况乃不大拙者哉！继有闻焉，将次为三志，而复从甲始。庆元三年（1197）五月十四日序。

夷坚三志己序

一话一言，入耳辄录，当如捧漏瓮以沃焦釜，则缵词记事，无所遗忘，此手之志然也。而固有因循宽缓而失之者。滕彦智守吾州，从容间道其伯舅路当可得法，而几为方氏女所败。一辅语曰："更有两事，它日当告君。"未及而云亡。黄雍父在之馆时，说东阳郭氏馆客紫姑之异，不曾即下笔，后亦守吾州，又使治铸，申摭旧闻，云已访索，姓字岁月殊粲然，只有小不合处，兹遣询之矣。日复一日，亦蹈前悔，至今往来襟抱不释也。三志已编成，因遣书之，以漷余恨，且念二君子之不可复作云。庆元四年（1198）四月一日序。

夷坚三志辛序

予固尝立说，谓古今神奇之事，莫有同者。岂无颇相类？要其归趣则殊，今乃悟为不广。前志书蜀士孙斯文，因谒灵显王庙，慕悦夫人塑像，梦人持锯截其头，别以一头缀颈上，觉而大骇，呼妻烛视，妻惊怖即死。予尝识其面于临安。比读《太平御览》所编《幽明录》云：河东贾弼，小名医儿，为琅邪府参军。夜梦一人，面魋疱甚多，大鼻胸目，请之曰："爱君之貌，愿易头可乎？"梦中许易之。明朝起，自不觉，而人悉惊走。琅邪王呼视，遥见，起还内。弼取镜自照，方知怪异，因还家，妇女走藏。弼坐，自陈说。良久，遣人至府检问方信，后能半面啼半面笑，两手各捉一笔俱书。然则此两事岂不甚同！谓之古所无则不可也。《幽明录》今无传于世，故用以序志辛云。庆元四年（1198）六月八日序。

夷坚三志壬序

　　昌黎公《原鬼》一篇，备极幽明之故，首为三说，以证必然之理。谓鬼无声与形，其啸于梁而烛之无睹，立于堂而视之无见，触吾躬而执之无得者，皆非也。世固有怪而与民物接者，盖忤于天、违于民、爽于物、逆于伦而感于气，是以或托于形凭于声而应之，其论通彻高深，无所底砺。又引"祭如在"及"祭神如神在"之语，以申《墨子·明鬼》之机，然则原始反终，灼见鬼神之情状，斯尽之矣。《夷坚》诸志，所载鬼事，何啻五之一，千端万态，不能出公所证之三非。窃自附于子墨子，不能避孟氏邪说淫辞之辨，其可笑哉！时庆元四年（1198）九月初六日序。

二　《夷坚志》的讲述人名单

（共计五百二十余人，依卷次顺序排列）

孙九鼎、赵伯璘、朱新仲、胡脩然、董　猷、洪　端、陈　燿、何叔达、
桂　缜、江续之、僧希赐、余　因、马　登、李　镛、汪尧臣、高思道、
李益谦、林熙载、薛　丞、严康以、钱　符、叶若谷、高从卿、陈　寅、
苏粹中、叶平甫、林　君、刘图南、郑东卿、刘　翔、李　郁、林亮功、
僧日智、曹　绩、李舒长、朱亨叟、戴宏中、陈季若、惟　学、梁竑夫、
吴则礼、黄　讱、山　僧、余执度、黄文谟、良　吏、傅　雱、张　昭、
郑　樵、吴　价、边公式、李　桱、洪庆善、强幼安、连　潜、张端愿、
郑深道、李弥正、焦山湛老、宁叔永、茂　德、崔　嵩、晁遹作、僧祖潘、
周　仲、郏次南、傅世修、刘邦翰、邢怀正、郑彦和、卢　熊、杜起莘、
张可久、董　燿、洪景通、王嘉叟、刘　襄、杨　朴、外　舅、张　达、
僧善同、张宗一、马元益、陈应求、徐　博、李绍祖、尚定国、金侍郎、
邵德升、黄子淳、路　彬、林之奇、刘共甫、杨公全、任信孺、李季长、
朱汉章、朱熙载、程泰之、魏　志、窦思永、谢　芷、韩彦直、汪致道、
周　时、陈　璜、陈方石、范至能、赵不廧、汤与立、蒋丞相、唐信道、
蒋子礼、日　智、徐惇立、钱之望、吴　亿、徐敦立、张才甫、张　抡、
朱丞相、凌季文、陈阜卿、楚　赟、张　栻、张　津、王龟龄、王时亨、
余端礼、周勉仲、向元伯、赵伯偍、郭　沠、僧祖一、宇文仔、李耆俊、
关寿卿、张　寅、僧师立、何德献、李　纶、葛师夔、李德远、赵　恬、
沈　度、黄大成、王叔坚、喻叔奇、舅　氏、郭絜己、刘尧仁、鲁　畤、
方子张、范元卿、黄仲秉、郑安恭、方释之、孙　瑆、黄达真、宋　觌、
蒋德诚、李次仲、赵纲立、袁仲诚、虞并甫、边知常、洪　绂、揭椿年、
洪应贤、赵公懋、冯曦叔、喻良能、张子思、朱乔年、韩子温、郭堂老、

328

周　阶、边维岳、严康朝、汪介然、汪　拱、徐钦邻、任良臣、赵光吉、
徐　琰、长　老、朱曦颜、吴傅朋、王　翰、吴元美、洪景裴、闻　修、
石月老人、黄道人、僧宗达、方务德、赵　时、胡子梓、王公明、魏几道、
王日严、梁叔子、何　休、赵不拙、宇文虚、员兴宗、朱子渊、魏　公、
陈　棣、陈天与、韩彦端、刘敏士、赵学老、沈公雅、木蕴之、倪文举、
鸣　玉、周元特、张大猷、王　瓘、唐少刘、僧德滔、吴　□、詹道子、
朱　似、周紫芝、周永真、胡　倜、刘名世、僧蒋宝、李宾王、梁俊彦、
张庭实、吕虚己、妻　族、赵　恬、吴虎臣、秦少游、王三恕、汤三益、
江鸣玉、张南仲、朱从龙、莫子蒙、李方叔、李　镛、李　缯、赵不设、
童　宗、周　榖、陈　遹、王稚川、孙　申、孙　革、汪　生、王充老、
欧阳俊、何德扬、赵善宰、朱椿年、黄德琬、陈　锷、叶石林、马　□、
黎　珣、陈由义、伯　牛、蓝叔成、鹿伯可、董昌朝、陈处俊、严康朝、
翟　珪、穆　淮、叶晦叔、陈　熙、吕　棐、梅师忠、胡　栝、叶行己、
徐宗人、韩　俣、徐　闶、罗　颉、僧道益、葛常之、客□□、聂　进、
吴彦周、王齐贤、董坚老、司马汉章、祝养直、刘子思、高师鲁、饶居中、
李叔达、黄韩守、童敏德、留清卿、蔡聪发、王仲共、饶文举、黄彦中、
邓　汉、邓　愷、邓　植、黄　襄、傅　合、黄师肇、朱　棅、罗大临、
余　翼、齐　彻、王三锡、邓植端、朱从龙、洪　圭、高景山、巩廷筠、
邹兼善、李善学、僧祖珏、邓直清、洪　皋、刘　君、余仲庸、洪　乔、
陆蒙之、陈宋卿、张　玘、张几仲、长老法端、罗正臣、游淳仆、马　燧、
洪　伋、周贵章、汪茂明、张晋英、李大东、梁辅子、沈端叔、黎仲明、
陈　玠、饶大中、黄日新、仲　子、张思顺、朱子渊、吕义卿、吕大年、
李　勇、薛天骐、孙少魏、裘万顷、李仁诗、王中行、王顺伯、僧显章、
王季光、余景度、吕叔炤、余忠卿、宋之瑞、吴永仲、李仲诗、李方叔、
张才南、徐端立、翁　潾、洪元仲、孙鼎臣、饶祖尧、洪　侃、杲茂明、
禹　之、洪　俌、洪　樃、汪茂明、郑必彰、余魏思、余有光、张子翼、
洪子中、丁先民、洪　仙、任　铸、刘存礼、王光烈、叶伯起、张深甫、
林应求、余　轲、李大同、陈定甫、张照远、赵箕夫、法　椿、郑立之、
林深之、元善与、刘大用、钱伸之、陈德谦、许　经、李　生、王嗣宗、
王司理、黄师宪、左　辅、陈官人、祝东老、李智仲、张子理、鲍栖筠、

李一鸣、光赞叔、洪 玠、善 佑、刘 谟、王南卿、郑景实、王 榕、
洪子言、王友文、张时济、施师俞、刘 模、洪景伊、洪 禹、洪 沇、
僧师粲、王居安、焦吉甫、王寅祖、柴椿年、姜好古、霍子盘、僧了祥、
管荣之、永宁寺院僧、黄 裳、李 翼、洪 儵、吴 溙、贾伯洪、赵希诜、
周少陆、洪兴祖、赵彦典、偓 孙、僧行政、赵 谦、徐 谦、赵 彦、
李大东、焦吉甫、雍友文、刘 可、林士华、许 泂、司马遹、李子求、
祝 客、刘 信、吴 太、王易之、陈知县、刘通判、张思韩、叶 森、
余 模、郑景实、朱仲河、钱仲本、卢仲礼、李子永、马孟章、金仲庸、
陈 鼎、王大辩、雍大明、范子由、李次山、徐叔义、赵彦珍、赵季和、
朱洞真、刘 昶、赵藐之、徐熙载、孙千里、邹元明、张行父、彝 之、
耿曼老、李儒秀、僧显章、小 陆、王贲之、陈子荣、许明仲、王仲随、
周汉卿、张荣之、洪 毕、熊邦俊、胡九龄、刘 滨、周盛之、王促随、
率 生、游祖武、洪 偲、刘 注、赖希真、邓直清、乡老先生、程 思、
程 濂、胡九龄、贾谠女、杨昭然、洪皋之、洪 适、诸葛贲、陈诚甫、
徐 □、程 禧、杨仲渊、季炎山、杨彦明、唐 大、方可从、僧 明、
孙正之、吴子南、张允蹈、许执中、陈船师、王 夷、徐辉仲孙女、王大举、
向士肃、赵德庄、雍大明、宣 公、章 椿、廖 鼎、李司理、朱焕叟、
刘正甫、朱景先、董 礼、刘 懋、王宣子、张邦基、顾如宗、王 称、
吴 梓、刘少庆、王正邦、刘正夫、林之才、僧孚峨、张定叟、赵彦泽、
方如海、张外舅、梁 锟、章仲骏、何贵达、何叔达、娄彦发、赵永裔、
赵彦成、陈子象、赵禹锡、赵有光、董 堃、赵师堪、曹季本。

主要参考文献

【二至三画】

明·凌濛初. 二刻拍案惊奇. 北京：人民文学出版社，1996.

谭正璧. 三言两拍资料. 上海：上海古籍出版社，1985.

唐·戴孚. 广异记. 北京：中华书局，1992.

【四画】

宋·李昉等. 太平广记. 北京：中华书局，1961.

祁连休. 中国古代民间故事类型研究. 石家庄：河北教育出版社，2011.

祁连休. 中国民间故事史. 石家庄：河北教育出版社，2015.

【五画】

五代·王仁裕. 玉堂闲话. 说郛本. 上海：上海古籍出版社，1988.

鲁迅. 古小说钩沉. 济南：齐鲁书社，1997.

明·冯梦龙. 古今谭概. 北京：中华书局，2007.

宋·苏轼. 东坡志林. 四库笔记小说丛书本. 上海：上海古籍出版社，1992.

宋·范镇. 东斋记事. 北京：中华书局，1980.

清·俞樾. 右台仙馆笔记. 上海：上海古籍出版社，1986.

宋·施德操. 北窗炙輠录. 四库笔记小说丛书本. 上海：上海古籍出版社，1991.

汉·班固. 汉书. 北京：中华书局，1975.

【六画】

明·周清原. 西湖二集. 北京：人民文学出版社，1999.

三国魏·曹丕. 列异传. 古小说钩沉本. 济南：齐鲁书社，1997.

宋·洪迈. 夷坚志. 北京：中华书局，1981.

南朝宋·范晔. 后汉书. 北京：中华书局，2000.

王汝涛. 全唐小说. 济南：山东文艺出版社，1993.

宋·郑文宝. 江南余载. 说库本. 杭州：浙江古籍出版社，1986.

元·无名氏. 异闻总录. 笔记小说大观本. 扬州：江苏广陵古籍刻印社，1995.

【七画】

唐·段成式. 酉阳杂俎. 北京：中华书局，1981.

清·褚人获. 坚瓠集. 笔记小说大观本. 扬州：江苏广陵古籍刻印社，1995.

宋·邵伯温. 邵氏闻见录. 笔记小说大观本. 扬州：江苏广陵古籍刻印社，1995.

【八画】

明·凌濛初. 拍案惊奇. 北京：人民文学出版社，1991.

南朝齐·祖冲之. 述异记. 古小说钩沉本. 济南：齐鲁书社，1997.

清·东轩主人. 述异记. 说库本. 杭州：浙江古籍出版社，1986.

胡士莹. 话本小说概论. 北京：中华书局，1980.

【九画】

宋·何薳. 春渚纪闻. 北京：中华书局，1993.

清·俞樾. 茶香室丛钞. 笔记小说大观本. 扬州：江苏广陵古籍刻印社，1995.

宋·张师正. 括异志. 北京：中华书局，2006.

南朝宋·刘义庆. 幽明录. 古小说钩沉本. 济南：齐鲁书社，1997.

近人王文濡. 说库. 杭州：浙江古籍出版社，1986.

说郛三种. 上海：上海古籍出版社，1988.

【十画】

唐·皇甫氏. 原化记. 全唐小说本. 济南：山东文艺出版社，1993.

宋·蔡绦. 铁围山丛谈. 四库笔记小说丛书本. 上海：上海古籍出版社，1991.

【十一画】

宋·岳珂. 桯史. 四库笔记小说丛书本. 上海：上海古籍出版社，1991.

清·蒲松龄. 聊斋志异. 上海：上海古籍出版社，1962.

明·冯梦龙. 情史. 杭州：浙江古籍出版社，1998.

明·洪楩. 清平山堂话本. 长沙：岳麓书社，2014.

唐·李复言. 续玄怪录. 北京：中华书局，2006.

金·元好问. 续夷坚志. 北京：中华书局，1986.

【十二画】

唐·郑还古. 博异志. 四库笔记小说丛书本. 上海：上海古籍出版社，1991.

晋·张华. 博物志. 四库笔记小说丛书本. 上海：上海古籍出版社，1991.

韩非子. 诸子集成本. 北京：中华书局，2002.

晋·干宝. 搜神记. 北京：中华书局，1979.

明·冯梦龙. 喻世明言. 北京：中华书局，2009.

明·冯梦龙. 智囊补. 笔记小说大观本. 扬州：江苏广陵古籍刻印社，1995.

唐·薛用弱. 集异记. 四库笔记小说丛书本. 上海：上海古籍出版社，1991.

元·无名氏. 湖海新闻夷坚续志. 北京：中华书局，1986.

【十三画】

明·王圻. 稗史汇编. 北京：北京出版社，1993.

【十四画】

宋·郭彖. 睽车志. 四库笔记小说丛书本. 上海：上海古籍出版社，1991.

【十六画以上】

明·冯梦龙. 醒世恒言. 北京：中华书局，2009.

明·冯梦龙. 警世通言. 北京：中华书局，2009.

后　记

　　《〈夷坚志〉谫论》是我酝酿多年的收官之作，自立项到完成，历时数年。因为其间穿插着另外一些项目，极大地延缓了写作进度，至为遗憾。

　　本书属于中国社会科学院老年科研基金课题，并且获得中国社会科学院老年科研基金学术出版资助，它能够得以刊行，首先要向中国社会科学院离退休干部工作局表示谢忱。

　　中国社会科学院文学研究所吕微研究员、北京大学社会学系高丙中教授与我交谊甚笃。本书在结项和申请学术出版资助的过程中，他们曾先后两次撰写推荐书，给予热情的肯定与支持，在此向二位表达诚挚的感谢。

　　本书能够刊行，还应当感谢花山文艺出版社社长兼总编郝建国先生。我同建国相识并且成为忘年交，已有二十多年光景。我的两部重要学术著作——《中国古代民间故事类型研究》《中国民间故事史》，都是他在河北教育出版社工作时，由他担任责任编辑，经他之手得以问世的。说实话，将这两部著作由书稿（一部是手写稿，一部是电子版）变为正式的出版物，都要经过一次升华。其间，有我自己的再加工锤炼，也有建国的认真把关与帮助。所以，过去每当我拿到一部又一部变为铅字的研究成果时，心里面都充满了对出版界朋友的感激之情。我愿意把自己的最后一部学术著作送到花山文艺出版社刊印，就是希望有机会与建国再度合作，再一次得到他的支持和帮助。另外，我还要感谢为刊印本书付出许多辛劳的于怀新、郝卫国、李伟、王磊和其他花山文艺出版社的朋友，向他们表示敬意。

　　数十年来，冯志华和我伉俪情深，在事业上我一直得到她的鼓励与协助。她不但同我合作编纂了《民间故事十家》《中外机智人物故事大鉴》《中国民间故事通览》等著作，而且在我完成《智谋与妙趣——中国机智人物故事研究》《中国古代民间故事类型研究》《中国民间故事史》和本书时，从扫描引文、加工润色到看改校样，她都默默无闻地帮我做了许多事情。在这里，一并记下她的辛劳。

祁连休

2020 年 5 月初于北京